Indómita

Indómita

Dahlma
Llanos-Figueroa

HarperCollins *Español*

Título original: *A Woman of Endurance*

Publicado en inglés por Amistad (HarperOne) en 2022

PRIMERA EDICIÓN

Copyright de la traducción de HarperCollins Publishers

Traducción: Aurora Lauzardo Ugarte

Este libro ha sido debidamente catalogado en la Biblioteca del Congreso de los Estados Unidos.

ISBN 978-0-06-306227-6

22 23 24 25 26 LSC 10 9 8 7 6 5 4 3 2 1

No podría escribir mis historias sin la presencia constante de mis ancestros, que me esperan en mis sueños y mis meditaciones, me susurran sus historias y me recuerdan lo que he olvidado, pero aún llevo en las células. Les dedico este libro porque sus historias han vivido demasiado tiempo bajo las aguas del mar Caribe, desconocidas, sometidas al silencio.

Que se haga la luz e ilumine las verdades por contar.

Recuerdo, Parte 2

POR CARMEN BARDEGUEZ-BROWN

Para entender
Tienes que probar
los recuerdos de sal y agua
sangre
cadenas
A
   H
     O
       G
         A
          R
            T
              E

En mitad del océano
Un barco cristiano
lenguas desconocidas
recuerdos
sonidos

La desesperanza se traga los espíritus
Yemayá
Yemayá
llévame
Yemayá

Contenido

Contenido

Renunciar a Yemayá

Hacienda Paraíso, Piñones, Puerto Rico, noviembre de 1849
Pola, la mujer que solía llamarse Keera, espera hasta que ya no puede más. Sus ojos recorren el claro. En la choza, las demás mujeres yacen tranquilamente, roncando después de una jornada de dieciséis horas bajo el sol y el calor. Al otro lado del patio, la choza de los hombres está oscura y en silencio. El cris cras de las hamacas ha cesado hace rato.

El mayoral de la Hacienda Paraíso, que es un animal de costumbres, ha guardado los látigos por el resto de la noche y duerme luego de su último asalto a la choza de las mujeres. La familia, bien alimentada y cómoda, duerme arrullada por el canto de los coquíes. El olor del último cigarro del patrón se ha esfumado hace rato. Con un gesto de la mano, la patrona, ya vestida y lista para dormir, ha despachado a su esclava doméstica; probablemente está acurrucada, la cabeza sobre la almohada, abandonada al descanso. Pola, de pie y totalmente inmóvil en la oscuridad, casi puede verlos dar vueltas en sus finas camas, felices y contentos en sus sueños de gente blanca. Por las ventanas abiertas se escapan ronquidos que flotan sobre la plantación. Los quinqués ya se han enfriado.

Las nubes cuelgan bajas en el cielo bloqueando la luz de las estrellas y los reflejos. Pola recorre con la mirada el batey, sus ojos atentos a cualquier sombra, cualquier movimiento en el patio. Las gallinas están posadas en silencio, seguras en sus nidos. Los establos están quietos. Los gruñidos ocasionales provenientes de las porquerizas se apagan rápidamente. Las hierbas que les ha echado en la comida mantienen a los perros soñolientos y desorientados. La noche ha caído en su ritmo. Esta vez lo logrará. Esta vez no regresará.

Mira a su alrededor por última vez, respira profundo y sale. Ñangotada, corre hacia los arbustos que están justo detrás del estrecho promontorio de las letrinas, pasa los corrales. Un crujido en el follaje la hace detenerse de repente. Activa los sentidos, se asegura, no se arriesga. Los breves instantes de inmovilidad aprehensiva parecen interminables y, en el transcurso de ese tiempo, llegan de súbito los recuerdos dolorosos. *Una bebita, su boquita pequeña se cierra en mi pezón inflamado, el sonido leve de la succión, una hija.* Otro movimiento en los matorrales la trae de vuelta. Una pareja de pitirres vuela hacia la copa de los árboles y desaparece.

Pola se sacude las imágenes dolorosas que la siguen a todas partes. No puede permitirse ninguna distracción, no ahora. Invoca su intención y prosigue su viaje manteniéndose en el extremo más apartado de las chozas de los esclavos, pasa de una choza a otra abrazando las pencas de palma, que forman las paredes de los habitáculos de los esclavos. Espera, aun si hubiera un vigilante insospechado, no será más que una sombra en la noche. Pronto bordea el espacio abierto del batey y ya está de camino.

La carretera está oscura y desierta. En las noches frescas

como ésta, la mayoría de la gente busca el calor de su cama y de su pareja, es algo que ella nunca ha conocido. Ahora que se ha alejado de los edificios de la plantación, se estira hasta enderezarse por completo y se masajea los músculos de las piernas antes de encaminarse a Hoyo Mulas, el pueblo costero al noreste de la isla del que ha oído hablar. Pola se dirige hacia donde sale el sol y ruega poder llegar a su destino antes de que la luz del día la delate.

Se deja guiar por el olfato. Primero, la finca de vacas de don Guillermo, luego el matadero. Los animales se alteran un poco al sentirla pasar, pero están lo suficientemente lejos de la casa grande; no le preocupa que alguien pueda darse cuenta. Sigue adelante, con rapidez y cautela, nuevamente agachada para pasar desapercibida, por las dudas. Después, la Hacienda Ubarri. La caña de azúcar madura está lista para la zafra y le brinda cierta protección. Ahí puede andar un poco más erguida y darles a los doloridos músculos de las piernas la oportunidad de estirarse. Agradece la protección, pero, una vez que deje atrás el cañaveral, deberá pasar la casa, que está más cerca de la carretera y es más peligrosa. Todas las luces están apagadas, pero no se arriesga. Afina el oído para detectar el más mínimo ruido o movimiento. En esos momentos de inmovilidad, la bebé regresa. *Un rizo le cruza la cabecita, los puñitos descansan sobre sus pechos negros, un leve llanto que pide alimento, un hilo de humedad en la mano.*

El calambre en la pierna la trae de vuelta, pero no dispone del lujo del tiempo, prosigue y supera el dolor. Sabe que el sembradío de piña de los Suarez está delante. El olor empalagoso de la fruta madura le revuelve el estómago. Mira la extensión de la plantación y se arma de valor una vez más antes de abandonar la protección del cañaveral. Tendrá que ser aún más cautelosa, moverse más despacio, con más cuidado. Las plantas más bajas la dejarán expuesta. Éste será el tramo más largo y peligroso del viaje. Se agacha, luego se tumba en el surco y cruza a gatas el sembradío. No habiendo estado nunca en un sembradío de piñas, Pola no contaba con las espinas de la planta que le hieren la piel expuesta mientras avanza. Aprieta los dientes y se obliga a continuar, ignorando las pequeñas cortaduras y arañazos que empiezan a cubrirle los brazos y las piernas. Le toma más tiempo del previsto y teme que el tiempo perdido y la sangre que de pronto brota de sus extremidades aumente las probabilidades de ser detectada por los perros, a los que inevitablemente enviarán a seguir su rastro. Se sacude la idea y se enfoca en cruzar lo más rápido posible. Cuando por fin deja atrás el sembradío, se endereza completamente, las pantorrillas aún le arden y le sangran. Se niega a ceder al dolor y los calambres, avanza cojeando y cruza un cañaveral tras otro hasta llegar a las afueras del pueblo, que nunca ha visto, pero del que tantas veces ha oído hablar en susurros.

Desde el primer conjunto de edificios, la forma más directa de llegar a su destino es cruzar la plaza diagonalmente, pero es demasiado peligroso. Quedaría demasiado expuesta. No puede arriesgarse así. Un olor humano desconocido volvería locos a los perros del pueblo, y eso sería el fin. En el pasado, otros han caído presas del olfato de los perros. Ha escuchado y aprendido la lección, y ha tomado las debidas precauciones. La mezcla de aceites de pino y magnolia con que se embadurnó ha camuflado su olor hasta el momento. Pero mientras más rápido se mueva, mejor. Una vez más, activa todos sus sentidos, no oye nada y no ve a nadie. Su sombra repta sobre las paredes traseras de las casas del pueblo. Después de que pase este último obstáculo, el fin de su viaje no estará lejos.

Sólo tiene que pasar una casa más para llegar al inicio del bosque. Ya va por la mitad del último tramo cuando, de repente, una puerta se abre. Una mujer gruesa sujeta un quinqué y entorna los ojos hacia la noche. Justo en ese instante, las nubes se mueven y Pola, iluminada por un rayo de luna, queda totalmente expuesta. Se paraliza y observa a la mujer que la observa. Aguanta la respiración y espera el grito de alarma.

Pero la mujer no grita. En su lugar, levanta el quinqué y su rostro redondo y negro, ahora iluminado, mira fijamente a la figura que permanece inmóvil entre la ropa tendida. Pola ve que en sus labios se dibuja una sonrisa conspiradora. La mujer mira hacia la derecha y luego hacia la izquierda. Satisfecha de que se encuentran solas, asiente con la cabeza y hace un gesto sutil con la mano. Despacio, la sonrisa se vuelve un puchero sobre unas encías melladas. Apaga la luz y, arrastrando los pies, regresa a la oscuridad de la cocina donde desaparece tan sigilosamente como apareció.

Pola está anclada al suelo; apenas respira, el oído atento, los ojos abiertos a cada detalle. Espera. Ha escuchado de cimarrones traicionados por su propia gente. Titubea por un instante y luego cruza aprisa el último tramo hasta la zona de árboles que está delante. Piadosas, las nubes vuelven a moverse y bloquean las luces. No bien pasa la casa y se interna entre los primeros árboles, comienza a correr a toda velocidad y pronto logra ocultarse tras las sombras del bosque.

No hay senderos. El viaje se torna más lento a medida que esquiva las ramas caídas y salta las enredaderas colgantes. La luz de la luna ya no es una enemiga que revela su huida, sino una aliada que le ilumina el camino. El tupido follaje la obliga a avanzar lentamente, pero ahora se deja llevar por el olfato; el olor a salitre la guía. Su destino debe de estar a poca distancia, al otro lado del palmar.

Las ramas bajas le dan latigazos en la parte superior del cuerpo mientras se esfuerza por seguir adelante. Las telarañas se le pegan en el rostro y el cabello. Le duelen los brazos y las piernas, le cuesta respirar. Pola lucha por avanzar e ignora las sombras amenazadoras que surgen y desaparecen a su alrededor. Llega por fin a un claro y se desploma agotada. Al tiempo que recupera el aliento, se vuelve más consciente de su entorno.

El bosque oloroso a almizcle se yergue a su alrededor. Huele las hojas podridas y los cuerpos invisibles de animales muertos. Los coquíes forman una pared sonora y familiar que la calma, pero los gritos de las cotorras la atacan desde el tupido dosel que forman las copas de los árboles. Un lagarto, imperturbable en su mundo nocturno, le repta por el brazo dejando un rastro baboso tras de sí. Un coro de ranas la alerta. El ulular de un múcaro solitario llena la noche de incógnitas. Entonces lo siente, el chorro pegajoso y resbaloso entre los muslos. No tiene que mirar para saber que está sangrando; un olor fácil de detectar. Cuando amanezca, los sabuesos y los capataces de ojos de lince podrán rastrear sus movimientos sin dificultad.

La mera idea le da el ímpetu para seguir adelante. Justo cuando se echa a correr, siente otro calambre. Sin pensar, se lleva la mano al vientre. Todas las horas en la silla de dar a luz le llegan de golpe: la presión, el dolor punzante que la dejó hecha una masa de sudor y sangre, la agonía asfixiante. Tiene que hacer acopio de toda su voluntad para ignorar el retortijón en el vientre y continuar. El cuerpo no puede, no va a traicionarla, no cuando está ya tan cerca. Bloquea mentalmente el creciente dolor y se enfoca en seguir.

Pola avanza y ya no siente las ramas que la golpean. Se empuja a sí misma más allá del dolor de las piernas, más allá de la quemazón en el pecho, más allá de los pensamientos. Reduce la velocidad, se tambalea, se arrastra. La sangre le corre por los muslos. Pronto no podrá continuar. Finalmente se desploma.

Respira por la boca, aspira grandes bocanadas de aire. El sudor le cae en los ojos, la ciega. Siente los riachuelos correrle por las mejillas y no sabe, ni le importa, si la humedad es sudor o lágrimas. En la boca, el sabor salobre del miedo.

De pronto, el agotamiento se apodera de ella y siente que las manos y las piernas se le derriten. Ansía tumbarse y dejarse llevar por el sueño. De pronto lo ve claramente: si no se levanta ahora, *ahora mismo*, jamás lo hará y, entonces, será de verdad el final. Una imagen flota ante sus ojos: su bebecita, la cabecita redonda contra su pecho, y después... nada. Desapareció. Como si nunca hubiera existido. ¿Cuántas veces? ¿Cuántos vientres traicionados? ¿Cuántos brazos vacíos? No, Pola no puede pasar por eso otra vez.

Agarra la tierra húmeda bajo la maleza y se restriega la cara con fuerza y violencia para arrancarse el sueño de los ojos. Más alerta ahora, nota que las estrellas han desaparecido y el cielo se ha teñido del tono asalmonado que anuncia el amanecer. Pola sabe con certeza que, si se queda aquí, la derrota llegará con la luz del día. El miedo a ser capturada la hace ponerse en pie y moverse.

El bosque se abre. El follaje, antes espeso y bajo, se transforma en las palmeras esbeltas y amables que bordean la costa.

Entonces lo siente, el rumor de las hojas en la luz creciente.

Las palmeras, altas y elegantes enmarcan la playa. *Shhh, shhh, shhh, shhh*, el sonido de mil pencas de palma llena el aire y le sosiega el espíritu. Mientras intenta recuperar el aliento, huele el aire: perfume. El olor de la Madre la intoxica y la arrastra. El mar la dirige a su destino, le muestra el camino de regreso.

Se olvida de todo excepto del canto de bienvenida de las olas. Éste es el reino de su sagrada Madre Yemayá, el lugar de todo el perdón y toda la seguridad. Ahora Pola se mueve en un trance hacia su destino. Apenas siente el agua y prosigue su viaje. El mar se extiende a sus pies, crece para recibir su cuerpo; la danza seductora de las olas lo hace tan fácil, tan fácil.

Abre los brazos en súplica y comienza la invocación: *Madre eterna que das la vida y concedes los sueños, madre de todas las madres.* El agua le sube suavemente hasta las rodillas, le acaricia los muslos. Ahora Pola sólo reconoce el sonido de la voz que habita en su cabeza y que sale volando de su boca como mariposas puestas en libertad. *¿Te has olvidado de mí, de tu amante y devota hija, la que conociste como Keera?* El agua oscura le empapa el refajo justo hasta debajo del pecho. *Debes de conocer mi angustia, mi tristeza y mi desesperación.* Camina con paso firme aun cuando el agua le llega a los hombros. *Báñame en tus aguas amorosas, lava mi dolor y líbrame de este tormento.* Cuando el agua le salpica el rostro, Pola llega a otro nivel de conciencia. Mira hacia el mar abierto, huele el salitre y escucha el canto de las olas: un lamento. Luego, llena de alegría, se abandona a la corriente.

Bajo la superficie, siente el agua fría en las piernas, el pubis y los brazos. Las algas le acarician el cuerpo y los peces le rozan la piel. La Madre la recibe y ella, Pola, la hija, Pola, la perdida, regresa al hogar a formar parte de su reino. El arrullo le ofrece descanso, aceptación y cuidado amoroso. Le abraza el cuerpo y le acaricia el espíritu. Escucha la canción de las olas apagarse en la superficie mientras desciende a un silencio reconfortante. Le da la bienvenida a lo que vendrá, abandona toda voluntad, bloquea todo conocimiento, se vuelve sorda al miedo que grita en su pecho. *Haz conmigo lo que quieras, pero sácame de este mundo de gente tan inhumana.*

Lentamente, las aguas comienzan a girar convidándola a una danza que se extiende hasta el infinito. Cede a la sabiduría de Yemayá. El agua la arrastra hacia abajo, hacia abajo, hacia abajo, hacia las profundidades y Pola se regocija en la bendición de la Madre. No opone resistencia, no ve nada, no escucha nada, sólo siente el abrazo cálido de la Madre, el regreso al hogar. Lo último en que piensa es la alegría de rendirse. Libera el cuerpo y la mente y se deja llevar. La espera el descanso tan necesario, tan deseado, tan bien ganado. Ya casi está ahí.

Pero, de repente, las imágenes regresan, se imponen con todas sus astillas y espinas, la persiguen incluso hasta este lugar tan sagrado. El Caballo, un hombre como un semental salvaje, la penetra por detrás y se deleita en romperla embistiendo contra cada orificio de su cuerpo. El Puerco, maloliente a pocilga y putrefacción, resopla y gruñe como el cerdo que es, mientras le hunde el hocico sonriendo como un idiota demente. El Lobo la muerde hasta sacarle sangre y la golpea hasta que le suplique que siga. Todos, como animales de circo, divierten al patrón, su único público, aunque a veces había más público, cuando al patrón le apetecía compartir.

Y luego Luisito, un hombre-niño en realidad, que no quería o no podía hacer lo que le ordenaban. Tirado encima de ella, las lágrimas le manchaban el hermoso rostro negro mientras el látigo le hería la espalda y los demás se burlaban. *Nosotros creíamos que estos negros eran muy machos. ¿Eso es todo lo que das? Qué pobre espectáculo para un negro fuerte y robusto como tú.* Finalmente, el niño se desmayó dejando caer todo el peso de su cuerpo sobre ella, que besó su rostro inexpresivo hasta que se lo llevaron. No volvieron a llamarlo. Su pobre desempeño había sido una pérdida de tiempo para el patrón, no una diversión.

Afortunadamente, las imágenes desaparecen y Pola flota en el más dulce de los remolinos. Entonces llegan *ellos:* sus bebés. Son siluetas sin rostro ni nombre como lo fueron en vida. Pero ella los reconoce como si fueran parte de su propia piel. Todos flotan con los brazos estirados hacia ella, la mujer que no los protegió, la madre que nunca estuvo presente. Recuerda el espacio frío que dejaban cuando se los llevaban. Recuerda el hueco en el corazón, reflejo del vacío en su vientre. No estuvo presente para ellos. Se llevaron a sus niños y ella no hizo nada. Pero no, no vienen a recriminarle. Ellos saben, lo entienden todo muy bien. No vienen a acusarla sino a protegerla, a recibirla con los brazos abiertos. Los niños giran a su alrededor, la tocan, la transportan a un lugar de paz y amor. Sus deditos le traen amparo y perdón. Le prodigan el regalo de la redención. Vienen a llevarla a casa. Ella se deja llevar alegremente hacia las profundidades. Es lo que lleva buscando todo este tiempo.

Sin embargo, en algún lugar de su mundo acuático ocurre un desplazamiento gigantesco. El agua empieza a girar y los niños se alejan, sus siluetas se disipan y se pierden en el remolino. La suave ondulación ha desaparecido y la ha dejado en un lugar desolado y desconocido. Está sola y a la deriva en un mundo gélido. Cada fibra de su cuerpo grita *¡NOOOOO!* Busca en el vacío. Su mente busca a la Madre, pero sólo hay silencio y vacío a su alrededor.

Las algas se le pegan al cuerpo y la atrapan mientras gira

cada vez más rápido, se le enredan en las extremidades inútiles. Los peces ahora se alimentan de su cuerpo, le dan mordisquitos y le hacen pequeñas heridas. El frío la paraliza en el desamparo. El agua sube, la exprime, la empuja, la abate antes de empujarla de nuevo, puja, la empuja, puja de nuevo, puja, la empuja y la expulsa por los aires.

Le aguardan unas manos ásperas, que la sujetan y la arrastran. Se atraganta, los pulmones inspiran, una bocanada, luego otra. El aire le quema los pulmones, le hiere el pecho; siente el cuerpo frío, enchumbado, pegajoso mientras las manos siguen arrastrándola, la sujetan por los brazos. Exhausta y medio desnuda, la arrastran por la arena. Las sogas le hieren la piel, una vuelta, otra vuelta y otra más, la atan a un mundo del que creyó haberse librado.

Cuando por fin recupera la conciencia, se da cuenta de que ha fracasado. Sabe que sus plegarias se han ido volando con el viento. No queda más, no tiene adónde ir. Los músculos se distienden bajo las manos salvajes, su cuerpo inmóvil acarrea todo el peso de la compunción.

La fe se escapa de su cuerpo y cae en la arena. Sólo le queda la abrumadora sensación de la traición. La traición se convierte en rabia, la rabia en furia y la furia que le invade el espíritu se petrifica como el hierro sobre la arena. No hay esperanza, no hay escapatoria, no hay adónde ir. Todo ha sido en vano.

No le queda nada más que dar ni que pedir. Cierra los ojos y deja de escuchar las voces de los hombres. Sabe muy bien que, a partir de ese momento, no hay escapatoria.

Atada como un cerdo, la montan en un caballo. Pola se ha transformado en piedra y ya no le importa lo que le hagan.

2

Un nuevo mundo

Hacienda Las Mercedes, Carolina, Puerto Rico, noviembre de 1849
Las olas de oscuridad se mueven sobre ella, debajo de ella, dentro de ella. Deja que la arropen y espera mientras hace un esfuerzo por escuchar a través de las sombras que se esfuman.

Las voces la devuelven a la realidad.

—Me dijeron que don Tomás se la ganó en un juego. El viejo don Sicayo se la envió como pago de su deuda.

—¿Cómo? ¿Esa mujer rota y medio muerta que está en la carreta? ¿Eso fue lo que se ganó el patrón? Yo diría que más bien perdió.

—No podrá trabajar en buen tiempo… tiene la espalda hecha un desastre… el látigo también le rajó el rostro…

La serpiente repta, el cascabel resuena, resuena, resuena en su cabeza. Las palabras se desvanecen igual que Pola.

* * *

La luz desplaza la oscuridad tras los párpados cerrados y poco a poco se infiltra en su campo de visión. Pola abre los ojos lentamente. Está bocabajo con la cabeza sobre un aro acojinado que sólo le permite ver el suelo que tiene justo debajo. Escucha: un frufrú leve en algún lugar cerca de ella. Intenta moverse, pero la serpiente que habita en su rostro le entierra los colmillos en la cabeza, comienza en la sien derecha, le tortura la piel diagonalmente, le atraviesa la nariz y corre hasta el lado izquierdo de la quijada. La explosión de dolor es demasiado intensa y, afortunadamente, la oscuridad se la lleva antes de que sea capaz de articular otro pensamiento.

* * *

Illè Yorùbá, África Occidental, 1831
Estaban sentadas en el apacible jardín, justo al lado del enorme jazmín florecido. El sol calentaba y el olor de las flores inundaba el aire. Keera tenía trece años y estaba sentada sobre una estera de paja zangoloteándose entre las piernas de su madre, Iya, que peinaba a su hija con los dedos mientras le hablaba al oído:

«Tienes un don muy especial, el don de tocar profundamente… la bendición de Yemayá… Ella te ha dado la capacidad de saber lo que hay más allá de lo que la mayoría de la gente puede ver. Tus dedos son tus segundos ojos, tal vez los más importantes. Verás en los corazones y las mentes. Pero los grandes dones vienen acompañados de grandes responsabilidades. Ten cuidado. Ese don puede darte mucho poder. Puede inflarte las plumas como un tolo-tolo o puede humillarte. Persigue la humildad.

»Debes examinar bien su rostro. Debes aprender cuándo abrirte a él y cuándo bloquearlo. Ten cuidado. Mirar en los corazones de los demás puede herir y dejar cicatrices en tu tierno corazón. Controla bien el conocimiento porque algunos te agradecerán la ayuda, pero otros la resentirán. En ocasiones te protegerá, pero en otras, te abrirá a nuevos mundos a los que no querrás entrar».

¡Otra vez! Keera ha escuchado el mismo sermón muchas veces. ¿Por qué se preocupaba tanto su madre?

«Aun si olvidas todo lo demás, recuerda esto: no se debe decir todo lo que se sabe…».

Keera, impaciente por reunirse con sus amigos, recordó la noche en que sintió el don subirle desde los dedos hasta los brazos por primera vez. Se sacudió el recuerdo.

«Estate quieta, Keera. Ya estoy terminando».

Pero Keera se había acostumbrado a ser especial. La gente la miraba con respeto.

«Ahora te deleitas en tu don, pero temo que te costará, hija mía, más de lo que tú o yo somos capaces siquiera de imaginar… los dones, en especial los que nos dan los dioses, suelen tener un precio muy alto». La madre terminó de hacerle la última trenza. Keera se levantó de un salto y se tocó el peinado.

«Gracias, Iya. Sé que me veo hermosa».

Luego le plantó un beso en la mejilla a su madre y salió corriendo del jardín; las palabras de su madre ya olvidadas.

* * *

Hacienda Las Mercedes, Carolina, Puerto Rico, noviembre de 1849
Un suelo de tierra apisonada la recibe. Recuerda. Su rostro, su espalda. El más mínimo movimiento le provoca un dolor insoportable que le quita el aliento. Permanece quieta hasta que la punzada pasa. Se muerde los labios para contener el grito.

No puede mover el cuerpo, pero activa los demás sentidos. Escucha un leve roce cerca del suelo. Debe de haber una mujer moviéndose a su alrededor. Los sonidos van y vienen.

El mero esfuerzo de fijar la atención le consume todas las

fuerzas. Las luces comienzan a apagarse. Pola se escabulle del mundo.

* * *

Illè Yorùbá, África Occidental, 1835
Keera mantenía las manos ahuecadas sobre el corazón sobrecogido de la madre. A los diecisiete años, aún no era madre, pero sus manos le decían todo lo que debía saber sobre el temor de una madre que creía haber perdido un hijo. Bajo las manos de Keera, la histeria de la mujer angustiada se redujo a un gemido. Permanecieron así durante horas mientras Keera contenía el pánico que latía bajo sus manos sanadoras. Al caer el sol, los hombres por fin trajeron el débil cuerpecito del niño, sangriento y apenas consciente, pero vivo... La madre corrió a cargar a su hijo. Miró a Keera, la gratitud escrita sin palabras en su rostro.

* * *

Hacienda Las Mercedes, Carolina, Puerto Rico, noviembre de 1849
Escucha sonidos suaves en la cabeza. Alguien susurra. Pola no logra entender las palabras. Se queda quieta, espera hasta que el sonido desaparece. No hay movimientos. Sola, por fin, piensa, respira profundo. Empiezan a surgir las preguntas. ¿Por qué? ¿Dónde está? ¿Cómo llegó a este lugar? ¿Cuánto tiempo lleva aquí?

Mueve la boca. Le duele. Recuerda eso también, así que se mueve despacio. Con cuidado. Aprieta los dientes mientras intenta incorporarse. La piel roza el aro acojinado que le ha sostenido la cabeza. Un dolor punzante le atraviesa el rostro, la deja sin aliento y la paraliza a mitad de camino. El tiempo se detiene mientras espera inmóvil a que el dolor pase lo suficiente como para seguir.

Las serpientes se enroscan y le entierran los colmillos en todo el cuerpo. Tiene que hacer acopio de toda su voluntad para apoyarse sobre un codo, aprieta los labios para contener el grito. El dolor le perfora la espalda, pero recuerda su intención y se empuja hasta que logra sentarse derecha. Por un rato, sólo puede mantenerse sentada, el dolor aleja todo lo demás. No obstante, Pola se obliga a concentrarse más allá del ataque tortuoso del cuerpo y abre los ojos.

Las paredes de madera están forradas del suelo al techo con tablillas llenas de ditas, jícaras secas y curadas, algunas color marrón o negras, cortadas en forma de cuencos de diferentes tamaños. Hay decenas de ellas, muchas pintadas con adornos de distintos colores —círculos, animales, flores y diseños geométricos— grabados o pintados en la superficie. Del techo cuelgan manojos de yute. Algunos parecen misteriosamente pesados mientras que otros —bolsitos más pequeños— se balancean en la brisa. De arriba también cuelgan ramilletes de plantas secas y manojos de palitos. La mezcla del olor intenso que despiden y el olor a pescado le provocan arcadas.

Traga con fuerza la hiel que le sube por la garganta y continúa examinando la cabaña, observa las paredes de tablones, las vigas robustas que atraviesan un techo que desaparece en la oscuridad. Una pesada cortina a medio abrir divide la habitación. Cerca hay varios catres arrimados contra la pared. Una mesita sostiene un quinqué y una vasija de agua. Al extremo opuesto, justo detrás de la cortina, hay un catre solitario y otra mesita. En ese lado de la habitación, una larga mesa de trabajo ocupa casi todo el espacio a lo ancho. En vez de la hamaca a la que está acostumbrada, Pola se da cuenta de que ha estado acostada sobre un catre firme y bien tejido. El suelo de tierra está bien apisonado y barrido. Una única gran ventana deja entrar el aire fresco, la luz y los sonidos distantes de la gente. La puerta está abierta de par en par, no se ven guardias por los alrededores.

Este lugar no se parece a ninguna choza que Pola haya visto antes. Está acostumbrada a las chozas hechas de pencas de palma atadas con enredaderas, los huecos del techo cubiertos de fango y las hamacas colgadas de postes toscos. Ésta es una cabaña de madera bien hecha, con vigas terminadas, catres tejidos, un espacio amplio... y ¡una puerta abierta! ¿Estará soñando?

De repente la invade el miedo. La cabeza se le llena de preguntas. ¿Quién vive aquí? ¿La habrán llevado a la casa de algún mayoral? ¿Qué torturas le esperarán en este extraño lugar? ¿Quién será su dueño ahora? Pola sólo sabe una cosa: tiene que escapar. Aprieta los dientes para no soltar un grito mientras hace acopio de toda su voluntad para ponerse de pie. Justo cuando está a punto de dar el primer paso, se le doblan las rodillas y se cae.

Un brazo fuerte la rodea y le impide moverse. Las manos de un hombre. *¡No! Otra vez no, nunca más.* Muerde fuerte hasta sentir el sabor de la sangre en la boca. El hombre, que la ha sujetado antes de caer al suelo, gruñe y la empuja hacia el catre.

Al instante, Pola se aparta y se lastima la espalda ya inflamada contra la pared detrás del catre. *¡Aaaay!* El grito sale antes de que pueda contenerlo. Se prepara para el golpe. Pero no hay castigo. El hombre se agarra la mano ensangrentada y la mira como si estuviera loca. Pero no hace ademán de acercarse a ella.

—¡Mira, malagradecía! —Una voz de mujer atraviesa la habitación—. ¡Él sólo quiere ayudarte! ¿Qué diablo te pasa?

La mujer suelta su cargamento.

—Ven pa'cá, Simón. Vamo' a ver eso. —Examina la mano ensangrentada del hombre y frunce el ceño mientras se lo lleva aparte. Mira a Pola desde el extremo opuesto de la habitación—. Espérate ahí en lo que te atiendo. A ver si te acuerda' de los modale' que te enseñaron ante' de llegar aquí.

Los ojos de la mujer echan chispas mientras intenta controlarse.

—Malcriá, si hubiera querido hacerte daño, no estarías aquí. ¡Piénsalo!

Pola no aparta la vista del hombre, que permanece sentado y la mira de vez en cuando mientras la mujer le cura la mano. Le lava la herida y le unta un emplasto verde en los dedos mientras farfulla:

—¡Descará, sinvergüenza, desfachatá!

Mientras la pareja permanece a la distancia concentrada en la mano ensangrentada del hombre, Pola observa los detalles. El rostro del hombre está cubierto de cicatrices que se extienden de oreja a oreja. Pola ha visto muchas cicatrices, por supuesto, pero siempre han sido producto de la violencia y el castigo. Éstas son diferentes, revelan intención y regularidad. No son las cicatrices rabiosas del látigo, más bien parecen decoraciones; patrones simétricos que le cruzan el rostro y le acentúan los pómulos altos y las cejas arqueadas. Pola recuerda que hace mucho tiempo, cuando era una niña, escuchó algo sobre esta práctica entre la gente del norte. Pero no había visto nada igual aquí.

Prosigue su examen. El hombre tiene los ojos profundos y luminosos; son los ojos de alguien que ha visto muchas cosas y las guarda como callosidades internas. Las grietas en su rostro hablan de años de dolor. El hombre levanta la vista otra vez, mira hacia donde está Pola y, sin querer, sus ojos se detienen sobre ella. A pesar de la mano herida, no hay rabia ni deseo de venganza en su rostro. Pola se echa aún más para atrás con cuidado de no volver a lastimarse la espalda.

Cuando termina de curarle la herida al hombre, la mujer le hace un gesto con la mano para que se vaya. Sin decir palabra, el hombre recoge sus cosas como puede y se dirige a la puerta. Se vuelve para mirar a Pola una vez más antes de retirarse en silencio.

Pola lo observa hasta que ya no alcanza a ver la figura que se aleja. Sólo entonces mira a la vieja que está de pie cerca de la mesa. La mujer habla por encima del hombro hacia la habitación.

—Seré vieja, pero no ciega y puedo ver que lo ha' pasao muy mal. Te fumaron hasta el cabo donde estuviste ante', pero *ése* —señala hacia la puerta con un dedo tembloroso— *ese* hombre tiene el mejor corazón de to' este lugar y ha estado tratando de ayudarte. Así que aprende a distinguir a lo' amigo' de lo' enemigo' por aquí. Y pronto.

Pola mira hacia la puerta para asegurarse de que el hombre no ha regresado.

La mujer mira a Pola.

—¿Va' a morderme o va' a dejar que te ayude?

Pola se toma su tiempo para leerle el rostro a la mujer y por fin asiente con la cabeza.

—Me alegra que no' entendamo'. ¿A dónde creíste que iba'? ¿Y qué te hizo creer que tenías las fuerzas para lograrlo?

Pola observa la figura de la mujer que se balancea mientras se mueve por la cabaña. Es baja y redonda, tan ancha como alta, y tiene unos mechones de pelo gris que le brotan por detrás de las orejas y se escapan por debajo del pañuelo. Atadas a la cintura, lleva varias cuerdas de diferentes largos de las que cuelgan manojos de plantas frescas. Los manojos le bailan alrededor de las rodillas y le manchan la falda larga mientras camina hacia la mesa. Se quita las cuerdas y se inclina sobre las plantas; los dedos diestros arrancan y separan las hojas, que coloca en distintos cuencos.

—Soy Rufina, la curandera y ésta e' mi cabaña. Llevo cuidándote una semana má' o meno'. Alguna' de ésta' —señala los tres cuencos sobre la mesa— te ayudaron a dormir durante los peore' momento' de dolor. Saben mal, pero curan bien —dice mientras continúa trabajando, moliendo las plantas con agua hasta formar una pasta espesa—. Ése e' Simón.

Pola mira hacia la puerta otra vez.

Rufina prosigue:

—Me ayuda a cortar y cargar lo' manojo' má' pesaos. E' el hombre má' bueno que conozco. Estaba ahí cuando te trajeron. Pasa to' lo' día' a ver cómo está'. No tiene' que pelear con él... ni conmigo. No vamo' a hacerte daño.

Pola no contesta, pero se abraza a sí misma y se aleja.

—Acuéstate otra vez pa' untarte esto. —La mujer permanece de pie y espera.

El cansancio le cae encima a Pola como una cortina pesada. Ha visto y escuchado demasiado como para asimilarlo todo de una vez. Está como anestesiada, no puede ver con claridad. Entonces la oscuridad vuelve a arrastrarla.

*　　*　　*

La luz rodea los cuerpecitos. Son dos niños, varoncitos, de tres o cuatro años. Están desnudos, sentados cerca de ella en el suelo bajo un rayo de sol. Uno tiene el color de la tierra mojada y una alfombra de pelo grueso. Es un niñito de espaldas anchas y brazos regordetes. Su hermano, más bajito y delgado, tiene el pelo hirsuto del color del fuego y la piel cobriza. A pesar de ser tan distintos, de algún modo Pola sabe que son hermanos. ¿Qué hacen aquí? Se mueve un poco. «Agua» es la única palabra que sale de sus labios resecos. Azorados, los niñitos la miran con los ojos muy abiertos. *Está despierta*. Se ayudan uno al otro a ponerse de pie. El más pequeño le agarra la mano a su hermanito y se dirigen tambaleándose hasta ella. Uno estira la manita para tocarle la mejilla. Pola se encoge y se echa hacia atrás antes de que pueda tocarla. *Lo siento. ¿Duele todavía? No te preocupes. Te sentirás mejor pronto. Ya verás.* Su hermanito asiente con la cabeza. Hablan entre sí, pero no emiten sonido. Antes de que Pola pueda decir algo, la luz se apaga lentamente y vuelve a irse.

*   *   *

El rostro redondo de Rufina la observa desde arriba.

—Así que volviste. Hiciste mucho ruido esta vez. Parece que estaba' en un lugar horrible.

Pola no contesta.

—Estaba esperando por ti. Tu remedio está listo —prosigue Rufina mientras prepara un brebaje espeso—. Ceniza de bálsamo y borra de café, e' malísimo. Te duele, lo sé. Espero que no recuerde' mucho. Tuve que hacerlo. Lo peor ya pasó. Lo' hombre' hecho' y derecho' aúllan cuando se lo unto. Pero funciona.

Rufina busca otros cuencos y sigue hablando.

—La' herida' van a sanar. No sé lo que hiciste o lo que ello' *pensaron* que hiciste, pero te dieron una buena tanda de latigazo'.

Te duele la cara porque la punta del látigo te cogió la nariz. Mi' remedio' se ocupan de eso. Toma un poco de tiempo, pero la' cicatrice' no quedan tan fea'. Tuviste suerte de que el látigo no te alcanzó lo' ojo'…

Se detiene y sopesa sus palabras antes de proseguir en un tono más dulce. Señala con el dedo.

—Te hicieron mucho daño ahí abajo. —Rufina se seca los ojos con la punta del delantal—. No sé cuánto' fueron ni cuánto tiempo duró, pero me imagino que has pasao por un infierno. Hijo'e su puta madre. —Rufina escupe estas últimas palabras.

Silencio. Pola no quiere que esas imágenes regresen a su mente.

—Casi nunca podemo' evitar lo que no' hacen. Pero podemo' luchar. Sé que tú sabe' lo que te digo: resistir. Sé que ere' una guerrera porque todavía está' aquí.

Los ojos brillantes de Rufina miran a otra parte mientras espera a que sus palabras surtan efecto. Agarra las ramas que dejó Simón. Trabaja con un manojo tras otro, la indignación se le quiere salir por los poros mientras arranca y rasga las hojas nuevas. Cuando sólo quedan las ramas peladas, las agarra una a una, las parte y las mete en un cajón en una esquina. Luego se detiene, se seca el rostro y murmura maldiciones por lo bajo:

—Hijo'e puta, ma'rayo lo'parta, sataná', animale', mal parío'…

La mujer tiembla de rabia mientras recoge las ramitas que quedaron sobre la mesa, amarra cada manojo con un cordón largo y parte algunas de las ramas delicadas recogidas con tanto esmero. Se detiene por un momento, cierra los ojos y se inclina sobre la mesa. Baja la cabeza y respira lenta y profundamente antes de regresar a su faena.

Cuando termina con los manojos, Rufina se sienta en su banqueta y vuelve a tomarse un momento para cerrar los ojos y calmar la respiración. Entonces empieza a mecer el cuerpo rítmicamente, las maldiciones balbuceadas dan paso a un canto suave y repetitivo en una lengua que Pola jamás ha escuchado. El vaivén de la mujer se vuelve fluido mientras se deja absorber por su tarea. Con un movimiento muy bien practicado, lanza cada manojo por encima de la viga del techo al tiempo que jala uno seco. Repite el movimiento hasta que ha dividido todas las plantas recién cortadas y las ha dejado colgadas para que se sequen.

Se levanta de la silla y regresa a la mesa de trabajo. Mientras tritura las hojas en el pilón, se dirige nuevamente a Pola:

—Sé que todavía te arde como el demonio. Voy a darte algo pa' aliviarte. En una o do' semana' estará' de pie. No hay prisa. Dentro de poco necesitará' de tu' fuerza'.

Mira a su paciente y respira profundo. Su mirada es tierna, sus palabras suaves.

—Te curé el sangrado. No fue fácil. Te curará' ahí abajo también. Lo cosí todo bien. —Titubea un instante y prosigue—: Pero no podrá' tener má' hijo'. Lo siento. Demasiao' año' de... demasiao maltrato...

Pola descarta las demás palabras. Siente un enorme peso en el pecho. Cree que jamás volverá a moverse. Las imágenes que nunca la abandonan atacan de nuevo. Un hombre blanco tras otro, la penetran, la empujan, se vacían y luego ríen al recibir la paga. Y más adelante, al cabo de horas, a veces días de trabajo de parto, los brazos vacíos, la sangre, los aullidos de animal, el llanto de mujer y, encima de eso, la risa burlona de un hombre. Bebés perdidos, bebés robados, bebés que desaparecen en la noche.

Se sobresalta al sentir una mano en el hombro, pero agradece que haya disipado las imágenes.

—Deja que te unte un poco má' de este menjunje en la espalda. De tanto restregarte contra la pared está peor. Esto te refrescará la candela viva que tiene' ahí.

Pola no halla las fuerzas para moverse.

—Mi'ja, puedo curarte el cuerpo, pero el espíritu... eso toma más tiempo y de eso te ocupa' tú.

Pola aún no quiere moverse. Justo hasta ese instante, se había prohibido pensar en el futuro, pero ahora esta mujer está abriendo todo un mundo nuevo de heridas que jamás había considerado de verdad. Su pensamiento divaga entre imágenes de una vida en la que nunca verá unos bracitos extendidos hacia ella o escuchará la risa de un hijo propio o la palabra «mamá» en mitad de la noche. Se da cuenta de que se ha concentrado tanto en las pérdidas del pasado que no se ha preparado para las del futuro. ¿Cómo podría?

Le robaron el cuerpo hace mucho tiempo. Le robaron sus bebés. Ahora se da cuenta de que, en alguna parte escondida en lo más profundo de su ser, en algún lugar impenetrable abrigaba la esperanza de que, de alguna manera, algún día, tal vez... pero ya no. También le han robado eso. No pudo siquiera conocer la posibilidad antes de que ésta también se esfumara.

Pola desea que la oscuridad se la trague de nuevo... dichoso el que no sabe. Eso es lo que desea. Pero la oscuridad no acude a su llamado. Se sienta y enfrenta la realidad del vacío que por siempre habitará en su vientre.

Rufina mira a Pola, cuyo cuerpo está fláccido como si todos los músculos hubieran perdido definición y todo lo que quedara fuera un pobre sustituto de la mujer que se defendió ciegamente del desconocido Simón. Ya no le quedan fuerzas para pelear.

La curandera lo ha visto antes: cuerpos que ha curado y que luego caminan por ahí vacíos, despojados de su espíritu. Con el tiempo, el vacío gana y el cuerpo simplemente se marchita. Pero esta mujer aún tiene mucha vida para eso, y Rufina se ha esforzado mucho por salvarla.

—El momento má' oscuro de la noche e' justo ante' del amanecer. —Pero las palabras de Rufina suenan huecas, incluso a sus propios oídos.

La curandera ve que su paciente se escabulle, no del dolor de la golpiza, sino del dolor de sobrevivir. Aun cuando ve el espíritu de Pola desvanecerse, Rufina se niega a dar por perdida a la mujer de dientes que cortan y mirada que hiere. Ha visto un asomo del espíritu guerrero de Pola y debe conjurarlo para que regrese. Busca en su mente las palabras adecuadas.

—¿Cómo? ¿Despué' de to' lo que ha' pasao vas a dejar que eso' blanco' hijo'e puta ganen?

Pola se sienta muy quieta. No reacciona, pero tampoco se retira.

—Eso' animale', eso' bárbaro', ¿va' a entregarle' tu vida, así porque sí, despué' de to' esto' año'? ¿Te quiere' tan poco a ti misma que ni siquiera va' a luchar por tu propia vida?

Pola alza la vista muy lentamente y Rufina aprovecha la oportunidad.

—Quizá me equivoqué y ya te han arrebatao to' lo que había en ti y ya no te queda má' na' por qué luchar. Me equivoqué contigo. Creí que todavía valía' algo. Pero quizá está' má' muerta que viva y ni siquiera lo sabe'.

Los pequeños músculos del rabillo de los ojos de Pola se

arrugan. Comienza a jadear, las aletas de la nariz se abren y cierran por el esfuerzo de controlar la respiración. El cuerpo no se mueve, pero se inflama con una ira creciente.

Rufina se da cuenta de la transición del desaliento al desafío, a la ira, a la rabia.

—Entonce' —dice sujetándola por los hombros—, tiene' que pelear. Ahora mismo me necesitas. Pasará un tiempo ante' de que pueda' luchar por ti misma. Yo te ayudo to' lo que pueda y hay otro' que te ayudarán también, pero esta guerra e' tuya y tiene' que ganarla. Y pa' lograrlo, tiene' que curarte. ¿Tiene' nombre?

Pero Pola no puede más que respirar fuerte y profundo. Sin lograr articular palabra, se sienta e intenta organizar los pensamientos y sentimientos que la queman por dentro.

—Espérate, vengo ya. —Rufina pone el cuenco sobre la mesa y sale. Regresa con otra jícara pegada a un palo largo—. Bebe.

La curandera ayuda a Pola, que echa la cabeza hacia atrás y bebe a grandes sorbos. El agua fresca le alivia la garganta. Pero, antes de que pueda terminar, Rufina le retira la jícara. La sostiene ante los ojos de la paciente, pero lo suficientemente lejos como para que no pueda agarrarla. Le pregunta otra vez:

—¿Tu nombre?

Pola traga en seco, no aparta la vista de la jícara suspendida lejos de su alcance. No se había dado cuenta de lo sedienta que estaba.

—Pola. Me llaman… Pola

Rufina asiente con la cabeza y le pone la jícara en las manos a Pola.

—Despacio, Pola. Sé que quiere' má', pero primero debemo' terminar lo que hemo' empezao. ¿Va' a dejar que te ayude?

Pola se encoge de dolor cuando se mueve un poco para que Rufina pueda llegarle a la espalda desnuda.

—No te preocupe', esto se siente bien, calma la' quemadura'. —Los dedos de Rufina trabajan aprisa mientras le aplica suavemente la pasta espesa sobre carne viva de la espalda. Cuando termina de aplicarle el emplasto de papa, envuelve a su paciente en unas tiras largas de tela blanca. Luego vuelve a ofrecerle agua y la ve vaciar la escudilla.

Cuando se acomoda en el catre, Pola pregunta con voz ronca:

—¿Dónde... estoy? ¿Cómo... cómo llegué... cómo llegué aquí?

—Ésta e' la Hacienda Las Mercedes en Carolina. Estamo' a poca' hora' del pueblo y me dicen que a uno' cuanto' día' de la capital. Nunca he visto San Juan. Llegaste en una carreta en uno de lo' viaje' del patrón. Te envió directo a mi cabaña y me mandó curarte la' herida' en lo que decide qué hacer contigo. Este lugar no e' la gloria, pero e' mejor que mucha' hacienda' de por aquí. —Apunta al rostro de Pola y añade—: Y apuesto a que e' mucho mejor que el lugar de donde que viniste.

Una vez que empieza, Rufina no para de contestar las preguntas que no le han hecho.

—¿Lo' patrone'? Lo' blanco' son blanco' y hacen lo que le' da la real gana... así e' en to'as parte'. No' trajeron aquí a trabajar pa' no tener que hacerlo ello' y a vece' no' hacen trabajar día y noche. Pero lo' del lugar de donde viniste —dice y escupe—, hijo'e puta, sucio', animale'... Don Tomás y doña Filo no son de lo' que torturan y golpean. Pero no te equivoque', siguen siendo amo y ama, y nosotro', su' esclavo'. Pero no le' gusta dar golpe' ni mutilar como otro'. Y te juro que a don Tomás le interesa má' que le den su azuquita —dice Rufina mientras mueve la pelvis hacia delante— que cultivarla, tú me entiende'. Pero nunca anda buscando por la' choza'. Yo no sé dónde buscará el placer, pero no e' aquí, no e' con la' esclava' de doña Filo.

»La señora no e' una belleza. Esa rosa perdió su fragancia hace tiempo, pero ella e' la que tiene la inteligencia. A su esposo le importa má' lo que tiene en lo' calzoncillo' que en lo' bolsillo', pero él e' el que tiene la plata.

»Dicen que el viejo patrón pensó que tenía que conseguirle a don Tomás una esposa con seso pa' que su hijo no lo perdiera to'. Y to' el mundo sabe que el joven patrón y doña Filo llegaron a un acuerdo. A él le gustaban su' putería' y no iba a renunciar a ella'. Un picaflor hasta la muerte. Doña Filo había tenido su último pretendiente hacía mucho tiempo y no quería morir jamona, sola y abandoná' ante lo' ojo' de to' el mundo. En verdad, no e' un matrimonio por amor. E' un contrato. Así que don Tomás sigue en su' andanza'. Y ha dicho bien clarito que doña Filo e' la Señora, la que manda cuando él no está. Y la Señora controla la plantación con mano dura. Conoce cada una de la' planta' y a cada uno de lo' esclavo' y tiene mejor cabeza pa' lo' número' que la mayoría de lo' hombre'. Y su palabra e' ley. Lo' capatace' la odian porque es la patrona y punto. To' el mundo lo sabe.

»¿Y ese mayoral hijo'e puta de Romero? A ése vélalo. Le gusta meterse con la' mujere' en el cañaveral. ¿Y Las Agujas, la cabaña de costura que está en la loma? Ése e' el tesoro de doña Filo. Esa' negra' tienen un don en la' mano' y traen mucho dinero de la' señora' aristocrática', que viven enamorá' de su' confeccione'. Así que Romero no se le' acerca; mono sabe palo que trepa.

»A ése, mantenlo de lejito' porque, aunque le encanta llevarse a la' mujere' en contra de su voluntad, a ese cabrón le interesa má' su puesto y está enamorao de eso' maldito' látigo'. Tiene una colección colgá' en el balcón. Lo' aceita y lo' acaricia como si fueran amante'.

»Pero sabe que no puede esmandarse. Una vez el muy sinvergüenza casi mata a un hombre por el que el viejo patrón había pagao mucho dinero y *esa* noche fue Romero el que acabó al otro extremo del látigo. To' no' acordamo' porque oímo' la' súplica' y lo' grito' aunque la puerta de la biblioteca estaba cerrá'. Y durante mucho' día' lo vimo' derrengao y maldiciendo entre diente'.

Rufina se da un golpe en la pierna y suelta una carcajada.

—Y todavía anda derrengao por ahí. El domingo siguiente, lo celebramo'. Doña Filo salió y pensó que estábamo' celebrando su Pascua florida y hasta no' envió má' comida pa' la ocasión. Se lo agradecimo' y la dejamo' que creyera lo que quisiera. Total, hay cosa' que lo' amo' no tienen que saber.

Prosigue su historia mientras limpia la mesa y echa hojas en un caldero de agua hirviendo. Mientras barre alrededor del catre de Pola, habla sin parar.

—Ahora Romero tiene que aguantarse porque el joven patrón lo tiene bien pisao. Don Tomás le tolera la' pocavergüenza' hasta un límite. Pero, de to' modo', si cree que no lo van a descubrir, aprovecha la má' mínima oportunidad pa' golpearno'. Y cuando alguna mujer se le mete entre ceja y ceja, siempre consigue lo que quiere. Mi'ja ten cuidao. Si le da' un dedo, cosa que hacen alguna', te coge la mano y lo que no e' la mano. Así que óyeme bien, ni te arrime' a él por si la' mosca'.

La curandera desaparece tras la cortina y regresa con otra jícara. Esta vez el agua está muy caliente y amarga.

—Toma, tómate este tilo con valeriana y naranjo. Te va a

ayudar. Cuando despierte', te sentirá' mejor y, entonce', me contará' tu historia.

Pola se ha quedado profundamente dormida. Su rostro, aparte de la cicatriz horrorosa, se ve terso y relajado. Rufina mira a su paciente y se alegra de que haya logrado escapar una vez más del dolor. Ya habrá tiempo de regresar a su pasado. Por lo pronto, agradece que sus remedios le traigan un poco de paz a Pola. No sabe con certeza lo que habrá pasado esa mujer, pero a juzgar por el daño que ha tenido que reparar, se lo puede imaginar.

Menea la cabeza, se deja caer en una banqueta y busca su cigarro. Se sienta a fumar y observa a su paciente tratando de ignorar las lágrimas que le corren por sus propias mejillas. Las cicatrices, verdugones y callosidades que cubren a esta mujer por dentro y por fuera cuentan su historia, una historia que Rufina ha escuchado muchas veces. Exhala una bocanada de humo acre y se queda dormida en su vigilia.

3

La mirada de Simón I

Esta mujer recién llegada es un misterio. Ser negro y esclavo es vivir herido. Ser negro y esclavo y nacer en este lugar es no conocer más que la oscuridad. Ser un bozal, negro y esclavo, que recuerda un tiempo pasado es soportar una herida doble: vivir en la oscuridad y recordar constantemente la luz. Esta guerrera está herida y perdida, y aún sigue luchando contra la oscuridad. Pero una luz, que no se ha extinguido, brilla en sus ojos. Interesante...

4

Las manos de los hombres

Illè Yorùbá, África Occidental, 1836
La viuda Monifa se desmayó en la ceremonia del entierro y Keera,
que entonces tenía dieciocho años, corrió a ver si podía ayudar. Con
sólo tocarla, Keera sintió el sobresalto y pudo verlo todo: el barranco,
el hombre que cae en el río revuelto… se hunde… trata de alcanzar a
su esposa, pide ayuda… Los últimos gritos del esposo caen en los oídos
sordos de Monifa. Keera lo sabía y Monifa sabía que Keera lo sabía, y
nunca le perdonaría que lo supiera.

* * *

Las palabras que Iya le había dicho hacía mucho tiempo resultaron
ciertas. Las manos de Keera se lo decían todo, a veces más de lo que
quería saber. El don del saber de Yemayá era más de lo que la niña
hubiera deseado o imaginado… el trágico amorío de Abé… el corazón
partido de Yetunde… la alegría de Oni por el tan esperado embara-
zo, el bebé ya muerto en su vientre… los celos odiosos de Tilayo hacia
Adama cuya belleza hacía voltear las cabezas. El saber se convirtió en
una carga y pronto comenzaron las murmuraciones: «Sabe demasia-
do». «Ten cuidado». «No dejes que te toque». La gente de la aldea se

alejaba de ella por miedo a que sus secretos quedaran expuestos. Los amigos desconfiaban. Keera añoraba la inocencia, la capacidad de no saber. Pero el distanciamiento había empezado y, con el saber, también llegó la soledad. Keera no le había hecho caso, pero Iya tenía razón. A veces el don podía convertirse en una maldición.

En el último año, Keera había aprendido a cuidarse los ojos y protegerse las manos. Había aprendido a ver y no ver, sentir y no sentir, saber y no saber. Pero, sobre todo, había aprendido a mantener la boca cerrada.

Un día, aparecieron unos barcos desconocidos en el horizonte; los mástiles apuñalaban el cielo. Los barcos traían a los hombres-bestia de manos blancas, los látigos y las cadenas. Y nada, nada volvió a ser como antes.

* * *

Pasaje del medio, océano Atlántico, agosto de 1836
Keera despertó agitada en un lugar que parecía una caverna oscura. El hedor intenso de una multitud de cuerpos llenaba el espacio cerrado, apenas podía respirar. Sintió náuseas y tuvo que aguantarse las ganas de vomitar. Cuando se recuperó, comenzó a concentrarse en el lugar. Sintió el calor de un cuerpo desnudo delante del suyo y otro detrás. Se ruborizó al darse cuenta de que ella también estaba desnuda. Keera, la pudorosa, Keera, la privada, Keera, la cautelosa, ahora yacía desnuda contra los cuerpos desnudos de dos desconocidos. Estaban tendidos sobre un suelo de madera, la habitación se mecía. Tocó a la persona que tenía delante y le preguntó dónde estaban. Pero lo que recibió por respuesta fueron unos sonidos irreconocibles. Estaban amarrados entre sí por las manos y los pies, así que no podía

girar para preguntarle a la persona que tenía detrás. Se quedó muy quieta. Asimiló todo lo que había a su alrededor: un llanto, un sollozo, un murmullo. Sintió el sonido del agua golpear la parte exterior de la pared próxima a ella. Entonces se concentró en el movimiento de la habitación, en el vaivén.

Ahora sabía dónde estaba. El temor creciente estalló. Tal vez nunca regresaría a su hogar. Perdió el control de su cuerpo, que abonó al hedor del ambiente. La vergüenza dio paso al terror.

Respira, respira. ¡Debes respirar!

Le tomó tiempo, pero por fin pudo controlar el miedo lo suficiente como para concentrarse. El techo era bajo y apenas había espacio para ponerse de pie. El hedor de los cuerpos atrapados en el espacio cerrado resultaba insoportable. Keera fijó la mirada en la luz fluctuante y se tragó el miedo con la pobre esperanza de encontrar una salida.

Concéntrate.

Sus ojos se adaptaron a la luz tenue que entraba por las diminutas aperturas en lo alto de las paredes del barco. Estaba en una habitación enorme y su cuerpo era uno entre una multitud de cuerpos negros que se extendía hasta perderse en las sombras; estaban todos acostados en el suelo y encadenados tobillo con tobillo, muñeca con muñeca. Ella estaba encadenada a otras cuatro mujeres. El menor movimiento provocaba un chasquido y una tensión en la cadena que ataba a una mujer con otra.

Keera empezó a sentir las vibraciones emocionales de sus compañeros prisioneros. La confusión desesperante, el dolor punzante, la rabia, la desesperanza que los paralizaba; todo esto comenzó a entrarle por los dedos. En la oscuridad, volvió a escuchar las palabras de su madre: *Ahora te deleitas en tu don, pero temo que te costará, hija mía, más de lo que tú o yo somos capaces siquiera de imaginar.* Pudo moverse lo suficiente como para cerrar los puños y bloquear el ataque de emociones que poco a poco se apoderaban de sus vecinos. Ya le costaba bastante controlar su propio miedo para que no se convirtiera en pánico. Al fin y al cabo, se hallaba tan desvalida como el resto, despojada de toda energía y preguntándose que vendría después.

*   *   *

Las primeras horas en el barco, sólo se escuchaba un murmullo constante, pero cuando zarpó, los gritos inundaron la cubierta, rebotando y resonando contra las paredes del espacio cerrado. Siguió así por horas: los gritos, los alaridos agudos, los gemidos desgarradores.

Los niños, al ver la agitación de sus padres, se sumaron al griterío. Las voces sonaban en múltiples lenguas; algunas se calmaban al cabo de un rato, otras protestaban a toda boca. Luego, las voces frenéticas se volvieron rasposas, se disiparon en murmullos roncos y, por último, en gruñidos sordos. Las palabras perdieron todo significado. El aire se saturó de sonidos descarnados.

En la oscuridad, los gritos de rabia de un bebé solitario sonaban por encima de los sollozos incesantes. Los alaridos del bebé llenaron el espacio. Esa rabia contra la barbarie llevaba consigo la ira y la furia enjauladas de todos. Después de lo que pareció una eternidad, el súbito silencio ahogado dio paso al lamento angustioso de una mujer solitaria. La calma que siguió fue mucho, mucho peor. Por fin los murmullos ásperos se disiparon transformándose en un silencio insoportable.

Comenzó en la sección de las mujeres. Una mujer levantó el pie y lo dejó caer contra el suelo. Luego se le unió otra y otra y otra hasta que toda la masa humana expresó su rabia contra el propio barco. El sonido y los movimientos continuaron hasta que los tablones comenzaron a rajarse y echar astillas por los aires, las muñecas y tobillos se abrieron y se ensangrentaron. Cuando se les acabó la energía para levantar las extremidades encadenadas, reinó un silencio ensordecedor.

Nada se movía en cubierta. Parecía como si los hombres-bestia hubieran esperado a que sus prisioneros se extenuaran para atender sus necesidades. La luz a través de las ventanillas brilló y se apagó dos veces antes de que la escotilla se abriera sobre los hambrientos y sedientos prisioneros. Los desperdicios humanos en el espacio que casi no tenía ventilación habían superado incluso a los cautivos más fuertes. No había movimiento, no había sonido.

Uno de los hombres-bestia bajó, miró a su alrededor y pateó uno o dos cuerpos inertes con sus botas sucias para asegurarse de que no habría más resistencia. Sólo entonces los demás trajeron cubos de agua y pan mohoso untado con una substancia indefinible. Los que aún tenían fuerzas para moverse se arrastraron hasta el frugal desayuno y se lo comieron de un bocado. Los más cansados por fin tomaron el agua y el pan que les ofrecían. Otros simplemente permanecieron inmóviles. Algunos ya habían muerto, de un cuerpo o un espíritu quebrantados o de alguna enfermedad. Keera escuchó el sonido de los candados y las cadenas, luego los hombres blancos subieron los cuerpos inertes por la escalera.

* * *

Illè Yorùbá, África Occidental, 1836
Se dejó envolver por el aroma intenso del jazmín. Sintió las alas de las mariposas acariciarle el rostro. Acostada ahí, sonrió, indecisa sobre si abrir los ojos y continuar con el resto del día. Todas las tardes

se echaba una siesta en el jardín y todas las tardes Iya la despertaba delicada y amorosamente. Se había quedado dormida detrás de los arbustos del jardín. Se deleitaba en la calidez y la seguridad de su vida hasta que por fin abrió los ojos a un mundo lleno de florecitas blancas que colgaban en lo alto; los rayos del sol se filtraban a través del dosel. Y ahí estaba Iya, acariciándole la mejilla con un ramito de flores: «Es hora de irse».

* * *

Abrió los ojos y escuchó un lamento cerca de ella. El hedor de los cuerpos sin lavar la atacó de nuevo y recordó. Los días de Iya y los jazmines habían llegado a su fin. Más adelante, mucho más, tal vez días después, cuando todo cayera en el silencio y la sed lixiviara su energía y el hambre ya no le apuñalara la barriga, Keera oraría en silencio. Una y otra vez dejaba volar la mente y viajaba a la tierra de los recuerdos, el mundo de la aldea ese último día.

* * *

Illè Yorùbá, África Occidental, 1836
Invadieron la aldea al amanecer y atacaron a la gente que huía para defenderse. La mayoría de los invasores iban tras los hombres, pero algunos iban directamente por las mujeres. Keera atacó al primer hombre que le puso las manos encima. Con la piedra que sujetaba en el puño le golpeó un lado de la cabeza. El hombre se apartó de un salto y se agarró la oreja; la sangre le bajaba por el cuello.

Envalentonada, volvió a golpear al hombre mientras se miraba las manos ensangrentadas; esta vez intentó golpearlo en el otro lado de la cabeza. Quería abrirle la cabeza. Quería verlo morir con los

ojos en blanco, derrotado. Pero esta vez, el hombre estaba preparado.
Enfurecido, se abalanzó sobre ella.

La agarró por el cuello, la alzó en peso y la arrojó contra el suelo
con fuerza. Keera sintió el golpe estremecerle el espinazo de arriba
abajo. Antes de que pudiera reaccionar, el hombre le saltó encima y,
aplastándola con los brazos y las piernas, la inmovilizó. Keera inter-
puso los brazos entre su cuerpo y el del hombre y trató desesperadamente
de quitárselo de encima, pero pronto se dio cuenta de que el hombre
era mucho más fuerte que ella y que sus propias fuerzas la abandona-
ban. Entonces lo sintió: la monumental conmoción que le corrió desde
la punta de los dedos hasta los brazos y la dejó estupefacta. Frígida,
inflexible y tan inesperada que, por un instante, la hizo desvanecer.

Al verla desvanecida, el hombre-bestia pensó que se había rendido y,
alzándola en peso, la sostuvo contra la pared mientras le gritaba a uno
que estaba cerca. Fue un instante, pero la distracción del hombre le dio
claridad a Keera. Inhaló, hizo acopio de las fuerzas que le quedaban y
le enterró los pulgares en los ojos. El hombre la soltó de una vez. Ella
intentó escapar, pero le faltaba el aire. Y, antes de que pudiera dar un
paso, otro hombre la agarró por detrás. El primer golpe le dio en la
parte posterior de la cabeza y ya no sintió nada más.

* * *

A la joven Keera, las oraciones a Yemayá la ayudaban a escapar
de lo insoportable. El sonido que inicialmente le había provocado terror, el sonido del mar contra los tablones, se convirtió en
su único destello de esperanza. Ese sonido, y sólo ese sonido, le
aseguraba que la Madre Yemayá no la había abandonado, que no
todo lo que constituía su hogar había quedado atrás. Mientras
ese sonido viviera en su cabeza, confiaba en que, a pesar de lo
que pudiera ocurrir en el barco, la Madre prevalecería.

Llevaba tanto tiempo en la tierra de las plegarias que no le sorprendió cuando un rayo de luz se abrió sobre su cabeza. Por fin, una respuesta a sus oraciones. ¿Acaso la Madre había tomado su decisión final respecto a ella?

Botas asquerosas, piernas, los hombres-bestia descendieron entre ellos pateando, gritando y maldiciendo entre dientes podridos. Luego regresaron las manos, manos velludas que la agarraron, tiraron de ella y la arrastraron hasta que se puso de pie. Esto no era un rescate sino otra cara de la captura. Las manos jalaron a Keera y la subieron por el cuadrado de luz hasta cubierta. La luz del sol, la bocanada de aire fresco, la inmensidad del agua la dejaron perpleja e inmóvil. El olor de la Madre avivó una leve esperanza de rescate, que se desvanecía por momentos, pero no se apagaba del todo… siempre un «quizás», un «tal vez» en lo profundo del pozo de su desesperanza. Cuando la despojaron de los pocos trapos que llevaba puestos y le echaron un cubo de agua sucia, regresó a la realidad. Las mujeres, encogidas de vergüenza en cubierta, intentaban desesperadamente cubrir sus cuerpos desnudos.

Se les acercaron unas piernas cubiertas por unos pantalones mugrientos y rotos. Los hombres-bestia estaban dentro de esos pantalones. Los monstruos llenos de gula agarraron a las mujeres, montaron a las mujeres, una a una, indiscriminadamente. Cuando terminaban, se alejaban sin siquiera mirar a sus víctimas para quienes el pavoneo del conquistador era su única recompensa.

Siguieron así durante horas hasta que las mujeres se desplomaban aturdidas o inconscientes. Algunas se arrastraban y buscaban desesperadamente algún saco, algún pedazo de tela con que taparse, cualquier cosa que sirviera para cubrir su desnudez y su vergüenza. Una mujer, que aún tenía fuerzas para pelear, empezó a gritar a través de los labios partidos y a escupir y morder a cualquiera que se le acercara. Tres hombres fueron hacia ella. La mujer, pateando, arañando y rugiendo de rabia, clavó un talón en una entrepierna asquerosa. El hombre lanzó un grito y cayó de rodillas. Inmediatamente, unas manos velludas rodearon el cuerpo que se retorcía. Un hombre la agarró por las muñecas y otro por los tobillos, y los hombres-bestia comenzaron a mecerla gritando: «¡A la una! ¡A las dos! ¡A las tres!». La mecían cada vez más alto, una hamaca humana, los gritos aumentaban y disminuían con cada pase, hasta que la soltaron. La mujer voló sobre el azul y quedó suspendida en el aire por unos instantes, antes de caer agitando las manos y las piernas; la boca vacía de sonido era una caverna redonda y negra. Por último, el sonido del cuerpo al golpear el agua y hundirse. Las demás mujeres observaron en silencio cómo el agua le daba la bienvenida al hogar. Los hombres-bestia aullaban. Keera cerró los ojos y elevó una plegaria en silencio: *Madre, protégela; acógela en tu vientre.*

Las carcajadas de los hombres-bestia viajaban sobre las olas. Se pasaban un botijo y se daban palmaditas en la espalda. Mientras celebraban la victoria, Keera tuvo tiempo de examinar al grupo. Algunos eran viejos y canosos, otros eran corpulentos, pero tenían los dientes partidos o cicatrices, algunos eran jóvenes y ágiles, pero la crueldad deformaba sus mejillas tersas. Uno era bajo y delgado y reía más y con más ganas que los demás. Bebía mientras los más viejos lo azuzaban señalando hacia las mujeres y disfrutando de su incomodidad. Se bajó un trago largo del botijo para extraer algo de valor de su contenido, se ajustó los pantalones y se dirigió al grupo de mujeres encogidas de miedo. Los demás hombres lo siguieron.

Muy pronto se abalanzaron sobre el resto de las mujeres. El arco de la caída de la mujer aún no se había borrado de la mente de Keera cuando el joven se le acercó. Era un asco en todos los aspectos: el aliento caliente y fétido, el cuerpo empapado en sudor, la ropa apestosa. Tenía el cuerpo tan manchado de hollín negro, sudor y sangre que apenas se le veía la piel blanca.

Cuando colocó las manos sobre el cuerpo del joven, la corriente de energía la tomó por sorpresa. Esta vez fue una corriente que le quemó desde los dedos hasta los brazos y le lanzó a la mente rayos de un rojo ardiente y un naranja cegador. No era la espada fría del odio. No, ahí había algo más... Había tanta rabia en el alma del joven, un caldero hirviente de resentimiento, que se desbordaba y viajaba más allá de los confines de su cuerpo, y brotaba como maldad derretida. Se miraron a los ojos un instante y Keera llegó a un entendimiento más profundo. Ante sus ojos, ella no era una persona, sino algo meramente incidental, un medio conveniente de demostrar su hombría ante los demás. La miraba, pero no la veía. Keera había conocido el miedo, pero lo que experimentaba en ese momento era un terror inusitado.

En el forcejeo, se le doblaron las rodillas. Se golpeó la cabeza contra el suelo áspero. Él la agarró por los tobillos y la arrastró. Keera creyó que sería la siguiente en volar por los aires, pero no. El joven miró a su alrededor para asegurarse de que los otros hombres lo estaban mirando. Le pasaron el botijo y se apartaron para observar antes de proseguir con sus propias conquistas. Y él siguió usando el cuerpo de Keera como le dio gusto y gana. Se convirtió en un carnero, que embestía y blandía su cuerpo contra ella como un arma, arremetiéndola y golpeándola hasta que se cansó o se aburrió.

Keera, lastimada y golpeada levantó la vista justo a tiempo para ver el orgullo en su rostro. El muchachito se apartó sin siquiera volver la vista a la mujer que había dejado sangrando y enroscada sobre cubierta. La olvidó tan pronto como se alejó. Ahora parecía aburrido, pero eso no le impidió localizar a la siguiente sin cuidado y sin consecuencias.

Uno tras otro, vinieron más hombres a arremeter su maldad contra ella. Por primera vez en la vida, Keera trató de ignorar su don. Su sentido del tacto la hacía mucho más vulnerable que su propio cuerpo. Ese saber era más de lo que podía soportar. Las emociones le quemaban el cerebro y la torturaban mientras ellos seguían atacándola. Después del cuarto o quinto asalto, su mente huyó lejos de ese lugar terrorífico.

Miró el agua, ese lugar donde una se podía hundir, y le cantó a la Madre, un canto de alivio y libertad. Más que nada, deseaba no saber, no sentir. El canto daba vueltas en su mente, una y otra vez, y rogó que algo le pusiera fin a esa vida que no era vida. Elevó sus pensamientos por encima del salvajismo hacia el horizonte, hacia el lugar sagrado, profundo, la cuna de la Madre bendita. Deseaba ese santuario más que nada en la vida.

El tiempo y el sonido se detuvieron y, a través de la espiral de su canto-plegaria, sintió que algo se aflojaba, se liberaba. Sintió que la energía se escapaba de su cuerpo hasta que dejó de sentir por completo. En respuesta a su ruego, el don la había abandonado. Afortunadamente, sus oraciones fueron escuchadas.

Quería seguir a la mujer ahogada hasta las apacibles profundidades. Pero antes de que pudiera abrigar la idea, otra idea se manifestó en su ser:

Tu cuerpo no es más que un cascarón. Tu esencia es inviolable. Sólo si cedes el espíritu, estarás perdida.

Las palabras flotaron en su mente. La idea creció y lo ocupó todo. Tuvo la certeza innegable de que soportaría todo lo que hicieran para destruirla. No se apoderarían de su verdadero ser, el que habitaba más allá de su imaginación limitada, el que le había dado el Creador de todas las cosas. No importaban los planes que tuvieran para ella, sobreviviría. No podían destruir aquello a lo que no podían llegar. Ya los había dejado atrás.

• • •

Keera estaba muy quieta. Llevaba días en un estado de semi-inconsciencia, pero algunos destellos de eso en lo que se había convertido su vida permanecían junto a ella. Recordaba que la habían subido por esa escalera una y otra vez. La Madre Yemayá, en su infinita bondad, tuvo la misericordia de retirarle su don. Por primera vez desde que era una niña, sus manos estaban muertas.

Sabía que se encontraba de nuevo en el compartimiento de los esclavos, de nuevo atada por el tobillo a un cuerpo anónimo. Pero se sentía afortunada de estar de nuevo tendida cerca del casco donde aún podía escuchar la canción de la Madre y sentir sus vibraciones. El sonido de las aguas de la Madre lavaba las imágenes de los ataques y dejaba en Keera una sensación de renovada limpieza.

* * *

Keera había perdido la noción del tiempo, pero no de su cuerpo. Hizo un inventario. Tenía los labios secos y cuarteados. Visualizó el manantial donde jugaba de pequeña, la cascada justo detrás de la aldea, una jícara de agua fresca del río. Intentó levantar la cabeza, pero las punzadas se agudizaron. Tal vez nunca volvería a levantarla. Aflojó la tensión del cuello e intentó mover las manos. Para su sorpresa, ya no estaba esposada. Hizo acopio de toda su energía para levantar la mano y tocarse el rostro. Todo parecía estar bien. Sin embargo, le faltaban algunos dientes, se le habían caído o se los habían tumbado a golpes. Se palpó los pómulos, angulosos contra la piel. La forma del rostro le había cambiado.

Luego palpó más arriba y sintió las calvas en lo que solía ser su pelo grueso. Extrañó su cuerpo de antaño y habría llorado, pero ya no le quedaban lágrimas. Lo único que deseaba era dormir por el resto de su vida, por más corta que fuera.

*   *   *

Más tarde, cuando pudo volver a trascender su propio cuerpo, se dio cuenta de que el mar de cuerpos negros había mermado. Había más espacio para moverse entre los que quedaban. ¿Cuánto tiempo llevaría prisionera en ese barco maldito? ¿Cuándo le tocaría caer por la borda o algo peor?

Cuando se abrió la escotilla de nuevo, una ráfaga de aire fresco y luz descendió sobre ella y, por un instante, disfrutó del alivio. Pero luego bajaron las piernas y se preparó para las manos que la subirían a cubierta. Mas no, esta vez los hombres-bestia, riendo entre sí, se dirigieron a otra parte del compartimiento. Escuchó las súplicas, los gemidos y luego los vio arrastrar a unos niños de rostros frescos. Ahora no había una sola mujer entre los cautivos con que alimentaron a los hombres en cubierta. Los niños patearon y lucharon lo mejor que pudieron. Pero también habían recibido raciones ínfimas de agua y comida. No podían oponer resistencia a los hombres bien alimentados que ahora hacían un festín con ellos.

*   *   *

Un día Keera se despertó y sintió que el barco estaba inusualmente inmóvil. Sintió el costado del barco chocar con madera. Luego aumentó la actividad en cubierta. La tripulación amontonó a un grupo de negros en una esquina y se marchó dejando a un guardia a cargo.

Al poco tiempo, otro hombre, a quien Keera no había visto antes, bajó la escalera. Era corpulento y, contrario a sus captores, estaba limpio y acicalado. Tenía la piel del color de las almendras, pero todo lo demás era blanco: zapatos, sombrero, incluso el pedazo de tela que se llevaba a la nariz. Llevaba una plancha de madera con papeles.

El hombre bajó y se paseó entre los cautivos deteniéndose a examinar el grupo seleccionado por la tripulación. Moviendo la cabeza, les hizo una señal para que se sentaran y prosiguió. Se detenía esporádicamente a examinar a los hombres, mujeres y jóvenes: les miró los dientes y las encías, les palpó las extremidades y les colocó un tubo largo en el pecho. Les alumbró la piel y les miró el cuero cabelludo. A medida que avanzaba, la expresión de su rostro se endurecía. Habló enérgicamente con los otros hombres de su tipo. Subió la escalera, la rabia le frunció el ceño. Keera escuchaba las voces exaltadas ir y venir hasta que la escotilla volvió a cerrarse. Nadie salió del barco y prosiguieron su viaje.

Después de ese día, aumentaron las raciones. A los que se negaban a comer, los forzaban a hacerlo. Aumentaron las porciones de pan medio podrido untado de aquella sustancia pastosa. La tripulación, probablemente aburrida, ya no atacaba a las mujeres ni a los hombres. Los hombres-bestia bajaban todos los días para sacar los cuerpos de los muertos. Por primera vez, Keera notó que algunos miembros de la tripulación parecían tan enfermos como algunos cautivos.

* * *

Puerto de San Juan, Puerto Rico, noviembre de 1836

Cuando la sacaron de su Espacio Hogar, era Keera, una joven atractiva de caderas redondas, piernas fuertes y sonrisa reluciente. La mujer que había llegado a esta otra orilla, ésa a quien sus captores le pusieron por nombre Pola, le faltaban cuatro dientes, tenía tres dedos quebrados y había sido violada por cada uno de los miembros de la tripulación. Al cabo de la cuarta luna llena y de que el infierno flotante hiciera tres paradas, quedaba menos de la mitad del grupo original de cautivos. Pola subió a cubierta por última vez.

Llevaba tantas semanas abajo que el sol la cegó. Cuando sus ojos por fin se adaptaron a la luz, miró el nuevo mundo. Éste parecía ser su destino. A lo largo de la costa, una larga hilera de barcos se había arrimado a la arena en un lugar donde el mar le había comido un gran bocado a la tierra. De los barcos salían tablones de madera que llegaban hasta la orilla.

Pola y el resto de los cautivos fueron llevados a cubierta bajo vigilancia. Poco antes los habían lavado y restregado bajo el ojo celoso de la tripulación. Les dieron unos harapos que apenas cubrían su desnudez. A las mujeres les dieron paños para que se taparan el pelo enredado. A los hombres les cortaron las barbas enmarañadas y les afeitaron la cabeza. La comida había sido más abundante en las últimas semanas y ahora les daban una última comida abordo. Durante el viaje, los habían separado por género, pero ahora estaban encadenados en formaciones muy específicas, que incluían hombres, mujeres y niños.

El grupo se halló en medio de una conmoción que Pola no había visto desde que salieron de su hogar. Unos hombres negros, desencadenados y descamisados, trabajaban bajo el sol de la mañana. La mayoría de los trabajadores trataba por todos los medios de no mirar a los cautivos que estaban ahí de pie, harapientos y encadenados. Se limitaban a pasarles por el lado y concentrarse en descargar los contenedores, que luego llevaban a los barracones alineados en la orilla. Algunos se movían cuidadosamente alrededor del grupo encadenado, cargando a la espalda bultos de formas extrañas y sacos enormes, que iban directo a las carretas que aguardaban. No decían palabra y simulaban no notar el grupo de personas negras, escuálidas y medio desnudas, en su mayoría hombres, que se mantenían aparte.

Un muchachito tropezó, se le cayó el cargamento y se agachó para recogerlo. Al enderezarse, miró a Pola a los ojos por un instante. Ella le sostuvo la mirada. Allí leyó todo lo que necesitaba saber sobre la vida del muchacho, y pudo ver que él leía todo lo que necesitaba saber sobre la de ella. En los ojos del muchacho, Pola reconoció la tristeza viva que presionaba contra sus propios ojos. Asintió con un gesto infinitésimo de la cabeza. Ella tiró lentamente del trapo que apenas le cubría los pechos desnudos. Alguien gritó. El muchacho recibió un empujón. El instante pasó y ambos volvieron a hacerle frente a la vida que les había tocado vivir en ese lugar que ninguno había escogido.

El barco atracó entre decenas de barcos que ya habían atracado o estaban anclados en la bahía; los mástiles eran una colección de palos que punzaban el manto de nubes bajas en el cielo. Mientras esperaba a que bajaran el cargamento no humano, Pola se sorprendió de la cantidad de personas que ocupaban el área debajo. Parecía que, en este lugar, el mercado estaba justo en la orilla, como si la gente no pudiera esperar a que los comerciantes llegaran al centro del pueblo a vender.

Pero antes de que pudiera ver nada más, un fuerte jalón en el brazo la devolvió a la realidad. La arrastraban hacia un tablón estrecho que llevaba del barco a la orilla. Encadenada en la hilera de hombres y mujeres, se estremeció de pensar que uno de ellos resbalara y todos terminaran ahogados en la basura putrefacta que flotaba entre el barco y el muelle. El olor a comida podrida, animales muertos y desperdicios humanos llenaba el aire con un hedor asfixiante. El cotorreo que crecía a su alrededor mientras esperaban en el muelle era ensordecedor. No se parecía a ninguna lengua que Pola hubiese escuchado; palabras filosas, sonidos rasposos que agredían el oído. Se dio cuenta de que escuchaba no una, sino muchas lenguas diferentes y reconoció una o dos palabras en la lengua de sus captores. Su lengua era tan ofensiva como su conducta.

Luego se fijó en las mujeres blancas entre la multitud. Llevaban vestidos largos que las cubrían del cuello a los pies, muchas señalaban cajas y se movían entre paquetes abiertos de telas, contenedores, fruta, pescado, herramientas y figurillas, que se vendían justo en la orilla. Notó que algunas de las mujeres tenían el cabello del color de la paja y que les colgaba hasta los hombros. Llevaban sombrillitas y unas cajas redondas en la cabeza con una malla que les flotaba sobre el rostro. Pola recordó las coloridas máscaras de cuentas que usaban los creyentes que bailaban a los dioses allá en su hogar. Pero, comparadas con aquéllas, éstas parecían poca cosa. Descoloridas y endebles. No había nada ceremonial en los movimientos de esas mujeres enfocadas en agarrar objetos e intercambiarlos por trozos de papel.

Los hombres blancos movían unos palos en el aire y les hacían señas a los hombres negros descamisados que bajaban con dificultad el cargamento amarrado con sogas. Desde la cubierta del barco, parecían hormigas negras trabajadoras, corriendo de un lado a otro alrededor del cargamento que ya se había bajado del barco. Pero, más de cerca, Pola pudo ver el cansancio, los cuerpos agotados, pudo sentir el olor del sudor de unos trabajadores que, como ella, no tenían tiempo de cuidarse.

La hilera de cautivos serpenteaba entre la multitud de la bahía y llegaba hasta un área abierta llena de hombres con sombrero que gritaban, gesticulaban con las manos, reían y se pasaban garrafas. A Pola la llevaron hasta una esquina de la plaza a que esperara su turno en el palo central donde exhibían a los cautivos, uno tras otro, frente al grupo de hombres que agitaban unos pedazos de papel. Había mucho regateo, luego el papel pasaba de una mano a otra y se llevaban la compra.

Cuando le tocó su turno en el bloque, le quitaron las cadenas y la arrastraron hasta la plataforma junto al poste donde volvieron a atarla. *Madre Yemayá, ¿dónde estás ahora que tanto te necesito?* Pola cerró los ojos. Pensó en todo lo que ya le habían arrebatado: los hermosos dedos, los dientes, el cuerpo, la virginidad, la risa. Pero no le habían robado todo. Se aferró a su fe, su espíritu y su secreto: la semilla que sabía que crecía en lo profundo de su ser.

Sintió el olor a tabaco, sudor y aliento rancio mientras unos dedos la toqueteaban y unas manos le examinaban el cuero cabelludo, le apretaban los pechos y le daban nalgadas. Alguien le levantó el labio y le hurgó dentro de la boca. Ella lo mordió con todas sus fuerzas. Al alarido masculino le siguió una fuerte bofetada que la tumbó al suelo y la dejó colgada de las sogas que la sujetaban al poste. La obligaron a levantarse. Las manos le frotaron el vientre y debajo, le hurgaron y golpearon las entrañas lastimadas. Los hombres rieron, luego discutieron. Las manos se alejaron y terminaron.

Se acercó un hombre bajo, gordo y ufano, que parecía muy complacido. Los otros reían y le daban palmaditas en la espalda. Sonrisas satisfechas, dinero intercambiado y guardado.

El rematador le dio un golpe a un muchacho que estaba detrás de la plataforma. Llevaba unos bombachos y una camisa muy parecidos a los de los hombres que estaban en la multitud.

—¡Apunta tú ahí! La negra Pola ahora es propiedad de don Sicayo Duchesne, dueño de la Hacienda Paraíso. ¡Próximo!

El muchacho garabateó algo en un pedazo largo de papel. Y se acabó.

Las cadenas de Pola fueron reemplazadas por una soga gruesa alrededor de las muñecas. El hombre compró cinco africanos ese día. Bajo su supervisión, los subieron a una carreta. La camisa blanca estirada alrededor de la enorme barriga del hombre relucía al sol. El sombrero de paja apretado le tapaba casi todo el pelo, que le llegaba al cuello. El bigote oscuro le enmarcaba los labios finos, los dientes blancos y afilados mordían con fuerza el cigarro mientras se hacía cargo de sus nuevas posesiones. Pola no lo sabía en ese momento, pero la había comprado como quien compra una yegua paridora. La verdadera pesadilla estaba a punto de comenzar.

5

Hacienda Las Mercedes

Hacienda Las Mercedes, Carolina, Puerto Rico, enero de 1850
Ahora Pola pasa la mayor parte del tiempo despierta. Aún no puede levantarse del catre, pero sus oídos captan todo lo que ocurre al otro lado de la puerta. Es un lugar verdaderamente distinto, pero una plantación es una plantación y hay cosas que nunca cambian. Escucha los gritos de los capataces para organizar a los trabajadores. Es el tiempo de la zafra, y todas las espaldas están dobladas en el cañaveral.

Sale el sol y, a medida que el día comienza, oye los sonidos del batey. Escucha el correcorre de muchas personas en un lugar pequeño.

No muy lejos, reconoce el sonido de las ollas y la cháchara de las cocineras que ponen las largas mesas. Escucha a las mujeres llamar a sus hijos y, por primera vez en muchos años, escucha las voces, incluso la risa de los niños. Pola se maravilla ante los sonidos del patio. Hasta ahora, en las plantaciones, sólo ha visto niños blancos y sólo de lejos. Pero ésas no pueden ser voces de niños blancos a los que les han dado permiso para jugar en el batey, donde trabajan los negros. *¡Imposible!* Los niños blancos disfrutan del lujo de una casa entera donde comer, dormir y jugar. *¿Qué estarán haciendo aquí? ¿Y tan temprano en la mañana?*

Entonces considera una idea antes impensable. En el mundo que conoce, los bebés negros desaparecen antes de llegar a la edad de hablar o reír. ¿Será posible? Si son niños negros, ¿cómo es que a las madres se les ha permitido quedarse con ellos? Vuelve a concentrarse en la escena cercana y escucha a las madres llamarlos y colocarlos en la fila del desayuno.

Enseguida, las demás voces se ahogan bajo las voces autoritarias de los capataces que llaman a los hombres a formar fila frente a la casa del mayoral para recoger las herramientas. Es hora de amolar los machetes, reparar el trapiche y preparar las carretas y los animales que cargarán el peso de la cosecha. Los imagina a todos apresurarse para comenzar la jornada bajo un sol fulminante y la mirada atenta de un mayoral impaciente. El sonido de decenas de pies se aleja hacia el cañaveral y un silencio pesado desciende sobre el batey. Todo y todos se concentran en la zafra que se avecina. Algunas cosas nunca cambian, no importa la hacienda.

Tendida sobre su estrecho catre, Pola oye cómo transcurre la vida de los negros, de la comunidad negra, a su alrededor e imagina los meses venideros cuando las brigadas de trabajo salgan al cañaveral justo después del amanecer y regresen cansadas ya entrada la noche. Puede ver todo a través del ojo de su mente, sabe que tendrán que entregar los machetes botos antes de dirigirse a las mesas para recoger su plato de comida. Luego se sentarán en el área justo al lado de la cabaña de Rufina a comer en un silencio extenuado. Sólo se escuchará un murmullo, la conversación de una gente agotada que sólo quiere comer e irse a dormir. Pronto las voces dirán «Hasta mañana, Pancha» y «Buenas noches, Jacinto». Entonces los trabajadores desaparecerán en la noche arrastrando los pies en busca de un merecido, aunque corto descanso.

Pola también sabe que, más o menos en un mes, todo girará en torno a las exigencias de la caña madura. Solteros y casados, adultos y niños, todos los trabajadores laborarán hasta el agotamiento. Recuerda su propio cansancio al final de cada jornada antes de caer redonda en su hamaca. A veces se quedaba dormida sin haberse tragado el último bocado de comida.

Ahora los escucha acomodarse por el resto de la noche. Rufina le ha dicho que cada familia tiene su propia choza y que las mujeres y los hombres solteros viven colectivamente en chozas separadas. Pola no tiene que esforzarse mucho para imaginar lo que le espera tan pronto como se recupere.

* * *

Según mejora su condición, y alimentada por las descripciones detalladas y las opiniones no solicitadas de Rufina, la curiosidad de Pola crece y la obliga a ser testigo de la vida que se desarrolla a su alrededor.

Como curandera, Rufina tiene muchas tareas que le ocupan todo el día. Atiende a Pola todas las mañanas antes de salir a cortar hierbas frescas y recoger las frutas y vegetales que se usarán para cocinar. Cuando regresa de la cocina, sale al bosque a buscar plantas medicinales para reabastecer sus suministros. Luego de ver que la paciente esté bien, trabaja en su mesa separando, secando y mezclando sus remedios. Por la tarde, sale a ayudar a las cocineras a preparar las viandas para los trabajadores que regresan.

Una mañana, Pola espera a que Rufina se marche para asomarse a la ventanita. Camina despacio y se apoya a cada paso. Tiene la espalda mucho mejor y, aunque aún le duele, ya puede ponerse de pie sin sentir ese dolor punzante que la ha mantenido en cama todas estas semanas. Está ansiosa por ver el nuevo mundo al que la han traído, esta Hacienda Las Mercedes.

Descorre la cortina y se agarra al borde de la ventana. Pola ve que el batey está dividido en tres secciones distintas; hay una casa en cada extremo de una avenida que divide las viviendas de los esclavos en dos hileras de ocho chozas cada una. La de Rufina es la primera de la doble fila de chozas justo debajo de la puerta trasera de la cocina.

La casa más grande de la plantación, una estructura blanca, resplandeciente con persianas verdes, está situada justo encima y a la derecha de la ventana de Rufina; debe de ser sin duda la casa de los patrones. En el mismo promontorio y directamente detrás de la casa grande, con sus cortinas flotantes y sus ventanas anchas, hay otras dos estructuras. Una, que llaman Las Agujas, es una cabaña larga con un enorme palo de mangó enfrente. Las ramas del árbol dan sombra a una mesa extensa que está justo debajo e inundan el aire con la fragancia de su fruta pulposa. Perpendicular a la casa grande hay una segunda estructura, la cocina, el único edificio del batey que conecta con la casa grande mediante un corredor flanqueado por columnas. Entre estas dos estructuras, detrás de la puerta trasera de la casa grande, hay un patio enorme.

En la loma opuesta, justo detrás de las chozas, está la más pequeña de las dos casas. Este edificio de dos plantas, hecho de madera sin pintar, tiene un ancho balcón que le da la vuelta y brinda a su ocupante vistas de toda la hacienda: enfrente, las chozas de los esclavos y la parte trasera de la mansión señorial; detrás, los cañaverales y sembradíos de frutos menores. Justo debajo del balcón hay un amplio patio lleno de arados, palas, piezas metálicas de trapiche, piedras de repuesto para el molino y otros equipos de agricultura que aguardan reparación. El balcón mira hacia el batey bajo donde viven los trabajadores. Una puerta divide el área en dos partes iguales. De un lado del techo del balcón cuelgan machetes de todos los tamaños y formas: los mochos, más cortos y anchos y de hoja bota, son para los trabajadores; los sables, de hoja más delgada y elegante, pero letal, son los que usan los capataces y los administradores de la plantación. De la otra mitad del techo cuelga un armatoste que sujeta una colección de látigos: chicotes de cuero o soga, cintos, látigos ganaderos, látigos para caballos y el temido gato de nueve colas, rígido, flexible, liso o con nudos; una selva de látigos colgantes como culebras, listos para utilizarse. Ésa es la casa de Romero, el mayoral.

Pola dirige la atención a las únicas actividades que se realizan en el batey bajo. Tres viejas trabajan a la cabeza de la línea de distribución, más cerca de la casa del mayoral. La más joven entra y sale por la puerta trasera de la cocina cargando alimentos que lleva hasta un dosel donde las dos mayores preparan la comida.

La mesa está totalmente cubierta por una larga plancha de metal, que se sostiene a ambos lados por dos soportes de ladrillos. Directamente bajo la plancha hay una capa de cáscaras de coco y madera ardiente y humeante. A cada lado del dosel, las mujeres cocinan en un fogón, tres piedras colocadas en forma de triángulo que sostienen unos calderos enormes: uno para el arroz y otro para las habichuelas.

Hoy es domingo, comerán carne. Eso ha dicho Rufina.

Pola está tan concentrada observando a las mujeres que no siente cuando la curandera entra con un saco de yute. Le echa un vistazo a Pola y prosigue con sus tareas.

—Veo que está' mucho mejor. Bien. Hoy no' acompaña' a cenar.

Al instante, Pola se echa hacia atrás:

—No, no, no puedo…

Rufina alza la vista lentamente:

—¿Cómo que no puede'?

—No quiero…

—Claro que puede' y lo hará'. ¿De cuándo acá nosotro' decidimo' lo que queremo' o no queremo'? Parece que se te olvida quién ere'.

Rufina señala el promontorio.

—Mira, Pola, llevo varia' semana' haciéndome la loca, pero ya no puedo má'. La patrona me pregunta por ti a cada rato y está cansándose de la' excusa'. Te he comprado un poco de tiempo, pero pronto te van a mandar a trabajar esté' lista o no.

Suaviza la voz.

—Le' dije que no podía' ir al cañaveral todavía con la espalda como la tiene', así que don Tomás te ha mandao por ahora con su esposa. Doña Filo necesita ayuda en Las Agujas, la cabaña de la' costurera', que está al la'o de la casa grande. Si ere' lista, controla' ese mal genio y sácale provecho a la situación. Y, con suerte, te dejan quedarte ahí en vez de mandarte al cañaveral.

Pola cruza los brazos y pone mala cara:

—¿Y desde cuándo *yo* he tenido suerte?

* * *

Rufina obliga a Pola a salir por la puerta y dirigirse al círculo de piedras que está en medio del claro entre la doble hilera de chozas. Le busca una piedra plana donde sentarse no lejos de su puerta y bastante cerca de la mesa de cocina.

Pola sabía que este día llegaría tarde o temprano. Lo único que desea es seguir comiendo en la placentera soledad de la cabaña de la curandera. Pero Rufina insiste. De ahora en adelante, si quiere comer, tendrá que unirse a los demás.

Mientras se dirigen al círculo, Pola siente las miradas que la siguen. Las mujeres detienen sus actividades por un instante cuando la nueva mujer se les une. Pronto llaman a comer y Pola se tranquiliza al ver que las demás regresan a sus tareas y se encaminan hacia la cocina que está al extremo del batey. Rufina coloca una manta gruesa sobre la piedra plana y ayuda a Pola a sentarse.

—Regreso ya mismito. Siéntate y descansa. —Empieza a caminar, pero se detiene y mira a su paciente—. Sonreír un poquito no va a hacerte daño.

Tan pronto como Rufina se aleja, Pola examina el claro hasta ver el árbol más cercano. Sus ramas colgantes le ofrecen lo que necesita. Hace acopio de todas sus fuerzas para levantarse, arrastra los pies hasta el tronco, se sienta cuidadosamente en el suelo y se recuesta con cautela contra la superficie áspera de la corteza. El dolor aún es insoportable, pero se traga el gemido. Vale la pena sentirse menos expuesta. Respira profundo y se relaja un poco. Preferiría ignorar el tejemaneje del patio, pero la curiosidad es más fuerte.

Observa a un muchachito encaramarse en una de las muchas palmeras que bordean el claro. Se ayuda con un cinto grueso que lanza al aire y usa para impulsarse hacia arriba. Repite varias veces la acción hasta desaparecer en la corona. Apenas se le ven las piernas mientras los cocos caen como por arte de magia en los brazos de otro muchachito más joven, que captura los cocos verdes en el aire y se los entrega a Pastora, la cocinera de la familia, que les corta la parte superior y luego los pasa al círculo.

Los hombres permanecen lejos, fumando o conversando en grupos alrededor del patio. Pola reconoce entre ellos el rostro marcado de Simón. Está de pie bajo un limonero escuchando a uno de sus compañeros, sus ojos, dos cavernas oscuras, la miran fijamente. Pola se mueve en sus asentaderas, incómoda bajo el escrutinio. Agradece cuando Rufina se le acerca para ofrecerle agua de coco y le bloquea la vista. Rufina no le dice nada, por haberse cambiado de lugar.

La atención de Pola se fija en el grupo de negros al que han llamado a comer. Como se lo esperaba, ahí están los hombres fornidos y las mujeres corpulentas que trabajan en el cañaveral. Pero lo que le maravilla son los niños: niñitos, bebés en brazos de mujeres, y jóvenes casi adultos.

No ha visto tantos niños negros desde que se la llevaron de su aldea. Una mujer se aparta un poco y se saca un pecho hinchado. El bebé se le pega inmediatamente al pecho y ambos se mecen como si fueran un solo cuerpo. ¿Será éste un lugar donde a las mujeres no les roban el vientre? ¿Donde las madres negras pueden amamantar, guiar, alimentar y jugar con sus propios hijos? ¿Donde pueden verlos crecer y convertirse en hombres y mujeres, incluso casarse y tener sus propios hijos?

Se le empaña la vista al recordar la manita sobre su pecho, la boquita hambrienta alrededor del pezón, el dolor del espacio vacío donde sus bebés descansaron alguna vez. El sufrimiento y la nostalgia por sus hijos perdidos aflora cuando menos lo espera. Se muerde el labio para contener el sentimiento, se sacude los recuerdos de la mente y se obliga a concentrarse en la escena que se desarrolla ante sus ojos.

Al llamado, la gente ocupa su lugar alrededor del círculo para empezar a comer. Simón se sienta entre los hombres al lado opuesto del círculo, la mirada aún fija en ella. Le da vueltas a un trozo de soga y le hace nudos mientras espera su porción. Aún le cuesta mover la mano izquierda, una mancha roja le cubre el vendaje mientras se esfuerza por realizar la tarea. Pola gira y mira hacia otra parte. Quién lo manda a ponerle las manos encima, piensa. Está harta de los hombres y sus ojos y sus manos y sus partes.

Aunque se niega a reconocer la mirada de Simón, Pola examina todo y a todos. Los adultos se sientan alrededor del círculo grande y conversan entre sí mientras los niños, algo que no deja de sorprenderla, corretean y juegan cerca. Algunas de las niñas mayores se sientan a una distancia respetuosa de la conversación de los adultos y se dicen cosas al oído mientras los chicos simulan no verlas. Estas personas, sentadas con las ditas vacías entre las manos aguardando su ración, podrán estar agotadas y hambrientas. Pero no hay nadie enclenque, a nadie se le notan los huesos, no hay barrigas distendidas ni miradas perdidas, a nadie le falta una extremidad, nadie tiene el miedo grabado permanentemente en el rostro. No hay látigos ni cadenas ni capataces gritones, al menos no se ven desde aquí. Pero los ojos inexpertos pueden engañarse.

Mientras inspecciona el área, no puede evitar fijarse en un movimiento al otro lado del círculo. Ahí, justo detrás de Simón, hay dos niñitos, desnudos como recién nacidos, que no se están quietos. Abandonados a su juego, dan vueltas alrededor del hombre mientras come. Los niñitos juegan entre sí y ríen. *¡Risas!* Hace años que Pola no escucha la risa de un niño.

Los niñitos capturan su atención. Tienen un aspecto familiar. ¿Cómo es posible? Como si sintiesen que Pola los observa, se detienen y miran directo hacia donde ella. Casi como si estuviesen esperándola, le sonríen, la saludan con la mano y luego siguen jugando. ¿Quiénes son esos niñitos? Parecen tan cómodos en su presencia. Pero antes de que pueda identificarlos, Rufina regresa y le alcanza a Pola una dita con una generosa porción de un fragante guisado.

—Come, bebe. El agua de coco te sanará y el guisa'o te devolverá la' fuerza'.

Pola se olvida de los niñitos al ver los alimentos. El olor de la ración de gandinga le hace la boca agua; es la primera vez que la prueba y se convertirá en su plato favorito: un guisado espeso hecho a base de las vísceras separadas cuidadosamente de los cortes de carne especiales que se consumen en la mesa de los patrones. Servido sobre arroz blanco, a Pola le parece un banquete digno de los jefes.

Desde su llegada, Pola sólo ha comido pequeñas porciones de alimentos sencillos. Ahora disfruta de la abundante porción que tiene ante sí. Prueba un bocado y siente la explosión de sabores. Nunca había probado esa compleja mezcla de culantro, orégano, laurel y ajo, que hace de los cortes de carne que desprecia la familia un banquete suntuoso. Se deja llevar por los sabores y olores de la comida mientras rebaña el contenido de la dita con los dedos, se los chupa y se come hasta el último granito masticando despacio para que le dure. Le pasa la lengua al interior de la dita hasta dejarla limpia. Por último, acerca la boca a la apertura en la parte superior del coco, echa la cabeza hacia atrás y bebe el líquido dulce que guarda en su interior. Cuando termina se queda sentada, aún maravillada. Casi había olvidado el sabor de una buena comida preparada con amor. La comida la lleva de regreso a su aldea. El recuerdo le anega los ojos de lágrimas.

La mirada de Simón II

La mujer come como si ésta fuera su primera y última comida. Se deja llevar con el abandono de un niño. La salsa le chorrea por la ropa y se la mancha, pero está demasiado ocupada como para preocuparse por quién la mira devorar la comida, rasgar las carnes con ferocidad y tragarse los trozos de vianda casi enteros. Se atraca de arroz y se chupa todos los dedos. No la avergüenza el placer obvio que siente al comer. ¿Qué camino la habrá traído hasta aquí? ¿Qué horrores habrá sobrevivido? ¿Cuántos placeres le habrán sido negados? Te observaré, Pola. Te observaré para entender la medida de tu vida. Y entonces veremos.

Los mundos de las mujeres

Hacienda Las Mercedes, Carolina, Puerto Rico, enero de 1850
En la distancia, Pola observa los enormes peñones que bordean los edificios de la plantación. Comienzan a un lado de la casa grande, pasan por detrás de la cocina hasta la cabaña del carnicero y los establos, continúan por las chozas, pasan por detrás de la casa de Romero y las letrinas, y llegan hasta la loma de Las Agujas al otro lado de la casona. Forman un marco que contiene a todas las personas que viven en Las Mercedes. Detrás de la casa de Romero, hay una entrada que da acceso al cañaveral.

Pola siente la atracción del verdor del bosque más allá de los peñones.

* * *

Unas semanas después de que ha comenzado a compartir la cena con el grupo, Pola observa a la vieja de la trenza gris, a la que llaman Tía Josefa, cruzar el batey. Pola ha visto a esa mujer desde la ventana de Rufina. Sabe que vive en la loma, en el edificio grande que llaman Las Agujas. Ésa es la casa de las mujeres que trabajan con las telas.

Pola sabe muy bien quiénes son. Viven cerca de la Señora, son las negras domésticas. Nunca ha vivido entre mujeres como ésas, pero ha visto a muchas en la vida. Nunca les salen callos en las manos, nunca reciben una cortadura de un machete descuidado, nunca les salen jorobas en la espalda a causa de años de doblarse a cortar y recoger caña. Tienen la barriga satisfecha y llevan faldas finas. Se cubren los rizos sueltos con sombreros de paja y les preocupa que la piel se les oscurezca demasiado. Mulatas, morenas, jabás, mestizas, jinchas… gente de sangre mezclada, eso es lo que son. Son las negras especiales; no, no son negras, sino trigueñas o de color o claritas, todo menos negras como las que trabajan en el cañaveral, como ella, que llevan el trabajo grabado en el cuerpo. Esas mujeres negras son especiales, claro que sí. Nadie les pregunta quién es su papá; no hace falta.

Tía Josefa, esa bruja que viene por ahí, es la negra jefa de la casa. Alrededor de la cintura lleva una larga cadena que le llega a las rodillas y, de esa cadena, cuelga un mazo de llaves. Pola nunca ha visto que una mujer negra ande con llaves. Como no poseen nada, no tienen nada que guardar bajo llave.

Pola la ve acercarse y, a propósito, va a acostarse en su catre de espaldas a la puerta. Pero se esfuerza por escuchar. La mujer entra por la puerta de la cabaña como Pedro por su casa, como si viviera ahí o tuviera algún derecho.

Tía Josefa ha oído hablar de esa nueva mujer de lengua viperina y mal genio. Se cuadra de hombros, cruza los brazos sobre el delantal e ignora el insulto.

—Buenos días, Pola.

—Rufina no está —dice Pola, aún de espaldas a la puerta.

—Lo sé. —Tía Josefa aguarda.

Pola deja que pase un rato con la esperanza de que la mujer

se vaya. Tía Josefa se mantiene firme. A regañadientes, Pola se da vuelta y la mira.

—Vine a verte a ti. —Tía Josefa mira a Pola a los ojos sin mover un músculo.

No hay respuesta.

La vieja se aprieta las manos, respira profundo y prosigue:

—Soy Tía Josefa y soy la encargada de Las Agujas, el taller que está al otro lado.

—Sí, lo sé.

Tía Josefa arquea las cejas. Ya le han hablado de ésta, la que está siempre como un guabá. Bueno, pues tendrá que aprender cuál es su lugar.

—Ten la cortesía de mirarme cuando te hablo.

Tía Josefa se toma su tiempo en examinar abiertamente a esta nueva Pola, que se endereza despacio en la cama y se encoje de dolor con cada movimiento. Sabe que, aunque está más recuperada, Pola no está en condiciones de trabajar en el cañaveral como le sugirió el amo a su esposa justo esta tarde.

—Me dicen que estás mejor, más fuerte.

Pola encoje los hombros y se estremece cuando estira los músculos entumecidos.

—Me dicen que ya conoces a algunos de los nuestros. Todos sienten, sentimos, mucha curiosidad respecto a ti. Creo que te caeremos bien. Aquí no es tan malo como en otras partes. Aquí nos alimentan, nos dan vivienda y ropa y…

—A algunos más que a otros, por lo visto. —Irrespetuosa, Pola mira a Tía Josefa de pies a cabeza. Sus palabras están cargadas de desdén—: Tú vives en la casa grande. Siempre te toca lo mejor. Yo estoy acostumbrada al cañaveral donde…

Tía Josefa ya ha aguantado lo suficiente.

—También me han dicho que tienes la lengua afilada y muy mal genio. Me imagino que la has pasado mal. Voy a atribuir tu falta de respeto a eso. No me conoces ni conoces a nadie en este lugar. ¿Acabas de llegar y crees que ya sabes cómo se bate el cobre aquí?

Más allá de las palabras, algo en la manera de hablar y conducirse de la mujer le dice a Pola que se ande con cuidado. Pola ajusta el tono de voz, pero el mensaje es claro:

—Una hacienda es una hacienda y los esclavos son esclavos. A algunos siempre les va mejor que a otros. Pero eso no cambia nada.

Tía Josefa se alisa la falda y se toma un momento para calmarse.

—Vine a decirte que, a partir de mañana, trabajarás con nosotras en Las Agujas. Te mudarás esta noche después de la cena. Así podré enseñarte nuestra rutina y lo que se espera de ti cuando empieces a trabajar mañana temprano. Doña Filo no está en casa, pero, cuando regrese, decidirá si te quedas allí o te manda al cañaveral.

Dicho esto, la mujer da media vuelta y comienza a alejarse, no sin antes mirar hacia atrás.

—Y antes de llegar allí, mejor aprende a morderte esa lengua. Y que se te quite esa mierda. Nadie te va a aguantar malacrianzas. Y yo menos que nadie.

Pola le lanza una mirada fulminante.

Tía Josefa respira profundo y crece unos centímetros ante los ojos de Pola. Su voz es certera, pero contenida:

—No me cuques, muchacha. Puedo ser tu mejor aliada o tu peor enemiga. De ti depende. En cualquier caso, te reportarás conmigo esta noche. Y procura presentarte con mejores modales. ¿Nos entendemos?

Tía Josefa habla en un tono suave, pero Pola reconoce la advertencia. Esa mujer la ha puesto a raya. Sin embargo, Pola no está dispuesta a ceder.

Tía Josefa se cuadra en la puerta y mira fijamente a Pola. La rabia que ha contenido a lo largo de toda la conversación ahora se le enrosca en las palabras. Esta vez, el tono de Tía Josefa es fuerte y áspero:

—Te hice una pregunta. Estoy esperando la respuesta.

Pola sabe cuándo darse por vencida. A regañadientes responde:

—Tú mandas.

Tía Josefa se yergue.

—Sí, yo mando aquí. Que no se te olvide.

Ahora que ha quedado claro quién es quién, se retira sin mirar hacia atrás.

Pola se niega a dejarse intimidar, pero un nuevo tipo de miedo se le ha alojado en el pecho. Apenas se ha acostumbrado al mundo de Rufina en el batey bajo. Ahora tiene que empezar de nuevo. Nunca le habían dado órdenes de ese modo, no una mujer negra. ¿Quién diablos se cree esa tal Tía Josefa? Se sienta en su catre echando chispas hasta que Rufina regresa. Entonces se desata toda su cólera.

Aún echando humo por las orejas, Pola cuestiona la autoridad de Tía Josefa para darle órdenes.

—¿Quién se cree que es esa jodía vieja?

Rufina suelta sus cosas y empieza a organizar la mesa. Respira varias veces antes de dirigirse a su paciente.

—Mira, Pola, lleva' una' cuanta' semana' aquí conmigo y no' hemo' acostumbrao una a la otra, pero no te olvide' de quién ere' y dónde está'. Creo que se te ha olvidao tu lugar.

Pola está a punto de ripostar, pero Rufina levanta la mano y la detiene antes de que empiece.

—Esto —señala alrededor de la habitación— esto no e' pa' siempre, esto e' hasta que recupere' la' fuerza' pa' trabajar. ¿De cuándo acá *nosotro'* decidimo' lo que pasa en la hacienda? Nosotro' hacemo' lo que no' mandan. ¿Y de cuándo acá te cree' que tiene' derecho a criticar a Tía Josefa? Ella hace lo que le toca, como yo, y como lo hará' tú también. Y esa jodía vieja, como tú dice', ella e' la única que puede, que *podría*, salvarte de terminar en el cañaveral otra vez.

—No es como el resto de nosotros. Anda por ahí como si fuera la dueña de todo esto.

Tampoco Rufina está dispuesta a aguantarle malacrianzas a Pola.

—Yo me andaría con cuidao si fuera tú. Tiene' suerte de que te enviaron al taller. Trabajar en Las Agujas e' mucho mejor que trabajar en el cañaveral. ¿O e' que se te ha olvidao? —Rufina pausa para que Pola asimile sus palabras—. Pero si está' loca por agarrar un machete y sudar la gota gorda en el cañaveral, allá tú. Con o sin herida', estará' bajo un sol que quema en meno' de lo que canta un gallo.

»Tú no ere' ni tan simpática ni tan diestra como pa' que to' el mundo quiera tenerte cerca. Y esa' mala' pulga' no son una de tu' virtude'. Así que aprende a morderte la lengua, en especial con Tía Josefa. Con ella no se discute... *jamá'*. ¿Acaso tu gente no te ha enseñao a respetar a tus mayores? Déjame darte un consejo ante' de irte. Abre bien lo' ojo' y lo' oído' y cierra bien la boca. Y ruégale al dio' tuyo que doña Filo no se entere de lo «encantadora» que ere'.

Rufina está a punto de salir de la habitación, pero se detiene. Respira profundo varias veces antes de volver a dirigirse a Pola. Su tono es más suave y amable.

—Mira, mi'ja, ninguno de nosotro' pidió que no' trajeran

aquí, pero aquí estamo'. No podemo' esperar justicia de lo' blanco', pero al meno' podemo' esperar un poco de respeto entre nosotro' mismo'. ¿De qué vale la vida si no podemo' confiar en lo' nuestro'? Tía Josefa no e' tu enemiga. De hecho, e' tu refugio. Recuérdalo bien ante' de abrir esa boca pa' faltarle el respeto.

* * *

Esa noche, a la hora de la cena, Pola se niega a comer con los demás y se queda en la cabaña rumiando la rabieta. Rufina la deja. Unas horas más tarde, la puerta se abre lentamente y Simón aparece con una dita y un coco abierto. Pola agarra el mazo del pilón de Rufina y lo sostiene amenazante sobre la cabeza mientras recula lo más lejos posible de la puerta.

Simón avanza unos pasos y coloca la comida sobre la mesa.

—Rufina pensó que tendrías hambre.

Pola, aún armada con el mazo del pilón, no le quita los ojos de encima.

Simón habla en voz baja:

—No he venido a hacerte daño.

Pola está preparada para defenderse, cada músculo de su cuerpo es una soga en tensión.

Simón sonríe apenado y niega con la cabeza:

—Te dejo tranquila. Buen provecho. —Luego sale de la habitación con las manos abiertas como quien se rinde.

A Pola le toma un tiempo relajar la tensión de los músculos. Se dirige a la ventana y lo ve alejarse. Cuando está segura de que no regresará, suelta el mazo del pilón y se deja caer sobre el catre. Las heridas, que olvidó durante la confrontación, le arden un poco. ¿Qué querrá ese hombre? ¿Qué querrán todos de ella? ¿Por qué no la dejan en paz?

Esa noche, una de las mujeres de Las Agujas viene a buscarla. Sin decir palabra, Pola se levanta y la sigue. La distancia entre el batey y la loma es corta, pero a Pola le parece que está a punto de entrar en un mundo desconocido otra vez.

Está absorta en sus pensamientos sobre su nueva vida cuando nota dos pequeñas siluetas, dos niñitos sentados muy quitecitos. Pola se acerca y ve sus sombras levantarse e ir delante de ellos hasta llegar a la cabaña de las trabajadoras de la aguja. Danzan alrededor del destello del quinqué sin llegar a materializarse a plena luz. Más cerca de la claridad de Las Agujas, Pola puede verlos mejor. Los niños se detienen a ambos lados de la puerta y esperan a que las mujeres entren. Son varones, una parejita. ¿Dónde ha visto a esos niños antes? Trata de identificarlos y vuelve a mirarlos. Pero los niños se confunden de nuevo entre las sombras. Y luego desaparecen.

* * *

Tía Josefa es la única que tiene su propia habitación en Las Agujas. Está a mano derecha de la entrada y le proporciona cierta privacidad personal a ella y seguridad a las telas finas que se almacenan bajo llave. Las demás mujeres comparten un espacio más amplio con dos hileras de catres individuales muy parecidos a los que hay en la cabaña de Rufina. Al fondo, lo más lejos de la entrada, una cortina separa los últimos dos catres del área principal.

La única función de las mujeres solteras que viven aquí es coser para las clientas de doña Filomena. El trabajo que realizan es conocido por su fina calidad y confección, lo que le proporciona orgullo a doña Filo, además de un ingreso considerable. Sus clientas son algunas de las mujeres más ricas y exigentes de la isla, cuyos poderosos maridos son también un activo invaluable para don Tomás. Tía Josefa es su esclava de confianza.

Veintitrés mujeres están a punto de terminar un largo día de trabajo cuando Pola llega a la cabaña de las trabajadoras de la aguja. Su llegada se anuncia al grupo. Un coro le da la bienvenida mientras Pola examina detenidamente la habitación.

Una joven de apariencia fresca guarda su canasta de costura. Los rizos sueltos le caen sobre los hombros y le enmarcan el rostro marrón. Tiene los dientes fuertes, de un blanco que resplandece cuando sonríe por un comentario que hace alguna. Cerca, una mujer de caderas redondeadas, de unos veintitantos años, de estatura baja, cabello color ladrillo y piel color miel, ayuda a doblar los últimos pedazos de tela. Otra mujer saluda a Pola con la cabeza cuando le asignan el catre al lado del suyo. Levanta la vista del mantel a medio bordar en el que trabaja, los ojos le brillan contra la piel oscura. Sonríe ampliamente y vuelve a su labor. Otra está sentada en su catre y se masajea los dedos. Mientras se unta una sustancia mantequillosa en las manos, una cascada ondulada le cae sobre el rostro.

Al extremo opuesto de la habitación, se ha descorrido la cortina que separa los últimos dos catres y hay dos mujeres sentadas. La más joven de las dos le hace trenzas a la mayor y de vez en cuando se inclina para decirle algo al oído a su compañera. Ríe y los rizos le bailan en la cabeza. Cuando termina la última trenza, le pone la mano en el hombro a la otra. Las mujeres miran a Pola y dicen al unísono:

—Bienvenida. —Son tan diferentes y, sin embargo, parecen un conjunto a juego.

Todas estas mujeres tienen algo en común: todas son mulatas.

Pola se dirige al catre que le han asignado sin siquiera intentar recordar todos los nombres y rostros. Ha visto mujeres como éstas antes y pierde todo interés en ellas después de que cada una se presenta. Mira a su alrededor y presume que no estará aquí mucho tiempo. Ninguna de estas mujeres tiene los rizos apretados que le enmarcan el rostro a ella, ni el caoba profundo de su piel nocturna. No tienen el rostro lleno de cicatrices ni el cuerpo herido como ella. No, a las mujeres como Pola rara vez les permiten acercarse la casa grande. El color de su piel y sus facciones las condenan a un mundo invisible, mientras más lejos de la vista de los patrones, mejor. Entonces, ¿por qué la han enviado aquí?

Mientras ocupa el lugar que le han asignado entre todas estas mujeres, Pola se distancia emocionalmente de la comunidad. Su catre, en el extremo más apartado de la cabaña, está justo al lado de la cortina. Las mujeres prosiguen sus actividades y ella se queda sola, que es justo lo que desea. Está segura de que, aunque viva con estas mujeres por un tiempo, jamás será parte de ellas.

* * *

A la mañana siguiente, se levantan antes del alba para desayunar café y pan con mantequilla o sorullos o funche con salsa o mondongo frío con plátanos o pan sobao viejo con huevos o habichuelas con viandas, los tubérculos bañados en la salsa de las habichuelas que sobró. La comida depende de lo que haya sobrado de la cena de la familia la noche anterior.

Sobras o no, caliente o frío, a Pola se le quieren salir los ojos ante el aspecto y el olor del desayuno. Comparada con el pan rancio untado de grasa que le daban en la plantación anterior, esta comida sabrosa y abundante es un festín. Lo maja todo junto y se sirve una porción enorme que se devora en un abrir y cerrar de ojos. Se mete unos bocados tan grandes en la boca que luego tiene que masticar un buen rato para tragárselos.

Tía Josefa observa a Pola lamer hasta el último pedacito de batata de su dita.

—Hay suficiente tiempo y comida. Nadie te va a quitar nada del plato.

—Eso no lo sé. —Las palabras se le enredan en un bocado de batata.

La comida es una tentación que no puede resistir. Aunque preferiría estar sola, Pola se da cuenta de que, si quiere comer, debe unirse a las demás. A regañadientes, paga el precio de la interacción social.

Mientras desayuna, observa este nuevo mundo desde otra perspectiva. El batey en sí, o lo que Pola piensa que es el batey alto —por oposición a las chozas de los esclavos o batey bajo— es un espacio enorme que se extiende a todo lo ancho de la casa grande en la loma más alta que da hacia el norte. Aquí el suelo está limpio y bien apisonado por la gente que ha vivido y trabajado en este lugar a través de los años. Las plantas del seto están bien cuidadas y no hay basura por ninguna parte. Al principio no se da cuenta de los peñones que bordean el perímetro por las plantas que separan las áreas donde se vive y trabaja en la casa grande del cañaveral y el bosque circundante.

El batey —tanto el alto como el bajo— suele estar tranquilo porque los trabajadores de la caña se van casi todo el día y rara vez están en esa parte de la plantación. Éste es el reino de las trabajadoras domésticas: sirvientas, cocineras, trabajadoras de la aguja y artesanas esclavizadas. De vez en cuando, el carnicero o el encargado de los establos traen personalmente algunos artículos de primera necesidad u otras cosas.

Pronto Pola aprenderá que éste es el reino de tres mujeres negras. Tía Josefa, la principal de Las Agujas, es la esclava de confianza de la patrona porque estaba aquí cuando doña Filo llegó de joven recién casada. Las Agujas le ha proporcionado una fortuna personal considerable a la patrona y muy buena reputación a la plantación. Pastora, la cocinera, es otro tesoro. Gracias a ella, la familia tiene fama de servir unas mesas tan deliciosas y abundantes que les hacen competencia a las de cualquier dignatario extranjero. Pola aún no ha visto a Celestina, el ama de llaves, que se asegura de anticipar el más mínimo capricho de doña Filo. Sin esas tres mujeres, la familia no podría disfrutar de la vida de confort y tranquilidad que tanto le gusta.

Las Agujas, una cabaña que mide tres veces lo que las chozas más grandes del batey bajo, es una estructura bien puesta, hecha de planchas de madera. La gran mesa de trabajo está afuera, justo frente a la puerta y se extiende a lo largo de la cabaña a la sombra del enorme palo de mangó. Al lado opuesto, y conectada a la casa de la familia, está la cocina de Pastora, famosa por el orden y la limpieza que reinan en ella. La columnata entre ambos edificios protege a la cocinera y sus ayudantes en su trajín diario de aquí para allá, recibiendo órdenes y sirviendo los alimentos de la familia. Las enredaderas que trepan por los lados ofrecen sombra y fresco bajo el ardiente sol. Pastora es muy querida y, aunque su responsabilidad es la mesa de la familia, siempre se asegura de que las cocineras que alimentan a los trabajadores cuenten con algo más que las sobras y los restos de comida que no se consumen en la casa grande.

Pola ha escuchado que Celestina dirige a las que trabajan en la casa con mano dura. Rara vez se la ve interactuar con otras personas negras de la plantación. Pola está ajena a sus quehaceres, y mejor así. Le conviene pasar desapercibida.

La cuesta que lleva a las chozas queda frente a la casa de Romero en el extremo sur del área de vivienda de la plantación. Ahora Pola observa a los trabajadores de la caña hacer fila frente a la casa del mayoral y recoger sus machetes de punta chata. Las filas de hombres, mujeres y niños comienzan a serpentear hacia el cañaveral. Pola se traga el último bocado de su desayuno, mira hacia el cañaveral y un escalofrío le baja por el espinazo.

* * *

Después de desayunar, las mujeres limpian la mesa y se ponen a trabajar. A un lado y otro de la gran mesa, las mujeres vacían sus canastas y se preparan para un largo día de trabajo con sus agujas. La mayoría trabaja en proyectos a medio empezar: largas piezas de tela, hilos delicados y encajes finos.

Pola espera a que Tía Josefa le dé instrucciones. Todavía no le confían las tijeras o las agujas, de modo que pasa todo el día realizando tareas de apoyo al trabajo de las demás mujeres. Trae suministros de costura adicionales, recoge retazos y guarda los materiales que no van a usarse el resto del día. Sus tareas no son pesadas ni requieren mucho esfuerzo, pero no pasa un instante sin que alguna de las dos docenas de trabajadoras de la aguja necesite algo. Al final del día, Pola está sudorosa y cansada, pero ni de lejos siente el agotamiento que sentía al final de una jornada en el cañaveral con la espalda doblada. Y lo agradece.

Al cabo de una semana, Tía Josefa hace a Pola entrar en la cabaña y le entrega un par de tijeras enormes y un montón de tela barata, ropa vieja y sábanas rotas para que practique. Le toma un tiempo, pero, entre las demás tareas, Pola aprende a cortar al hilo y al bies del tejido. Aprende la diferencia entre cortar calicó para la ropa de los trabajadores, algodón fino para la ropa interior de la familia y lino para los vestidos de noche. Comienza a distinguir las diferencias entre los tejidos y la presión que requiere cada uno. Aprende a medir y a reconocer las marcas en los patrones. Cuando sus destrezas de cortadora mejoran, se gana un lugar en la mesa con las demás mujeres. Sentada en el extremo donde hay más espacio, corta las largas piezas de tela en pedazos más pequeños que va apilando frente a las diestras mujeres que los convertirán en servilletas, delantales, cortinas, fundas y todo tipo de mantelería y ropa de cama. Cuando demuestre que puede cortar bien esos pequeños pedazos, le confiarán tareas de corte más importantes. Cuando esté más fuerte, cargará los pesados rollos de tela fina que se utilizan para los vestidos de noche, la mantelería y la ropa de cama de lujo que le han dado fama al taller.

Las mujeres más experimentadas de la mesa hacen los entalles, los drapeados y las puntadas al bies, que requieren una mano firme y tensión uniforme. Las trabajadoras más importantes hacen las puntadas finas. Las manos color marrón vuelan sobre las delicadas telas y realizan movimientos imposibles, de tan diminutos, para producir bordados intricados, plisados y el tan valorado mundillo que adorna la ropa interior de las blancas ricas, así como las guayaberas de sus maridos. Otras trabajan en complicados patrones que luego se convierten en vestidos de noche para mujeres que trabajan poco y tienen mucho tiempo para visitas.

Pola lleva un vestido suelto y sin forma que a veces no llega a cubrirle la parte superior de la espalda. Cuando se inclina hacia delante, quedan al descubierto las cicatrices que, como lombrices inertes, ahora descansan sobre el fondo color chocolate amargo de su piel. Sus manos grandes y callosas son diestras, pero no talentosas.

La joven y coqueta Ceci, de mejillas rosadas y risa fácil, se burla de ella:

—No te preocupes, Pola. Estoy segura de que Tía Josefa encontrará *algo* que puedas remendar; después de todo, tus manos no están acostumbradas a este tipo de trabajo.

A Pola se le empiezan a calentar las orejas. ¿Por qué esta gente no la deja en paz? ¿Quiénes son ellas para hablar, estas mujeres consentidas que se pasan el día sentaditas mientras hay tantos con el lomo doblado bajo el sol ardiente? Recuerda las advertencias de Rufina e intenta morderse la lengua.

—Ceci, mujer, basta. No todo el mundo aprecia tu…

—Vamos, es una broma. ¿Verdad que sí, Pola? Anda, regálanos una sonrisita.

La alusión a su rostro desfigurado y a sus limitaciones, que conoce muy bien, hacen que Pola dispare:

—Mira, condená, no empieces. No tendré la cara linda. Sé que tengo los dedos gordos y torpes. Y, sí, mis manos están más acostumbradas al machete y la dureza de la caña que a la suavidad de las exquisiteces femeninas. —Mira la tela que está en la mesa—. Quizás no nací para hacer reverencias y humillarme con tal de vivir cerca de la casa grande, pero puedo arreglármelas muy bien contigo y con cualquiera que crea que puede burlarse de mí. —Lanza una mirada fulminante al resto de las mujeres que están alrededor de la mesa—. No se equivoquen, no se crean que son mejores que yo. Todas estamos a un pasito del látigo.

—Pola, cálmate, mujer. No te agites tanto —intenta calmarla

Emiliana, que suelta su labor y se inclina hacia ella—. Ceci está bromeando. ¿No puedes reconocer una broma?

Ceci mete la cuchara.

—No, muchacha, el sol de esos cañaverales le ha quemado el sentido del humor. —Se oyen risitas tras las manos que tapan las bocas.

Pero Pola no logra calmarse.

—Creen que no pertenezco aquí, ¿verdad?; que una trabajadora de la caña no tiene lugar entre las mulatas de la casa. —Lanza otra mirada fulminante a los rostros alrededor de la mesa—. Pues yo sé quién soy. ¿Ustedes pueden decir lo mismo? ¿O es que se han olvidado de algún detallito en el camino?

Emiliana intenta de nuevo aplacar a la mujer enfurecida.

—Pola, aquí todas somos una. El trabajo es trabajo. No hay diferencia.

Pero Pola no está dispuesta a ceder.

—¿Qué mierda es ésa? ¿Crees que soy estúpida? Si no hay diferencia, entonces agarra *tú* el machete y vete al cañaveral. —Silencio en toda la mesa. Muchas mujeres bajan la vista y permanecen muy quietas. Otras se sonrojan y se quedan calladas—. ¡Ja! Veo que han bajado el tono de pronto.

—Por Dios, no peleen —dice Belén—. Un día, Dios mediante, todas seremos libres. —Hace la señal de la cruz con sus manos pequeñas.

—¡Qué dios ni qué dios! ¿De qué dios hablas? —Pola aparta las manos vacilantes—. ¿El dios de *ellos*? ¿Estás contando con el dios de *ellos*? ¡No seas tonta! Siéntate a esperar a que ese blanquito enclenque baje de la cruz y te salve. Y los dioses nuestros, ¿dónde estaban cuando esos demonios quemaron mi aldea? ¿Dónde estaban mis dioses cuando mataron a los viejos y a los enfermos; cuando nos sacaron como si fuésemos basura? ¿Dónde estaban cuando estos demonios blancos nos trajeron aquí a morir? ¿Dónde están ahora?

—¡Ay, Virgen de los Cielos! —Belén indignada vuelve a persignarse.

—¡Qué virgen ni qué virgen! ¡Despierta, zángana! Estamos metidas en esto y no hay dios falso que nos salve. Ése es el dios de *ellos*, y los ayuda a *ellos*. —Dicho esto, Pola agarra sus tijeras y regresa a la cabaña donde se encuentra de frente con Tía Josefa, que llevaba un buen rato escuchando.

—Buenos días. Qué gusto ver que nos llevamos tan bien.

* * *

Hacienda Paraíso, Piñones, Puerto Rico, noviembre de 1836
La asignaron a una de las chozas de las mujeres, una estructura larga hecha de paja con un poste en el centro. Las paredes exteriores hechas de barro estaban cubiertas de pencas de palma amarradas con enredaderas. Dentro, un bosque de postes más delgados radiaba del centro para reforzar el techo y sujetar las hamacas que servían de sacos de dormir. No tenía ventanas y la única puerta se cerró con llave antes de que pudiera llegar a la hamaca que le habían asignado. No volvería a abrirse hasta el amanecer, cuando los llamaran a ella y a los demás y les dieran su desayuno frugal: un pedazo de pan y una taza de agua. Luego los pondrían en fila para llevarlos al cañaveral, que quedaba a menos de un kilómetro de las chozas.

El primer día, fue al cañaveral con los demás —la marcha al amanecer, la espalda doblada sin tregua, el corte, recogido y transporte de las largas cañas bajo el sol inclemente. Les daban poca agua y no comían nada hasta que llegaban a las chozas de noche. Al final del día, tenía los dedos tan hinchados que apenas podía usarlos para agarrar la papilla que les ponían delante. A los trabajadores de la caña los encerraban bajo llave de noche, divididos entre las chozas de los hombres y las de las mujeres, que eran mucho más grandes; a todos los encerraban, menos a las mujeres que estaban en las chozas de parto, cuyo avanzado estado no les permitía escapar.

La cabeza de Pola encerraba un mundo de preguntas, pero se mordió la lengua hasta que los encerraron y los guardias se llevaron los quinqués. A medida que se atenuaba, los ojos de Pola siguieron la luz a través de las grietas hasta que la oscuridad se tragó el último destello.

Tan pronto como se apagaron todas las luces, llamó a la vecina invisible en la oscuridad:

—¿Qué es ese lugar con las luces al final de la hilera?

Pola saltó cuando una voz le susurró al oído.

—Es el teatro.

—¿Teatro? ¿Qué es eso?

La mujer se movió y Pola pudo ver la silueta a pocos pasos de ella.

—Cuando el patrón se aburre, nos llama para que vayamos allí.

Pola sintió a otra mujer acercarse. Su voz se unió a la de ellas.

—Vienen a buscarnos de noche —dijo con la respiración agitada—. A veces a una o dos, a veces a más… nos llevan allí y nos hacen… lo que les dé la gana. —La mujer respiró varias veces antes de proseguir—. Luego nos traen de vuelta antes del amanecer. —Pola la sintió alejarse—. Quieren preñarnos a todas tan rápido y tantas veces como sea posible. Si pudieran encontrar la forma de mantenernos siempre preñadas, estarían contentos.

—Pero yo trabajo en el cañaveral. —Pola intentaba comprender las reglas del lugar.

—Todas trabajamos en el cañaveral hasta que nos llega el momento de dar a luz y entonces parimos a los bebés en la cabaña que queda apartada, justo detrás de la hacienda.

—Y todas estas mujeres… ¿Dónde están sus bebés?

—No hay bebés.

—Pero…

—Se llevan a los bebés tan pronto como nacen. No son *nuestros* bebés. Sólo los cargamos nueve meses y luego desaparecen.

—¿Que desaparecen? ¿A dónde?

—Desaparecen y ya.

—No preguntes más.

Ninguna de las mujeres quiso decir más. Pronto cesó el movimiento. El coro de coquíes, el croar de las ranas y el ulular esporádico de un múcaro invisible llenaron la cabaña. Más tarde, incluso esos sonidos cesaron. El silencio era un manto pesado que callaba todo lo demás y rendía culto a los ancestros y los muertos.

Pola se quedó mirando la concavidad oscura del techo. Los escalofríos le subían de los pies al resto del cuerpo. ¿Qué lugar era éste? ¿Quiénes eran esos hombres salvajes? ¿Quiénes eran esas mujeres rotas? Pola no tenía respuestas. Se acostumbraría a los silencios y a entender la vida observando los cuerpos en vez de escuchando las palabras.

* * *

Hacienda Las Mercedes, Carolina, Puerto Rico, enero de 1850
Pola avanza muy lentamente hasta llegar a las rocas y ahora mira desde los peñones el mundo verde bájo sus pies. Más allá

de las rocas hay paz y tranquilidad y soledad y espacio para respirar. El verdor del bosque no esconde capataces amenazadores ni mujeres burlonas ni cadenas ni látigos ni grilletes. ¿Cómo se sería volver a sentir la libertad de los cielos abiertos y el olor del bosque verde o tocar el rocío de las flores? Todo está a pocos pasos, justo al otro lado de los enormes peñones.

—Ni se te ocurra.

Pola salta y se aleja lo más posible de la voz profunda. Romero está ahí riendo y mascando un puro sin encender.

—O tal vez deberías hacerlo. Hace tiempo que nadie lo intenta y me encantaría tener la oportunidad de cazarte. Incluso te daría una ventaja de una o dos horas para hacer la cacería más interesante. —Le lanza una mirada fulminante antes de quitarse el puro de la boca y escupir hacia sus pies. Entonces prosigue echando la cabeza hacia atrás y riendo deliberadamente—. Me harías un favor. Nada me da más placer que una buena cacería.

Su risa resuena e inunda el batey de su maldad. Cuando se retira, esa maldad le cubre la piel a Pola y le recuerda que las serpientes vienen en todas formas y tamaños y son una presencia imprevisible y constante. No debe bajar la guardia.

* * *

Estaba oscuro, como boca de lobo, tan oscuro que no podía precisar si estaba dentro o fuera. Lo único que sabía era que tenía que escapar. Si al menos pudiera ver, si pudiera contar con el más mínimo destello de luz, encontraría el camino. Pero al dar unos pasos inciertos en una y otra dirección, sintió que no estaba sola. Sintió una respiración justo frente a ella; no, detrás. Retrocedió y estiró una mano para tantear mientras se protegía con la otra. Entonces le llegó el olor a humo, a tabaco. Sintió la humarada en el rostro y dio un salto. Algo le rozó el brazo izquierdo, luego el tobillo derecho, luego oyó una carcajada por la derecha. Antes de que pudiera recomponerse y decir algo, sintió las manos, unas manos grandes, velludas, las manos de un hombre… otro… más de uno… todas sobre su cuerpo, la agarraban, la apretaban, la rasgaban. Las risas se unían, se separaban y volvían a unirse.

Sintió que le jalaban la ropa y luego se la arrancaban… Sintió el aire en el cuerpo… más manos, algunas pegajosas, otras duras como garras, callosas, algunas frías como el hielo, otras calientes como el fuego. Y al unísono comenzaron a desgarrarle la piel… Abrió la boca para gritar, pero nada… Pensó… No, no, no… Entonces una mano le dio un jalón por la muñeca… No… No… Noooo. Sintió que se hundía.

*   *   *

Pola abre los ojos. Sus propios gritos la despiertan. Todavía tiene la boca abierta y el corazón le late como un tambor.

—Ya, Pola, cálmate. Fue un sueño. Estás bien. Mírame. ¡Mira!

A Pola le toma un momento recuperarse. Se mira la muñeca, que Tía Josefa le suelta enseguida.

—Lo siento. Estabas dando golpes en el aire y temí que tumbaras el quinqué. Dijiste cosas…

Pola no le quita los ojos de encima y, aún temblando, intenta calmarse. No es la primera vez que tiene ese sueño, pero esta vez fue especialmente vívido.

—¿Quieres contármelo?

Pola niega con la cabeza y se da vuelta. Se cubre con la sábana y se hunde en la almohada. Pero la mujer no se marcha. Pola siente su presencia junto a ella. La ignora y se hace la dormida.

La voz de la mujer es un bálsamo en la oscuridad.

—Todos cargamos con nuestras pesadillas en lugares secretos. Los detalles pueden ser diferentes, pero el resultado es el mismo. Quieren robarnos nuestra humanidad para aliviar el peso de su propio espíritu. No los dejes. No les des lo único que no pueden quitarte. No te conviertas en la vasija vacía que quieren hacerte creer que eres.

Pola escucha mientras Tía Josefa se acomoda en el asiento al lado de su catre. Aunque pretenda negarlo, reconoce que la cálida voz de la mujer la reconforta. Se queda dormida a la luz del quinqué de Tía Josefa.

*   *   *

Pola no llega a dominar el fino arte de la aguja, pero sí se convierte en una cortadora diestra. A pesar de lo ocupadas que están, no hay suficiente trabajo de corte para justificar la presencia de Pola en Las Agujas todo el día. Después de terminar sus labores matutinas, la envían a la cocina a ayudar a Pastora y regresa al taller por la tarde para guardar los materiales y organizarlo todo para el día siguiente.

Pastora, al igual que Tía Josefa, tiene muchas responsabilidades. Mientras dos mujeres negras mayores preparan la comida de la comunidad de la plantación, la única función de Pastora es mantener la mesa de los patrones abastecida de alimentos variados y deliciosos. Día tras día, prepara panes frescos y guisados espesos, asados y deliciosos arroces con chorizo o marisco o trozos de carne.

La cocinera es una de las posesiones más preciadas de doña Filo. La patrona pagó una fortuna por la mujer, que adquirió sus destrezas culinarias en la cocina del gobernador donde aprendió a dominar el arte de la cocina francesa. Para la familia era importante impresionar a sus invitados especiales con los suflés esponjosos de Pastora, sus patés cremosos o su ratatouille especiado, seguidos de una tarte Tatin dulce y ligeramente agria.

Los negros también quieren mucho a la cocinera porque se asegura de que les toquen todos los órganos y demás partes que los blancos se niegan a comer, así como las sobras de la mesa. Sobreestima las porciones de la familia a propósito para que haya bastantes sobras, que salen por la puerta trasera de la cocina hacia el batey bajo donde come la comunidad esclavizada.

Para Pola, que ha sobrevivido a base de alimentos apenas comestibles, es una experiencia nueva. Le gusta ayudar a Pastora y le entusiasma trabajar en un lugar donde está rodeada de los olores y sabores de la buena comida. Lejos están los días en que tenía que comer vegetales rancios y mohosos o carnes inidentificables llenas de gusanos. Compartir las comidas con los trabajadores es maravilloso. Pero pertenecer a la familia de la cocina es una experiencia que nunca imaginó. Le maravilla la forma en que los alimentos se transforman en las manos de las cocineras. Las vísceras de los cerdos se convierten en sabrosas morcillas o fragantes cuchifritos o una gandinga bien sazonada. Las orejas, el rabo y la piel se fríen para hacer un crujiente chicharrón o se añaden a los guisados. Las pequeñas sobras se convierten en los ingredientes de un suculento sancocho: unas cuantas papas, habichuelas, pedacitos de carnes diversas y una buena cantidad de tubérculos cocidos en un sofrito de recao, orégano, pimienta negra y mucho ajo. No se desperdicia nada y los negros siempre comen sabroso.

* * *

Pastora no se fía de que las criadas manejen con el debido cuidado sus especialidades, de modo que ella misma lleva el plato de filete miñón a la mesa del patrón. Pola aprovecha la oportunidad para robarse una lasquita de filete que se quedó en la mesa de la cocina. Aun escondido en el bolsillo del delantal, el manjar emite un olor tan seductor que se le hace la boca agua antes de llegar a la esquina más apartada del patio de la cocina donde se sienta a devorarlo. Está a punto de terminar cuando se detiene, la mano a medio camino, la boca abierta.

Pola observa el fantasma que está en la puerta trasera de la casa grande. Debe de ser algún espíritu maligno que ronda la plantación y que ahora se le presenta con el color cetrino de la muerte. La mujer —porque claramente tiene figura de mujer— es alta y delgada como un poste firme. Lleva puesta una ropa tan blanca como su piel y se cubre los ojos mientras examina el área. Tiene los ojos pálidos de una leona, que se mezclan con su piel color almendra. No, no es un fantasma. Tampoco es una mujer blanca, a pesar del color de su piel, que no tiene ninguno de los tonos olivos, rosados o bronceados de los blancos que Pola ha visto. Más bien tiene un tono amarillento en toda la piel y el pelo, una crin inmensa amarrada en un moño con una cinta negra que acentúa su color fantasmal. El cabello le flota sobre los hombros como un nubarrón.

Al notar la textura de su cabello, Pola examina el rostro de la mujer y vuelve a sorprenderse. Los labios carnosos y la nariz redonda se parecen mucho a los de Pola. Esta mujer blanca es en realidad una mujer negra sin su color natural. Pola no ha visto en la vida a una negra ni a nadie que se parezca lo más mínimo a esa persona. Es como si le hubieran drenado todo el color.

Una vez se recompone, Pola comprende lo que ve. Debe de ser Celestina, la jefa de las criadas. Pola sabe que sólo tres mujeres negras andan con llaves en Las Mercedes: Tía Josefa custodia las llaves del almacén de telas de Las Agujas, Pastora custodia las de la despensa de alimentos y la cocina, y esta mujer debe de ser la que custodia las llaves de los gabinetes y armarios de la casa. Es la que está a cargo de la mantelería y ropa de cama, las vajillas, la cubertería y todas las cosas que embellecen la casa de los patrones.

Al principio, la mujer permanece inmóvil, pero pronto se mueve haciendo sonar las llaves que le cuelgan de la cintura. Los niñitos y las gallinas salen corriendo al escuchar el sonido que anuncia su llegada. Pola se queda quieta en su sitio. Recupera el aliento mientras los ojos incoloros de la mujer se posan en ella. La mujer entorna los ojos y levanta la mano para bloquear la luz del sol y poder ver mejor. Pola se siente completamente expuesta. El fulgor de esos ojos pálidos representa una amenaza, una intención maligna que deja a Pola petrificada.

Sin previo aviso, la mujer da media vuelta y desaparece en la casa cerrando la puerta tras de sí de un portazo. A través de la ventana del comedor, Pola la ve acercarse a la cocinera, que está colocando una enorme fuente en la mesa del comedor. Los delgados brazos de la mujer apuntan hacia Pola mientras gesticula con vehemencia. Pastora mira hacia Pola y luego mira a Celestina. Moviendo los labios aprisa, le pasa rozando a Celestina y arregla la fuente en la mesa.

Pola sigue sentada en el mismo lugar, el manjar aún a medio comer, cuando Pastora se le acerca. Con cuidado, mete el pedazo de carne en el bolsillo del delantal y ruega que el enfado de

Pastora no la lleve lejos de Las Agujas o algo peor. Se prepara para el regaño.

—Cuídate de ésa, la tal Celestina —dice y dobla el pulgar en dirección a la ventana desde donde la extraña mujer las observa—. Esa hija de puta lo único que quiere es meter a alguna de nosotras en un lío. Esa mujer es un escorpión descolorido.

Pola respira aliviada. Pastora no debe de haberse dado cuenta del hurto. Pero Pola procura no enfadar a la cocinera, así que cambia el tema.

—¿Qué le pasa? ¿Por qué tiene ese aspecto?

—Nació así. Y le quitaron el corazón humano cuando le quitaron el color.

—¿Es negra, blanca, mulata o qué?

—Seguro que apuñalaría al que se atreva a llamarla negra. De hecho, una vez la oí decir que era la única persona blanca de verdad por aquí. ¡Más blanca que las blancas! Me pregunto qué diría la patrona si la oyera decir semejante cosa. Pero Celestina sabe cuándo morderse la lengua.

—¿Qué le pasa?

—Celestina, la muy presumida, cree que su apariencia la hace mejor que todos nosotros. Y mientras más puede humillar a alguien, más gente se cree. Siempre anda buscando líos. Pero más le vale andar con cuidado no vaya a ser que Tía Josefa se enfogone.

Le lanza una mirada de complicidad a Pola.

—Ahora termínate el bocado. Hay mucho que hacer. Y la próxima vez que quieras probar algo, no tienes que esconderte. Puedes comer todo lo que quieras en mi cocina. Pero mucho cuidadito con Celestina.

8

Más allá de Las Agujas

Hacienda Las Mercedes, Carolina, Puerto Rico, marzo de 1850
Han pasado tres lunas desde que se mudó a la loma y Pola empieza a acostumbrarse a la rutina de Las Agujas. Habla poco y, aunque las mujeres bromean de vez en cuando, sus palabras ya no hieren. Nota que bromean entre sí tanto como con ella. Empieza a respirar mejor. Los peñones que había llevado sobre los hombros todos estos años comienzan a caer.

Esta noche, las demás mujeres ya han terminado su trabajo y Pola se ha quedado sola limpiando y guardando los rollos de hilo con los que han trabajado durante todo el día. Mientras limpia la mesa de trabajo piensa en el banquete que ayudará a preparar a Pastora al día siguiente. Sueña con el flan que sabe que se servirá de postre y se pregunta si habrá sobrado algo para ella en el cuenco donde se hizo la mezcla.

El olor agrio del humo del cigarro la devuelve a su labor. Los músculos del estómago se le contraen en una masa sólida y las náuseas se le agolpan la boca. Gira y se encuentra de frente con Romero, que está a poca distancia de ella. Las palabras de Rufina regresan como un rayo: *le encanta llevarse a la' mujere' en contra de su voluntad… y está enamorao de eso' maldito' látigo'.*

Al instante, sus manos buscan las tijeras que siempre lleva

en el bolsillo del delantal. Pero como ya ha terminado las labores del día, las ha dejado sobre la mesa, demasiado lejos para alcanzarlas. No dice nada, pero le lanza al hombre una mirada fulminante en las crecientes sombras del crepúsculo y se prepara para lo que seguirá. Recorre el batey con la mirada y busca con desesperación algún objeto benigno que pueda convertirse en un arma en sus manos.

Pero el hombre sólo suelta una carcajada.

El contenido del estómago de Pola se revuelve en una danza inquieta.

—¿Así que tú eres la cocola fea de la que me hablaron? Tuviste suerte, ¿verdad? Te dejaron aquí arriba cerca de la gente fina... *por ahora.*

El estómago se le anuda como una soga, pero Pola mantiene la boca cerrada.

—¿No hablas? ¿Te comieron la lengua los ratones?

Le aumentan las náuseas, el vómito amenaza con salirle disparado por la boca.

Romero hace el ademán de abalanzarse sobre ella. Pola salta hacia atrás y se raspa el muslo contra la mesa.

—No tienes que preocuparte por mí —dice por lo bajo con una fría risa burlona—. Me gustan más jóvenes y con un poco más de carne. Y más agradables a la vista.

Pola no le quita los ojos de encima, como si tuviera delante una serpiente.

—No me interesan ni me apetecen las de tu tipo. Hay otras más apetecibles y mucho más complacientes. Además, no mereces el esfuerzo. No parece que puedas oponer mucha resistencia. Mírate, eres una negra fea, flaca, mellá y bastante vieja. Me dicen que te han traqueteado tanto ahí abajo que no vale la pena ni el intento. Yo no...

—¡Romero! ¿No te llamé hace una hora? —La voz de don Tomás resuena por todo el batey.

Al instante, el hombre se endereza.

—Sí, sí, patrón, ya voy —dice sin quitarle los ojos de encima a Pola.

—Pues apúrate, que no tengo toda la noche. ¿Qué diablos haces ahí?

—Ya voy, jefe —grita Romero para que el patrón sepa que va de camino. Pero antes de irse, le dice a Pola con desprecio—: No te creas. Para mí serías un desperdicio de tiempo y energía, pero tal vez, en algún momento alguno de mis hombres esté desesperado. Tarde o temprano caerás en nuestras manos y ya veremos. —Dicho esto, le da la espalda y se dirige a la casa grande donde el patrón lo espera en el balcón. Romero no puede resistir echarle un último vistazo a la mujer, que no baja la guardia.

Don Tomás se pasea de un lado a otro del balcón y vuelve a gritar:

—Romero, coño, ¿qué pasa? ¡Apúrate!

—Sí, patrón, aquí estoy —su tono servil no logra aplacar la evidente irritación de don Tomás.

Pola espera a que Romero desaparezca en la oscuridad antes de desplomarse sobre la mesa. Le tiemblan las manos mientras se mete las tijeras en el bolsillo del delantal y termina de guardar las telas que quedan en la cabaña. La mente le vuela. Él no la desea, por supuesto. Se lo dijo bien claro. Pero a los hombres como Romero lo que les gusta es romper las cosas. Lo único que han querido todos los hombres que ha tenido la desgracia de conocer en la vida ha sido degradarla y humillarla. Nunca ha habido amor, nunca ha habido pasión, sólo dolor y odio. Y este Romero no es diferente.

Ha intentado creer lo que le han dicho: que ésta no es la Hacienda Paraíso, que aquí en Las Agujas estará a salvo. Pero sabe que el hombre-bestia vive a muy poca distancia y que ninguna mujer esclavizada puede estar completamente segura porque el día menos pensado puede caer en las garras de Romero o de cualquiera de los de su calaña.

Pola se va a la cama después de la cena y se cubre con la oscuridad como si fuera un manto protector, pero tiene los sentidos aguzados y el recuerdo del olor del humo de cigarro sobre el hombro la transporta a un lugar que preferiría olvidar.

* * *

Hacienda Paraíso, Piñones, Puerto Rico, diciembre de 1837
La primera vez que El Caballo vino por ella, Pola se resistió y se metió en una esquina. Sabía muy bien lo que significaba la presencia de ese hombre y comenzó a temblar cuando la señaló. Pola nunca había estado cerca del teatro. Pero el terror en el rostro de las mujeres a las que llevaban allí y los alaridos que viajaban en la noche le habían dicho todo lo que debía saber. Llevaba semanas trabajando en el cañaveral y nadie había ido a buscarla. Aunque las demás mujeres intentaron prepararla para ese día, Pola rogaba que su trabajo en el cañaveral bastara. Ahora temblaba mientras suplicaba en su pobre español. Luego, desesperada, comenzó a suplicar en yoruba, su lengua materna. Cansado de sus balbuceos, el hombre que estaba frente a ella la agarró por el brazo.

—¿Cómo que no? ¡Vámonos ya!

Ella siguió resistiéndose a seguirlo, así que el hombre le dio un jalón y la sacó por la puerta a empujones. Tan pronto como cruzó el umbral, Pola corrió a ciegas en busca de algún refugio. Dio unos pasos, pero el hombre se abalanzó sobre ella. Lo pateó, clavó los pies en la tierra y lo golpeó con los puños. Enfurecido por su resistencia fútil, le dio una bofetada y la arrastró hasta el sendero que conducía a su destino. Desesperada, se desplomó en el suelo y se hizo tan pesada como pudo. Pero el hombre la levantó y se la echó al hombro sin dificultad. Pola agitó las piernas y los brazos hasta hacerle perder el equilibrio y pronto ambos cayeron al suelo. El mayoral se puso en pie y, harto de su resistencia sin sentido, le dio un puño en la sien.

Cuando recuperó el conocimiento, Pola estaba en la estancia llena de humo, desnuda y atada a cuatro postes en el suelo con las piernas abiertas y los brazos extendidos. Los quinqués situados en las esquinas le brindaban una buena vista de su cuerpo al patrón y a sus invitados, que ya estaban en sus asientos, impacientes por que empezara la función.

Olió el humo del cigarro que flotaba en la estancia y oyó a los espectadores acicatear al mayoral desde la oscuridad tras las luces y el sonido seco de las monedas que llovían sobre ella al caer. El Caballo era un hombre alto y musculoso. Ya estaba descamisado y no perdió tiempo en quitarse el resto de la ropa. Entonces comenzó la función. Se colocó en la luz para mostrar su musculatura. Parecía tener todo el cuerpo aceitado por la forma en que brillaba en la oscuridad de la medianoche. El cuello de buey sostenía una cabeza pequeña. Tenía las manos enormes y hambrientas, los dedos listos para infligir dolor. Tenía los brazos y hombros fornidos como un semental. Las largas piernas se erigían sobre Pola como troncos de árboles y entre ellas colgaba un pene deforme que se retorcía impaciente. Era un ejecutante entusiasta y le pagaban bien. Mientras duró, Pola escuchó a los hombres reír y apostar en la excitación de la borrachera. Las voces se hicieron una y se diluyeron.

*   *   *

Las voces regresan ahora convertidas en los tonos más agudos y suaves de las mujeres.

—Está volviendo en sí. Parece que está bien.

—Es un enigma. ¿Por qué será tan callada?

—Mira, es rara. Es todo lo que puedo decir.

—Bueno, yo creo que empieza a abrirse un poco con nosotras.

—¿Tú crees? No estoy tan segura. A veces parece que ni siquiera está aquí.

—Así mismito. Su cuerpo está aquí, pero su mente está en otra parte.

—¿Acaso no fuiste la nueva también? Toma un tiempo encajar.

—A veces una nunca logra encajar.

—Yo no. Nací y me crie aquí.

—Pobre mujer. ¿Quién sabe por lo que habrá pasado?

Las mujeres se mueven por la cabaña y se preparan para dormir. Pola sigue despierta cuando los movimientos comienzan a volverse más lentos, los quinqués se apagan y los ronquidos reemplazan a las palabras. Y aún sigue despierta cuando las respiraciones a su alrededor se acompasan en los patrones rítmicos del sueño. Sale la luna y su mente aún no logra sosegarse.

Jamás dejará que otro hombre la monte. No, de ninguna manera. Incluso si el precio es la muerte, la de él o la de ella.

*   *   *

Hacienda Las Mercedes, Carolina, Puerto Rico, abril de 1850
La zafra casi ha terminado. ¿Cuánto tiempo llevará aquí? Pola está bajo el palo de mangó y mira hacia las chozas de los esclavizados. La fila de trabajadores empieza a formarse bajo el ojo

atento de los capataces. Recuerda los días en que trabajaba en el cañaveral y, aunque esta mañana hace calor, siente escalofríos. Pola lleva meses esperando conocer su destino. Pero no ha escuchado una palabra. Se ha acostumbrado al ritmo de vida en Las Agujas y ahora le preocupa que, cuando menos lo espere, la patrona se dé cuenta de que tiene una trabajadora de la caña cerca de la casa y la envíe de regreso adonde le corresponde.

—Pola, mujer, ¿qué pasa? ¿Dónde está esa mujer? —La voz de Tía Josefa la saca de su embeleso. La vieja la ha llamado para que vaya al probador que está en la parte de atrás de la casa de la familia.

Doña Serafina ha llegado hace una hora para que le hagan el último entalle. La fiesta será en unos pocos días y las costureras están dándoles los toques finales a los vestidos de gala, así que ninguna está libre para ayudar con el entalle. Pola nunca ha pisado la casa grande y no le apetece mucho.

—¡Pola!

Pola da un brinco, agarra el vestido azul de seda, que está en la mesa y se dirige a la casa grande. Ya casi ha llegado cuando escucha la voz de Tía Josefa por la ventana abierta.

—Y no olvides las tijeras y los alfileres.

—¡Ay, carajo! —maldice para sí y corre a buscar la canasta que se ha olvidado. La frente se le cubre de perlitas de sudor y siente las manos pegajosas.

—Trae el vestido verde también. —Es la tercera vez que la llaman. Sabe que la patrona y su invitada esperan. Tía suele ser paciente, pero hasta ella tiene sus límites.

Pola se seca las manos en la falda antes de agarrar los metros y metros de tela que con tanto esmero se han cortado y cosido para confeccionar los elaborados vestidos. Duda, mira, busca ayuda a su alrededor, intenta desesperadamente librarse. Pero no hay forma.

Con sumo cuidado dobla la tela para evitar que las prendas se arruguen. Luego se cuelga la canasta del brazo. Tratando de mantener el equilibrio lo mejor que puede, se encamina nuevamente a la casa donde aguardan Tía, doña Filo y la clienta.

—¿Dónde estará esa mujer? —Esta vez es la voz de doña Filo y suena bastante impaciente—. No tenemos todo el día para esto.

De pronto, Pola ve el cañaveral con lujo de detalles: la caña alta, los ciempiés y las ratas que se escurren entre los pies. Siente el calor, el sudor le chorrea por las axilas. Siente el hedor de decenas de personas que laboran bajo el sol inclemente. Pero, sobre todo, ve a Romero y sus hombres al acecho.

Esas imágenes la impulsan a la acción. Sube corriendo las escaleras del fondo, llega a la puerta abierta y tropieza con Tía, que ha perdido la paciencia y va ella misma a buscar las cosas. La vieja le lanza una mirada fulminante mientras estira los brazos para ayudarla con la pesada ropa. Pola ruega que el sudor de su rostro y sus manos húmedas no hayan manchado el precioso tejido.

Sigue a Tía hasta una estancia a la izquierda. Una de las clientas, una mujer alta y rubia, está de pie en ropa interior sobre el taburete. Pola ha visto esa ropa interior antes, por supuesto, pero nunca se la ha visto puesta a una persona de verdad. El encaje y las cintas, cosidos a la seda blanca con tanto esmero, ahora descansan sobre una piel casi tan blanca como la propia tela.

—¡Ayúdame, mujer! —Pola corre a ayudar a Tía a cerrar las decenas de botoncitos diminutos del corpiño, pero tiene los dedos demasiado torpes, demasiado sudados. Tía Josefa, que tiene ojos de águila, le aparta los dedos con un toquecito y se ocupa ella misma de los botoncitos. Mientras, Pola se asegura de que los dobleces de la falda caigan de modo que exalten la figura de la modelo. Dan un paso atrás y examinan el entalle. El corpiño se ajusta al torso a la perfección, pero la falda necesita que le arreglen el ruedo. Con la cinta métrica al cuello y los alfileres entre los labios, Tía hace las alteraciones necesarias. Pola le alcanza los alfileres y recoge los retazos cortados. Cuando doña Serafina termina de admirar su reflejo en el espejo, se inclina hacia delante y se apoya en el hombro de Pola para bajar del taburete. Tía le hace un gesto y Pola le trae a la mujer su blusa de gasa y su falda bordada. La mujer estira los brazos y se deja vestir mientras habla con doña Filo. Cuando termina, se retira sin siquiera mirar a la mujer que acaba de vestirla.

—Gracias, Pola —dice Tía deliberadamente. Pero la mujer desaparece después de dar las instrucciones de la entrega mientras se dirige hacia la puerta escoltada por Tía y doña Filo.

Pola se ha quedado para limpiar. Agradece que la hayan dejado sola en esa habitación, que ahora puede inspeccionar a sus anchas. Tan pronto como entró en la casa, sintió las losetas frías bajo los pies. Ahora puede observar todos los detalles. La luz se filtra a través de una ventana de pedacitos de cristales de colores, que crean un intricado patrón en el suelo. Las paredes son de un color salmón pálido y la moldura de madera tallada reluce. Tres mesas dominan la estancia y, sobre ellas, descansan, como flores marchitas, los vestidos de diferentes colores y texturas. Pero de todas las cosas maravillosas que hay en la habitación, lo que le fascina son los espejos. Las paredes están cubiertas de techo a suelo con cuatro espejos que reflejan desde donde quiera que se mire.

De niña, le encantaba verse reflejada en el agua. Recuerda un día en particular. Había estado jugando cerca del estanque cuando se detuvo a mirar su profundidad. Entonces vio su reflejo: unas mejillas tersas con hoyuelos, unos dientes fuertes y una enorme mata de pelo flotaban en el agua. En aquel tiempo, los chicos la seguían a todas partes. En aquel tiempo, era famosa por su gran belleza.

Pero esto es muy diferente. Nunca se ha visto en un espejo. La imagen reflejada es más nítida y dolorosamente inmisericorde; la luz captura cada detalle. Pola se toma su tiempo y se obliga a examinar su reflejo en la despiadada precisión del vidrio milagroso.

La mujer que la mira es alta y tiene un cuerpo sólido. Su piel tiene una riqueza profunda y cálida que muchos envidiarían. Pero no logra ver nada de esto por un pequeño detalle que le roba la atención: una larga cicatriz que le atraviesa el puente de la nariz. La mitad superior del rostro no parece encajar con la mitad inferior. *Una costura mal hecha*, diría Tía Josefa. La cicatriz también le parte el labio, de modo que no puede sonreír. Las mejillas rozagantes que recordaba ahora están fláccidas. El látigo le robó un hoyuelo y el otro ha desaparecido a causa del dolor. Se levanta el labio y examina la mella oscura donde antes tenía los dientes. ¿Qué hombre querría mirar este rostro? Una monstruosidad.

Instintivamente, alza un puño para destruir la imagen, pero se detiene a mitad de camino. Los espejos son un lujo y el costo de reponerlos saldrá de su pellejo. El látigo ya le ha hecho demasiado daño a ese cuerpo, no debe tentar al diablo. Se obliga a bajar las manos y se las estruja una contra otra para asegurarse de que no la traicionan. Luego da media vuelta, recoge sus cosas y sale de la estancia a toda prisa secándose la humedad del rostro antes de llegar al pasillo. Que otra vaya a buscar los vestidos.

Al salir se encuentra con la imagen de otra mujer frente a un espejo. Esta mujer es pequeña y delgada, no tiene caderas;

más bien es una niña de pechos, manos y pies menudos. Pero lo que le llama la atención a Pola es el cabello: una cortina negra y reluciente que le cae por los hombros y le llega hasta debajo de las rodillas como una cascada oscura que le acaricia el cuerpo.

La joven está de espaldas a la puerta, arregla algunos objetos sobre una mesa estrecha justo debajo del medio espejo. Pola ha recuperado el aliento cuando de repente la joven la mira en el espejo. Tiene los ojos redondeados cerca del puente de la nariz y alargados en los extremos. Tiene los párpados pequeños y pesados y las pestañas tiesas. Cuando sonríe los dientes blancos relucen en el rostro. Pero la piel… la piel es color caramelo, azúcar líquida. Pola nunca ha visto a nadie así.

Se queda mirando fijamente a la mujer de rostro extraño y cabello sorprendente, que está envuelta en la piel equivocada. Nunca ha visto a una persona negra con esa combinación de rasgos. No es negra… ¿qué? ¿blanca? No, no es blanca. No exactamente. Pero tampoco es negra. A Pola se le cae la canasta de las manos.

Ambas saltan al escuchar el sonido y corren a recoger los artículos que han caído al suelo: carretes de hilo, cintas métricas, alfileres, tijeras y agujas. Pola se maldice por su descuido. Juntas lo recogen todo; la mujer le lanza a Pola una sonrisa de complicidad.

—Me llamo Adela. Me ocupo de las cosas de doña Filo y de su persona: cabello, uñas, artículos personales.

—Soy Pola. —Trata de no mirarla, pero no puede evitarlo—. ¿De dónde eres?

—De aquí. —Se quedan mirándose una a otra.

—Pero luces tan…

—Sí, diferente. Papá era un chino que cruzó el mar para trabajar.

Pola no puede evitar decir:

—Igual que yo, pero…

Adela mira alrededor para asegurarse de que están solas y se mete con Pola en la habitación.

—Papá vino a construir la gran carretera. Entonces se enamoró de mamá, una negra que trabajaba para doña Filo y, al poco tiempo, yo estaba de camino. Y…

Desde la habitación contigua, la voz de doña Filo interrumpe la conversación.

—Adela, ¿qué pasa? Estoy retrasada y Tomás está esperando. Tráeme el abanico amarillo y los guantes de encaje blanco. ¡Apúrate!

Adela corre a buscar las cosas de la Señora y Pola sale sigilosamente de la habitación con la cabeza llena de interrogantes mientras regresa a Las Agujas. Se pregunta cuándo volverá a ver a esa mujer inusual y escuchar el resto de su extraña historia.

* * *

Doña Filo, una mujer devota en extremo, más papista que el papa, les exige a sus esclavizados que guarden el domingo, en especial durante el tiempo muerto cuando la caña ya se ha cortado y despachado y no hay prisa por terminar las tareas secundarias.

En los meses de primavera y verano, la familia se viste de gala y se monta en su calesa arrastrada por corceles de hermoso pelaje para ir a la misa del domingo. Detrás van los empleados domésticos y al fondo los trabajadores de la caña, todos amontonados en las mismas carretas de bueyes en las que se transportó la caña semanas antes. La calesa se detiene en el lado norte de la plaza del pueblo y deja a la familia frente a la puerta principal de la catedral. En la puerta trasera, las carretas dejan a los esclavizados que suben por la escalera posterior hasta el coro. No es inusual que los elegantes feligreses tengan que esforzarse por escuchar la misa entre los ronquidos que descienden de lo alto, donde los trabajadores exhaustos pueden descansar de verdad por primera vez en la semana.

Al regresar a la plantación, disfrutan de su único tiempo «libre», la única oportunidad que tienen en la semana de jugar, tocar música y cortejar. No es que no los vigilen, pero, en el día del Señor, la patrona insiste en que el ambiente sea más relajado. Los lunes, el Señor se retira nuevamente y comienzan las labores cotidianas.

Los trabajadores saben que, tan pronto como doña Filo entre en la casa, Romero se montará en su caballo y se irá a sus andanzas. Los capataces sacarán sus botellas de cañita y beberán hasta emborracharse. Sólo entonces la comunidad negra de la plantación tendrá un respiro.

Después de que los trabajadores regresan a Las Mercedes, Pola se sienta en un extremo del batey bajo y observa la vida a su alrededor. Ve a su comunidad relajarse; cada cual busca cómo pasar el tiempo a su modo.

Las madres se turnan para darles a sus hijos el baño semanal en las enormes palanganas donde se lava la ropa. Con el agua turbia hasta las rodillas, los pequeños se retuercen ansiando que los dejen ir a jugar con sus amigos. Las niñas juegan a ser mujercitas y caminan entre risas con sus amigas, se frotan cerezas en los labios y mejillas para impresionar a los jovencitos, que se han afeitado y emperifollado para llamar su atención. Las mujeres solteras se untan aceite de coco en la piel, se rocían agua de rosas y se ponen flores en el cabello. Se aseguran de que los hombres solteros, que están a la sombra de los árboles bebiendo destilados caseros, hablando más alto de la cuenta y luciendo su musculatura, las vean. Las parejas se alejan discretamente del grupo y buscan su propio espacio.

Entonces comienza la música.

Primero salen los majestuosos tambores de África —barriles de ron pintados de rojo, verde y azul brillante, réplicas de otro tiempo y lugar— y se sitúan en el centro. Los tamboreros atan pañuelos de colores alrededor de sus instrumentos para rendir homenaje a los orichas atemporales: el rojo para Changó, el verde para Osaín, el azul para Yemayá. Prueban la tensión de la piel de cabro y se envuelven los dedos con trapos para producir un mejor sonido. Luego se colocan los enormes tambores entre los muslos.

Se les unen los músicos con la cua, los palitos que ayudan a llevar el ritmo. Las maracas redondas, llenas de semillas añaden un sensual cha-cu-cha-cu-cha al fondo. Sus primos, los güiros, higüeras en forma de pera rayadas, suenan ca-chi, ca-chi, ca-chi cuando los raspan con la puya de metal.

Comienzan, como siempre, con la bomba. Los ritmos antiguos invitan a los bailadores —jóvenes y viejos— al claro. Cada bailador se acerca a los tambores, saluda y comienza el baile. El movimiento de las caderas dirige el ritmo del tambor y el bailador y el tamborero se unen en una ofrenda al oricha. Luego se suman los demás instrumentos provenientes de Europa. Los hombres sacan sus guitarras rústicas y sus cuatros. El tin-qui-tin añade otra capa al ritmo cadencioso.

Y, por un rato, los domingos en la tarde los trabajadores habitan un mundo mejor donde no hay esclavos, amos ni capataces, donde no hay cadenas ni látigos, sólo un mundo suspendido donde todos son uno con el ritmo natural de la vida. Por lo que duran la tarde y la noche, cada cual puede simplemente *respirar.*

Pola escucha la música y siente la camaradería en su comunidad. Lleva semanas observando a los bailadores, disfrutando en silencio de su ritmo. Alguna vez incluso se ha sorprendido moviéndose y marcando un ritmo familiar con los pies.

Pero lo que anhela más que nada en el mundo es la soledad, algo prohibido a los esclavizados. Ha vivido toda su vida adulta rodeada de personas. Lo único que desea y que apenas puede disfrutar es el lujo de la privacidad. Hoy, se sienta apartada y espera a que el baile esté en pleno apogeo. Vio a Romero montarse en su caballo y salir hacia el pueblo. Los capataces, lejos del jolgorio, están ya bastante borrachos. Entonces, se escabulle.

Lleva pensando en el bosque desde que lo descubrió; algo en ese lugar la llama. Cuando menos lo espera, se encuentra añorando estar allí, detrás de los peñones, fuera de los confines de la hacienda, para explorar el mundo indómito y libre justo al otro lado.

Tiene arraigado el miedo a que la capturen. El recuerdo de los latigazos y todo lo que vino después jamás la abandona. Su rostro es un recordatorio constante. Pero el bosque ejerce sobre ella una fascinación, una fuerza de atracción física avasalladora, que es más fuerte que el sentido común y el miedo innato. Si tan sólo pudiera llegar allí, aunque fuera por un instante, sólo una vez...

Pola lo ha planificado bien. La celebración, la bebida y el compartir de la comunidad ofrecen la mejor distracción que pudiera soñar. Todos, negros y blancos, se han entregado a su placer favorito. Nadie vigila ni se preocupa por una mujer huraña que prefiere estar sola.

Una vez que se decide, olvida las consecuencias, sólo piensa en la oportunidad de perderse en las sensaciones que desatan el follaje y los frutos del bosque. Se aleja despacio, con cuidado de no hacer ningún movimiento brusco o atraer miradas curiosas. Lejos de las actividades del batey, busca en varios sitios hasta dar con un lugar donde los peñones están lo suficientemente separados como para deslizarse entre ellos. Aguza los sentidos al adentrarse bajo el dosel del bosque. Mientras pueda escuchar los acordes lejanos de la música, sabrá que está lo suficientemente cerca como para regresar antes de que alguien note su ausencia. Bajo la sombra de los árboles respira el aire fresco y, con él, la añorada sensación de libertad.

Pola permanece inmóvil y se rinde ante el verdor, va más allá de las sensaciones para capturar en detalle la vida en el emparrillado. Las acerolas rojas cuelgan en racimos, los pajuiles dorados guindan bulbosos desde lo alto y se asoman a través del verdor espeso. Las margaritas de garganta amarilla y la enredadera violeta de la flor de reyes la rodean. Las guanábanas, como pechos verdes puntiagudos, cuelgan inesperadamente de las ramas altas. Y los tamarindos se mecen en la brisa vespertina. El clac-clac de los bambúes llena el aire y la invita a adentrarse más en el bosque, intoxicada por su abundancia. Tan absorta está en el examen de la exuberancia natural que se tropieza con una enredadera de calabaza y cae sobre una alfombra de hierbas. Al aplastar las hojas se liberan los olores del culantro, el culantrillo y la menta, que bailan entre sí y la envuelven en una mezcla embriagante de aromas. Tumbada en el suelo deja que le rodeen el cuerpo y la transporten a la quietud. Se queda ahí. En la distancia, escucha una corriente de agua. No hay destino. La opulencia irresistible la invita a adentrarse más en sus secretos, sus misterios más profundos.

De pronto, una intrusión de voces a lo lejos. El vago sonido irrumpe en sus pensamientos y se da cuenta de cuán lejos está del batey. ¿Cuánto tiempo llevará aquí? ¿Habrá terminado el baile? ¿Estarán buscándola? Los sonidos la atan a la plantación con todas sus capas de complejidad.

Da media vuelta e intenta desesperadamente desandar sus pasos. ¿Cómo pudo descuidarse así? Las voces podrían ser una guía más que una señal de peligro. Las sigue y se arrastra hacia el sonido, que ahora se hace más fuerte; puede reconocer las voces. Logra identificar a una pareja joven, suspiran excitados mientras terminan de vestirse y desaparecen entre los arbustos. Pola avanza, los sigue a la distancia hasta encontrarse cerca de la parte posterior de los establos donde se desliza entre los peñones, entra en el batey y llega a la puerta trasera de la cocina.

Pastora ya se está amarrando el delantal alrededor de la amplia cintura y llama a su asistente:

—¿Dónde has estado, mujer?

En su distracción, Pola ha olvidado que, haya o no haya baile, los patrones aún esperan que se les sirva la cena dominical; un poco más tarde, pero no tanto.

—Te he buscado por todas partes. ¡Date prisa, Pola! Seguro que la patrona ya está sentada a la mesa.

Pastora mira sin disimular la hilera de peñones y luego mira a Pola. Decide morderse la lengua.

*   *   *

Cada vez que se le presenta la oportunidad, Pola se desliza entre los peñones y se adentra en el bosque. A veces, puede hacerlo varios domingos seguidos. Otras veces, las semanas transcurren sin la posibilidad de escapar. Pero siempre está pendiente de que surja la oportunidad de escabullirse sin que nadie se dé cuenta.

Una de esas tardes de domingo, descubre su árbol sanador. Una vez que pasa los peñones, algo la atrae peligrosamente más lejos de lo que nunca ha estado, algo la arrastra más profundo en el bosque. Camina por un área manchada de sombras hasta toparse con un árbol que se yergue solo en un círculo de luz.

Es el único árbol puramente negro que ha visto. Se erige majestuoso, más alto y ancho que cualquiera de sus vecinos. Cinco hombres de brazos largos no alcanzarían para rodear su inmenso tronco. Su tamaño implica una fortaleza que invita y parece ofrecer el refugio que Pola tanto necesita. Imagina que ni los temibles vientos de los huracanes podrían doblegarlo. De seguro que reclamó ese lugar en el inicio y permanecerá ahí hasta el fin de los tiempos.

Lo mira, atractivo, tentador, seductor. Después de varios domingos, Pola cierra los ojos a la prudencia y se deja llevar por su atracción. Ha dejado atrás la música, la gente y la plantación, y sucumbe a su fascinación, enfocada solamente en su imponente grandeza.

Aunque el árbol la llama, Pola no está acostumbrada a la vida en el bosque. Su gente era de los valles. Cultivaban ñame, yuca y habichuelas. Labraban la tierra y miraban hacia la vasta extensión de tierra de cultivo. La vegetación que conocían era baja: arbustos y matojos más que árboles majestuosos.

Trepar árboles no es algo que lleve en la sangre. Sin embargo, cada vez que se siente atraída hacia la presencia masiva del árbol, un picor en las manos y los pies la incita a treparse. Ansía subir y subir hasta descubrir los secretos que esconde en su interior. Lleva semanas dando vueltas alrededor del tronco, acariciando la corteza áspera. Su miedo natural a las alturas lucha contra la urgencia de trepar.

Entonces da los primeros pasos. Encuentra apoyo para los dedos de los pies, y con las manos se agarra de las ramas más bajas. Se impulsa hasta llegar a la primera rama lo suficientemente gruesa como para sostenerla. Se apoya en el recodo de la rama y se aferra al tronco hasta que se le calman los latidos del corazón. Se queda ahí con los ojos cerrados y transfiere su propia tensión hacia la solidez del árbol, memoriza cada uno de sus pliegues y nudos con el cuerpo. Esto le basta hasta la próxima vez.

Cuando se siente cómoda en esa primera posición, desea más. Trepa hasta el siguiente nivel, sabe que las ramas inferiores le ofrecerán protección. Le toma varios meses llegar hasta la corona.

Una vez ahí, descubre un tesoro inesperado: una alfombra de copas verdes que se proyectan hacia el infinito. Cierra los ojos y siente el sol en la piel, escucha el viento correr entre las hojas y es una con el mundo de verdor que se extiende en la distancia. Cuando vuelve a abrir los ojos, ve la gran expansión de cielo sobre su cabeza y se pierde en el azul. Sabe que ha encontrado un refugio donde nadie podrá seguirla. ¿Qué mejor forma de escapar que en el mismo cielo?

Pero, si bien Pola ve el bosque como su escondite, no puede olvidar del todo las riendas que la atan al mundo de los esclavizados. Abandonarse en este lugar es peligroso. Por tanto, desciende con cuidado y regresa aprisa con la esperanza de que nadie la haya echado de menos.

Pronto descubrirá que muchos otros también han encontrado un escape en este bosque.

9

De vuelta al cañaveral

Hacienda Las Mercedes, Carolina, Puerto Rico, enero de 1851
Los mosquitos zumban y, de vez en cuando, aterrizan en una mejilla perfumada. Doña Filomena y sus damas remueven con sus cucharillas el azúcar en el café de la tarde y conversan sobre nimiedades. Las sombras de las negras sin rostro se tejen a su alrededor en un silencio servil. Don Tomás y sus caballeros beben ron dulce y se reclinan a fumar puros luego de un largo día de vender y comprar el trabajo de otros. Más allá de la casa principal, el cañaveral de Las Mercedes se extiende como un mar de guajanas, que se mecen suavemente y susurran en la noche. La zafra se avecina una vez más.

Cuando las flores caen y la tierra se cubre de los restos marchitos, y mientras aún está oscuro, los jornaleros bajan la loma. Desesperados por trabajar, los pobres migrantes blancos abandonan la montaña y a sus famélicas familias para trabajar por unos centavos al día, hombro con hombro con los negros, que no ganan nada. Llevan quinqués encendidos, que atan a unos palos largos junto a sus fiambreras vacías. Parecen perlas ensartadas que descienden por la ladera.

Cuando llegan al valle, el sol ya se asoma sobre las colinas. El cañaveral de Las Mercedes aguarda en la brisa temprana de la mañana. Pronto, los jíbaros se unen a la fila de negros que cortan la caña. Unos brazos anónimos se alzan, descienden sobre los tallos, se alzan de nuevo y vuelven a descender. Las hojas cortantes relucen bajo el sol; las viseras rotas de las pavas se estremecen con el esfuerzo de cada golpe. Las espaldas jorobadas recogen la caña y la atan en fajos que lanzan en las carretas de bueyes. Hombres, mujeres y bestias se esfuerzan, halan y sudan a chorros. El hedor del trabajo bruto flota en el aire.

Montado sobre su caballo, Romero sobresale entre las filas de trabajadores. Su silueta repta sobre los cuerpos sudorosos. Los hombros angulosos, la capa y el sombrero inclinado lo hacen parecer un enorme buitre listo para caer sobre su presa. Los bueyes están preparados y arañan la tierra con las pezuñas; las babas les chorrean a medida que el cargamento se vuelve más y más pesado. Y encima de esto, el jugo dulce y pegajoso de la caña atrae los insectos y roedores hambrientos.

En una plantación, no se desperdicia esfuerzo. La misma carreta de bueyes que recoge la cosecha de la mañana y la lleva al tren luego trae el agua fresca y el almuerzo al cañaveral. Que alguno de estos elementos deje de funcionar, equivale a tiempo y energía perdidos, y alguien siempre tiene que pagar el precio de la indisciplina. Se cometen muy pocos errores.

* * *

A causa de un accidente inesperado, la mujer que suele llevar el almuerzo al cañaveral se ha lastimado una mano y no puede realizar la entrega. Pastora, enloquecida, improvisa un almuerzo para los invitados de doña Filo, que llegan sin avisar. La casa es un revolú. No hay más remedio que enviar a Pola de suplente.

Desde que llegó, es la primera vez que va al cañaveral. Si bien aún resiente a las esclavas domésticas por lo que percibe como ínfulas de superioridad, detesta aún más el cañaveral. A pesar del tiempo que lleva entre las trabajadoras de la aguja en esta hacienda, aún no olvida los años de trabajo sin tregua bajo el sol inclemente. Al subirse a la carreta de bueyes, el sol ardiente le muerde los hombros y la espalda. El sombrero de paja que le cae a ambos lados del rostro le ofrece poca protección.

Tan pronto como la carreta sale del batey y se mete en la primera sección del cañaveral, recuerda la sensación de los insectos que le caminaban por la piel, el dulzor empalagoso del jugo de la caña, las constantes picaduras de los mosquitos atraídos por el sudor que le embadurnaba los brazos y las piernas. Los hombres al menos llevan pantalones harapientos que les protegen las piernas; las mujeres tienen que soportar que las hormigas y arañas les trepen por las faldas y se les peguen a los vellos de sus partes privadas. Un escalofrío le recorre el cuerpo a pesar del sol de mediodía.

Flaco, el conductor de la carreta, se detiene al borde del cañaveral y comienza a descargar los artículos más pesados. Traen seis huacales de vianda hervida —ñame, yautía, chayote— y cuatro calderos inmensos de habichuelas pintas aún humeantes. Mientras Flaco empieza a bajar los cuatro barriles de agua de lluvia que reemplazarán los cuatro barriles vacíos cerca de los trabajadores, Pola busca el palo de bambú, su única ayuda para transportar los pesados contendedores. Se acomoda el cojín sobre el cuello y los hombros y amarra los primeros dos calderos con una soga a cada extremo del palo. Una vez que se asegura el palo sobre los hombros y equilibra el cargamento, se dirige al comedero que está a poca distancia. La fila de trabajadores no está lejos, pero no puede esperar que nadie la ayude. Deben seguir blandiendo esos machetes y recogiendo la caña cortada hasta el último momento. Romero y dos de sus hombres, con los látigos listos, están sentados a la sombra de un árbol cercano y vigilan que la línea no se rompa ni un segundo antes de lo necesario.

Pola se detiene dos veces para acomodarse el segundo cargamento y secarse el sudor que le corre por debajo del sombrero. Mira el cañaveral y la fila de hombres y mujeres. Paso, machete, corte y pa´tras; el ritmo de la zafra no cesa y es el mismo en todas las plantaciones. Observa a los trabajadores —negros como el ébano, marrones como la tierra, tostados como el café— y las tonalidades de piel que echa de menos en Las Agujas: una casa de mulatas de rizos sueltos y colores diluidos. Le resulta agradable ver su propio tono de piel reflejado en la gente que tiene delante. Pero los hombros caídos y la ropa harapienta también le recuerdan la vida que dejó atrás, una vida a la que podría regresar en cualquier momento. Es una de ellos, pero no es una con ellos, por ahora.

En la loma, se ha acostumbrado a una vida más fácil. En días calurosos y pegajosos, agradece la sombra de los árboles del batey alto, el ritmo más lento y la camaradería de las mujeres de Las Agujas, donde no existen el látigo siempre presente ni los gritos que cortan el aire cuando el trabajo se detiene para descansar un instante. Se sacude esos pensamientos de la cabeza, se reacomoda el palo de bambú y se dirige al comedero. A su paso, siente la mirada de una o dos mujeres que cargan los fajos de caña hacia el vagón, ahora vacío.

Los capataces llegan primero y recogen sus fiambreras individuales. Pastora es la que las prepara y nadie más tiene permiso de tocarlas. Uno de los capataces agarra su fiambrera sin siquiera mirar a la mujer que se la entrega. Los demás están sentados a una mesa en el comedero cubierto que los protege del sol feroz. El aguardiente empieza a circular.

Luego van los hombres. Primero los corpulentos macheteros, empapados de sudor. Cada uno se quita el sombrero roto y acepta la dita que Pola le entrega llena de viandas en salsa de habichuelas. Pola les sirve sin decir palabra. Tiene demasiado que hacer y muy poco interés en los hombres que forman fila delante de ella. Un hombre estira las manos y espera. Aún después de que Pola le ha servido su porción, se queda inmóvil.

—¡Bueno, ya! —Molesta porque está aguantando la fila, alza la vista y ve un rostro familiar.

—Ya casi no me duele. —Levanta la mano derecha y se ríe de su propio chiste. Es al que llaman Simón. Pola se ruboriza al recordar el sabor de su sangre ese día hace tanto tiempo. Aún sonriendo, juguetón, añade—: Rufina hizo un buen trabajo... con los dos, ¿no crees?

Por primera vez, no sabe qué responder. Hace meses que no lo ve y le sorprende su repentina aparición. Se rumoraba que se lo habían prestado a otra hacienda. Pero ya está de regreso y hay algo inquietante en la forma en que la mira.

Impaciente por comer, otro hombre destruye el momento.

—¡Simón, coño que hace hambre! —Simón asiente con la cabeza y la fila se mueve antes de que a Pola le dé tiempo de reaccionar. Los hombres agarran las ditas con sus manos callosas y se sientan en el suelo bajo algún árbol cercano con las piernas cruzadas. Comen aprisa usando los dedos como cucharas. Simón está entre ellos. Come despacio sin quitarle los ojos de encima a Pola. Pero ella está demasiado ocupada como para fijarse en ese hombre.

Luego van las mujeres. La mayoría espera en fila. Están

cansadas y ansían sentarse un momento. Aceptan en silencio la comida que se les ofrece, sin apenas mirar las manos extendidas de Pola. Mientras sirve porción tras porción, escucha unas voces provenientes de la parte de atrás de la fila. Una mujer que lleva la cabeza cubierta con un pañuelo verde y sucio habla lo suficientemente alto como para que Pola la escuche:

—Mira, Micaela, ¿qué tenemo' aquí? Una cocola haciéndose pasar por mulata.

La otra mujer suelta una carcajada cómplice. Sus voces se vuelven más claras a medida que se acercan.

Pola pausa un instante, hace caso omiso de las risas y sigue sirviendo.

—¿Quién se cree que e'? —La voz burlona sobresale entre las demás—. No e' mejor que nosotra'.

—Cuidado, Leticia. Dicen que tiene mal carácter —advierte Micaela riéndose.

—¡Que se joda! Que me oiga. Es hora de que se deje de andar por aquí como si fuera mejor que nosotra'. —La voz de Leticia suena más alto y un grupo de tres o cuatro mujeres se acerca para ver el espectáculo. Pola sigue trabajando, de vez en cuando se seca el sudor que le baña el rostro. Se le calientan las orejas y se le tensan los músculos del cuello. Le pican las manos, pero sigue sirviendo las porciones de alimentos. El alboroto se acerca con cada porción que sirve.

—Mírala. Con ese pelo atornillao y esa nariz aplastá, debería estar aquí sudando la gota gorda como el resto de la' cocola'.

El coro de mujeres la apoya. Se juntan hasta convertirse en una bestia de muchas cabezas y múltiples brazos, pero una sola voz.

—¡Presumía!

—Se cree gente porque está ahí arriba cerca de la casa grande.

—¡Engreída! —Mientras más hablan, más burlón se vuelve el tono—. No e' ni tan linda ni…

—Se le olvida lo negra que e', negra como el carbón.

—¡Presentá! —La mujer del pañuelo verde casi escupe la palabra—. Va a haber que recordárselo, va a haber que darle una leccioncita.

A Pola se le erizan los pelos de la nuca. Las burlas resuenan más cerca o más lejos según va de la mesa de servir a la carreta para reemplazar los calderos vacíos. Suelta los vacíos y coloca los llenos y pesados, que cuelgan peligrosamente a ambos extremos del palo. Si se le cayera la comida, los trabajadores tendrían que trabajar todo el día sin comer. Recuerda la sensación: la garra que le apretaba la boca del estómago, los mareos y el látigo del mayoral si la línea se detenía. No se lo desea a nadie. Por eso, aunque le encantaría borrarle el desprecio de la cara de una bofetada a esa mujer, no lo hace. Se traga el mal humor y procura no derramar ni una gota. Intenta ignorar las burlas, que no cesan, y comienzan a metérsele por el cuerpo.

Los capataces se han bajado una botella de aguardiente y la mitad de otra. Algunos ya roncan, otros se inclinan sobre la mesa, llenos y satisfechos después del almuerzo. El alcohol y el calor los marea.

Las voces continúan, ahora más claras.

De pronto suena una voz chillona:

—Seguro que se le espatarra al patrón to'as la' noche'.

Micaela la azuza:

—¿Qué tú crees, Leticia? A lo mejor tiene algo ahí abajo que nosotra' no tenemo'.

—To'as esa' semanas metía en la cabaña de Rufina. A lo mejor se consiguió un polvito pa' el chocho pa' poner contento al patrón y quedarse donde no le corresponde. O a lo mejor tiene algún talento escondido que sólo ella le puede ofrecerle al patrón.

Risas.

—O a lo mejor tiene alguna pócima especial de la jungla para amarrarlo y hacerle creer que e' mejor de lo que e'. —Micaela se da un golpe en la rodilla.

—El patrón tiene a su disposición to' el culo negro que quiera, ¿qué talento especial tendrá ésta ahí abajo? —La voz de Leticia es cada vez más estridente.

De pronto alguien comenta en un tono más restringido.

—Espérate un momentito, Leticia —interrumpe la mujer—. Ninguna de nosotra' tiene que hacer na' para que lo' blanco' se nos metan en la' falda', ¿se te olvida? Cogen lo que le' da la real gana, ¿qué magia ni qué magia?

—¡Ay, mira pa'llá! Magdalena tiene lengua. —Las palabras de Leticia están cargadas de sarcasmo. Luego la amenaza—: ¿Y a ti quién te preguntó?

—Lo que digo —responde en un tono más calmado—, e' que está' exagerando, má' na'. ¿Por qué no dejan a la mujer en paz? Ella no pinta má' que ninguna de nosotra' aquí.

Leticia mira a la nueva mujer.

—¿Quién carajo eres tú pa' decirme, pa' decirnos na'? —Mira a su alrededor buscando el apoyo de sus amigas—. No te meta' en lo que no te importa o puede' salir trasquilá'.

Risas nerviosas.

La otra mujer se encoje y susurra como una niñita pequeña:

—Lo que digo es que todas sabemos…

—¡Ay, cierra el pico ya! No me cuque'… tú me conoce' cuando me enfogono.

Silencio. Se acaban las protestas.

Pola sigue sirviendo comida en las ditas hasta que la mujer con las piernas arqueadas y el pañuelo verde en la cabeza, a la que llaman Leticia, se acerca a la mesa a zancadas y saca el pecho. La mueca de desprecio mientras espera a que le sirvan no pasa desapercibida.

Leticia se ha estado preparando para la confrontación y se dirige a Pola mirándola de arriba abajo con desprecio:

—Una negra cola'. ¿Qué hace' tú en la casa grande viviendo como si fuera' blanca o la bastarda de un blanco? ¿Con esa cara y ese pelo…?

Pola siente que las palabras se le hacen un nudo en la boca del estómago y adquieren una forma más definida.

—Yo me andaría con mucho cuidadito si fuera tú. —Las palabras le salen de la boca despacio, frías. Llena bien el cucharón y echa la comida con tanta fuerza en la dita, que la mitad le cae en la falda a la mujer.

Leticia da un salto hacia atrás.

—¡Coño! ¡Ten cuida'o! ¿Qué carajo te pasa?

—Ay, bendito. —Las palabras de Pola están cargadas de ironía tras una sonrisa burlona—. A mí no me pasa nada. Por lo visto a la que le pasa es a ti. Lengüilarga, a lo mejor si te fijaras en lo que haces en vez de estar dándole a la lengua, no se te habría caído la comida.

Pola vuelve a llenar el cucharón.

—¡Próxima!

Silencio en la fila. Nadie reta a Leticia la Loca. Es de las que no hay que cucar. Las demás mujeres se apartan para dejarle espacio.

Leticia está a punto de saltar sobre la mesa y agarrar a Pola por la cabeza cuando la voz de Romero resuena en el aire.

—¡Mira, Loca! ¡Muévete! —Le da un empujón a la mujer furibunda con el mango del látigo y el resto de la comida se le cae al suelo—. Estás aguantando la fila.

—¿Y mi comí'a? —A punto de explotar de indignación, Leticia señala el reguero de comida a sus pies.

—Ésa era tu ración. ¡Ahora, muévete!

La mujer escupe en el suelo. No le contesta al mayoral, pero le lanza dagas con los ojos a Pola y sale hecha una furia diciendo por lo bajo:

—Me debe' una y me la va' a pagar. —La amenaza en sus palabras es como un resorte listo para saltar. Cuando la fuerzan a salir de la fila, Leticia le echa otra mirada fulminante a Pola y se aleja chasqueando la lengua.

Inmutable, Pola le contesta:

—Estaré aquí mismito. No voy para ningún lado por ahora. —Se vuelve hacia la siguiente persona, aunque las manos aún le pican. Cuando le sirve a la última persona, comienza a recoger sus cosas haciendo un esfuerzo sobrehumano por controlar su mal genio. Recuerda el encuentro con Romero y su advertencia de que terminaría en sus manos. De pronto, un escalofrío le recorre el espinazo. No se arriesgará a perder su trabajo en la loma por la boca sucia de esa mujer. No permitirá que la saña de Leticia la obligue a regresar al cañaveral. Hay mucho que meter en la carreta y ese temor secreto la obliga a terminar pronto y salir de ahí lo antes posible.

Los trabajadores han terminado de comer hace rato y están tumbados a la sombra después de haber trabajado toda la mañana como bestias. Muy pronto tendrán que volver a agarrar el machete y regresar a la línea de corte. Alguien ha sacado una clave y toca un ritmo familiar con los palitos: tres toques lentos, dos toques rápidos: ta, ta, ta, ta-tá. Algunos se incorporan y comienzan a aplaudir, otros suman sus voces para crear una compleja síncopa de manos, voces y madera.

Las mujeres también han terminado de comer y están sentadas conversando tranquilamente y abanicándose con las faldas para refrescarse. A poca distancia, los niños que trabajan la tierra hombro con hombro con los adultos sucumben a la modorra del mediodía. A menudo caen en un sopor antes de que los llamen para la faena de la tarde, la hora más peligrosa del día cuando, adormilados y letárgicos, trabajan bajo el golpe de los macheteros.

Pola ya ha guardado casi todas sus cosas y está a punto de colocar los últimos utensilios de servir cuando siente que alguien se le acerca por detrás. Se da vuelta y se topa con Leticia, que está a menos de dos pasos de ella, la quijada apretada, los hombros cuadrados y las aletas de la nariz ensanchadas mientras abre y cierra las manos. Tiene los músculos del cuello como sogas tensadas, la respiración profunda y desorganizada, las piernas bien plantadas para poder saltar. Pola reconoce un toro listo para embestir.

Sin embargo, mantiene una expresión de tranquilidad, como si no le importara la mujer rabiosa que tiene tan cerca. En un abrir y cerrar de ojos, se aguza cada fibra de su ser. Algo viejo, contenido y peligroso, una combinación de vigilancia y calma extrema se activa en ella. Capta cada detalle con los sentidos. Incluso puede oler la agria hostilidad que corta el aire entre ambas.

—¿Y a ti qué te pasa?

—Por tu culpa no comí —escupe Leticia.

Mientras más cautelosa, más serena es la voz de Pola:

—Por culpa de esa bocota sucia fue que no comiste.

—Tú sabe' muy bien que tenemo' cuenta' pendiente'. —Leticia saca el pecho y da unos pasos hacia adelante.

Instintivamente, Pola agarra el cucharón que tiene al lado. Ha dejado de pensar y se limita a reaccionar a la amenaza inminente.

—Más vale que tengas cuidado con lo que sale de ese roto apestoso que tienes por boca. —Ahora es Pola la que amenaza—. Más vale que te me quites de enfrente antes de que alguien salga trasquila'o.

—La que va a salir trasquilá' no voy a ser yo. Te está' metiendo con la persona equivocá'.

Pola aún sujeta el cucharón que usó para servir la comida. Algo muy dentro de ella se desata y ya no hay vuelta atrás. No se ha permitido esa sensación en muchos años, pero la recuerda bien, la reconoce. Han sido tantas las veces que no ha podido defenderse. Pero ésta no será una de ellas. Pola sabe que no puede evitar lo que viene, a pesar de las consecuencias. La mano empieza a picarle de nuevo.

—¿Terminaste? Quiero asegurarme de que hayas terminado porque cuando acabe contigo, no vas a poder decir ni mu en buen tiempo. —La voz de Pola es firme, serena, precisa.

—¿Y qué va' a hacer? —Leticia avanza, le acerca tanto el rostro que Pola puede olerle el aliento.

Pola mira a Leticia de frente. Le salen chispas por los ojos. Le hierven las orejas y tiene el cuerpo listo para atacar. Siente la tensión en los músculos de los brazos y las piernas, sabe que están definiéndose bajo la piel. Está en guardia. El labio inferior comienza a temblarle por el esfuerzo de contener la furia.

Leticia calcula mal.

—¿Y qué tenemo' aquí? ¿Una conejita asustá'? ¿Va' a correr a la casa grande pa' darle las quejas a…? —Leticia le da un empujón a Pola.

Pola tropieza, pero, antes de que nadie pueda reaccionar, recupera el equilibrio y blande el cucharón, que va a dar contra la boca de Leticia. Los dientes salen volando y la sangre le sale a borbotones de la boca rota. Sorprendida, la mujer cae de espaldas, la conmoción se refleja en su rostro cuando siente la sangre en las manos. Logra evitar que el segundo golpe le llegue a la cara, pero el cucharón va a darle en un lado de la cabeza. El pañuelo verde que llevaba puesto sale volando y la mujer se queda esmorusada.

Furiosa, Leticia olvida protegerse y agarra a Pola por los pelos. Ambas mujeres caen al suelo y ruedan en un revolú de faldas, piernas desnudas y brazos que se agitan en el aire. Leticia va por los ojos de Pola, que se protege el rostro, pero Leticia vuelve a agarrarla por los pelos. Pola le da un empujón y suelta un grito cuando Leticia se queda con unos mechones de pelo en la mano. Pola ruge, le clava las uñas en el rostro a Leticia y la sangre le ensucia aún más la blusa. Se forma un enredo de piernas y brazos, luego, los pechos quedan al aire, se arañan una a otra y siguen rodando por el suelo. Los muslos y piernas expuestos pronto se cubren de comida, sangre y fango.

Las amigas de Leticia la animan, disfrutan del espectáculo. No en balde la llaman Leticia la Loca. Las demás mujeres se mantienen a un lado esperando a que los hombres pongan fin a la pelea, pero los hombres están disfrutando demasiado del espectáculo como para detenerlas y se deleitan en la exposición de las partes privadas de las mujeres que ruedan por la tierra.

Los capataces están demasiado embrutecidos por la bebelata

de mediodía, indiferentes a las dos negras que luego recibirán su merecido. Mientras regresen a trabajar a tiempo y no detengan la línea, a los capataces no les importa lo que hagan los esclavizados.

Simón, cuyo cansancio ha superado la admiración por Pola, siente la conmoción y se levanta de un salto. Se abre paso entre el círculo de gente y se interpone entre las mujeres, que no dejan de pelear. Empuja a Leticia y agarra a Pola por detrás, la rodea con los brazos y le sujeta las manos a los lados. Le da la espalda a Leticia, cuyos golpes van a dar fútilmente en sus hombros en vez de en Pola.

Por fin, algunos hombres se levantan y agarran a Leticia. Cuando ya no puede alcanzar a Pola con el cuerpo, comienza a gritarle maldiciones e insultos. Aunque los hombres logran separarlas, las mujeres siguen pateando, demasiado dominadas por la rabia como para comprender que la pelea ha terminado.

Los hombres arrastran a Leticia la Loca hasta donde sus amigas y se quedan en guardia para asegurarse de que el conflicto no resurja. Mientras tanto, Simón alza en peso a Pola y se la lleva a zancadas, aún sujetándole las manos, para alejarla lo más posible de la otra mujer. Es la primera vez que la tiene lo suficientemente cerca como para tocarla y no está dispuesto a soltarla. La lleva de espaldas hasta la mesa de servir. Cuando se acerca a la mesa, se baja un poco y se sienta en el borde, aún sujetando a Pola, que sigue luchando para que la suelte. Ha dejado de patear y gritar, pero Simón no la suelta hasta que se le calma la respiración y siente que la tensión comienza a abandonar su cuerpo.

Cuando Pola por fin se relaja, Simón afloja los brazos, sólo para sentir que redobla las defensas. Vuelve a apretarla. Entonces Pola siente el sonido que sale de la garganta de Simón. No sabe si ha estado ahí todo este tiempo, pero ahora que está quieta, escucha el murmullo y siente la vibración del pecho de Simón contra su espalda, lo que la calma inmediatamente. No logra ubicarlo, pero el sonido revive un recuerdo lejano. *¿Dónde lo he escuchado antes?*

El sonido la ha serenado.

—Ya puedes soltarme.

Cuando siente que el furor de la pelea le ha salido del cuerpo a Pola, Simón afloja los brazos para que pueda tenerse en pie por sí sola. Pola se encoje para liberarse.

Simón la suelta y Pola gira hasta quedar de frente a él. Lo mira confundida y luego se aleja para terminar de limpiar.

—Déjame ayudarte. —Pola se recupera al escuchar su voz y espanta el recuerdo fugaz. Más lejos del hombre, se da cuenta del estado en que está. Aprisa agarra los restos de su vestido amorfo, se lo amarra mal que bien y se sacude la tierra y la basura. Sin quitarle los ojos de encima, se arregla el pelo como puede. Simón arranca un pedazo de la tela que Pola usó para acojinar el palo. Lo mete en lo que queda del agua limpia y se le acerca para limpiarle la sangre del rostro y el pelo. Ella le retira la mano; no está dispuesta a dejar que se le acerque de nuevo. Simón se sienta, cruzado de brazos, y la observa, pero no con lascivia ni para divertirse como los demás. Examina sus movimientos para asegurarse de que no tiene ningún hueso roto o alguna herida grave.

—¿Estás bien? —Pola lo ignora—. Mujer —Simón alza la voz, insistente—, ¿estás bien?

—Un par de arañazos. Es todo.

—Vaya. ¿Así que puedes ser civilizada?

Pola le lanza una mirada fulminante mientras estudia su rostro en busca de algún significado oculto. No lo encuentra.

—Vamos, déjame ayudarte con esto.

—No necesito ayuda. Puedo hacerlo sola.

—Ya veo. —Sonríe.

Pola vuelve a preguntarse cómo interpretar sus palabras.

Simón se dobla y empieza a guardar las cosas. Pola lo observa en silencio. Le inquieta la imagen del hombre con la espalda doblada, los músculos en acción. Nadie, *nadie*, la ha ayudado jamás a llevar su carga. ¿Qué querrá este hombre? ¿Por qué está siempre presente?

Llaman a los macheteros a formar fila. Simón corre a colocar las últimas cosas de Pola en la carreta antes de saludarla con el sombrero e irse. Pola no recuerda la última vez que le expresó gratitud a alguien, ni siquiera a Rufina.

—Señor —la palabra sale de su boca antes de que pueda contenerla.

Simón se detiene, sorprendido, al escuchar su voz.

—Simón a sus órdenes —la corrige y titubea esperando a que ella prosiga.

—No, nada, nada. —Pola mira a otra parte, no sabe si la confusión se le ha dibujado en el rostro.

Una vez más, Simón la saluda con el sombrero.

—Buenas tardes —dice, y desaparece.

A la distancia, Pola escucha los vagones del tren. Flaco, el conductor, debe transportar la cosecha de la mañana y prepararse para el segundo viaje. Con suma dificultad, Pola se trepa en el borde de la carreta llena de caña. Su cuerpo registra el resultado de la pelea. La cabeza se le quiere partir en dos, pero ha parado de sangrar. Se toca delicadamente las calvas en el cuero cabelludo. Se mira el vestido manchado de sangre; un vestido que se ha esforzado por mantener limpio y bonito. No tiene forma y está feo, pero es el único que tiene.

Pola recuerda los rostros de las mujeres. La imagen de Leticia la Loca con el diente partido y la cabeza hinchada la acompaña mientras Flaco sube a su banqueta. ¿Por qué tanto odio de parte de una mujer a la que Pola nunca había visto? Piensa también en las demás mujeres, las que se contuvieron, pero estaban igualmente enfadadas con ella. Está sentada muy quieta, pero su mente vuela.

Los años que pasó en el cañaveral no están tan lejos como para que los haya olvidado. Fue una de ellos en el pasado. Sabe que, de no ser por un misterio inexplicable, estaría con ellos ahora. Puede que la envíen al cañaveral si no se cuida. ¿No estaría igual de rabiosa si tuviera que pasarse los días recogiendo la caña y quitándose de encima a los hombres, que no se cansan de aprovecharse de la única persona en la plantación que vale incluso menos que ellos? Recuerda el sol brutal sobre los brazos en aquellos años, las faldas calurosas sobre las capas y capas de trapos amarrados para protegerse las piernas de los escorpiones que plagaban el cañaveral. El jugo de la caña le saturaba la ropa, que se le pegaba al cuerpo bajo el sol inclemente de la tarde. Los mosquitos hacían un banquete con su carne. Y las ratas le corrían alrededor de los pies. El sombrero era lo único que la protegía, pero incluso con él puesto, los chorros de sudor que le caían en los ojos le quemaban y la cegaban mientras intentaba avanzar detrás de la fila de macheteros. Ahora observa la fila de trabajadores —hombres, mujeres y niños— que regresan a la faena y se siente afortunada de no estar entre ellos.

De pronto, siente todo el peso de los hechos de la mañana y se recuesta sobre la caña cortada; está demasiado lastimada y agotada como para moverse o pensar en nada más. Las piernas doloridas le cuelgan de la parte posterior de la carreta, los brazos cortados se aferran a las lamas de madera mientras avanzan por el camino. Mira hacia el cañaveral, pero no es consciente de que sus ojos buscan la figura del hombre alto que la sostuvo hace apenas un momento.

Un movimiento inesperado llama su atención. Son esos niñitos otra vez, que ahora están a un lado del camino, ñangotados observándola, sonrientes, alegres. Se levantan y echan a correr entre las cañas hacia Simón, que blande el machete, ajeno a su presencia. ¿Qué hacen esos niñitos aquí? Son demasiado jóvenes para ese tipo de trabajo. Un movimiento largo del machete los partiría en dos. Nadie nota su presencia. Está a punto de gritar la alerta, pero los niños desaparecen súbitamente entre las cañas y Pola se queda con las palabras en la boca. Recorre el área con los ojos, pero no hay ni rastro de ellos por ninguna parte.

La carreta da un bandazo y gira a la izquierda para tomar el camino que conduce a la casa grande. Pero la mente de Pola está con los niños, busca en su memoria dónde ubicarlos. Debe recordar preguntarle a Pastora o a Tía Josefa por ellos.

* * *

Tía Josefa ve a Pola desde el extremo opuesto del batey. Está en Las Agujas y nota el desastre de mujer que se baja de la carreta: las heridas, las manchas de sangre, la ropa rasgada, el andar inseguro. No sabe qué ha pasado en el cañaveral, pero se lo imagina. Tía observa a Pola llevar los utensilios a la cocina y salir a lavarse en el barril de agua de lluvia. Y sigue observándola mientras regresa a la cabaña de la cocina donde comienza a reparar el vestido rasgado.

* * *

Las mujeres que trabajan en el cañaveral tienen buenas razones para resentir a las que trabajan en Las Agujas. Las trabajadoras de la aguja son de las negras mejor vestidas de la región. Su trabajo es altamente valorado por las familias ricas del pueblo y de toda la isla. Las costureras y bordadoras a veces trabajan todo el día y hasta entrada la noche para cumplir con los encargos para las fiestas o producir prendas de lujo para las casas de los más ricos. Las damas de sociedad mueren por los trajes de noche y los atuendos formales de su taller. Los hombres de la capital valoran la esmerada hechura de las guayaberas y las elegantes camisas de alforzas que se confeccionan bajo la celosa supervisión de Tía Josefa.

Rollo tras rollo, las telas finas llegan a su taller. Uno de los beneficios de su trabajo es que pueden quedarse con los remanentes de lo que cosen. Para las clientas no son más que retazos sin valor que dejan en el área de corte. Las trabajadoras de la aguja usan esos retazos para confeccionar adornos modestos para su propia ropa y embellecer un vestido simple con un ribete impresionante o un bonito canesú. A menudo reciben los vestidos que la patrona descarta; a éstos siempre se les encuentra uso. Por tanto, la ropa que llevan está bien entallada y luce plisados, alforzas, cintas y otros adornos. También añaden adornos a los vestidos de domingo de otras mujeres esclavizadas y camuflan las telas y las técnicas a fin de que ninguna señora tenga motivo para quejarse. La patrona hace la vista gorda a las actividades del grupo siempre y cuando sus clientas no se quejen.

* * *

Después del incidente en el cañaveral, Pastora envía a otra mujer a despachar el almuerzo. A Pola la manda donde Rufina para que, además de sus tareas habituales, la ayude a recoger las hierbas y la cosecha del huerto. Una semana después de la pelea, Tía le pide a Pola que espere antes de reportarse en la cocina. Cuando Pola se acerca, la vieja está sentada con otras mujeres alrededor de la mesa de trabajo. Tía interrumpe su labor, alza la vista y mira a Pola.

—Mujer, qué mal te queda ese vestido tan ancho. Ya es hora de que te vistas mejor.

—¿Cómo? Sabes muy bien que no tengo nada más que ponerme.

—Ahora sí. Ve a cambiarte. Hay unas cosas sobre tu catre. Y tira a la basura esa porquería que remendaste. No puedo permitir que ninguna de mis mujeres ande con ese desastre de vestido.

Confundida, Pola hace lo que le ordenan y entra en la choza. Sobre su catre hay dos combinaciones completas, una al lado de la otra. Tan sólo de ver los colores queda seducida. Nunca ha vestido otra cosa que no sean los sacos blanqueados que usan las mujeres que no significan nada, que no merecen nada y que no valen nada. Los colores son un lujo prohibido a las mujeres esclavizadas que trabajan en el cañaveral. Pero aquí hay faldas, blusas y pañoletas para ella… y de colores. Mira a su alrededor para asegurarse de que ése es su catre y de que esas cosas son de verdad para ella.

Pola cae al suelo y pasa la mano sobre la prenda más cercana. Es una falda verde, un poco descolorida y ajada de tantas lavadas, pero mucho más bonita que cualquier cosa que hubiera soñado. La blusa doblada a su lado está hecha de una tela blanca resistente, tiene las mangas cortas para que pueda mover los brazos con facilidad y no tiene adornos excepto un pequeño encaje verde en el cuello. El delantal es largo y funcional, y está hecho de una tela estampada que ha visto mejores tiempos. Pero tiene unos bolsillos profundos muy prácticos y una cinta nueva y resistente para amarrárselo a la cintura.

El otro atuendo es más grandioso. Otra falda. Está hecha de una tela crujiente de color azul profundo, la cintura entallada termina en unas cintas largas de la misma tela. Justo encima de la falda hay una blusa de cuello alto color amarillo pálido con alforzas largas en todo el frente y unos botones blancos pequeñitos en la parte de atrás. Cada manga termina en un botoncito en la muñeca. El pañuelo para la cabeza de rayas azules y amarillas combina con las demás piezas, y es nuevo. Y solo, en una esquina, hay un delantal blanco largo con bolsillos profundos y flores bordadas en el ruedo.

Alguien lleva días trabajando en estas prendas. Salvo el delantal, estas últimas son las ropas sin estrenar de una señorita, Pola lo sabe. Se sienta, boquiabierta. Antes de venir a este lugar, sólo había visto prendas tan elegantes de lejos. Las mujeres blancas que las lucían ni siquiera se fijaban en las paridoras como ella, mucho menos se les acercaban.

En el suelo, a sus pies, hay un par de zapatos de cordones. Parecen duros e incómodos. No es posible que sean para ella. Pola jamás se ha puesto un par de zapatos y, a juzgar por éstos, agradece no haber tenido que hacerlo. Los empuja debajo del catre, bien al fondo donde no se vean. A lo mejor nadie se da cuenta.

Coloca las manos sobre el catre y acaricia todo con los dedos. La tela azul le recuerda las aguas del océano que tanto amaba en su juventud. La blusa, tan parecida a las que usan las jovencitas que vienen a visitar a la señora, es algo desconocido en su mundo.

Aparta la mirada de las prendas más finas, que, de seguro, son para la misa de los domingos. Están tostaditas y tibias, como acabadas de planchar.

Se pone las piezas más simples, se mete en la falda y lucha con los botones de la blusa. La ropa se siente suave contra la piel, como una caricia inesperada. Pola se deleita en la sensación de la tela que le roza las piernas mientras regresa a la mesa de trabajo. Mira a su alrededor. Se asegura de estar sola, extiende los brazos y da vueltas, siente la ropa pegársele y moverse sobre su cuerpo, disfruta de la felicidad de poseer algo tan precioso. Entonces se detiene y se recuerda a sí misma que no debe acostumbrarse demasiado a este mundo de privilegios que pueden arrebatarle en cualquier momento. Se envuelve la cabeza con el pañuelo blanco de las trabajadoras de la caña para sentirse equilibrada.

Con la intención de darle las gracias a la vieja por los regalos, Pola recuerda las últimas palabras de Tía: *No puedo permitir que ninguna de mis mujeres ande con ese desastre de vestido… mis* mujeres… *mis* mujeres… Sorprendida, Pola se da cuenta de que ahora es oficialmente una de las trabajadoras de Las Agujas. Ahora puede respirar sin el miedo constante al cañaveral. Siente una presión extraña en el rostro. Hace mucho tiempo que no intenta sonreír.

10

Los pensamientos de Simón I

En mi pensamiento abrazo a Pola y las sombras de la memoria se revuelven. La imagen de mi Amina, negra como la espada de un guerrero, llega flotando desde el pasado, nítida y reluciente, después de todos estos años. Ella también tenía mundos en el fondo de los ojos. Ella también era una guerrera que hizo frente a sus atacantes, daga en mano, el pañuelo de la cabeza caído y olvidado, el pudor ignorado ante la necesidad de proteger.

Nos atacaron antes de que yo pudiera reaccionar. Aún siento los grilletes de hierro morderme la carne, arrancarme la piel y luego cortarme el cuerpo mientras intentaba luchar contra las cadenas.

Una vez que comenzó, ya no sentí más dolor, sólo odio y futilidad. Enfurecido por mi impotencia, me arrodillé avergonzado, las lágrimas nublaban pero no borraban lo que sucedía ante mis ojos. Al final, sólo hice lo único que podía hacer por ella. Recé mi duá.

Alá, sólo de Ti imploro ayuda… Ella estaba de pie, dándome la espalda, de frente a nuestros atacantes… *Alá, el más clemente y misericordioso…* ¡Crac! El primer golpe le rajó la cabeza… *Alá, el más grande…* La sangre le salía a chorros por la cabeza…

Los hombres gruñían mientras caían sobre ella... Los golpes incesantes... *Alá, el más misericordioso, acoge a mi Amina en tu regazo y líbrala del resto...* mi Amina murió... las manos sobre su vientre hinchado... mi plegaria fue escuchada... *Alá, el misericordioso... Alá, el bueno, gracias por la bendición que le has concedido.*

Pisotearon sus restos, los golpearon con los rifles repetidamente hasta que lo único que quedó de ella fue un amasijo sangriento. Maldije a los hombres, al cielo; me maldije a mí mismo. A dónde fuera y lo que hiciera dejó de importar. Sellé mi corazón. Hice mis votos hace mucho tiempo. No permitiría que ninguna mujer se quedara demasiado tiempo en mi vida y ninguna pasaría de la superficie. No, nunca habría otra Amina, nunca habría otro hijo. Ningún hombre volvería a robarme tanto. Y ninguno lo ha hecho.

Y ahora llega esta mujer, esta Pola con su furia silente y su espíritu indómito. ¿Por qué siento este anhelo que di por muerto hace tanto tiempo? ¿Cómo logra tocar acordes que han permanecido silentes durante tantos años? Esta mujer despierta en mí un sentido de reconocimiento profundo, no sólo el destello de un recuerdo, sino un sentido de algo familiar y conocido que vive en mí.

¿Cuántos años, cuantas miserias propias habrán cuajado en su cuerpo roto? ¿Cómo habrá logrado avivar el fuego de su rabia y mantenerlo vivo sin destruirse a sí misma en el proceso? Su rabia habita justo debajo de la superficie, y la he visto desatarse ya dos veces. No le teme a nada cuando su ira se manifiesta plenamente. Pero tras todo eso, tras ese muro protector, tras esa rabia ardiente, tras esa lengua afilada, puedo ver que es tierna y apasionada como la guerrera de antaño con su vientre de calabaza. Yo sí puedo ver un destello de vida en Pola, aunque ella no pueda.

Recuerdo sus músculos resistentes cuando abracé su cuerpo y la saqué de ahí. He escuchado el ají picante bailar en su lengua. Esconde las lágrimas de su corazón, el dolor de sus ojos. Pero yo veo más allá de lo visible. No puede esconderse de mí.

Hacer nudos me ha enseñado algo: esperar no es perder el tiempo; esperar es tomarse el tiempo de ver, escuchar, desdoblar y desentrañar lo sucedido. Desharé los nudos de Pola uno a uno. Soltaré los hilos. Los desenredaré lentamente, suavizaré las asperezas y estiraré los filamentos. Y un día, estará lo suficientemente suelta como para verme. Se dará cuenta de que no soy un enemigo al que temer y contra el que luchar. Escuchará y me dejará entrar. No lo sabe aún. Pero lo sabrá.

11

El árbol sanador

Hacienda Las Mercedes, Carolina, Puerto Rico, enero de 1851
Poco después de la pelea en el cañaveral, el patrón decidió que no se les llevaría comida a los trabajadores al mediodía. Comerían un desayuno ligero y llevarían consigo un pedazo de pan con manteca y sobras frías para almorzar. Eso debía de sostenerlos hasta que regresaran al final de la jornada de trabajo.

Así que ahora los trabajadores de la caña salen fatigosamente por la mañana y regresan arrastrándose por la noche, a veces muy tarde, habiendo comido sólo el desayuno. Trabajan bajo el sol ardiente o la luna indiferente, trabajan hasta casi desfallecer. A la hora que regresan, apenas tienen energías para sentarse con la mirada perdida en lo que les sirven la cena. Algunos se quedan dormidos con la comida a medio masticar. Otros, en especial los niños, se desploman tan pronto como llegan al batey y hay que despertarlos para que coman o se acuestan sin comer.

Pola los ve meterse la comida en la boca y tragársela casi sin masticar, aprisa, haciendo ruido y sin prestar mucha atención a los sabores. Los esfuerzos de las cocineras por condimentar los alimentos pasan desapercibidos. Simplemente se tragan la comida y se retiran a sus catres. A Pola se le rompe el corazón cuando ve a los trabajadores cansados, los cuerpos lastimados, quemados y machacados. Pero en lo más profundo de su corazón, debe admitir que se siente aliviada de vivir entre las mujeres de Las Agujas.

*   *   *

Ha empezado a pensar en las tardes de domingo como un tiempo que le pertenece, aunque los esclavizados no poseen nada, mucho menos, tiempo. No puede escaparse todas las semanas, pero lo hace cada vez que puede. Han transcurrido meses y nadie nota sus ausencias esporádicas. Pola comienza a bajar la guardia. Con tal de que regrese a la hora de la cena, nadie le pregunta dónde pasa la tarde. En la paz y relativa seguridad de su árbol comienza a desentrañar sus sentimientos contradictorios y a descubrir partes de sí que llevan mucho tiempo enterradas.

Después de la pelea en el cañaveral, espera con ansias el domingo para escapar sin que nadie lo note. Una vez que se encuentra en su rama, se sienta, se recuesta contra el tronco y se despoja del cansancio y las preocupaciones.

Primero fue la pelea con Leticia la Loca, esa mujer de lengua viperina. Pola estuvo echando chispas varios días. Se imaginaba dándole gaznatadas hasta quitarle la expresión burlona del rostro. Pero a medida que pasa el tiempo, reconoce que, en su época de trabajadora de la caña, ella también habría resentido que una negra doméstica, bien alimentada y consentida, se presentara en el cañaveral donde ella tenía que trabajar vestida con harapos, mal alimentada y sujeta a los caprichos del mayoral y los capataces.

Desde que vive en Las Agujas, se ha acostumbrado a ser una

negra doméstica. Y ahora que parece que la han asignado oficialmente a Las Agujas, puede respirar con más calma. Pero se niega a verse como una privilegiada. ¿Acaso un esclavizado puede considerarse verdaderamente consentido, mimado, incluso seguro? No puede negar que su vida en la loma es mucho menos deshumanizante que la existencia de las mujeres que trabajan en el cañaveral. No es fácil admitir, ni siquiera a sí misma, que disfruta de beneficios de los que las trabajadoras de la caña nunca disfrutarán. Come mejor, sus tareas son más livianas y tiene más movilidad. Es verdad que siempre está vigilada, que la posibilidad del peligro y la crueldad es una bestia que acecha a sus espaldas, pero ha superado la brutalidad cotidiana del pasado. Y ahora aquí, en su árbol, lejos de las distracciones del trabajo y de otras personas, Pola se ve obligada a buscar la verdad de su vida. Sinceramente, comprende mucho del resentimiento de Leticia.

Pero, si bien no tiene ningún deseo de unirse a los trabajadores de la caña, aún no se siente totalmente cómoda con las mujeres con las que trabaja a diario. Tiene los oídos siempre atentos a cualquier comentario hiriente o insulto poco sutil. Las mujeres siguen bromeando, pero, con el tiempo, Pola ha aprendido a leer las sutilezas de su chachareo. Los chistecitos son molestosos, pero no están cargados de malicia. Se burlan de ella tanto como entre sí.

Doña Filo decidió no enviarla al cañaveral y Pola hace todo lo posible por que la mujer no se arrepienta de la decisión. Está aprendiendo a controlar su mal genio. Se muerde la lengua como puede y se esfuerza por medir sus palabras y su tono. A veces tiene que apretar los labios cuando escucha un comentario cáustico o una frase sarcástica. Se percata de su propia conducta, así como de la de las demás. No es fácil, pero ha empezado a bajar un poco las defensas y ya no tiene los colmillos tan afilados.

Sobre todas las cosas, Pola se siente afortunada de haber salido del infierno que era la Hacienda Paraíso. Aquí no hay un teatro para entretener al patrón. Incluso Romero, con sus amenazas soslayadas y su desprecio manifiesto, se ha mantenido a raya. Puede que el patrón lo necesite para que supervise a los trabajadores de la caña, pero Pola no cree que ni a don Tomás ni a doña Filo les interese mucho como persona.

Ha escuchado que don Tomás heredó a Romero de su padre, el viejo patrón, que fue un administrador brutal y le dio a su mayoral rienda suelta con sus esclavizados. Pero don Tomás es otro tipo de hacendado. Con el joven patrón, el mayoral tiene que controlar su crueldad y su violencia. Lo cierto es que Romero es necesario, pero no querido. Ese antagonismo entre los dos hombres le da a Pola un sentido de alivio. Mientras a Romero le interese más conservar su trabajo que fastidiarle la vida, podrá respirar tranquila, aun bajo su mirada hostil.

Por tal razón, las mujeres con las que trabaja no tienen que cuidarse las espaldas a todas horas. No temen que unas manos indeseadas las arrastren y brutalicen su cuerpo alentadas por un patrón dispuesto a pagar muy bien por el teatro de la vulgaridad.

Muchas mujeres intentan robar unos minutos aquí o allá durante la semana para estar un rato con sus amantes, pero, por lo general, los domingos por la tarde es cuando se corteja abiertamente, y lo hacen. A muchas no les basta con eso y hay algunas que desaparecen en el bosque para encontrarse clandestinamente con sus hombres. Tía Josefa conoce bien a sus mujeres y hace la vista gorda a sus necesidades. Lo que hagan al amparo de la noche es asunto y decisión suya siempre y cuando regresen antes del amanecer y estén listas para trabajar a la hora indicada.

Pola las observa y se pregunta cómo será *desear* que te toquen, necesitar que te conozcan, que te exploren por dentro y por fuera, y que te celebren. Pero cuando le vienen esos pensamientos, se los sacude inmediatamente. Se siente afortunada de que la mayoría de los hombres la ignore. Su rostro desfigurado no invita a mucho.

Sin embargo, ahí está Simón, y Pola no es tonta. Desde el primer día, sabe que la sigue con la mirada. Nunca lo ha reconocido ni ha alentado sus atenciones. Pero no ha dejado de notar que, cuando menos lo espera, aparece cerca de ella, la observa desde el otro lado del batey o la mira disimuladamente por debajo de la pava. Cada vez que se le acerca, le demuestra que es dueña de toda su atención, pero nunca se impone, nunca insiste, nunca pide o trata de robarle algo. La observa abiertamente y espera. Está bien, piensa Pola, mientras mantenga las distancias.

* * *

Lentamente, todo lo que sabe sobre sí misma, sobre este mundo, está cambiando. Con el pasar del tiempo, los sentimientos afloran cada vez más contradictorios y urgentes. Se recuesta contra su árbol e intenta desenredar los hilos del cambio.

Admira el telón azul del cielo cuando las nubes empiezan a moverse. Una brisa súbita corre entre los árboles trayendo los sonidos de miles de hojas que rozan unas contra otras y le llenan la cabeza de un *shhh, shhh, shhh, shhh* familiar, embriagante y seductor. Pola intenta ubicarlo, pero antes de que pueda asir todo el recuerdo, el sonido crece tanto que no queda espacio para la reflexión. Luego, ahí, desde ahí, surge otro sonido del pasado: las olas que rompen en una orilla desierta, la danza del vaivén. Casi puede sentir la fuerza del agua. Su mundo se tambalea. Su cuerpo responde con un movimiento ondulante, se mece hacia delante y hacia atrás como si la arrastraran y la soltaran. Aun así, el sonido se vuelve cada vez más fuerte. Le inunda la cabeza, la presión aumenta hasta que cree que no puede aguantar más. Luego, así como vino, se va como si una puerta se hubiera cerrado.

Pola se despierta sobresaltada, el corazón se le quiere salir del pecho, las manos le tiemblan y el olor a salitre flota en el aire. Menea la cabeza y permanece quieta un instante. Imágenes, nada más. Un sueño. Se aferra a su rama. Fue un sueño tan vívido. Aún tiembla mientras baja del árbol y regresa a Las Agujas.

* * *

Unas semanas después, otra vez en el árbol, transita entre la vigilia y el sueño instalada en ese mundo intermedio donde otras imágenes brillan ante sus ojos. Una mujer negra y alta baila en las aguas dentro un remolino de azules. La falda se le levanta alrededor de las piernas en ondas cerúleas que se sumergen en el azul marino, el azul marino se disuelve en un verde azuloso, el verde azuloso se convierte en turquesa, el turquesa fluye hacia el cobalto, el cobalto se difumina en el azul celeste, el azul celeste se intensifica hasta convertirse en índigo, el índigo se eleva al zafiro; toda una sinfonía de tonalidades seductoras. Sus pechos amplios, casi inflamados, tienen dibujadas escamas de colores que se levantan y se separan y se transforman en imágenes de animales marinos que, luego de girar y retorcerse, se transforman a su vez en otras criaturas imposibles e hipnóticas que bailan sobre su piel desnuda. Y, mientras tanto, la mujer baila con los brazos extendidos. Una conchita, un cangrejo, un caballito de mar, una tortuga, una estrella de mar flotan sobre las yemas de sus dedos. El pelo le flota alrededor de la cabeza y entre sus largos rizos se entretejen bucles de algas.

Las viejas pesadillas casi han desaparecido, pero ahora estas nuevas imágenes la invaden en un crepúsculo entre la vigilia y el sueño. La atacan cuando está más tranquila y desprevenida. Una vez más, Pola se despierta y se da cuenta de que se ha quedado dormida.

Se pone en marcha. El sol está bajo. Ha perdido la noción del tiempo y debe regresar antes de que la echen de menos. Se agarra la falda para comenzar su descenso, pero la sorprende una sombra que se asoma justo tras las ramas más bajas. Los arbustos a sus pies se mueven y la sombra emerge del follaje. ¿Habrán enviado a alguien a buscarla? La sombra hace un movimiento apenas perceptible. Aguza la vista entre las hojas y se da cuenta de que, lo que inicialmente le pareció parte de la maleza, en realidad es un cuerpecito. Contiene la respiración y siente que el miedo le sube por el espinazo. Pero, a medida que la figura emerge, Pola ve una masa de pelo enredado que cubre un rostro, unos bracitos frágiles, un cuerpecito. A juzgar por la agilidad con que se mueve, es una niña. Sus dedos largos y delgados sujetan una guayaba a medio comer; mira a su alrededor, sorprendida.

Cuando Pola se mueve para verla mejor, la niña mueve la cabeza de lado y aguza el oído un instante. Ambas se paralizan. La niña huye antes de que Pola pueda reaccionar. Los restos de la guayaba y el movimiento que se esfuma entre los arbustos son la única prueba de que estuvo ahí. Pola espera hasta que todo vuelve a estar en calma. La oscuridad se aproxima rápidamente. El miedo a que la descubran la obliga a correr. Baja de un salto el último tramo y se encamina preguntándose si de verdad habrá visto a la niña o si la imagen fugaz es el vestigio de un sueño que la persigue en la vigilia.

* * *

Luego de varias visitas sin que la niña vuelva a aparecer, Pola deja de buscarla. Sin embargo, un día, mientras está sentada en su árbol, perdida en sus pensamientos, la niña se arrastra hasta el árbol, se recuesta contra el tronco y se asegura de estar sola. Abre un saco y saca una gran guanábana cuya piel rompe con la piedra afilada que tiene delante. Vuelve a recostarse y comienza a sacar las semillas negras y masticar la pulpa blanca y tierna de la fruta.

Inmóvil, Pola examina a la niña desde su rama. Tiene el color de las nueces tostadas, no es un tono uniforme sino una mezcla de distintos tonos de piel. El pelo es un matorral seco recogido y enroscado descuidadamente sobre cada oreja. En los harapos, que apenas le cubren el torso, hay incrustados pedazos de hojas, las piernitas desnudas están cubiertas de una gruesa capa de barro. Los huesos de la espalda se asoman por la ropa raída.

La niña se inclina hacia delante y extrae del saco un pedazo de pan que comienza a morder con cuidado de no desperdiciar ni una miga. Sus ojos recorren el claro rápidamente y miran de un lado a otro para asegurarse de que nadie la ha seguido. Cuando termina de comer, se limpia la boca con el brazo, estira las piernas y, por fin, suspira. Mira a su alrededor una vez más antes de recostarse de nuevo contra el árbol y cerrar los ojos.

Pola está fascinada. Se acomoda para verla mejor. En ese instante, la niña se incorpora y vuelve a examinar el área. Al no ver a nadie, se tranquiliza un poco, pero luego, levanta la vista despacio hacia las hojas sobre su cabeza. Tiene el rostro manchado de restos de comida. Se cubre el rostro con la mano para protegerse del sol y arruga los ojos para examinar el verdor. Al verla en el árbol, la niña da un salto y vuelve a desaparecer entre los arbustos antes de que Pola pueda reaccionar.

* * *

La niña estaba claramente hambrienta. Pola idea un plan y aprovecha bien el tiempo que pasa en la cocina de Pastora. Cada vez que logra escapar al bosque, se asegura de llevar algunas sobras de comida. En cada visita deja un poco de comida al pie del árbol. Pronto la niña reaparece.

La primera semana, la niña ve el envoltorio, mira a su alrededor y se arrastra hasta el tronco. Agarra el paquete, lo huele y sale disparada. La segunda semana, se acerca más despacio, agarra el paquete, lo rasga y se traga la comida tan pronto como la desenvuelve. Mientras se atacuña la comida en la boca, mira a su alrededor; luego se detiene y mira hacia la copa del árbol. Al ver a Pola entre las hojas, agarra el paquete y titubea un instante antes de dar un salto y salir corriendo de nuevo. La tercera semana va derecho al lugar, agarra la dita que Pola le ha dejado y se come la comida con cautela, mirando de vez en cuando hacia arriba para asegurarse de que su benefactora no se le acerque. Cuando termina de comer, asiente con la cabeza y se esfuma.

Se convierte en un ritual tácito. Pola deja la comida y la niña la devora. Luego de varias visitas, la niña deja siete amapolas rojas a los pies del árbol, una por cada comida que ha recibido. Coloca las flores rojas justo debajo de las ramas bajas del árbol donde la mujer pueda encontrarlas. Antes de retirarse, mira hacia arriba y sonríe.

* * *

Hacienda Las Mercedes, Carolina, Puerto Rico, mayo de 1851
Pola está de pie debajo del árbol y llama:

—Hola… sé que estás ahí.

Hace semanas que no ha podido escapar y teme que la niña se haya mudado a otro lugar más provechoso. Extraña su compañía, aunque nunca hayan intercambiado palabra. Pola se queda muy quieta para escuchar el movimiento de algún cuerpo entre los arbustos.

Calma total.

—Me llamo Pola. ¿Y tú? Debes de tener mucha hambre.

Nada se mueve. Alza el paquete que ha traído.

—Te traje algo.

No hay respuesta.

—No siempre puedo venir. Me vigilan, tú sabes.

Todavía nada.

Por fin, Pola se sienta y empieza a desenvolver las hojas de plátano que contienen la comida.

—Parece que no tienes mucha hambre.

Escucha el crujido y se mueve con suma cautela para no asustar a la niña. Primero, un brazo se asoma entre los arbustos, luego una cabeza con unos ojos enormes y penetrantes, pausa, tantea, luego, despacio, el otro brazo. La niña aparece y trata de arrebatarle la comida, pero esta vez Pola es más rápida. Agarra a la niña por la muñeca antes de que pueda escapar.

—No voy a hacerte daño.

La niña intenta retorcerse, pero Pola no la suelta.

—Me llamo Pola. ¿Y tú? —Sujetando la delgada muñeca con una mano, Pola estira la otra mano, agarra un pedazo de chorizo aún tibio y se lo muestra a la niña.

La niña no aparta la vista del rostro de Pola, pero, al oler la comida que le ofrece, cierra los ojos como transportada a otro lugar.

—Todo es para ti. Sólo tienes que sentarte aquí y comértelo conmigo.

La niña abre los ojos y se inclina hacia delante chupándose los labios. Sin dejar de mirar la ofrenda, se sienta frente a Pola y estira la mano hacia la salchicha. Pola le suelta la muñeca y coloca un pedazo de carne en la mano estirada. La niña lo devora en un santiamén y estira la mano para que le dé más. Pola le alcanza un huevo duro, pero lo aguanta antes de soltarlo.

—Me llamo Pola. ¿Y tú?

—Lla-lla-llamo Cha... chi... ta —responde con voz áspera.

—Muy bien. —Pola hurga entre las hojas de plátano y saca un pedazo de batata. Repiten los mismos movimientos una y otra vez.

Dar y recibir alimentos es el vínculo que las une. Mientras la niña come a grandes bocados, Pola aprovecha la oportunidad para examinarla. No debe de tener más de doce o trece años, una criaturita que apenas mide lo que un barril de agua, se le ven las costillas a través del vestido harapiento. Las caderas firmes y estrechas confirman su pubescencia. Es delgada, pero tiene las piernas y los brazos largos y bien definidos. Es fuerte, ágil y, definitivamente, veloz. Pero lo más llamativo es su impresionante mata de pelo, un enredo de nudos que le caen sobre las orejas hasta la espalda y terminan en unos rizos gruesos que parecen sogas. Esa melena asombrosa no debe de haber visto un peine o un cepillo en años. Los pómulos prominentes resaltan aún más los enormes ojos. A pesar de su extraordinaria apariencia, la niña irradia una inocencia y vulnerabilidad que conmueven a Pola.

Mientras la niña se traga un bocado, Pola agarra el último pedazo de chorizo. Esta vez tampoco se lo entrega a Chachita inmediatamente.

—¿Cuánto tiempo llevas aquí escondida?

La niña no le quita los ojos de encima al chorizo.

—N-n-no escondida… vivo aquí.

Pola coloca el bocado en la mano mugrienta de la niña.

—Nadie vive en el bosque. ¿De dónde vienes?

Chachita está más pendiente de la comida, pero responde:

—N-n-no sé. —Las palabras se le enredan en el bocado que tiene en la boca.

—¿Cómo que «no sé»? ¿De dónde eres? ¿Quién es tu gente? ¿Quién es tu patrón?

—No p-patrón.

—Mientes. Una niña negra como tú vale mucho dinero.

Una vez más, la niña extiende la mano para que le dé más comida.

—No te-tengo ge-gen-gente. No te-tengo p-patrón.

—¿Eres una cimarrona?

No responde.

Pola hace como si fuera a llevarse el resto de la comida, pero Chachita responde rápidamente.

—Vi-vi-vivía con mamá… tra-trab-trabajaba caf-café para don Her-mi-nio, pero… —La niña pausa y moquea. Su rostro cambia de expresión. Antes de que Pola pueda reaccionar, Chachita se levanta de un salto y sale corriendo.

Pola no siente el movimiento en los arbustos que tiene detrás hasta después de un rato. No le da tiempo de esconderse. El follaje se abre y Tía Josefa emerge. La vieja ve los restos de la comida.

—Más vale que regresemos antes de que otros también te echen de menos. Pronto será la hora de la cena y Pastora te necesita en la cocina. —Se hace a un lado sin mencionar los alimentos a medio comer en el suelo—. Nunca has sido así de descuidada. Que Romero no te encuentre aquí. Vamos. —Tía Josefa la llama por encima del hombro mientras gira para tomar el camino de Las Mercedes. Luego espera a que Pola se acerque—. Puedes dejar eso ahí. Estoy segura de que algún... animal lo agradecerá.

Pola se asegura de no mirar en la dirección en que huyó la niña y sigue a Tía sin decir palabra.

* * *

Las semanas siguientes, Pola logra sacarle a Chachita el resto de su historia a base de sobornarla con comida a cambio de información.

—Cuando empe-pecé a sangrar... ahí abajo... to' cambió... tetitas... voz... pelo... piel cambió t-también... Ma-mamá mi-miró y no di-dijo nada... la piel cambió más... aquí... las orejas... —Como Chachita no está acostumbrada a hablar, cuenta su historia muy lentamente.

Al cabo de un tiempo, la piel alrededor de las orejas empezó a arrugársele, se le formaron ampollas y se le oscureció más que el resto, después la piel se inflamó y le salieron erupciones duras. Su madre probó todos los remedios imaginables, pero nada funcionó. Intentó cubrirle la piel con el pelo por un tiempo. Pero el olor...

Un día, el capataz, que había notado que la niña comenzaba a hacerse mujer, decidió que había llegado el momento de acercársele. Ella se resistió, pero él era fuerte. Intentó besarla, pero se detuvo al olerla. La niña lo empujó como pudo, pero, en medio del forcejeo, cayó al suelo y sus orejas deformes quedaron expuestas. El capataz se paralizó y comenzó a retroceder lentamente persignándose y maldiciendo: «¡Maldita sea la mierda!». Siguió retirándose hasta que, por fin, dio media vuelta y salió corriendo. Esa noche, la patrona personalmente vino a examinarla. Se paralizó y también se retiró.

Una noche, dos hombres le cubrieron la cabeza a la niña con un saco, ataron el cuerpo que se resistía a un caballo y salieron a galope. Chachita escuchó los gritos desgarradores de su madre cuando el caballo y el jinete se la llevaron.

Aterrorizada, Chachita no cesaba de gritar: «¿Qué hacen? ¿A dónde me llevan? ¿Qué hice? ¿Por qué? ¿Por qué?». Estaba tan asustada que perdió el control de la vejiga. Todo lo que podía escuchar era el clop, clop, clop de los cascos del caballo que la llevaba cada vez más lejos del único hogar que había conocido. Los oyó maldecir, mencionar la marca del diablo.

Pasaron muchos días. De noche, la niña escuchaba a los hombres hablar entre sí. Los patrones tenían miedo de que se les pegara eso que tenía. Los hombres querían matarla y acabar con todo, pero la patrona temía que matar a la niña les trajera mala suerte. Tampoco podían venderla. Entonces, ¿qué hacer? ¿Qué hacer con esa niña antes de que les pegara la enfermedad a los demás esclavos y a la familia? ¡Dios nos libre! Tenían que hacer algo antes de que se regara la voz. Decidieron llevar a la niña a lo profundo del bosque y abandonarla tan lejos de casa que nunca pudiera encontrar el camino de regreso. Lo que pudiera pasarle después no era asunto suyo. Dios la había castigado con esa enfermedad y Dios se encargaría de que tuviera el fin que merecía. La patrona se persignó. Había cumplido con su deber cristiano de poner a la niña en manos de Dios. Si moría, no sería culpa de nadie. Dicho esto, los despachó y se lavó las manos.

Los ojos de Chachita se anegan en llanto mientras continúa:

—Yo llo-lloré… su-supliqué. No ent-entendía na-nada. Parecía que… me te-tenían mi-miedo… pero ¿por qué? ¿Por qué?

La niña detestaba vivir en esa plantación donde el trabajo no acababa nunca y se vivía en miedo constante de los capataces salvajes, pero, ahí al menos, tenía a su mamá y a los demás. Entonces, por primera vez en la vida, se vio completamente sola en medio de un bosque. Los hombres no le dejaron agua ni comida ni forma de salir de ahí.

El instinto de supervivencia fue más fuerte que el miedo, la sed fue más fuerte que la pérdida, el hambre, más fuerte que la soledad. Aprendió a cavar la tierra en busca de raíces: yautías, yucas y ñames. Aprendió a trepar árboles para encontrar frutas: aguacates, guanábanas, acerolas, jobos y quenepas. En sus andanzas, encontró una finca aquí, un granero allá, huertos desatendidos o tendederos de ropa acabada de lavar. Bajo el amparo de la noche, sólo tomaba lo imprescindible, nada más. Bebía agua dulce del río. El agua de coco era un lujo porque las palmas eran mucho más difíciles de trepar.

—Taaan so-sola. A ve-veces entraba ge-gente al bo-bosque… Yo que-quería ha-hablar con ellos y ver si sa-sabían cómo se lle-llegaba a casa. Pe-pero… ¿En quién po-podía confiar? Entonces vi-vinieron unos hombres bla-blancos con pistolas. Yo sa-sabía que me te-tenía que esc-esconder de ellos. Te-tenía que esc-esconderme de to-todo el mundo. A ve-veces venía otra ge-gente, hombres y mujeres, ju-juntos… y hacían co-cosas… pero yo so-soy una niña bu-buena… tú sa-sabes.

»Y un día… tú lle-llegaste… me mi-miraste. Yo te-tenía

miedo, pe-pero de-después supe que tú también te es-escondías... No sa-sabía por qué estabas ahí a-arriba, pero me da-daba miedo av-averiguar... Un día... yo pen-pensaba en mamá... entonces lle-llegaste tú con co-comida ca-caliente... y ahora es-estamos a-aquí.

Chachita deja de rascarse la cabeza cuando termina el cuento. Algo arrastra a Pola a esa niña, algo enterrado y casi olvidado desde hace tiempo. Rápidamente se recompone e intenta escapar del claro.

—Tengo que irme antes de que vengan a buscarme.

—Lo sé... ¿Vo-volverás? —Pola ve la ansiedad dibujada en el rostro de la niña. Ningún niño debe vivir como un animal salvaje en el bosque—. Por fa-favor, vuelve. Te vo-voy a esp-esperar... Pola.

Pola observa y escucha. El autocontrol ha desaparecido y ahora Chachita no es más que una niña asustada. Las lágrimas le corren por las mejillas y, al mezclarse con la mugre, dejan un rastro sobre la piel. La forma precipitada en que se da el cambio en la niña toma a Pola por sorpresa. La niña está necesitada. Su dolor ejerce una fuerza de atracción sobre Pola.

Instintivamente, se acerca a Chachita, le rodea los hombros huesudos con los brazos y le susurra sonidos reconfortantes. La última vez que consoló a alguien en los brazos fue a su propia hijita, que desapareció en la noche. Los sentimientos guardados por tanto tiempo se mezclan y chocan con sus recelos más recientes. Pero, casi al instante, la aprensión se disipa y da paso a una sensación abrumadora de ternura. Pola se maravilla de lo bien que se siente abrazar ese cuerpo frágil; se maravilla de cómo el calor de otra persona puede suavizar las asperezas de su espíritu. Se percata de que recibe tanto consuelo como da, tal vez más. La abraza

fuerte y le da la bienvenida a esa renovada sensación. Enterrado
en lo más profundo de su ser, un rincón desatado de su mente
grita: *Esta niña necesita una madre.*

—No te preocupes. Regresaré. Te lo prometo.

* * *

Los meses transcurren y la mujer y la niña se acostumbran
a comer juntas los domingos cada vez que pueden. Chachita
empieza a engordar. Ya no se le ven las costillas, tiene las mejillas rozagantes y un brillo saludable le ilumina el rostro. Con el
tiempo, ha mejorado la postura. Acostumbrada a pasar mucho
tiempo sin conversar, la niña no habla mucho aún y Pola no la
fuerza.

A veces, Pola le cuenta alguna historia de Las Agujas. Otras
veces, se quedan sentadas sin hablar toda la visita. Observan el
río y escuchan el canto de las aves. Ninguna hace preguntas,
pero se alegran cuando alguna comparte algún detalle sobre su
vida. Es como si las uniera un pacto tácito de existir sólo dentro
de los límites del claro cerca del árbol. Las ramas y el follaje del
árbol protegen su mundo de escrutinios indeseados.

Pola siempre trae más de lo que Chachita puede comer para
asegurarse de que a la niña le sobre suficiente comida para después. Un día, Pola le trae unos vestidos viejos y se los muestra. La niña asiente agradecida e inmediatamente se quita los
harapos que lleva puestos y se pone las prendas descoloridas,
pero limpias.

Se sienten tan a gusto la una con la otra que, una tarde, sacia-
da y adormilada después de comer, Chachita se hace un ovillo al
lado de Pola y se queda dormida. Pola disfruta de la experiencia

y se reclina a la sombra del árbol mientras observa la respiración rítmica y serena de la niña en su siesta. Pronto, Pola también se relaja en una especie de duermevela en la tranquilidad de la tarde. Con los ojos entreabiertos, observa los arbustos que tiene delante. De pronto aparecen dos niñitos y se quedan mirándolas. Los niñitos ríen, se abrazan y comienzan a balancearse de un pie a otro en una especie de baile feliz. Pola intenta aguzar la vista, pero los párpados le pesan demasiado. Lucha por mantenerse alerta y mira a su alrededor. Chachita sigue acurrucada en su sueño, y los niños desaparecen sin dejar rastro.

* * *

Hacienda Las Mercedes, Carolina, Puerto Rico, febrero de 1852
Desde que llegó Pola, la plantación va por la cuarta zafra. Durante la zafra todo el mundo tiene que trabajar; a algunos, incluso, se les asignan tareas adicionales. Todo el mundo tiene que rendir cuentas constantemente. Todo el mundo se enfoca en la cosecha. Pola tiene que renunciar a su refugio en el bosque. Es febrero y aún no ha podido regresar a su árbol y a la niña.

Hombres, mujeres y niños se dirigen al cañaveral donde trabajan hasta entrada la noche. Las carretas de bueyes abandonan el cañaveral hundidas por el peso de la caña, que hay que llevar al tren para luego transportarla a la central. Los trabajadores a veces duermen en el cañaveral para continuar la faena al amanecer. No se pierde tiempo en comidas prolongadas o en socializar. Durante semanas, comen y hablan mientras trabajan. En manos de los trabajadores agotados, los machetes a veces pueden herir algún brazo, alguna pierna. Al regresar al batey, comen como un ejército y caen como peso muerto en sus catres.

Las negras de la casa también tienen las manos llenas. Las señoras de los hacendados se preparan para el festival de la zafra, que da fin a la estación. Hay que hacer patrones, cortar, coser, entallar, rematar y entregar decenas de vestidos de fiesta con sus respectivos accesorios. La ropa interior, los guantes y los mantones requieren el mismo esfuerzo que las piezas más grandes.

A Pola le duelen los brazos y la espalda de cargar tantos rollos de tela del almacén de Tía a las mesas de trabajo. Ahora también se espera que ayude a entallar cuando las jovencitas y sus madres llegan a recoger las órdenes. Este año es especialmente agotador porque, además, dos de las señoritas se casan. Por tanto, hay que confeccionar ajuares de novia, vestidos de boda y atuendos para los invitados.

Hasta el fervor religioso de doña Filo pasa a un segundo plano. Las mujeres de Las Agujas trabajan toda la semana, incluso los domingos. Los quinqués apenas se apagan y las mujeres laboran con sus agujas hasta entrada la noche, ya mareadas y con la vista empañada de no dormir. Las costureras manejan las exquisitas telas europeas y chinas con sumo cuidado. Tienen tanto trabajo, que doña Filo manda buscar a dos criadas que ayuden con el planchado. Si, una noche, alguna criada soñolienta deja la plancha caliente sobre un delicado vestido de seda, hay que rehacer la pieza completa y las costureras rezan por que quede suficiente tela para reparar el error.

Al cabo de meses de actividad frenética, casi todos los vestidos están terminados y sólo requieren el entalle final. Las entalladoras son despachadas a los probadores. Las demás mujeres pueden tomarse un descanso en lo que esperan por la última ronda de alteraciones. Se pasan el aceite de coco y se masajean

las manos unas a otras para aliviarse la rigidez de los músculos y curarse las cortaduras y pinchazos, que nunca faltan. Se
retiran a sus catres para un merecido descanso y ruegan por
que su trabajo resulte satisfactorio y no tengan que hacer más
alteraciones.

Los pasados meses han sido una agonía para Pola. Ha realizado todas sus tareas como de costumbre, pero sus pensamientos
han estado con la niña del bosque. Intenta decirse a sí misma que
la niña ha sobrevivido sin ella antes y podrá hacerlo ahora. Pero
ya casi no quedan frutos en los árboles. La abundancia del verano
ha terminado y quedan muy pocas frutas y vegetales silvestres.
Los pensamientos mortificantes la acompañan día y noche. ¿Y
si Chachita no ha conseguido nada que comer? Es una ridicu-
lez, por supuesto; sin duda, la niña puede sobrevivir en el bosque
mucho mejor que Pola. La angustia se apodera de ella justo en los
momentos en que la más mínima distracción o error podrían cos-
tarles a ella y a las demás un castigo severo. No estará tranquila
hasta saber que la niña está bien.

Pola se acuesta en su catre, pero sus sentidos recorren la
cabaña. El movimiento ha cesado hace un rato, la respiración
rítmica y los ronquidos que llenan la cabaña le dicen todo lo que
necesita saber. Una a una, las mujeres se han quedado dormidas.
Es peligroso, es una locura, pero no puede sacarse de la mente el
rostro de Chachita. No puede quedarse quieta, no puede cerrar
los ojos, no puede pensar. No puede esperar más. Busca la oportunidad y se escapa; una hora, nada más, se dice a sí misma.

Pone en marcha su plan improvisado y cruza el batey hasta la
cocina. El corazón se le quiere salir por la boca. Pola se escurre
sigilosamente y agarra la comida que está más a la mano. Por
suerte, la familia ha cenado abundantemente y Pola encuentra

muchas sobras. Las mete todas en una dita, que envuelve en su delantal, y sale sin hacer ruido para no despertar a la cocinera.

*   *   *

Pola lleva la comida tibia al árbol. Saca un paño, desenvuelve con cuidado los alimentos y un aroma a batata y huevo hervido emana de la dita llena de bacalao guisado.

Coloca los alimentos y se sienta para darle tiempo a la niña a que se acerque. Pero no se escucha ningún movimiento de hojas, ningún paso sigiloso, nada. La llama tan alto como se atreve y espera. Pero no oye ningún sonido, ningún movimiento que indique la presencia de alguien. Lleva tanto tiempo sin venir, pero la niña debe haber podido encontrar alimentos para sustentarse. Aun así, estará deseando una buena comida cocinada. ¿Dónde estará? ¿A dónde puede haber ido? ¿Y si no ha encontrado nada que comer? A lo mejor está herida. Pola camina de un lado a otro y se dice a sí misma que debe ser paciente. Sin embargo, sabe que el tiempo pasa y que se corre el riesgo de que la descubran. No sabe cuánto tiempo ha transcurrido, pero está desesperada. No quiere irse, pero no puede permanecer más tiempo ahí. Debe regresar antes de que la echen de menos. Cuando, por fin, está a punto de irse, siente que alguien la observa. La niña está de pie en el claro con los ojos anegados en lágrimas.

—¿Dón-dónde es-estabas?

A Pola no se le escapa el reproche.

—Lo siento. Lo siento. Nos vigilan a todos. Hay tanto trabajo. No hay tiempo para descansar. Nadie va a misa… no pude… espera, ¡despacio!

La niña ya está devorando la comida. Chachita come rapidísimo, vomita y luego sigue comiendo mientras Pola se hunde en el suelo y la observa. Le tiemblan las manos al ver a Chachita atiborrarse la boca de comida. Se ha puesto tan delgada otra vez. Los ojos se le ven enormes sobre los pómulos pronunciados. A Pola se le estruja el corazón de pensar en todo lo que ha comido en las últimas semanas.

Cuando la niña termina de comer, gatea hasta Pola y coloca la cabeza en su regazo. Se queda dormida inmediatamente, aún tiene migajas en los labios resecos. En ese instante, Pola se promete a sí misma que esto no volverá a ocurrir, aunque sabe bien que no podrá cumplir semejante promesa.

Mira hacia arriba para leer el cielo. El tiempo pasa volando. Es mucho más tarde de lo que pensaba. La niña aún duerme, pero Pola sabe que debe regresar. Seguro que Tía ha notado su ausencia. No puede perder más tiempo. Desliza la pierna debajo de la cabeza de la niña y recoge las cosas para regresar. Mira a Chachita, que no se ha movido. La niña se hace un ovillo, se sujeta una mano con la otra y ronca suavemente; está demasiado cansada como para que la saquen de cualquiera que sea el mundo de los sueños que habita. Pola no puede imaginar lo que habrán sido las últimas semanas para la niña. No puede imaginar dónde vive, dónde duerme y dónde se guarece de la intemperie. Hay tantas cosas que aún no sabe de esa niña. Dejarla ahí de ese modo es lo más duro que le ha tocado hacer a Pola en mucho tiempo.

12

Las manos de las mujeres

Hacienda Las Mercedes, Carolina, Puerto Rico, septiembre de 1852
Adela baja la estiba de ropa por la escalera trasera de la casa grande hasta la mesa de trabajo a la sombra del palo de mangó. Las mujeres de Las Agujas recién comienzan su jornada.

—Buenos días, Tía Josefa. Buenos días, muchachas.

—Hola, Adela —saluda el coro mientras Adela circula por la mesa, que se prepara para el desayuno.

Tía Josefa levanta la vista.

—Buenos días, mi'ja. ¿Qué te trae por aquí tan temprano en la mañana?

—Bendición. —Adela baja la cabeza.

—Santa. —Pedir y recibir la bendición es algo automático entre la joven y su venerada vieja.

—Pola, hace tiempo que no te veo.

—No pinto nada en la casa grande. Además, aquí hay trabajo que ni botándolo.

—Y hablando de trabajo —dice Adela mirando a Tía—, doña Filo quiere que le remienden esta ropa lo más pronto posible.

Adela coloca la ropa en un extremo de la mesa y está a punto de sentarse cuando dos mujeres traen dos fuentes de viandas para el desayuno. Las demás sueltan sus labores y se colocan alrededor de la mesa.

—Por fin.

—Estoy esmayá.

—Ya era hora.

—¿Por qué se tardaron tanto?

—Mmm, eso huele a gloria.

—Permiso —susurra Adela y se aparta rápidamente de la mesa.

Pola observa a Adela correr hacia el extremo opuesto de la cabaña. Sus movimientos denotan una urgencia incómoda. Pola sale discretamente y la sigue. Cuando logra alcanzarla, Adela está vomitando en los arbustos. Instintivamente, Pola le sujeta la frente a la mujer con una mano y le acaricia la espalda con la otra mientras se le pasan las arcadas. Entonces Pola se quita el delantal y se lo da para que se limpie. Adela se ruboriza, tiene la frente cubierta de gotitas de sudor y las manos le tiemblan mientras se limpia el rostro. Mira hacia atrás para asegurarse de que Pola está sola.

—No temas. Nadie más se dio cuenta.

Aliviada, Adela suelta un largo suspiro y relaja los hombros.

—¿Cuánto tiempo? —La voz serena de Pola tranquiliza a la mujer que no para de temblar. La mirada de Adela vuela de una parte a otra, evita mirar a su amiga a los ojos. En su rostro se dibuja claramente la angustia. Adela da media vuelta para marcharse.

—Gracias. Voy a limpiar esto y te lo devuelvo mañana.

—No contestaste mi pregunta. ¿Para cuándo?

—No lo sé.

—Adela, mírame. —Pero Adela no la mira. Comienza a temblar.

Pola se acerca a la mujer angustiada y la toca.

—Vas a estar bien. Veo a muchas madres con sus bebés por aquí todo el tiempo. Nadie te quitará a tu bebé. El padre y tú pueden…

Adela gira y hunde el rostro en el pecho de Pola. Las lágrimas, que sin duda lleva conteniendo mucho tiempo, brotan de sus ojos. Una vez más Pola se encuentra apoyando y consolando a una mujer joven. Esta vez no es Chachita, sino, para su sorpresa, Adela. Adela, que siempre luce tan feliz y segura de sí misma, ahora, en su crisis, busca fuerzas en Pola, la callada, Pola, la confiable, Pola, la fuerte, Pola, la amorosa. Es un papel al que no está acostumbrada y, sin embargo, empieza a quedarle muy bien.

—No entiendes —dice Adela entre sollozos.

—Pues, dime, ¿por qué estás tan afligida? ¿Acaso el papá del bebé…? No debes temer. La primera vez es siempre la peor, pero…

Adela parece hablar más para sí que a Pola:

—No, es que no entiendes. Tantos planes. No sé… ¿Cómo podré…? ¿Cómo podremos…? —Vuelve a mirar a Pola. De pronto, parece desesperada—. ¡Prométeme! Tienes que prometerme que no se lo dirás a nadie.

—Pero, Adela…

—¡No! No se lo digas a nadie. Por favor, guárdame el secreto —dice con una voz tan desesperada, que ya no se parece a la joven amiga de Pola.

—Pero necesitarás ayuda y pronto se notará. ¿Se lo has dicho al padre?

—Pola, júramelo… júramelo. ¡Júralo!

—Está bien, está bien. Cálmate, Adela. Puedes confiar en mí. Respira. Otra vez… Bien.

Adela cierra los ojos y controla la respiración. Ha dejado de jadear y comienza a respirar normalmente. Por fin se recompone lo suficiente como para hablar en su tono habitual.

—Has sido tan buena conmigo, amiga mía. Ojalá pudiera contestar tus preguntas, pero… no… no puedo. Es complicado. No quiero que te veas implicada…

Antes de que pueda terminar de hablar, escuchan la voz de Tía. El desayuno está a punto de terminar y las han echado de menos. Adela se seca el rostro con la mano. Le da las gracias a Pola con los ojos y atraviesa el batey a toda prisa evitando Las Agujas. Pola observa a su amiga desaparecer en la oscuridad de la puerta trasera de la elegante casa grande.

Pola da media vuelta y regresa a la mesa de trabajo por donde mismo salió. Las demás mujeres ya han despejado las cosas del desayuno y se preparan para comenzar la jornada de trabajo. En su puesto encuentra una dita con viandas y huevo fríos, que se come aprisa antes de regresar a sus labores.

Se mantiene ocupada todo el día, pero no deja de pensar en Adela, lo que le trae recuerdos de su propia vida. Esa noche, mientras los demás duermen, se encuentra una vez más en la cabaña de parto.

* * *

Hacienda Paraíso, Piñones, Puerto Rico, julio de 1840
El sol ya se había puesto tras las montañas cuando unas manos amables le trenzaron el pelo y le cubrieron la cabeza con un paño limpio. Le quitaron la ropa y la lavaron bien, sobre todo la enorme barriga y los genitales, con hojas de yerba buena trituradas para que todo saliera bien. Le pusieron una cota que le

llegaba justo bajo las nalgas para que Dolores tuviera acceso cuando llegara el momento. Luego la ayudaron a encaramarse en la silla acojinada, colocada al extremo de la estancia, y regresaron a sus demás tareas.

Mientras tanto, Dolores, la comadrona, se preparaba para los santiguos. Se echó aceite de corojo en las manos y, cantando en voz baja, comenzó a masajearse desde las muñecas hasta la punta de los dedos, frotándose los músculos hasta sentir el calor y el cosquilleo. Luego, sin dejar de cantar, fue hacia Pola y comenzó a masajearla con firmeza desde la punta de la barriga hacia abajo concentrándose en la región inferior. Cerraba los ojos para concentrarse como si escuchara una canción privada entre ella y la criatura que aún no había nacido. Movía los labios en silencio, elevando las plegarias apropiadas para la llegada de la criatura y, de vez en cuando, se detenía y miraba la dilatación.

Las contracciones de Pola comenzaron a hacerse cada vez más frecuentes e intensas. Se le contraía el cuerpo mientras soportaba cada ronda. Sus gemidos se convirtieron en gritos. Al cabo de unas horas, todo su cuerpo se estremecía de dolor. Le dolía todo y empezó a llorar como una niña pequeña.

La ropa se le empapó de sudor. Había perdido el pañuelo de la cabeza hacía rato y se retorcía en la silla de parto. El sudor había saturado las varias capas de acojinamiento de los descansabrazos. Alguien le secó el rostro con una toalla fresca. Cuando cedió el dolor, Pola miró hacia abajo. El ceño fruncido de Dolores entre sus rodillas la aterrorizó.

—¿Qué pasa?

La comadrona estaba atareada midiendo y frotándole la parte baja de la barriga mientras trabajaba con los dedos para guiar al primer bebé por el canal.

—¡Vamos! A caminar se ha dicho. —Era una orden y las mujeres la siguieron al instante.

Pola miraba a Dolores con incredulidad mientras la ayudaban a bajarse de la silla.

—¿Que qué? No puedo. No. No puedo.

Dolores se sentó y se secó el sudor de la frente.

—Escucha, los bebés necesitan ayuda para venir al mundo. Debes levantarte y caminar. —Su voz era firme—. ¿Entiendes lo que te digo?

Las mujeres reanudaron los esfuerzos para sacar a Pola de la silla. Con las pocas fuerzas que le quedaban, intentó resistirse, pero no logró más que caer en el suelo.

Una de las mujeres se agachó y le susurró al oído:

—Por favor, Polita. Camina. Eso ayudará a tus bebés a bajar.

—Es que no puedo… ¡No puedo más!

—Claro que puedes. Vamos, te ayudaremos.

Las manos diestras de las mujeres la ayudaron a levantarse y moverse. Caminaron de un lado a otro de la estancia. Pola, agotada y empapada en sudor, a duras penas podía poner un pie delante del otro. Pero, con cada contracción, tenían que detenerse y esperar. La dejaban apoyarse en ellas, pero tan pronto pasaba el dolor, la obligaban a enderezarse. Y vuelta a empezar. Las contracciones, que se habían concentrado en la espalda baja, se movieron a la barriga; eran como largas bandas de dolor, que la dejaban doblada y jadeante. La presión ahora era un retortijón y la contracción, enloquecedora. Luego la humedad. ¿Agua? No, orín que le chorreaba por las piernas. Olía sus propias secreciones y sentía asco. Y, para colmo, las contracciones no cejaban.

Esa noche, cuando las demás mujeres se sentaron alrededor del fuego a comer, la cena estuvo marcada por los gritos de Pola, que llenaban el batey. No comentaban nada, pero todas sabían que se estaba demorando demasiado. Necesitaba ayuda. Las trabajadoras de la caña se unieron a las embarazadas fuera de la cabaña de parto y comenzaron a cantar un canto antiguo. Con aplausos sincopados y golpes de decenas de manos y pies, creaban la música que había ayudado a mujeres en aprietos desde tiempo inmemorial. Unas cantaban mientras otras aplaudían, luego cambiaban. De ese modo, siguieron cantando hasta que los capataces, prestos a encerrarlas por el resto de la noche, se llevaron a las trabajadoras de la caña. Pero, aun en la distancia, su canto-madre llenaba la noche.

Cuando salió el sol, las contracciones se intensificaron, pero los bebés no querían salir. Y no había forma de convencer a Pola de que se pusiera de pie. Se había quedado sin energía para moverse. En la silla de parto, el cuerpo de Pola brillaba con todos sus fluidos. El pelo le chorreaba sudor, la cota parecía un trapo empapado y un olor fétido se había apoderado de la cabaña. Dolores se sentó a tomar un resuello antes de seguir.

Para un primer parto, incluso de gemelos, estaba tardándose demasiado. Dolores examinó a Pola una vez más antes de introducirle los dedos y hacer que rompiera fuente para comenzar la siguiente etapa. Cuando dio la señal, las dos ayudantes agarraron unas sábanas y las torcieron hasta convertirlas en una soga larga con la que le rodearon el cuerpo a Pola, justo arriba de la barriga. Comenzaron a rodar la sábana hacia abajo suavemente, aumentando poco a poco la presión para ayudar a los bebés.

Pola era una mujer fuerte, pero no podía aguantar más. Con cada contracción se le escapaban unos alaridos que rebotaban en las paredes. Sudaba a chorros mientras se impulsaba hacia delante y hacia atrás en la silla. Dolores le puso un rollo de tela entre los dientes y regresó a su tarea. Pola empezó a sufrir unos espasmos terribles, la barriga se le movía, tenía los brazos y las piernas hechos nudos y aún los niños se negaban a salir. Sujetó los descansabrazos de la silla de parto y sintió el vapor del agua caliente entre las piernas mientras su zona inferior colgaba sobre el asiento hueco. Dolores le untó un bálsamo lubricante alrededor de la apertura con la esperanza de que ayudara a los niños en su paso a este nuevo mundo.

Pero, como si supieran lo que les esperaba, los niños seguían negándose a descender. Desbaratada por el intenso dolor y extenuada por el esfuerzo de ayudar a la comadrona, Pola perdía el conocimiento entre las contracciones. La silla estaba empapada en sudor y el suelo debajo estaba encharcado de fluidos.

Cuando creía que ya no podía aguantar más, un último grito sordo puso fin al suplicio.

—Casi, casi, Pola. Puja una vez más.

Pola se desgarró y por fin salieron la cabeza y los hombros del primer bebé. Otro pujo y el bebé se deslizó hacia el hueco y cayó en las manos de Dolores, que lo aguardaban. Le pasó el niño a su ayudante y, lista para recibir al segundo, regresó donde la madre.

Más calambres, más pujos y cuando creía que ya no podía más, oyó el llanto. Pola estaba totalmente extenuada cuando el segundo bebé llegó al mundo; aun así, no les quitaba los ojos de encima a sus hijos recién nacidos. Apenas podía alzar los brazos, pero sus manos ansiaban tocar los cuerpecitos que casi la habían roto. Quería cargarlos, sentir su respiración, olerles la piel.

—Sí, un momento, Polita. —Dolores y sus ayudantes se miraron entre sí. Trabajaron a toda prisa, las manos volaban, querían dejar que Pola cargara a los bebés antes de que ocurriera lo inevitable. Pero sabían que no sería posible.

Afuera, los cantos cesaron de repente. No había más tiempo. La puerta se abrió de golpe y uno de los capataces entró en la habitación y empujó a Dolores hacia un lado. La separación inmediata de los recién nacidos evitaba el problema de que las madres establecieran cualquier vínculo con los niños. Otras mujeres en otros lugares los amamantarían y los cuidarían hasta que estuvieran listos para venderlos en el mercado. Cualquier tipo de atadura entre una madre y un hijo era vista como un obstáculo en una operación que transcurría a la perfección. Los bebés de Pola desaparecieron antes de que tuviera la oportunidad de tocarlos.

Unas manos amorosas la sujetaban. No había remedio. Los alaridos de Pola volvieron a llenar la estancia. Esta vez, el dolor no tenía que ver con el parto, sino con una pérdida ancestral. Las mujeres, que conocían muy bien la agonía y futilidad de todo ello, abrazaban a la mujer y la mecían en su angustia. Pola siguió gritando hasta que la garganta se le irritó tanto que no ya no pudo más que emitir un gruñido.

Después de dar a luz a sus primogénitos, Pola, que fue madre quizás diez minutos, había dejado de serlo. No se había percatado de la pena y la tristeza que habitaban en los ojos de las mujeres que ayudaban a traer a esos niños al mundo. Lo intentaron por varios meses, pero no hubo forma de prepararla para la desesperanza que cayó sobre ella.

No le permitieron hacer la cuarentena completa después del parto. Eso era sólo para las mujeres blancas. A las negras en la cabaña de parto les daban una semana antes de enviarlas de vuelta al cañaveral. La primera vez que Pola volvió a sujetar un machete, miro a lo lejos y vio a uno de los hombres que se la llevó esa noche junto con otras tantas. Conversaba, reía y disfrutaba de su ron. Iba montado en su caballo. Cualquiera de ellos podía ser el padre de los bebés y ahí estaban sin pensar ni por un instante en los pequeños que se habían llevado.

Pola sintió el sudor que le chorreaba por el brazo hasta la mano. Sintió cómo el mango se le acomodaba en la palma, pesado, familiar. Pero esa hoja corta no podía competir con los sables largos y afilados de los capataces. La derribarían antes de que pudiera acercárseles lo suficiente para apenas tocarlos. Aflojó la mano. El sol que la achicharraba quemó la intención. Ya habría otra ocasión, otra forma. Volvió a la caña. Tuvo que hacer acopio de toda su fuerza de voluntad para alzar ese machete y seguir en la fila con el resto de los trabajadores. Moviéndose por costumbre, arrastró su dolor hasta el cañaveral.

13

Los pensamientos de Simón II

En un tiempo anterior a éste, en un país más antiguo que éste, había una nuez de cola muy respetada por quienes la conocían. Al principio, tenía un sabor amargo, pero cualquier hombre cuidadoso podía extraer su dulzura masticándola. Esa nuez saciaría su hambre, aumentaría su vitalidad y aportaría a su bienestar general y su calidad de vida.

Un día Pola permitirá que toda esa amargura se desprenda de ella y me ofrecerá su dulzura interior, un tierno bocado. Por ahora, como la nuez de cola, protege su tesoro dentro de una cáscara dura. Pero, cuando la persona indicada dé en el lugar preciso, cederá y extraerá la delicia de su centro.

Y así será.

14

Los rostros del amor

Hacienda Las Mercedes, Carolina, Puerto Rico, octubre de 1852
Un día, Pola lleva un remedio a una de las chozas lejanas y se
topa con Plácida la Mula, que salía de los arbustos detrás de las
letrinas. Pola la reconoce como una de las trabajadoras de la caña
que conoció cuando repartió comida en el cañaveral. La recuerda como una mujer callada que se sentaba apartada de las demás.
Desde entonces, Pola sólo la ha visto de lejos los domingos a la
hora de la cena. Pero hela aquí, muy cerca. La mujer corre hacia
el claro, escupe y luego usa el pañuelo de la cabeza para limpiarse la boca. Tiene el pelo enredado y el corpiño mal abotonado
como una sonrisa torcida. Titubea al ver a Pola, las mejillas se
le enrojecen al instante y un leve temblor del mentón perturba
su rostro, por lo demás, impasible.

Domingo Sevillano sale aprisa detrás de ella. Todos los años,
el jornalero rubio de ojos verdes baja la montaña junto con otros
jíbaros para la zafra. Orgulloso de su sangre ibérica, este hombre, que desprecia la compañía de los negros con los que trabaja
durante meses, hace alarde de que jamás se ensuciaría las manos
con una negra sucia. Y, sin embargo, ahí está, ajustándose los
bombachos, siguiendo a la Mula ante los ojos de todos. Puede que

no se ensucie las manos, pero para Pola está claro que es menos escrupuloso con otras partes del cuerpo. Arroja unas cuantas monedas a los pies de Plácida y, al pasarle por el lado a Pola, le da un empujón que la hace perder el equilibrio.

La Mula agarra el dinero, cuenta las monedas rápidamente y, cuando ve a Pola, esconde las manos entre los pliegues de la falda. Tiene los ojos húmedos, aprisa se limpia la cara con la mano. Sin decir palabra, sale corriendo, con los hombros como si estuvieran a punto de colapsar bajo un peso excesivo.

Pola la ve dar unos pasos, detenerse un instante, enderezarse y dirigirse a su choza. Al llegar, Flaco, su esposo, la recibe en la puerta. Sin decir palabra, Plácida le pone las monedas en la mano y se adentra en la oscuridad de la choza. Flaco se da cuenta de que Pola lo observa, da media vuelta y cierra la puerta. Pola ha escuchado rumores de que La Mula se acuesta con otros hombres, aunque tiene esposo. Pero lo que más le sorprende es ver a un hombre blanco pagarle a una mujer negra por usar su cuerpo.

* * *

Las mujeres se preparan para comenzar el día. La mayoría recibe órdenes de Tía Josefa, que inspecciona los proyectos por terminar y asigna tareas de última hora. Pola se ha olvidado sus tijeras y corre a la cabaña a buscarlas cuando se da cuenta de que dos de las mujeres aún están en la parte trasera de la cabaña.

Lupe y Paquita se están vistiendo. Como siempre, habitan su propio mundo cuando están a solas. Lupe está arrodillada entre las piernas de Paquita, que le arregla el cabello. Con sumo cuidado, los dedos ágiles de la más joven separan los rizos canosos con un peine y masajean el cuero cabelludo mientras le aplican el aceite.

Pola ha visto la escena mil veces y, aunque le recuerda su infancia, nota que hay algo diferente. Estas mujeres habitan su propia isla, de la que salen y entran sin esfuerzo; una isla que nadie se atreve a invadir. El ambiente de intimidad en la cabaña es innegable e inexpugnable. En vez de darle la espalda a la que la peina, Lupe está arrodillada de frente a Paquita y con los brazos alrededor de las estrechas caderas de la joven, tiene el rostro hundido en su falda. Parecería que Lupe inhalara la esencia de Paquita en cada suspiro. Paquita sonríe y tararea una melodía mientras peina a Lupe. De pronto Lupe gira la cabeza para cambiar de posición y mira a Pola directo a los ojos. La mirada de Lupe es franca y serena. No parece sorprendida ni avergonzada de que la descubran en un momento tan íntimo. Pola, por el contrario, se ruboriza al sentir que está invadiendo ese espacio y siendo testigo de un intercambio afectuoso que no le incumbe. Agarra las tijeras rápidamente y sale de la cabaña.

*   *   *

—Tómatelo. Te calmará el espíritu. Tienes que descansar para mañana. —Sin tener que mirar, Pola sabe que Tía Josefa está sentada al lado del catre de Fela. La ha visto sentada ahí noche tras noche mientras la nueva mujer da vueltas en la cama, presa de terribles pesadillas. Esta noche, como las demás noches, Tía le ofrece a la mujer una taza del té relajante de Rufina. Esta noche, como las demás noches, la mujer se niega a beberlo.

Pola hace una retrospección. ¿Cuánto tiempo habrá pasado? No… ¿Ya habrán pasado tres años desde que llegó a este lugar?

Recuerda que Tía Josefa estaba ahí en la oscuridad mientras ella luchaba con sus propios terrores nocturnos. Ahora la mujer hace guardia frente a los demonios oscuros de otra mujer. Pola piensa en Tía Josefa, una mujer que, noche tras noche, se sienta y observa. Noche tras noche también, su ofrenda de bondad es rechazada. ¿De dónde saca tanta paciencia? Pola ya se habría dado por vencida. Pero sabe que, mañana por la noche, Tía volverá a su asiento y de nuevo será rechazada.

* * *

Los domingos por la tarde, muchos capataces tienen permiso de ir al pueblo a disfrutar de su recreo semanal. A los que se quedan, silenciosos, taciturnos y resentidos, les interesa más su cañita que los miserables esclavizados que los atan a este lugar. Buscan un lugar bajo un árbol de sombra y beben hasta emborracharse. Para los negros, la cena del domingo es el gran respiro. Después de la interminable misa obligatoria, tienen tiempo para socializar y relajarse. Casi todos se sientan alrededor de un círculo en el batey bajo y comparten la cena. Ése es el único tiempo en que pueden vivir lejos de la mirada intrusa de los capataces. Todo lo que ha estado cocinándose a lo largo de la semana, cuaja por fin cuando la gente que ha estado separada puede reunirse con cierta libertad.

Este domingo, Leticia se ha cambiado el pañuelo verde de la cabeza por uno amarillo. Se ha puesto su vestido de flores amarillas y rojas, que, aunque un poco descolorido, aún llama la atención. Los enormes pechos apenas le caben en el vestido, pero eso no parece importarle mucho. La mujer se ha untado aceite en los brazos y las piernas, que relucen bajo el sol de la tarde cuando pasa frente a las chozas de los hombres. Tiene el rostro empolvado con algo que lo hace parecer varios tonos más claros que el resto del cuerpo. Tiene los labios pintados de rojo brillante y los dientes que le quedan lucen aún más blancos. Se enorgullece de ser la única negra que usa maquillaje, un lujo reservado sólo para las mujeres blancas del pueblo. Dónde y cuándo lo consiguió, nadie lo sabe. Ahora se acerca al círculo, contoneándose para incitar al joven Pepe. Deja que la siga y, de vez en cuando gira y le dice alguna tontería. Ríe fuerte y frecuentemente mientras mira a su alrededor para asegurarse de ser el centro de atención.

Las demás mujeres la miran con desprecio y no hacen el menor esfuerzo por atenuar el coro de voces:

—¡Presentá! —El desdén no es fácil de ignorar.

—Ese Pepe es casi un niño —dice una alzando el pecho.

—Eso a ella no le importa. Parece que quiere metérsele por debajo al muchachito. —Coro de risas—. ¡Sinvergüenza! —Tono de desaprobación.

—Esa mujer no tiene vergüenza.

—¡Presumía!

—Mírale esa cara. Se ve ridícula.

Todas las miradas están sobre ellas.

—¡Es una fresca! —escupe la mujer.

—¡Una perra en celo!

El furor aumenta.

—¡Una bellaca pura y pinta es lo que es!

—Casi se puede oler cada vez que se restriega contra un hombre.

Una mujer escupe cuando Leticia le pasa por el lado y se dirige al círculo. La hostilidad de las mujeres alimenta su vanidad, que le hace creer que son celos más que desprecio.

Leticia encuentra lo que buscaba. Deja a Pepe con la palabra en la boca y se escurre hasta donde Paco, que está recostado contra un árbol disfrutando de su último sorbo de pitorro. Leticia se apoya en el tronco del árbol y se inclina sobre él, sonríe seductora. Paco, que tampoco es un ángel, se endereza como puede y le obsequia toda su atención.

Llevan un rato coqueteando cuando la esposa de Paco, Inés, que mide dos metros y está dura como una piedra, sale de su choza y se dirige al árbol. Lleva la escoba en la mano, pero Dios sabe que no la necesita. Se le acerca a Leticia por detrás y le da un golpecito en el hombro.

Pola no puede escuchar toda la conversación desde su puesto en la loma, pero sí escucha algo de que hay que barrer la basura, seguido del golpe de la escoba al romperse en la cabeza de Leticia, que cae de rodillas al suelo. Inés agarra a Leticia por los pelos y la levanta para poder golpearla mejor. Las dos mujeres se enredan en un torbellino de bofetadas y puños.

Después de todo el pitorro que ha bebido, a Paco le cuesta ponerse de pie y detener a su esposa antes de que mate a la mujer. Cuando por fin las separa, Inés resopla como un toro. Leticia está despeluzada y tiene el corpiño hecho trizas; sus enormes pechos quedan expuestos a la vista de todos. También resopla y está lista para contraatacar. Pero Paco se interpone entre ambas porque conoce a su esposa lo suficiente como para saber que, si la dejan, golpeará a Leticia, con o sin escoba, hasta derribarla.

La gente se ha aglomerado alrededor de las mujeres. La pelea ha provocado una conmoción. Los niños dejan de jugar y se esconden entre las piernas de sus padres. Las mujeres están listas para ver cómo Leticia se lleva su merecido. Los hombres disfrutan del espectáculo. Si no detienen la pelea, importunarán a los patrones en su tarde de domingo y los capataces tendrán que intervenir. Y eso sería un grave problema para todos.

Mientras Paco se lleva a su esposa, Fermín, el siempre listo, que estaba disfrutando del espectáculo, se mete para sujetar a Leticia. Agarra a la mujer enfurecida asegurándose de explorar con las manos su piel expuesta. Leticia, que aún resopla, no se da cuenta. Fermín se extasía manoseando cada tramo de sus pechos mientras intenta distraer a la mujer del incidente. Le enrosca el brazo por la cintura y le susurra algo al oído. Sin duda logra desviar la atención de Leticia que gira y le da una bofetada en la oreja con toda la furia contenida.

—¡Mira, aprovechao! ¿Tú te crees que yo quiero algo contigo? —Lo aparta de un empujón y se dirige a su choza—. ¡Canto'e pendejo!

Mientras, Paco e Inés regresan a su choza. La esposa furibunda camina a zancadas y el esposo va tras ella intentando calmarla.

—Pero, mami, tú sabes que yo nunca… tú eres la única… esa mujer no te llega a los tobillos.

Rabiosa, Inés le da un empujón a su esposo y se limpia las manos de la substancia que cubría el rostro de Leticia.

* * *

Un día, Pola regresa a la plantación de uno de sus viajes al árbol y se tropieza con Adela en el bosque. Se la encuentra justo cuando se está arreglando la falda. Sorprendida por el ruido que hace Pola al acercarse, Adela da un salto y se dispone a correr cuando se da cuenta de que se trata de su amiga. Se detiene, mira a su alrededor y suspira aliviada.

—Ay, Pola —dice y vuelve a mirar a su alrededor para asegurarse de que están solas—, ¿qué haces aquí? —La voz le tiembla mientras se recoge el pelo.

—¿Y tú qué…? —Pola atribuye el nerviosismo de Adela a su inesperada aparición en el bosque. Pero un crujido en los arbustos cercanos le dice que Adela no estaba sola—. Ay, lo siento… —Pola se ruboriza—. No sabía…

Más tranquila, Adela sonríe al tiempo que saca una cinta para amarrarse la melena.

—Claro que no. ¿Cómo ibas a saberlo? Hemos sido muy cautelosos.

—Pero… ¿quién? Pensé que tú…

—Todo va a estar bien, de verdad.

—Yo… —Pola titubea—. No es asunto mío. Es que…

—¿Sí? ¿Y tú estabas…?

—Nada. Dando un paseíto. ¿Tú también vas a regresar ahora? Adela vuelve a suspirar y dice:

—Sí, sí, ya me iba. Vamos. —Agarra su sombrero, se lo pone en la cabeza, toma a Pola del brazo y se la lleva no sin antes echar un último vistazo al claro.

Pola no recuerda a nadie que la hubiese tocado con tanta calidez.

* * *

Ese verano, el calor se extiende como un manto grueso sobre la región. Incluso de noche, el aire conserva el aliento caliente de un horno encendido. Pola da vueltas en el catre hasta que se rinde. Se seca el sudor y está a punto de ir al barril de agua, pero se detiene en seco cuando ve a la nueva mujer, Fela, la muda, en el umbral de la cabaña. La luz de la luna se filtra por su vestido transparente mientras mira hacia el segundo piso de la casa grande.

La mujer está tan concentrada en lo que mira que no se da cuenta de que es el foco de atención de Pola. Al cabo de un instante, don Tomás aparece en el batey a unos pasos de la puerta del frente. Está descalzo y descamisado y mira fijamente a Fela, esa mujer que se exhibe sin pudor a pocos pasos de su puerta trasera. Se acerca más y, sin decir palabra, toma a Fela de la mano y la guía en silencio en la oscuridad de la noche. Fela sigue al patrón sin titubear.

No es la primera vez que Pola se pregunta por qué una mujer negra se acostaría por su propia voluntad con un hombre blanco que la considera poco más que una bestia de carga. Recuerda sus propias luchas, las golpizas, la indignidad.

Pola había leído el retraimiento de Fela como dignidad, pero ahora lo ve claramente. El hombre blanco no tuvo que forzarla. ¿Cómo puede? ¿Cómo podría cualquiera de ellas? De repente siente un sabor amargo en la boca. Jamás volverá a ver a Fela con los mismos ojos. Es más, si puede evitarlo, jamás volverá a mirarla.

No lejos de Pola, entre las sombras, Tía Josefa también observa la salida de Fela. Los ojos le brillan en la oscuridad. Va hacia el catre de Fela y se sienta a esperar.

*   *   *

Una Fela se mete en el bosque con el patrón y otra Fela muy distinta regresa. Fue por su propia voluntad, nadie la obligó, dejó que el patrón la llevara de la mano y se adentró con él en la noche. Pero cuando don Tomás la trae de vuelta, está desvanecida en sus brazos. Es como si le hubieran drenado la voluntad. Tiene los ojos vidriosos, está encerrada en su propio mundo. Tía espera en la puerta de la cabaña mientras don Tomás deposita a Fela en su catre y se va sin decir palabra.

Sentada en la oscuridad de la cabaña, Pola no sale de su asombro. Don Tomás nunca ha tenido la reputación de otros patrones que brutalizan y violan. Pola lo ha observado con especial detenimiento porque nunca había conocido a un patrón que no hiciera lo que le diera la gana con quien le diera la gana. En todos estos años, jamás lo ha visto decir o hacer nada en contra de ninguna de las mujeres de la plantación.

Cuando los vio alejarse, notó que nadie obligaba a Fela a actuar en contra de su voluntad. No hubo intimidación, no hubo violencia cuando vino a buscarla. Pola no vio temor, ni odio, ni aprensión por parte de la mujer. Aquí hay algo más. Puede sentirlo, pero no logra entenderlo.

Escupió cuando vio a la mujer salir con don Tomás porque pensó que Fela no era más que otra negra dispuesta a hacer lo que fuera para ganarse el favor de un hombre blanco poderoso. Después de todo, ella lo siguió; no, caminó a su lado mientras se adentraban en la noche. Fela no andaba triunfal, no se regocijaba, ni alardeaba, ni celebraba. ¿Qué provecho sacaría de esta noche? ¿Qué le habrá prometido don Tomás?

Pola sigue pensando y se le ocurre otra idea. ¿Estará enamorada de él? ¿Se engañará creyendo que hay algo especial entre ellos? Pero Fela no había dado señales de anticipación, ansiedad o anhelo. No, tampoco es eso.

Ahora, más que nada, Fela parece rota.

Y por más que Pola le da vueltas en la cabeza, no logra

comprender qué ha pasado. Esta mujer, una orgullosa guerrera bozal, herida, pero indestructible, se había convertido en un enigma y una decepción.

Ninguna mujer duerme en Las Agujas. Algunas se sientan y observan abiertamente, otras se recuestan con los ojos adormilados listas para ayudar si es necesario. Miran a Paquita traer palanganas de agua. Belén trae toallas limpias. Ambas se mueven aprisa, sin decir palabra y luego se retiran a sus catres. Lupe intenta ayudar, pero Tía no se lo permite.

Tía Josefa le quita la ropa sucia a Fela y la lava con movimientos largos y delicados; le quita la tierra y la mugre que aún tiene pegada al cuerpo. Le saca las hojitas y la hierba del pelo y la vuelve a vestir con ropa limpia. Fela se deja mover, cepillar, vestir y acostar. Se limita a estar ahí, con la mirada perdida, hasta que Tía Josefa termina. La vieja tiene el rostro desfigurado de dolor cuando apaga el quinqué y se sienta de nuevo en las sombras.

Pola jamás ha entendido el lazo que une a estas dos mujeres. Tal vez sea la mudez de Fela la razón por la cual Tía Josefa la protege tanto. Parecen vivir en su propio lenguaje de silencio. A lo mejor Tía extraña a su propia hija, a una hermana o a su madre. A decir verdad, Pola sabe muy poco de esa mujer. Jamás ha hecho un esfuerzo por averiguar. Pero ahora que la ve en su trajín no puede evitar conmoverse ante el amor de Tía por esa mujer rota.

En los días que siguen, Fela no muestra ningún interés por el mundo que la rodea. Sólo despierta en las noches y eleva la vista al cielo como una mujer que pide redención. Rufina prueba todos sus remedios, pero su enfermedad es del corazón, algo que ni una curandera puede sanar. Pastora envía delicias, que regresan sin tocar. Ni Tía puede llegar a ella cuando, de pie frente a la ventana, se queda mirando a lo lejos. Fela camina y respira, pero las ha abandonado y habita otro mundo. Por fin Tía coloca el catre de Fela justo debajo de la ventana para que pueda ver la luna desde la cama con la esperanza de que al menos su cuerpo logre encontrar un poco de descanso, aunque su mente no pueda.

La noche de luna llena, Fela por fin logra dormir y, a la mañana siguiente, sorprende al resto de las mujeres cuando se les une en la mesa de trabajo. No se les une para comer o para socializar, pero se sienta como siempre —una presencia silenciosa— en su silla. Hace el trabajo que le mandan y punto. Cuándo y dónde come es un misterio para las demás. Cuando las mujeres comen o realizan la actividad clandestina de su predilección en el poco tiempo que pueden librarse, Fela camina. Camina sola o con Tía Josefa. A veces, se la ve con Cheíto, el hijo de Melchor, que le está tallando una caja grande. Aun cuando su vientre crece y crece, deambula de noche cuando nadie la echa de menos y sólo sus pensamientos la acompañan.

Apenas nueve meses después de la noche que salió con el patrón, Fela saca la caja tallada de debajo de su catre y desaparece en la noche. A la mañana siguiente, Fela no está por ninguna parte. Don Tomás envía a sus hombres al cañaveral a buscarla. El bulto de su cuerpo sin vida casi roza la tierra cuando la traen de regreso a Las Agujas. La tienden en su catre y colocan al lado la caja donde yace su recién nacida.

Tía Josefa se mueve con pesadez por el dolor. Apenas puede mirar la caja y deja que las demás mujeres atiendan a la bebé. Le hace un gesto con la mano a Rufina para que se aparte y sale sola a buscar las hierbas y flores necesarias. Luego llena las ollas y pone a hervir el agua. Cualquiera de las mujeres podría hacer estas cosas, pero Tía insiste en hacerlo sola.

Cierra las cortinas y comienza el largo proceso de preparar

el cuerpo para su viaje final. Las hojas flotan en la superficie del agua. Como hace nueve meses, Tía le limpia la hierba y el lodo; esta vez, también le limpia los fluidos del parto mientras entona un canto en una lengua hace mucho tiempo olvidada. No tiene prisa; sabe que esto será lo último que hará por Fela. Cuando termina, le pone un vestido blanco y le recoge el cabello en un pañuelo limpio.

Cuando todo está hecho, Tía Josefa se quita el delantal mojado y los zapatos, y se sube al catre estrecho junto al cuerpo frío de Fela. Abre la garganta y le canta la última nana. Pola y las demás mujeres escuchan desde el otro lado de la cortina. Aunque no entienden las palabras antiguas, el sonido de la tristeza es universal, un canto fúnebre.

Al amanecer, los hombres llegan para llevarse el cuerpo.

—Permiso, Tía. —Tienen que apartarle las manos a Tía Josefa. La vieja se sienta con las manos vacías sin decir palabra mientras los hombres realizan su tarea. Ha envejecido diez años en una noche: sus arrugas son más profundas, se mueve más despacio. Cuando los hombres se van, se acuesta en su catre mirando hacia la pared. Pasa varios días sin hablar con nadie, sin reaccionar a nada. Su pena es inexpugnable.

*   *   *

Hacienda Las Mercedes, Carolina, Puerto Rico, julio de 1853
Las demás mujeres tratan de que todo prosiga como de costumbre en Las Agujas, aunque el corazón de aquel lugar, el corazón de Tía, se haya ido con Fela. Respetan su dolor, pero saben que tarde o temprano Tía Josefa tendrá que rendirle cuentas a doña Filo. Por el momento, la encubren y protegen la privacidad de su luto.

En ausencia de su madre y a causa del silencio de Tía Josefa, las mujeres deciden llamar a la bebé Matilde, Mati. Y se convierten en una madre colectiva para ella. Cada día, una mujer distinta se encarga de cuidar a la niña. Cada mañana, la meten en su cajita y la colocan en el extremo de la mesa donde su madre solía trabajar en silencio. Tres veces al día, Cheíto trae una botella de leche fresca de vaca o de cabra y la mujer a la que le toque ese día debe asegurarse de que la bebé coma, así como de cambiarla y cargarla.

Pola observa cómo, día a día, la niña pasa a formar parte de la rutina cotidiana. Lleva cuenta del tiempo. Pronto le tocará cuidar a la bebé. De sólo pensarlo, se le contrae el vientre. Suelta el mantel de hilo en el que ha estado trabajando para no arruinarlo con las manos sudorosas. Las mujeres disfrutan de cargar y alimentar y bañar a la niña, pero Pola se asegura de mantener las distancias.

Una tarde llaman a todas las mujeres y Pola, quien aún tiene que terminar su mantel, se queda sola con la bebé dormida. Cuando todas han salido, se acerca despacio a la caja y mira a la niña. Es la primera vez que se le acerca lo suficiente como para examinarla en detalle. El pechito sube y baja rítmicamente, los puñitos y los deditos de los pies, apretaditos, se agitan en el aire. Pronto será hora de alimentarla. Dubitativa, Pola se acerca para tocar la piel tersa de la bebé. Al instante se transporta a otro tiempo y lugar.

* * *

Hacienda Paraíso, Piñones, Puerto Rico, septiembre de 1849
—Pola, eres mamá. Después de tantos años, ¡una niñita!
　—¡Qué linda!

—Bien hecho, Polita.

—Una niña bella, Pola.

—¡Qué niña tan bonita!

—Que Dios la bendiga.

Pola no veía ni oía nada de lo que pasaba a su alrededor. Ahora que por fin tenía a su hijita en brazos, quería sentir su piel, su peso, tocarle las piernitas y los bracitos. Una fuerza ancestral la arrastraba hacia ese paquetito cuyas extremidades se agitaban contra su cuerpo. Apartó a la niña y le miró el rostro. Todo desapareció excepto la visión, la sensación y el olor de su hija.

Nunca le habían permitido tocar a ninguno de sus bebés, ni siquiera al que había nacido muerto. Y ahora estaba cargando a su hija. Sonriendo, abrazó a su hija con la certeza de que, esta vez, sería diferente. Rió a carcajadas. Las demás mujeres no lo sabían. Sólo ella lo sabía. Había mantenido la fe en la Madre Yemayá. La Madre llena de gracia, la Madre amorosa, la protectora de las mujeres, la dadora de vida. Yemayá había salvado a su hijita. Pola sólo necesitaba paciencia, esperar a que la gracia amorosa se le concediera en este día, el más sagrado de todos. Sólo ella podía sentir el manto de protección de la Madre. Sabía sin duda que su hijita se salvaría. Su fe había sido recompensada.

La comadrona le apretó la mano. Tenía una sonrisa triste porque, por más que quería alegrarse por Pola, sabía muy bien lo que venía. Y, entonces, la escena sería muy diferente. Pero ¿por qué arruinarle la felicidad a Pola? Mejor dejarla disfrutar un instante de felicidad.

Dolores se limpió las manos y felicitó a la madre. Ella también estaba excitada. Casi todos los hombres blancos se habían ido en busca de tres esclavizados fugitivos. La recompensa era demasiado seductora como para dejarla pasar. El único capataz que tuvo que quedarse se molestó porque le habían negado la oportunidad de ganarse un buen dinero y estaba demasiado ocupado supervisando el cañaveral como para fijarse en la cabaña de parto. Por esta vez, sólo por esta vez, Pola podría disfrutar de lo que ninguna otra mujer: tiempo con su recién nacida.

Dolores sabía que regresarían en cuestión de días, tal vez horas. Pero ¿quién era ella para negarle a Pola ese poco de felicidad con su hija? Ya habría tiempo de bañar a la pequeña. Dolores colocó a la bebé en los brazos de Pola y se fue. En cuanto a Pola, sólo sabía que ésa era su hija, *su* hija. A ésta no se la habían llevado. La bebé descansaba en sus brazos, tibia, confiada, un milagro, un signo. Sin duda, esa niña, ese pedacito de su ser, le daría el único placer que había conocido en ese lugar. Inspeccionó a su bebé. Era pequeñita. Movía los bracitos y las piernitas en el aire. Tenía el pelo aplastado sobre la frente, negro y brilloso como el ala de un cuervo. Tenía la piel del color del café tostado, tan oscura que no podía distinguirse del pelo. Y sorprendentemente, los ojos de la niña cambiaban de verde a ámbar bajo la luz del quinqué.

—Pola, sabes que los hombres regresarán tarde o temprano. Vendrán y se llevarán…

Pero la mujer se dio cuenta de que Pola no la escuchaba, no podía escucharla. Era como si madre e hija estuvieran aisladas de la realidad del mundo a su alrededor tras un escudo invisible. Pola amamantó a su hija por primera vez. Sintió su boquita pegarse a ella, chupar vida y sustento de su pecho. No se desperdiciaba una gota. La preciada leche no se perdía en los corpiños empapados. Su leche haría a su hija fuerte y saludable. Cerró los ojos y se recostó con la niña aún pegada al pecho para disfrutar del tamañito y el peso de esa vida diminuta que acababa de traer al mundo.

* * *

Al cabo de tres días, Pola se despertó sobresaltada; supo inmediatamente que algo andaba mal: algo faltaba. Tenía los brazos vacíos. Sentía el aire frío contra el pecho desnudo. ¿Su bebé? ¿Se la llevaron? ¡No! ¡Imposible! Los hombres no estaban. ¿Cómo era posible que…? No. No podía ser. La Madre no podía ser tan cruel.

Pola se cayó del catre y fue a dar de rodillas contra el suelo. Buscó por todas partes. La habitación estaba en silencio.

—¿Dónde está mi hija? —Al sentir los gritos de Pola, la comadrona entró corriendo en la habitación. Inmediatamente, Pola sintió los brazos de Dolores que la abrazaban.

—¡Ay! ¡Cómo lo siento, Pola! No pudimos evitarlo.

—¿Qué dices? —Pola miró alrededor del cuarto y el miedo se apoderó de su corazón—. Yo la escuché, la sentí, la alimenté. Tráiganme a mi bebé. ¡Quiero a mi bebé!

—Pola, tratamos de advertirte. No quisiste escuchar. Así son las cosas, así ha sido siempre. ¿Cuántas veces has pasado por esto? Tuviste suerte de que te la dejaran tanto tiempo. ¿Qué creías, mi'ja? —La voz de la mujer era compasiva, pero Pola no encontró consuelo en sus palabras.

—Pero era una niña, mi niña. Era especial. —Aún no quería creerlo. Su Madre Yemayá… el signo—… ¿Qué…?

Pola se había convencido de que con una niña sería diferente, que La Madre nunca abandonaría a su hija recién nacida.

Los gritos de Pola cruzaron el batey.

—¡NOOOO! Mi niña, ¿dónde está mi hija?

Atacó a la comadrona, que intentaba consolarla. Deshecha, Pola golpeó el hombro de la mujer, se mesó los cabellos mientras llamaba a su hija a gritos.

—Pola, por favor. No podemos hacer nada. Por favor cálmate.

Pero Pola no podía calmarse. Siguió preguntando, buscando, suplicando que le trajeran a su bebé. Al cabo de un rato, sus gritos se convirtieron en una suerte de alarido ancestral que rasgó la noche.

—¿Qué escándalo es éste? —La voz de El Caballo cortó el aire. Los gritos de Pola llamaron la atención del mayoral, que recién llegaba de su misión fútil. Toda la rabia porque otro cazador de esclavos se había llevado la recompensa estaba viva y lista para salir. La conmoción en la cabaña de parto lo hizo estallar.

La comadrona dio un paso atrás, sabía que no podría detener lo que venía.

Pola, demasiado desesperada para precaver, lo confrontó:

—Mi bebé, quiero a mi hija.

El hombre se irguió sobre ella y despacio, muy despacio, sus labios formaron una mueca horrorosa.

—¿Bebé? ¿Qué bebé? No sé a qué bebé te refieres. ¿Alguien ha visto un bebé por aquí? —Miró a su alrededor y sonrió socarrón. Al instante se puso amenazantemente serio—. Tú no tienes ningún bebé. ¿Cuándo se te va a meter en esa cabeza dura que *tú* no eres dueña de nada? Por el contrario, *nosotros* somos *tus* dueños.

Escupió el trozo seco de caña que estaba masticando—. Pero no te preocupes. Hiciste un buen trabajo. Podremos vender muy bien a la *negrita*, ¿verdad que sí? —Su risa burlona inundó la cabaña.

Pola hizo acopio de las pocas fuerzas que le quedaban y le

saltó encima, lo mordió, gritó y le enterró las uñas en el rostro. ¿Iban a vender su última esperanza?

—¡Nooooooo! ¡Desgraciao! ¡Jodío hijo'e la gran puuuuta! Fuiste tú, ¿verdad? Tú te la llevaste. ¡Maldito jabao! ¡Esperaste a que me quedara dormida y te llevaste a mi bebé!

Fue tan súbito que no vio el puño que le dio en el rostro y la hizo caer al suelo retorciéndose y sangrando. El hombre se quedó sobre ella mirándola hasta asegurarse de que no volvería a levantarse. Luego dio media vuelta y mientras salía, le asestó el último golpe verbal.

—Acostúmbrate.

¿Acostumbrarse a qué? ¿Cómo podía una madre acostumbrarse a perder a sus bebés? En ese momento, esa palabra, cargada con todo el frío veneno de la certidumbre, se le clavó como una daga. Sabía en su fuero interno que nunca le permitirían quedarse con ninguno de sus bebés, nunca, no importaba cuántas veces su vientre la traicionara.

A la mañana siguiente, El Caballo llegó a la cabaña justo al salir el sol.

—Apúrense. La caña espera. —Miró a su alrededor antes de dirigirse a Pola—. Y tú, si tienes la lengua tan afilada y el espíritu tan fuerte, agarra el machete. Es hora de que regreses al cañaveral. —Le dio una patada al catre de Pola y dejó en las sábanas parte de la mugre que traía en las botas. —¡Vamos, muévete!

La comadrona intervino.

—No, no está lista. Aún no se le han sanado las entrañas.

El rostro del hombre parecía no dar lugar a discusiones.

—A mí me parece que está bien fuerte. Que se prepare.

La comadrona hizo un último intento.

—Pero se desangrará en medio del cañaveral. ¿Y a quién le va a echar la culpa el patrón?

El mayoral miró a Dolores, luego a Pola y otra vez a Dolores.

—Bien. Le daré hasta mañana. Mañana regresa al cañaveral.

—Pero...

La objeción se le quedó en la punta de la lengua cuando la voz amenazante del mayoral llenó la habitación:

—Pero ¿qué? —Cerró el puño y miró a las mujeres—. ¿A ustedes también se les olvidó su lugar?

Después del parto, Pola debió haber descansado. Necesitaba tiempo para recuperar las fuerzas y controlar las emociones. Pero ése era un lujo reservado sólo a las mujeres blancas, a las mujeres a las que les permitían quedarse con sus bebés. Las mujeres como Pola podían traer bebés al mundo, pero no les estaba permitido ser sus madres. No en este lugar. Para las mujeres como ella, no había más que trabajo y bebés que desaparecían tan pronto abandonaban la protección del vientre.

Me arrebataron el cuerpo. Me arrebataron a mis dos hijitos y hasta mi hijita, pero eso será lo último que me arrebaten.

Tres semanas después, Pola estaba agachada detrás de la cabaña de las mujeres, todos los sentidos aguzados al máximo. Esperó a que un capataz irrumpiera en la cabaña y saliera arrastrando a trompicones a una mujer que intentaba oponer resistencia. Anticipando la recompensa por su actuación en el teatro, se descuidó y olvidó pasarle la aldaba a la puerta. Pola aguantó la respiración hasta que se alejaron lo suficiente. Se había memorizado cada sonido y cada movimiento del batey en la noche. Tenía las hierbas que necesitaba para los perros. Se untó la mezcla de aceite de pino y magnolia por todo el cuerpo. Cuando estuvo lista y la luna se escondió tras unas nubes espesas, salió y emprendió su huida.

* * *

Hacienda Las Mercedes, Carolina, Puerto Rico, agosto de 1853
Pola aparta la mano de la piel de la bebé, agarra la caja de la
pequeña Mati y se dirige a Las Agujas. Descorre la cortina de
Tía Josefa, que ha permanecido cerrada todas estas semanas
desde la muerte de Fela. Ninguna de las mujeres se ha atrevido
a entrometerse en la pena de Tía Josefa. Pola ha decidido que
esto termina hoy mismo.

Tía Josefa está sentada en su catre mirando hacia la pared. Pola
coloca la caja en una mesa cerca y observa la espalda huesuda de
Tía Josefa. La mujer está cada día más flaca. Las trabajadoras de
la aguja le traen agua y comida todos los días, pero consume muy
poco. Se ha retirado tras una pared de silencio. Ni siquiera gira la
cabeza cuando alguien entra en la habitación. La mujer no invita
a que nadie se le acerque.

Aun vista desde atrás, Tía Josefa luce diez años mayor, se le
ha instalado una joroba en la espalda, que antes era recta. El
cabello, enredado y despeinado, ahora está totalmente blanco.
El olor acre de quien no se ha bañado en mucho tiempo flota en
el aire. La mujer meticulosa que Pola conoció se ha ido, y un des-
pojo de mujer ocupa su lugar. Pola respira profundo y comienza.

—Tía Josefa —susurra sabiendo que la mente de la mujer
vaga junto al espíritu de Fela. No hay respuesta.

Pola prosigue con cautela, pero no está dispuesta a posponer
la conversación por más tiempo—. Tía, lo siento, pero tenemos
que hablar.

Tía Josefa no levanta la vista de la pared y sigue dándole la
espalda a la visitante.

—Vete, Pola —dice con voz profunda, una voz que lleva mucho

tiempo sin usarse. Aunque se ha reducido físicamente, su afán de retirarse ha creado una barricada emocional inexpugnable.

Pola prosigue:

—Tía, ha llegado el momento. Doña Filo quiere una respuesta. Le hemos dicho que tienes el corazón partido. Incluso vino un día a verte y se fue. Sabe que no estás bien. Pero esto no puede continuar. Doña Filo es, ante todo, una patrona y este lugar no puede seguir adelante mucho más tiempo sin ti. Y hay otro asunto que requiere tu atención. Lo siento, Tía Josefa. No podemos esperar más.

Tía gira la cabeza, sólo un poco, como si no hubiese entendido lo que acaban de decirle. Gira un poco más y mira a su visitante.

—¿Cómo? ¿Qué me dices? ¿Qué falta de respeto es ésta?

—Con respeto, Tía, la bebé te necesita.

Tía Josefa se sienta y se queda muy quieta. Por fin dice:

—Te tiene a ti... y a las demás.

—Te necesita a *ti* —prosigue Pola—. La niña necesita una madre, no a un grupo de mujeres agotadas, que hacen más de lo que humanamente pueden y, ahora, para colmo, también tienen que hacer tu trabajo.

El cuerpo de Tía Josefa se pone rígido y parece crecer mientras permanece sentada en el catre.

—¿Se te olvida con quién estás hablando?

Las palabras de Pola han penetrado las defensas a la mujer. No es más que una grieta en su barricada emocional, pero es suficiente como para que Pola se dé cuenta de que el único modo de llegar a la mujer es romper las normas. Nadie le dice a Tía Josefa lo que debe hacer. Ella decide cómo y cuándo se hacen las cosas.

Pola baja el tono, respira profundo y prosigue, comprometida con su misión.

—Tía, perdóname, pero al pan, pan y al vino, vino. Las demás no se atreven a decírtelo, así que me toca a mí.

Pola siente lástima por la mujer, pero tiene que hacerla entrar en razón. Alza un poco la voz y prosigue—: Lo siento, Tía, pero alguien tiene que decírtelo. Tienes que poner tu dolor en un segundo plano y a esta niña primero. Sabemos que has perdido a alguien especial, a una hija. Pero este encierro en ti misma tiene que acabar. No te conviene a ti, no le conviene al taller y no le conviene a la bebé.

Tía Josefa gira para ver mejor a Pola, la intrusa. Tiene los ojos entornados y una rabia contenida que amenaza con desbordarse y atacar a cualquiera que se entrometa en su privacidad. Le lanza a Pola una mirada fulminante, los músculos del cuello se le tensan por el esfuerzo de contener la cólera. Pola sabe que está empujando a la mujer más allá de sus límites. Pero algo hay que hacer.

—Cálmate, Tía. Escúchame. Todas sabemos cuánto significaba Fela para ti y tú para ella. Nos abandonó, pero te dejó a su hija. A *ti*, Tía, no a nosotras. ¿Crees que ella querría que nosotras, que *yo* criase a su bebé?

Algo cambia dentro de la mujer y parece consolidarse, adquirir más sustancia mientras se levanta del catre. De pronto está más fuerte, más alta, más ancha, como solía ser. Pola se arma de valor cuando se encuentran frente a frente.

—Te necesitamos, Tía, y, sobre todo, *la niña* te necesita.

Pola siente que sus palabras han logrado traspasar el muro que Tía Josefa ha erigido tan cuidadosamente y empuja un poco más.

—¿Cómo quieres que Fela descanse en paz si abandonas a su

bebé? —Pola ve una apertura y avanza—. Tú la conocías mejor que nadie. ¿A quién le confiaría su tesoro? Esta niña, esta Mati, es un pedazo suyo que te ha dejado a ti. Y esta niñita es todo lo que te queda de ella. Piénsalo, Tía. ¿Qué querría Fela que hicieras?

Comienza por el mentón, un leve temblor, luego se le desinflan las mejillas y se le anegan los ojos. Luego se aflojan los hombros y el torso libera un poco de la tensión interna. Por último, las rodillas ceden y Pola hace un movimiento rápido para sujetar a la mujer antes de que caiga al suelo.

Tía Josefa se arruga como un pedazo de papel viejo y se disuelve en una masa temblorosa de llanto. Los sollozos reverberan por todo su cuerpo, y Pola la abraza fuerte y espera hasta que Tía Josefa se vacíe de todas las semanas de angustia reprimida. La mujer fuerte que ha almacenado su dolor por fin se rinde en cuerpo y espíritu al abatimiento que ha contenido dentro de sí.

La mujer altiva y fuerte a la que Pola detestaba tanto ahora llora sus pérdidas, sus recriminaciones y sus arrepentimientos en sus brazos; no es más que una pobre vieja que llora por su hija muerta. Y eso es algo que Pola puede comprender en lo más profundo de su ser. Una vez más regresa a la Hacienda Paraíso. Sus propias pérdidas, aún palpables después de tantos años. Qué cosa tan maravillosa que los bebés puedan quedarse con las mujeres negras. Qué mundo tan distinto del que conocía. Abraza con más fuerza a la mujer, que sigue llorando. Y se quedan ahí Tía Josefa dejándose consolar y Pola aprendiendo a consolar.

A la mañana siguiente, el tintineo de las llaves anuncia a Tía Josefa, que regresa a su rutina. Se levanta temprano, atiende a la niña y la lleva bañada y comida a la mesa de trabajo. Mati duerme en su cajita mientras las mujeres realizan sus labores cotidianas. Tía Josefa ha regresado, altiva y eficiente como de costumbre, sólo un poco más apegada a Mati. Entre ambas se ha establecido una nueva conexión.

* * *

Justo cuando Adela le coloca la última horquilla y está a punto de añadir las flores en el elaborado peinado de doña Filo, Celestina entra en la habitación.

—Quería asegurarme de que todo está listo para la gala del gobernador, mi señora. —Los ojos de Celestina conectan con los de la patrona en el espejo. Espera ser reconocida.

La patrona se pone de pie y examina su imagen en el espejo mientras Adela fija las flores que doña Filo llevará en la cabeza.

Con un gesto de la mano, doña Filo despacha a su criada personal y continúa examinando su imagen.

—Mi señora... —comienza Celestina tan pronto como Adela cierra la puerta.

—¿Sí, quieres algo, Celestina?

—No, nada. Yo sólo quiero lo que agrade a mi señora.

Los ojos de doña Filo se alzan lentamente en el espejo hasta encontrarse con los de Celestina. La señora prosigue:

—Pues, ahora mismo, lo que más me agradaría es ver que estas flores caigan en su lugar. —Intenta acomodárselas en distintas secciones del complicado peinado antes de darse por vencida.

De un salto, Celestina acude a ayudarla.

—Déjeme a mí. Usted sabe que estoy siempre a sus órdenes.

Doña Filo, la vista aún fija en el espejo, entorna los ojos y mira a Celestina con suspicacia, luego espera.

—Adela lo estaba haciendo muy bien antes de que nos interrumpieras. Vamos a ver, ¿de qué quieres hablarme?

—¿Qué quiere decir?

A doña Filo no le gusta el tono afectado y obsequioso de la mujer. No lo saca a menudo, pero, cuando lo hace, le resulta pesadísimo.

—¿Qué quieres, Celestina?

—¿Señora? —Arquea las cejas pálidas fingiendo inocencia.

A doña Filo se le ha acabado la paciencia.

—Celestina, dentro de poco la casa estará llena de invitados. No he terminado de vestirme y no tengo tiempo para jueguitos. ¿Qué es lo que tanto urge? ¿Hay algún problema con los preparativos? Yo pensaría que tú…

—No, no. Nada. No es nada.

Doña Filomena se quita las flores y mira directamente a Celestina, que está a punto de salir de la habitación.

—¡Por el amor de Dios, acaba de una vez, mujer! Viniste por algo. No me hagas perder más tiempo. ¿Qué pasa?

El tono de la patrona detiene a Celestina, que se da cuenta de que no calculó bien y, con voz temblorosa, le contesta:

—Yo, yo pensé que le gustaría… es sólo un rumor… —Celestina observa a doña Filo jugar con el abanico que tiene en las manos. Es obvio que no es el momento oportuno—. Pero no es nada. Voy a atender los preparativos.

La irritación se torna en exasperación y la exasperación en rabia.

—Viniste hasta aquí para decirme algo. Debe de ser algo muy importante para que me interrumpieras mientras me visto. Acaba de decirme qué es. —La voz de doña Filo ha llegado a un tono peligroso y Celestina ya no puede dar vuelta atrás.

—Es que me preocupa… Las Agujas. Yo sé lo que usted atesora su taller y lo importante que es para la familia. Pero, últimamente… las cosas no andan bien.

—¿Cómo? No estoy al tanto de nada…

—Por supuesto que no. —Por fin Celestina endereza los hombros y va al grano—: Desde que Fela murió dando a luz a esa mulatita, las cosas no son como antes. —Se apresura a terminar su discursito antes de que la dominen los nervios—. El trabajo está más lento y entiendo que algunas órdenes están retrasadas. ¿Sabía usted que Tía Josefa se pasa el día cuidando a esa bebé? Y… pues… ¿es niñera o costurera?

La patrona la observa, muda. Celestina aprovecha la oportunidad.

—Las mujeres la encubren, pero esa bebé interrumpe las labores y retrasa las órdenes. Por poco no terminan su vestido a tiempo para la fiesta de esta noche. Si yo mandara, sacaría a esa niña de aquí, se la vendería a cualquier plantación del interior. Además, la pequeña bastarda siempre será un recordatorio de las andanzas del patrón con…

—¿Cómo? —Esa única palabra de doña Filomena resuena en la habitación.

Celestina está tan empeñada en hacerle el cuento que no calcula la magnitud del peligro que se fragua en su patrona; y esa sola palabra ahora lleva todo el peso del peligro.

Pero ya ha avanzado demasiado para retirarse.

—Bueno, las malas lenguas llevan meses hablando de que esa bebé nació en el bosque y la madre la dejó ahí como una bestia… Bueno… y dicen que el padre es don Tomás…

Doña Filomena no puede dar crédito a la audacia de la mujer. Una cosa es hacer caso a las habladurías, pero otra cosa es venirle a ella con el cuento. La patrona se pone de pie y se queda inmóvil por un momento tratando de controlar la ira.

Celestina se equivoca y piensa que la inmovilidad de la patrona es interés, así que prosigue y le cuenta en detalle sobre Fela y don Tomás, sobre la noche en el bosque y la bebé.

—Dicen que tiene los ojos azules… que es igualita al patrón.

Doña Filo recorre la breve distancia que la separa de Celestina en un instante. A Celestina no le da tiempo de reaccionar antes de sentir el golpe del abanico en la mejilla; el abanico se rompe en pedazos y hiere la piel de alabastro de Celestina.

—¿Cómo te atreves? —Las palabras explotan en la habitación—. ¡Chismosa!

Celestina se lleva la mano a la mejilla sangrante y la patrona vuelve a atacar lanzando llamas por los ojos y agitando los brazos, que golpean una y otra vez a la criada. Doña Filo agarra el espejo de mano, una foto enmarcada, el cepillo nuevo, todo lo que encuentra para golpear a la mujer que se ha atrevido a contarle tal cosa.

—¡Sal de aquí! —Doña Filomena apenas puede controlar la ira. Se le han caído las horquillas de los rizos, abre y cierra las manos como buscando algún otro objeto que lanzarle a su esclava, el cuerpo le tiembla de indignación y rabia—. ¡Fuera de mi vista! ¡Lárgate! Si vuelvo a verte esa cara, te la rompo.

Demasiado tarde Celestina se da cuenta de su inmenso error. Se le viró la torta. ¡Qué mal calculó! Sabe que debe irse antes de que la patrona vuelva a atacarla. Al tiempo que se escurre por la puerta medio abierta para escapar de su patrona iracunda, se tropieza con Tía Josefa.

La mirada de Tía Josefa perfora a la mujer albina. Las venas de los ojos le quieren reventar a causa de la furia contenida, tiene la quijada apretada, el rostro encendido y todo el cuerpo contraído; es una tigresa madre lista para atacar. Tía Josefa no dice una palabra. No tiene que hacerlo. Su silencio es más temible que cualquier arrebato de furia. Sus ojos desprenden un fuego amenazador. Todo su cuerpo y su semblante gritan peligro. Asiente con la cabeza fríamente.

Celestina se da cuenta de que ha cometido más de un error este día. Doña Filomena y Tía Josefa la tienen en la mirilla. No sabe qué es más peligroso: la ira de la patrona o la venganza de Tía Josefa.

* * *

Hace tres semanas que Pola no va al árbol. Ansía la sonrisa de Chachita, los ratos que pasan comiendo en silencio. Pero, cuando llega a su lugar secreto, no ve a la niña por ninguna parte. Lo que sí encuentra, bajo un rayo de sol, es un sombrero de paja bellamente tejido: una serie de hojas de palma entretejidas en un patrón elaborado con la corona alta y el ala ancha. Debió de tejer las hojas cuando aún estaban verdes, pero ahora han perdido el color y se han puesto color crema, como las pavas que usan los trabajadores en la plantación. Pola admira los nudos complicados y el tejido apretado de la pieza. Mira a su alrededor en busca de su dueño, pero no ve a nadie. Lo agarra, aún atenta a alguna compañía inesperada, y se lo pone.

¿Quién pudo haber dejado algo tan bello aquí a la intemperie? Al colocárselo en la cabeza, siente que le queda perfecto. Oye a alguien acercarse y se quita el sombrero aprisa, luego ve a Chachita de pie en el camino cargando más hojas de palma, que dobla en una nueva confección.

—Ay, n-no. No t-te lo quites. Lo hi-hice para ti.

—¿Tú hiciste esto?

—Claro que s-sí. —Mira a su alrededor—. ¿Quién más?

—¿Para mí? Pero es precioso. Es el regalo más hermoso que me han hecho en la vida.

Una sonrisa orgullosa se dibuja en el rostro de Chachita. Suelta las hojas, corre hacia Pola y la abraza. La abraza tan fuerte que casi se caen al suelo. Pola, sorprendida, se apoya sobre los hombros de la niña. Y se quedan ahí, abrazándose, disfrutando del calor mutuo. El sonido comienza en lo profundo del pecho y se expande. Mujer y niña comienzan a reír, algo nuevo para ambas.

15

Tiempo muerto

Hacienda Las Mercedes, Carolina, Puerto Rico, junio de 1854
Ya se han llevado casi toda la caña, que viajará en las carretas de bueyes hasta el tren, que, a su vez, la transportará hasta la central. La sexta zafra desde la llegada de Pola ha sido buena.

Se ha vendido toda la cosecha y no se ha perdido a ningún trabajador. En Las Mercedes no se pierden vidas, pero, como en todas las haciendas, las lesiones y mutilaciones son algo común. Ahora el arduo trabajo del corte es sustituido por las tediosas tareas del tiempo muerto. Aún hay que preparar la pegajosa melaza, destilar el ron fuerte y refinar el azúcar para la mesa y la cocina.

Los meses de corte y transporte son reemplazados por tareas secundarias, aunque no menos tediosas, como moler, hervir y procesar la caña reservada para el uso de la plantación. Hombres y mujeres, aún agotados por la zafra, limpian el cañaveral en preparación para la nueva siembra. Los niños se caen de los árboles de puro cansancio mientras cosechan los frutos del huerto. Las heridas y torceduras abundan. Dos niñas distraídas pierden las extremidades, que se les quedan atrapadas en el trapiche con el que se extrae el jugo de la caña para la melaza.

Los que hierven el jugo deben ser muy cuidadosos. Los desafortunados que se quedan dormidos atendiendo el fuego que mantiene las ollas hirviendo pagan por su descuido con quemaduras graves. Pero el trabajo continúa, el trapiche mastica y mastica la caña con su quijada de metal, el fuego de las calderas jamás se extingue.

Pasan las pocas horas de descanso entre turnos en una especie de estupor que refresca un poco, pero no repara. La plantación es una maquinaria que no se detiene. Simplemente pasa de una etapa a otra. La regularidad es crucial. Los dueños deben cosechar ganancias y los trabajadores son los que realizan el esfuerzo físico. Cueste lo que cueste.

* * *

Para los amos, es tiempo de celebrar. Cada hacendado se extralimita para superar al anterior en la celebración de una gran fiesta para exhibir la abundancia de su cosecha. Las damas planifican una celebración de la zafra tras otra. Lucirán sus vestidos nuevos —de tarde, de noche y de gala— con todos los accesorios, como corresponde a las esposas e hijas de los hacendados acaudalados. Esas mujeres tan refinadas, que habitan casas grandes repletas de adornos exquisitos, son la encarnación del éxito de sus esposos. Sus hogares se transforman en un lujoso telón de fondo confeccionado a base de hilos y mobiliario recién adquiridos para la admiración de la aristocracia de la región.

Los trabajadores de la caña laboran en los huertos y los talleres de mecánica y reparación. Las trabajadoras domésticas están bajo la misma presión. Las bordadoras y costureras trabajan día y noche para producir decenas de vestidos, ropa interior, cortinas y manteles para la aristocracia. Las negras domésticas limpian y pulen cientos de platos de porcelana, copas de cristal y cubiertos de plata. La madera, los espejos y las losas deben brillar bajo la luz de las lámparas y reflejar una vida de riquezas y placer.

Este año, la familia está particularmente nerviosa porque, aunque la suya es una de las haciendas más pequeñas, el gobernador y su séquito han decidido asistir a su celebración de fin de la zafra. Será la primera vez que la familia reciba a un invitado tan distinguido, y los patrones no escatiman esfuerzos para impresionarlos favorablemente.

Las Agujas está desbordada de órdenes de las damas más finas de la región. Con tanto trabajo de punto, dieciocho entalles, planchado, doblado y entrega de los pesados vestidos, las mujeres están agotadas y deseosas de descansar. Pola se alegra cuando ve la última entrega salir del batey.

Pero, a medida que se acerca el día de la tan señalada cena, y antes de que salga el sol, Pastora aguarda con los quinqués encendidos en la puerta de la cocina. Hay incontables tareas que realizar. Pola trabaja hombro con hombro con la cocinera adobando tres platos de carne y preparando media docena de lechones para asar. Las cocineras que por lo general se ocupan de alimentar a los trabajadores entran y salen por la puerta trasera de la cocina con carnes provenientes de la cabaña de desguace y vegetales, tubérculos y hierbas recién cortados del huerto. Pastora supervisa a estas últimas antes de concentrarse en la confección de la cena de siete platos.

Todo debe estar listo para cocinar mañana. Cuando terminen de amasar y pelar y cortar y rebanar y sazonar, cuando lo único que quede por hacer sea cocinar, Pola podrá sentarse a descansar. Lleva horas de pie y sueña con meter los pies en agua caliente un rato.

Pero la Señora manda a decir que Celestina necesita ayuda en la casa.

Encima del cansancio, Pola se prepara para trabajar con la mujer albina, por quien, aun de lejos, siente un profundo desprecio. A juzgar por las pocas veces que se han cruzado, cree que el sentimiento es mutuo. Pola espera poder realizar la tarea sin tener que ver a la mujer. La esperanza le dura poco.

—¡Carajo! Debí de imaginar que me enviarían a la cocola más vaga y fea de la casa. —El desprecio en la voz de Celestina inunda la estancia.

Pola cierra los puños y los esconde bajo los pliegues de la falda. Intenta morderse la lengua.

—¿Qué se supone que debo hacer contigo? —La mujer se queda con los brazos en jarras como esperando una respuesta.

Por más que Pola trata de disimular la repulsión que le provoca la mujer, las palabras se le escapan de la boca:

—Bueno, si soy tan inútil, mándame de nuevo con Pastora. Yo no pedí que me mandaran aquí a hacer tu trabajo. Prefiero limpiar las porquerizas.

—Así que la cocola tiéne la lengua afilada. Ya me han hablado de ti. Y, bueno, hablando de mierda, puedes empezar por los orinales que están al lado de la letrina. Por lo que he oído, tus limitados talentos deben de bastar para eso, por lo menos.

Pola cierra los ojos para evitar mirar a la mujer y hace acopio de toda su fuerza de voluntad para no borrarle la maldad del rostro a pescozadas.

—Me enviaron para ayudar en la casa, no para...

—Aquí la que manda soy yo y harás lo que *yo* diga. —La voz de Celestina corta el aire—. Pastora manda en su cocina a su manera, Tía Josefa manda en su taller a su manera y yo mando en mi casa a mi manera. Se nota cómo te engríen ahí. Pues aquí no. Conmigo no. ¿O eres tan bruta que no entiendes?

Pola se retira antes de que la mujer termine la cantaleta. Cuando llega a la letrina está temblando. Respira profundo y trata de contener su mal genio y las irritantes lágrimas de frustración.

A Pola le toca limpiar los once orinales que llevan horas bajo el sol ardiente. Resopla y maldice en silencio mientras realiza la tarea hasta que el tintinear de las llaves de Celestina anuncia su presencia. La figura de la mujer ocupa todo el umbral de la puerta.

—Vamos a ver si puedes hacer algo bien. —Celestina inspecciona el trabajo: Huele—. Está bien.

Luego envía a Pola a limpiar los zapatos de la familia. Una cosa son los orinales, pero Pola no tiene idea de qué hacer con el calzado de cuero fino. Las botas del patrón están cubiertas de fango y excrementos, los zapatos de vestir están opacos y polvorientos. Las sandalias de bailar de la patrona están manchadas de sudor y los botines están hechos de un cuero labrado que Pola no ha visto antes. Está devanándose los sesos pensando en qué hacer cuando aparece la albina. Pola sabe que Celestina está esperando a que cometa el más mínimo error.

—¿Qué pasa? ¿No sabes qué hacer con las prendas finas? ¡Justo lo que pensaba! —Escupe las palabras—. Sal de aquí. Ve a ayudar a las otras con los armarios. Aquí no me sirves de nada.

Aliviada, Pola llega al armario de la mantelería. Sigue las instrucciones de las criadas al pie de la letra. La mantelería de hilo recién lavada debe plancharse y doblarse con esmero: decenas de servilletas y un mantel de cuatro varas. Pola pasa horas puliendo la plata y lavando la vajilla de la familia. Luego ayuda con las docenas de flores que hay que cortar, colocar artísticamente en los jarrones y distribuir por toda la casa. Celestina está encima de Pola, inspeccionando cada tarea y, al no encontrar ningún error, le asigna otra.

Afortunadamente, Celestina no confía en ella como para enviarla al comedor formal. Las criadas que sirven la comida todavía están colgando cortinas, decorando las mesas auxiliares y colocando los puestos en la mesa de banquetes cuando por fin Pola puede retirarse. Se mete en la cama ya entrada la noche.

A la mañana siguiente, regresa a la cocina junto con el equipo de Pastora para terminar los preparativos de la comida. Hay botellas de licor para satisfacer el paladar de todos los caballeros. De la cocina salen enormes bandejas cubiertas rumbo a la despensa. Todo debe mantenerse caliente y fresco para la concurrida mesa. Más tarde, las criadas del comedor servirán la cena de siete platos.

Ya entrada la noche, cuando los blancos, saciados y satisfechos, han regresado a la capital en sus calesas y la familia se ha retirado a sus aposentos, los negros se sientan a comer. Algunos están demasiado cansados para siquiera masticar. Otros se quedan dormidos sobre el plato. Por todo el batey suenan los ronquidos de los negros, que están tan extenuados que no pueden llegar a sus catres. Se quedan dormidos bajo los árboles, sobre la hierba, donde los agarre el sueño. Pola se sienta bajo el palo de mangó a comer. Al otro día, amanece en la misma posición.

*   *   *

Una vez que se guarda la melaza, se embotella el ron y se almacena el azúcar, los trabajadores salen a recoger frutas y vegetales.

Contrario a la caña, estos cultivos no están destinados al comercio, por lo que no se cosechan con la misma urgencia.

Ahora que las grandes celebraciones han llegado a su fin, las mujeres de Las Agujas pueden relajarse un poco. No llegarán órdenes nuevas en unas cuantas semanas, así que podrán concentrarse en organizar su taller: reponer los suministros, separar las telas, recoger los sobrantes que las patronas llaman retazos y ellas llaman adornos para su propia ropa.

El trabajo de los negros no cesa nunca, pero la carga disminuye lo suficiente como para que puedan descansar después de terminar las tareas del día. En este tiempo, su verdadera naturaleza aflora. Sin la constante vigilancia de los capataces, quienes también ansían un poco de descanso, toda la plantación disfruta de un respiro colectivo.

* * *

Tía Josefa lleva toda la mañana luchando contra un dolor de cabeza. Envía a Pola a la cabaña de Rufina por un remedio. Hace calor y Pola se sienta en la puerta con la esperanza de que sople un poco de brisa. Mientras observa las demás chozas, la actividad frente a la choza de Melchor llama su atención.

Simón está sentado frente a la choza del carpintero separando hojas de rafia, hojas de palma y hierbas que acaba de cortar. Las separa en montones. Una vez separadas, enrosca los dedos alrededor de cada tallo o espiga y lo desliza hacia abajo para arrancar las hojas con el menor esfuerzo posible. Coloca las hojas a un lado y los tallos y espigas al otro. Repite esta operación una y otra vez con las distintas plantas hasta tener un montón de tallos, hojas flexibles y hojas medicinales. Pola ha visto el proceso suficientes veces como para saber que pondrá en remojo los tallos y las hojas de palma hasta que se ablanden y estén listos para torcerse y doblarse en las piezas deseadas. El resto lo pondrá a secar para que Rufina lo corte y muela para sus propios fines.

Un grupo de niños ahora se reúne a su alrededor. Han estado esperando a que termine para comenzar su clase semanal de tejido. Simón organiza a los niños en un círculo y distribuye los materiales. Sus manos, las manos ásperas de un hombre trabajador, comunican dulzura, destreza y paciencia. ¿Cómo es posible?

Antes de que pueda terminar el pensamiento, Pola se distrae con un movimiento en las ramas justo encima del grupo. Entorna los ojos y apenas reconoce una, luego dos caritas entre las hojas. Una tiene la piel rojiza, la otra, marrón claro. Ambas tienen los ojos enormes. Miran hacia abajo y gesticulan; no cabe duda de que están disfrutando de la actividad que se desarrolla a sus pies. Luego, como si les hubieran dado una señal, miran a Pola al unísono. La miran directamente. Un llamado mudo: *Ven con nosotros, por favor.*

Pola se sorprende del deseo incontenible que siente de hacer justo eso. Se pone de pie, pero antes de que pueda dar el primer paso, Rufina la llama:

—Todo listo, Pola. Dile a Tía Josefa que esto debe de funcionar.

—¿Rufina?

—Sí, dime. —Distraída, la mujer sigue removiendo el remedio.

—¿Quiénes son esos niñitos?

—¿Qué niñito'? —Rufina se asoma a la ventana y entorna los ojos.

—Los que están ahí en el árbol.

—No veo ninguno' niñito'. ¿Dónde están?

—Ahí arriba, ¿no los ves? —Pola hala a la mujer y señala.

Rufina vuelve a mirar.

—¿Tú está' mirando a uno' niñito' imaginario' o a ese hombre de carne y hueso que te está comiendo con lo' ojo'?

Pola se ruboriza y baja la vista.

—No pasa na'. Lleva tiempo tratando de hablar contigo. Lleva tiempo velándote, pero tú siempre está' enfurruñá, trancá en ti misma. Mira, mujer, yo te sané el cuerpo, pero no puedo arreglarte el corazón.

—No, Rufina, es que no …

—Yo me imagino mejor que nadie por lo que ha' pasao. Y no sé ni la mitad. Pero lo que te hicieron eso' animale', espérate ahí, lo que te hicieron eso' animale', bueno, si te queda' ahí con la amargura del ayer, no va' a gozar de la dulzura de hoy.

—No sé qué…

—Qué pena, despué' de to' lo que hice por tu cuerpo, va' a dejar que se te seque el corazón y se muera. Ya e' hora, Pola. Hace rato. Escucha a tu corazón ante' de que se te seque como una pasa. Ese hombre e' un hombre bueno. Y se ha fijao en ti. Lo que tú haga' luego e' asunto tuyo… Y deja de andar inventando cuento' de niñito' que no existen. Sé muy bien que lo está' velando a él como él te está velando a ti. Y desde hace tiempo.

Rufina no espera a que Pola le responda.

—Déjate de zanganá'. Llévate esto que todavía está caliente. Dile que, si no le resulta, tengo algo más fuerte.

Pola agarra el cuenco y sube la cuesta. Una vez más, busca a los niños entre las ramas. Pero ahora las ramas están inmóviles, no queda rastro de los niñitos de ojos grandes. Entonces se da cuenta de que Simón todavía la está mirando. Sus ojos, brillantes aun a tanta distancia, la abrazan. Titubea y Simón la saluda con la cabeza; una sonrisa cómplice se esconde tras su mirada. Confundida, Pola se va sin devolverle el saludo.

* * *

Tía Josefa está sentada bajo el palo de mangó con los pies metidos en agua jabonosa. Se reclina para disfrutar de unas horas esta tarde que no tiene que hacer nada ni estar en ninguna parte. Todo está en calma y hace calor. Masca una bola que se pasa de un cachete a otro y, de vez en cuando, escupe un chorro de jugo de tabaco.

Celestina llega dando zancadas y, al llegar donde la mujer reclinada, se quita el pañuelo de la cabeza y sacude la abundante melena. Tía la ve acercarse a través de los párpados entrecerrados. No hace nada por reconocer la presencia de la mujer que se le acerca. Más bien apoya la cabeza sobre el hueco del brazo.

—Qué tranquilo está esto. ¿A dónde se ha ido todo el mundo?

El tono casual de la mujer pone a Tía en guardia, pero no se mueve.

Celestina insiste:

—Parece que la mayoría de la gente se está recuperando del trabajo de la semana pasada y descansando para la que viene.

—Ajá —responde Tía sin ganas.

—He notado que los domingos por la tarde tu cabaña está particularmente tranquila. De hecho, no recuerdo haber visto a esa cocola tuya ningún domingo. ¿A dónde crees que va?

La mujer le ha metido el dedo en la llaga. Tía se incorpora y se sienta derecha. Enseña los dientes y lanza un escupitajo de jugo de tabaco, que casi le cae en la falda a Celestina. Celestina da un salto hacia atrás y le frunce el ceño a Tía, que alza la vista para mirarla. La boca le destila ironía:

—Ay, perdón. Ya no tengo la puntería de antes.

—Óyeme, vieja. No soy ciega y, definitivamente, no soy estúpida. Algo me huele mal.

—¿En serio? ¿Y qué crees que es?

—No lo sé, pero lo voy a averiguar.

—Óyeme tú a mí, bruja chumba, descoloría, patizamba y chichiseca —Tía Josefa no alza la voz ni se levanta, pero de pronto sus palabras salen cargadas de peligro, como el siseo de una serpiente—. Ni se te ocurra andar metiendo esas narices jinchas en mis asuntos. Ocúpate de tus negras en la casa que yo me ocupo de las mías. Y procura no enfogonarme. No vaya a ser que empiece a preguntar por cosas que se «pierden» o están «mal guardadas» o se «rompen» en la casa grande. Yo también podría empezar a preguntarme quién es esa mujer que va a visitar a Romero en la oscuridad de la noche. —Tía Josefa pausa para asegurarse de que Celestina le ha entendido—. Pero yo no soy así. Todas las mujeres tienen sus secretos. ¿Y yo? A mí me gusta el toque personal. Mis muchachas son como mi familia. Así que, si te metes con ellas, te metes conmigo. —Los ojos de Tía se clavan en los de Celestina—. Y tú no quieres meterte conmigo.

Por un instante, las mujeres se miran fijamente, atrapadas en un silencio mudo que sólo se rompe cuando Tía Josefa vuelve a escupir y, esta vez, sí da en el blanco. A Celestina no le da tiempo de saltar. El chorro marón le mancha su falda buena. Sale como una exhalación maldiciendo y jurando venganza. Tía vuelve a reclinarse y cierra los ojos. Le incomoda que la paz y tranquilidad de los domingos por la tarde se vean interrumpidas por necedades.

*   *   *

Lupe se inclina sobre las almohadillas cilíndricas llenas de alfileres de mundillo. Es alta y gruesa, tiene el pelo lleno de mechones grises. Los dedos largos y delgados se mueven más rápido que los de cualquiera. Esos dedos crean el preciado encaje que adorna los vestidos de gala de las mujeres más elegantes y las mantillas que cubren las cabezas de las damas más piadosas en la misa del domingo. Toma meses formar un encaje, que a veces no es más ancho que el dedo de un bebé y, otras veces, tiene el ancho de una mano. Cuando no trabaja en órdenes específicas, Lupe les enseña a las demás mujeres a realizar la meticulosa labor. Muy pocas tienen la destreza o la paciencia para dedicar semanas a la labor de producir unos centímetros de lujo.

Paquita, que está siempre a poca distancia de Lupe, es su opuesto. Vista por detrás, Paquita parece un niño adolescente de caderas estrechas, hombros anchos y pelo corto rizado. Es de estatura baja, ágil e inquieta. Mientras que Lupe es por lo general callada y centrada, Paquita está siempre cantando. Su estado de ánimo se puede deducir de las canciones que escoge cantar mientras confecciona ropa interior para las damas, velos de novia para las jovencitas y cotitas de bautismo para los recién nacidos de los hacendados. Sus puntadas son diminutas pero resistentes. Sus prendas tienen buena caída y no hacen bolsones, como si acariciaran el cuerpo de quien las lleva.

Lupe no tiene que hablar demasiado porque Paquita siempre le termina las oraciones; a veces, también se las empieza. Quien

las ve juntas pensaría que una fuerza invisible, como una coreografía, dicta sus movimientos y la vida que comparten. Durante la cena, Lupe recoge la labor y Paquita sirve los platos, que
luego trae a su puesto en la mesa. Después de cenar, se sientan
bajo la luz de la luna o al amparo de la oscuridad de la noche
mientras la pipa de Paquita llena de un humo acre el aire del
batey. Lupe se suelta el pelo y recuesta la cabeza en el regazo de
Paquita y se quedan así por horas hasta que los mosquitos las
obligan a entrar. Ocupan los últimos dos catres de la cabaña,
los que están más lejos de la puerta, donde la vieja cortina les
brinda cierta privacidad. Las demás mujeres respetan su espacio
como si las separara una pared sólida.

Aunque Lupe es la mayor y la más fuerte de las dos, Paquita
se vuelve una fiera cuando alguien amenaza a su pareja. Una
vez, mucho antes de que Pola llegara a Las Mercedes, Romero
cometió el error de agarrar por mal sitio a Lupe, que andaba
distraída. Antes de que nadie pudiera reaccionar, Paquita le saltó encima por la espalda y le enterró los dientes en el cuello. El
hombre rugió de dolor y empezó a dar vueltas para agarrar a
su atacante. Pero Paquita lo tenía bien sujeto por el cuello y era
demasiado pequeña para que el hombre pudiera alcanzarla. Mientras tanto, la sangre que le salía de la herida no hacía más que
avivar la furia de Paquita. Romero giraba con violencia tratando
de zafarse de la asaltante. Sus gritos atrajeron a la gente, que se
amontonó en el batey y miraba sorprendida a esa mujer pequeñita atacar al hombre. Por fin, Romero usó todas sus fuerzas para
tirarse de espaldas contra un árbol y aplastó a Paquita contra el
tronco. Aturdida por el golpe, Paquita cayó al suelo. Ignorando
la sangre que le cubría el cuello, Romero se inclinó sobre la mujer
enroscada en el suelo y le dio un golpe tras otro. Llamada a la

acción, Lupe atacó a Romero y trató con poco éxito de alejarlo. Aunque era fuerte, no podía con el mayoral enfurecido.

Paquita estaba inconsciente en el suelo. Lupe, con las trenzas sueltas como látigos, intentaba quitárselo de encima. Romero dio media vuelta y tumbó a Lupe de un puño en la cara. Los observadores entraron en acción. El batey se convirtió en un torbellino de gallinas que cacareaban, mujeres que gritaban, hombres que se esforzaban y observadores que maldecían.

—Pero ¿qué es lo que pasa aquí? ¡ROMERO! ¡La vas a matar! —La voz de doña Filo resonó en todo el patio. El cuello de Romero sangraba profusamente y le manchaba la camisa de rojo brillante. Paquita estaba inmóvil, embarrada de sangre, suya y de Romero, imposible distinguir. Lupe seguía mareada en el suelo. Ya entonces, las mujeres de Las Agujas habían rodeado a Paquita y a Lupe, mientras los demás capataces sostenían a Romero, que aún se resistía por la ira no consumida. Ambos lados parecían listos para atacar.

El disparo del rifle lo detuvo todo. Doña Filo estaba de pie en el balcón trasero; el rifle que sostenía en las manos aún humeaba. Por un instante, todo el mundo se paralizó. Entonces, Rufina corrió con su canasta e inmediatamente comenzó a atender a Paquita, que seguía inconsciente.

Doña Filo bajó aprisa los escalones hasta llegar a la multitud. Se dirigió a las mujeres:

—¿Está viva?

Rufina terminó de examinar a Paquita.

—Sí, señora, apena'. Está muy lastimá.

—Llévensela. —Miró a los hombres sorprendidos y escupió—. ¿Y ustedes qué esperan? Ayúdenlas. —Los hombres cargaron a Paquita y la llevaron cuesta abajo hasta la cabaña de la curandera, dejando a las mujeres y a los demás como testigos del resto.

Con las aletas de la nariz abiertas, la espalda rígida y aún sosteniendo la escopeta, doña Filo miró al mayoral.

—Tú, ven aquí.

Romero se acercó y se colocó frente a su señora. Doña Filo le sujetó el rostro, se lo movió de lado a lado y le examinó la herida del cuello. Era obvio que necesitaba atención inmediata también.

—¡Qué mierda! —Nadie había escuchado a la patrona maldecir. Se estremecía de rabia.

—Patrona, si me permite explicarle…

Doña Filo levantó la mano.

—No, no me tienes que explicar nada. Me lo imagino.

—Pero no fue culpa mía. Ella…

—¡Silencio! Nunca es culpa tuya.

—Pero…

—Pero nada. Ve a que te examinen y que yo no me entere de que vuelves a acercarte a Paquita o Lupe en tu vida. Te lo he advertido antes y no voy a repetírtelo. ¿Me entiendes?

—Pero patrona…

—¿Me entiendes? —Al sonido de las palabras, todo se detuvo.

—Patrona…

Con la mano lista para darle una bofetada, la mujer apenas podía contener la ira.

—¿Sí o no?

—Sí, patrona, entendido.

—Pues no quiero oír ni una palabra más. Se acabó. —Dio media vuelta, subió a zancadas por la escalera posterior y cerró la puerta de un golpe. Los demás huyeron antes de que Romero pudiera descargar su ira contra ellos.

* * *

Esta noche hace calor y Pola regresa a hurtadillas a la plantación después de una corta visita a Chachita. Aún saborea la ternura del rato que han pasado juntas cuando, de pronto, escucha a dos personas susurrar delante de ella. Molesta por su descuido, se paraliza y ruega que las personas prosigan su camino sin mirar a su alrededor.

—No aguanto más. Benito y yo estamos desesperados, estoy llegando al punto de ser capaz de hacer cualquier cosa.

—Adela, ten cuidado. No te vuelvas loca. Es el peor momento. Ya sabes que…

Pola reconoce las voces y observa desde los matorrales. Plácida y Adela están muy cerca una de la otra. Pola va a unírseles cuando algo en el tono y la actitud de las mujeres la detiene. Ahí, en las sombras, está claro que prefieren estar solas.

—Lo sé. Lo sé. Pero no sé cuánto más… —Adela se estruja las manos.

—Sé cómo te sientes. Yo estoy igual. El Sevillano, ese cerdo, está cada vez más depravado. No sabes el esfuerzo que tengo que hacer para no vomitar cada vez que…

—Plácida, lo que no entiendo es por qué te juntas con ese hombre. —Adela se acerca a su amiga.

—¿Tú crees que yo quiero que ese puerco me toque?

—Entonces ¿por qué?

—Dinero. —La palabra sale de sus labios tersa, definitiva.

—¿Dinero? ¿Qué dinero?

—Algunas quieren comida, otras, cosas bonitas y yo necesito ese dinero.

Adela, boquiabierta, da un paso atrás.

—¿Traicionas a Nando por dine…?

Plácida suelta una carcajada amarga.

—¿Traicionar? Adela, pensé que me conocías mejor. ¿Traicionar? Sé que todos piensan que soy una vieja puta. Pero no lo soy. Soy una buena mujer. Amo a mi esposo.

—Entonces ¿por qué?

—Ya casi tenemos suficiente.

—¿Suficiente para qué?

—Suficiente para comprar nuestra libertad —susurra Plácida:

—¿Qué? ¿Nando lo sabe?

—Claro que lo sabe. La otra noche se me echó a llorar. Pero no hay más remedio.

—¡Ay, Dios mío!

—No es diestro con las manos como Melchor o Simón. No puede hacer nada que pueda vender. El patrón no se lo puede alquilar a otro blanco: ¿Para hacer qué? No tenemos nada que vender o intercambiar. Nada, excepto a mí.

Adela no encuentra palabras de consuelo.

—No sabía que estaban tan desesperados.

—¿Desesperados? ¿No estamos todos desesperados? ¿Acaso tú no lo estás?

Adela deja caer los hombros y permanece en silencio.

Plácida prosigue, se le quiebra la voz.

—Adela, ¡me estoy muriendo, me estoy muriendo! —Camina de un lado a otro—. Día tras día parte de mí se queda en ese cañaveral. El día menos pensado ya no quedará nada. ¿Y cuántas humillaciones puede aguantar él? Flaco lo llaman. Ya ni siquiera recuerdan su nombre. No es culpa suya que no sea alto ni fuerte. Pero tener que limpiar letrinas y porquerizas todo el día acaba con cualquier hombre. Los blancos ni siquiera le dan una pala o un machete como al resto de los hombres. Entonces, los nuestros se ríen de él y lo llaman cue'nú. ¡Yo, yo! Creen que yo le pongo los cuernos a mi hombre. Y eso les da más motivos para burlarse de él.

Adela se ruboriza. No puede mirar a su amiga a los ojos. Las palabras salen de su boca suavemente:

—Pero, Plácida, tú te vas con ese hombre...

—Es la única forma de salir de aquí. Ambos lo detestamos, pero no hay otra forma.

—No, existe otra forma. *Existe* otra forma. —Adela baja la voz de modo que Pola apenas puede escucharla, aunque está a pocos pasos de ella—. Es peligroso, pero...

—Ni lo menciones.

—Pero... Benito y yo hemos hablado de...

—Cállate.

—Pueden venir con nosotros.

Plácida saca una mano y le tapa la boca a Adela. Mira alrededor para asegurarse de que están solas.

—¡Cállate, mujer! No quiero saber... nadie debe saberlo. —La voz de Plácida se vuelve ostensiblemente feroz—. ¿Me oyes? Ni una palabra a nadie. Las paredes tienen oídos y hay muchos que venderían el espíritu de su propia madre por unas cuantas monedas. Por Dios, Adela, prométeme que nunca, nunca le dirás nada a nadie. No confíes en nadie. —La intensidad de las palabras de Plácida hace que Adela baje la voz aún más. A Pola le dan escalofríos.

—Pero...

—¡No! ¡Prométemelo!

—Está bien, está bien. Te lo prometo.

—Ahora vámonos de aquí antes de que nos echen de menos.

—¿Ni siquiera podré despedirme de ti cuando llegue el momento?

—No. Ya sé todo lo que tengo que saber. Demasiado, en verdad. Vámonos. —De repente, Plácida gira y abraza a Adela, la abraza fuerte por un instante—. Que Dios te acompañe, amiga. Y recuerda, no confíes en nadie. —Luego se aparta y desaparece en las sombras.

—Y a ti también… —Pero las palabras de Adela se esfuman en la oscuridad mientras su amiga desaparece entre las sombras.

Pola observa a las mujeres ir en direcciones opuestas. Teme por su amiga Adela. No conoce los detalles ni le hace falta. Piensa en la otra mujer, en su fortaleza, en su capacidad de sacrificio, en lo que le debe costar mantener la cabeza en alto a pesar de los rumores. Pola no volverá a llamarla La Mula. Plácida, su nombre es Plácida, la esposa de Nando.

Ninguna de las tres mujeres se percata de que hay una cuarta mujer, Leticia la Loca, que también escucha y presta atención a todo lo que se ha dicho.

* * *

Dos semanas más tarde, mientras aguarda a que Pastora le pregunte a doña Filo algo del menú de la semana entrante, Pola aprovecha la oportunidad para meter dos batatas y un pedazo de lechón en su canasta de hierbas. Busca en todas las alacenas y rincones, pero no queda mucho: tres huevos duros, media cabeza de lechuga y un puñado de nueces. En la mesa hay dos malangas y unas zanahorias que sacó de la tierra justo esta mañana. Todo va a parar a la canasta. La cubre con un trozo de yute y se encamina a la huerta, atenta al menor movimiento. Si la interceptan,

Pola dirá que va a recoger tubérculos para la comida de la familia. Se escapa, ansiosa de pasar una hora sola en el bosque. Cuando encuentre a la niña, lavarán las viandas en el río y compartirán un almuerzo modesto. Luego, tal vez, Chachita le cuente más de su vida.

Mientras la niña está concentrada en la chuleta de cerdo aún tibia, Pola la examina más de cerca. El pelo despeinado expone las orejas de la niña, casi totalmente obstruidas por una corteza purulenta que le corre hasta la línea del cabello. Pola intenta tocarla, pero la niña da un salto y se aleja. Aprisa se tapa ambos lados del rostro con el cabello.

—Está bien. No voy a lastimarte.

A Pola le toma un buen rato convencer a la niña de que regrese y termine de comer. No intenta volver a tocarla. Más bien, la observa comer, despacio, cautelosa. Pero Pola no puede quitarse las orejas putrefactas de la mente. Cuando se encamina hacia la plantación ya tiene un plan.

*   *   *

La cosecha de frutos está muy adelantada. Las escaleras aún descansan contra los palos de tamarindo, jobo y caimito. Es una noche sin luna y la oscuridad pesa sobre el batey. No ha habido movimiento en la casa hace varias horas. Celestina agarra sus llaves y sale por la puerta trasera. Se escabulle entre los frutales y, una vez que llega a los limoneros, gira a la izquierda. Contrario a la mayoría de los miembros de la comunidad esclavizada, puede andar por la propiedad a sus anchas. Todos saben que Celestina disfruta demasiado de su posición como para querer escapar alguna vez de la hacienda. Su sentido de lo que vale es un ancla más segura que cualquier capataz.

Para todas las personas negras de la región, Celestina es una paria. Odia a los negros más de lo que los negros la desprecian. Ha escogido vivir en un mundo a mitad de camino entre ellos y los blancos, un mundo que sólo puede existir aquí. Se esfuerza en mantener su privacidad y considera que cualquier exposición la pondría en una situación de vulnerabilidad o echaría a perder su prestigio. Hará cualquier cosa por mantener la distancia que con tanto esmero ha construido entre ella y los demás. Por tal razón, se asegura de que sus andanzas nocturnas pasen inadvertidas.

Ahora se dirige con paso firme a la casa de Romero. Muy pocas mujeres suben esos escalones voluntariamente, mucho menos abiertamente. Celestina y el mayoral tienen una relación especial. Comparten su posición marginal, ambos se sienten superiores a los negros esclavizados y resienten a los blancos que se creen superiores a ellos y determinan toda su existencia. Tal vez, ni siquiera se gusten entre sí, pero se entienden muy bien. Y se necesitan uno al otro. En su prepotencia, evitan la soledad que acompaña a la arrogancia.

Aunque Romero espera la visita de Celestina, no se molesta en levantarse y abrirle la puerta. Celestina pasa cerca de la colección de látigos que cuelgan del techo del balcón y empuja la puerta. Va directamente a la mesa de la esquina, esquivando las cadenas, los grilletes, las botellas de ron vacías y los platos rotos que se encuentra en el camino. El quinqué mugroso ilumina la habitación con una penumbra inquietante. Los objetos parecen no tener peso ni color ni guardar ninguna relación entre sí, como si compartieran una dimensión nebulosa de una realidad inconexa. Todo parece estar recubierto del olor y la pátina de la muerte; todo menos la mesa de la esquina.

Inmaculada y perfectamente ordenada, la mesa contiene una valiosa colección. Un látigo elegantemente forjado domina la superficie de la mesa. Contrario a los que cuelgan afuera, esta cola delgada está trenzada con un patrón intricado de serpiente. En las curvas flexibles en forma de S a todo lo largo se puede apreciar que se aceita con frecuencia y esmero. El mango de plata es lo único que brilla entre las sombras de la habitación, como si tuviera luz propia. A su lado hay un cinturón de cuero color carmesí, que termina en una presilla en vez de una hebilla. Hay cinco velas dentro de una canasta y varios pedazos de soga enroscados dentro de otra.

Cuando Celestina entra, Romero está sentado, medio descamisado, en la cama manchada de sudor; aún lleva puestos los pantalones embarrados de una mezcla de tierra y mierda de caballo. Entre los dientes sujeta un puro sin encender. Cuando Celestina se acerca, escupe en la esquina. El aire tiene un olor rancio: el aroma de los orinales sin limpiar que, sin duda, llevan varios días debajo de la cama.

Celestina no presta atención a lo que la rodea, se alborota el cabello y se quita el vestido, que cuelga en la única silla que no está rota. Ha sido un día largo y caluroso, lleva horas esperando este momento. Es capaz de ignorar muchas cosas para obtener lo que necesita.

Romero no es romántico, pero es muy apto en las cosas que sí puede hacer. Se quita la ropa y se tumba bocarriba en la cama, los brazos cruzados detrás de la cabeza, y espera. No le ofrece preámbulos ni ella los espera. Por el contrario, Celestina se le trepa encima y admira el pecho ancho, el vello que le cubre el cuerpo y los imponentes genitales. Luego se inclina sobre él y lo huele, disfruta de su intenso olor a macho; un animal en celo. Celestina se convierte en una bestia felina que le hace honor a su melena, le lame todo el torso antes de ponerle las manos sobre el pecho y clavarle las uñas afiladas, que dejan un rastro de sangre. Sonríe, se chupa los dedos y saborea los pedacitos de piel que le ha arrancado a su amante. Lo incita agitando los senos sobre él, frotándole el vello púbico sobre el vientre, pinchándole los pezones, mordiéndolo aquí y allá hasta quedar satisfecha de su reacción. Por último, desciende sobre él y mece las caderas hasta soltar un aullido de placer. Él no se mueve ni un centímetro para negarle la satisfacción de saber que está satisfecho.

Cuando le toca a él, se levanta y se pone de pie frente a ella, que permanece sentada. Luego la sujeta por ambos brazos y la arroja contra la cama. La inmoviliza con las rodillas y comienza poco a poco: primero un golpecito en el mentón, luego los golpes se tornan cada vez más fuertes, la maldice y le dice todas las indignidades que va a infligirle. Sonríe al ver el chorrito de sangre que le corre por el labio inferior. Pero no deja de golpearla, hasta que ella le suplica.

El hombre va a la mesa de noche, escoge varios pedazos de soga de diferentes tamaños y la amarra por las muñecas y los tobillos a los postes de la cama. Ella le pide que se detenga, pero, en realidad, no hace ningún esfuerzo por soltarse. Él le ata un pañuelo alrededor de la boca y prosigue el ritual empuñando el látigo trenzado que guarda para estas ocasiones. Por fin sonríe cuando ve las marcas en el vientre. Ella lucha en silencio hasta que la desata y le da la vuelta haciendo uso del cinturón como si se tratara de una yegua recalcitrante. Las nalgas desnudas de la mujer se encienden. Las marcas rojas sobre la piel blanca parecen excitarlo más que cualquier otra cosa que le haya hecho.

Por fin, cansado y empapado de sudor, le aplasta el rostro contra las sábanas sucias, la monta y se libera de la presión que siente en la entrepierna. Los gruñidos contenidos de ella se ahogan bajo los rugidos de él cuando llega al clímax una y otra vez. Le ha llenado todas las cavidades y está agotado por el esfuerzo, la empuja hacia un lado y vuelve a acostarse en la cama.

A Celestina le cuesta no emitir ningún sonido con todos los golpes que acaba de recibir. Pero se extasía en cada uno, en la sensación que crece y crece hasta llegar al punto que siente que va a morir. Romero también disfruta de humillar e infligir dolor, aunque nunca lo admite. Ella le ofrece voluntariamente lo que le tiene que arrebatar a las otras. Se satisfacen uno al otro como nadie puede hacerlo. Disfrutan de ese juego de placer que los lleva a un nivel que ninguno de los dos anticipaba, Ella se siente increíblemente poderosa de saber que puede darle a ese hombre justo lo que necesita para satisfacer la bestia que habita en él.

Celestina se levanta y recoge sus cosas. Regresa por donde llegó y se detiene frente al barril de agua para lavarse antes de entrar en la casa grande. Durante esas noches que pasan juntos, no dicen nada. Las palabras sobran.

* * *

Pola no pierde tiempo y va donde Rufina. No sabe bien cómo abordar a la curandera cuando ha sido tan cautelosa de esconder sus excursiones al bosque. Entra en la cabaña de la curandera en el momento en que la mujer se inclina sobre el enorme pilón que sostiene entre las piernas. Mueve los labios y susurra a un ritmo que se acompasa a su vaivén. Mueve los hombros a medida que levanta el mazo y lo deja caer para triturar el contenido del pilón. El olor de las hojas que se mezclan con el aceite en un emplasto verde anima a Pola a cumplir su misión. Rufina alza la vista, se seca el sudor del rostro y le sonríe a la visitante antes de regresar a su labor.

Pola se queda cerca de la puerta y la observa.

—Rufina, siempre me ha admirado la fuerza que requiere triturar tus remedios. ¿Para quién es éste?

La curandera para de cantar y alza la vista, el ceño fruncido.

—Tú sabe' bien que no debe' interrumpir mi' oracione'. Ahora tengo que empezar de nuevo.

—Disculpa, pero, ahora que has parado…

—A ver, ¿qué pasa? Tengo mucho que hacer y poco tiempo.

—No, no es nada.

—¿Nada? ¿Viniste aquí por na'?

Pola titubea.

—Tengo una amiga que necesita ayuda.

—¿Una amiga? ¿Enferma? ¿Quién está enfermo por aquí? ¿Quién e'?

—No… no la conoces.

—¿Que no la conozco? —Rufina suelta el mazo del pilón y, con los brazos en jarras, pregunta—: ¿Qué tontería e' ésa? ¿A quién no conozco yo aquí?

Pola se balancea mientras busca las palabras.

—Yo… yo sólo…

Rufina aparta el pilón se acerca a Pola y ladea la cabeza.

—¿A ti qué mosca te ha picao? ¿Te comieron la lengua lo' ratone'?

—Es que estoy preocupada. Las orejas…. Tiene las orejas… como podridas y en carne viva. —Y de pronto despepita—: Tiene costras en algunas partes, en otras, ampollas llenas de pus, sangre en algunas zonas… pensé que tendrías algún remedio.

—¿Quién e' esa mujer?

—No puedo decirte.

Rufina lee el rostro de Pola y titubea. Por fin, con los labios apretados en una línea tensa, respira despacio y reconsidera.

—¿Cómo voy a curar a la paciente si no la examino? —Pola baja la cabeza—. ¿Eso tiene algo que ver con tu' desaparicione' misteriosa'?

Pola baja la cabeza. Sus ojos suplicantes conmueven a su amiga.

—Está bien. Guárdate el secreto. A ver qué puedo hacer. ¿Tiene dolor? ¿No? ¿Se rasca la zona? ¿No? ¿Tiene la zona caliente? Le preparo algo. Me va a tomar uno' día'. Pero recuerda, no se puede curar a ciega'. Tengo que ponerle la' mano' encima a esa persona y, entonce', veremo'.

La preocupación que se dibuja en el rostro de Rufina no ayuda mucho a Pola. De hecho, la daga fría del miedo le atraviesa el corazón cuando su amiga regresar a su labor.

16

Cuando llegan las lluvias

Hacienda Las Mercedes, Carolina, Puerto Rico, junio de 1854
En la Hacienda Las Mercedes, el primero de mayo es el día en que tradicionalmente comienza la primavera y es un día de descanso para todos sus habitantes. Un buen aguacero ese día augura buena suerte el año siguiente. Los hacendados rezan por que llueva ese día, presagio de que habrá una cosecha abundante y provechosa. Los trabajadores están felices de disfrutar un día de descanso. Todos los ojos miran hacia el cielo azul.

Pero este año, las lluvias llegan tarde. Las mentes supersticiosas temen lo peor. Todo el mundo eleva la vista al cielo en busca de alguna señal de lluvia. Por fin, cuando las primeras gotas caen temprano en la mañana del primero de junio, todos respiran aliviados y salen a celebrar el buen augurio. Hombres y mujeres se quitan los zapatos y entierran los dedos de los pies en la hierba húmeda, luego en la tierra. Pero la celebración cesa cuando la llovizna se convierte en lluvia y la lluvia en un aguacero torrencial. La esperanza se vuelve ansiedad en los ojos que miran al cielo mientras la lluvia cae día tras día tras día.

El trabajo de la plantación se reanuda bajo una cortina de agua. Un día, dos días, tres. No hay descanso. Al final de la semana, los torrentes de agua impiden que se realice ninguna labor al aire libre. Los canales de riego, cuidadosamente cavados por los paleros, ya no aguantan. La mañana del séptimo día, el río se desborda y los pocos puentes que lo cruzaban se desploman. Ahora la tierra está saturada. El cañaveral recién sembrado ya no puede absorber la lluvia que amenaza con arruinar los esquejes. Al cabo de diez días, el diluvio obliga a detener la maquinaria de la plantación. No se puede hacer nada por la caña recién sembrada, que ahora está bajo un palmo de agua.

Los charcos se han convertido en piscinas de fango, que a su vez se han convertido en un lodazal que succiona los pies. Se colocan planchas de madera entre los edificios para poder pasar de un lado a otro, pero éstas también se hunden en el fango. Los barriles de agua y los lavabos se vuelven obsoletos porque la lluvia llena y desborda todos los contenedores de agua. Los riachuelos corren cuesta abajo e inundan los establos, las porquerizas, las letrinas y las chozas. En las viviendas de los esclavizados que están en la parte más bajas de la plantación, los catres, las mesas, la ropa y los utensilios de cocina flotan en piscinas de agua sucia. El barro salpica la maquinaria que está frente a la casa del mayoral. Los látigos se mecen como serpientes muertas en las ráfagas de viento y lluvia. No queda un lugar seco donde la gente pueda ir a guarecerse del diluvio que no amaina y, al poco tiempo, los niños se enferman con toses y escalofríos.

Desde su loma, doña Filo se asegura de que sus valiosos bordados, mudillos y demás proyectos de costura se encuentren bien protegidos en baúles forrados. Los patrones individualizados, probablemente la más valiosa de sus posesiones, están bien cubiertos, envueltos y guardados antes de que la humedad destruya las finas líneas dibujadas en papel de cebolla.

Las mujeres de Las Agujas se ponen manos a la obra. Todo se muda del taller a las habitaciones traseras de la casa grande. De ordinario utilizadas para alteraciones y entalles privados, estas habitaciones ahora son un lugar de almacenamiento seguro para las labores que suelen hacerse al aire libre. Los rollos de telas importadas se guardan en los gabinetes. Los proyectos a medio empezar se terminan aprisa entre la conmoción de materiales, que se reorganizan y amontonan en habitaciones cerradas. Hilos, cintas, encajes, planchas, canastas, bastidores, herramientas de costura, alfileres, patrones, todo está listo para continuar las labores bajo techo si, Dios no lo quiera, el aguacero se extiende por más días.

Los días se convierten en semanas, y el número de enfermos se multiplica. La choza de Rufina está inundada y, como Las Agujas ahora está vacía y relativamente seca, la enfermería se muda allí. Al principio, los pacientes son los más jóvenes. Pero pronto se les suman mujeres y hombres, que se desploman temblando en el suelo. Muchas de las trabajadoras de la aguja que viven y laboran en la cabaña ahora tiene que ayudar a Rufina a cuidar de los enfermos, que son cada vez más. En poco tiempo, apenas hay espacio para caminar entre los cuerpos necesitados de asistencia.

Y aún continúan las lluvias. Los habitantes de Las Mercedes miran impotentes cómo las villas construidas en la ladera de la montaña desaparecen bajo el alud de barro, árboles arrancados de raíz, casuchas de madera, bohíos endebles y planchas de metal corrugado, que una vez cubrieron las precarias viviendas. Bajo la enorme ola de barro hay vacas, cabras y gente que no previó o no tuvo tiempo de abandonar sus posesiones terrenales. Toda la ladera de la montaña parece desintegrarse lentamente al tiempo que una corriente de barro cae sobre los desafortunados vecinos que no actuaron a tiempo.

Poco después, los jíbaros que viven más cerca del valle aparecen en el portón de la plantación agotados, medio desnudos y hambrientos, trayendo consigo a sus niños y viejos. Una mujer en avanzado estado de gestación, con un bebé en brazos y otro niño de la mano, pierde el equilibrio y cae con su bebé. Un niño mayor rescata al bebé antes de que se hunda en el lodo. El esposo y otros hombres se detienen para ayudar a la mujer, a la que cargan el resto del camino. Las voces que piden socorro se ahogan en el torrente de agua.

Doña Filo los recibe en la puerta trasera de la casa y envía a los hombres directamente a la enfermería improvisada. Ante la llegada de más personas que piden refugio, tienen que meter a las mujeres y los niños dentro de la casa y ahí les dan alimentos, ropa y alguna tarea que realizar. Hay que traer agua dulce, hay que cocinar, hay que preparar catres para los recién llegados, algunos de los cuales están demasiado enfermos o cansados para mantenerse en pie.

Don Tomás agradece la ayuda de los hombres. Les asigna tareas y les da herramientas para asegurar lo que pueda salvarse. Cuatro hombres van a las barracas de madera a buscar troncos para la cocina y otras necesidades. Seis van a salvar el ganado atrapado en el lodo. Otros aseguran el potrero. Las carretas de bueyes se guardan con las calesas en la cochera y los caballos se guardan en el establo. Tres hombres van a ver que las porquerizas estén seguras y que el agua de lluvia drene bien.

A pesar de los ruegos de doña Filo y las mujeres, la lluvia

inclemente no cesa. El agua cae a chorros de todos los aleros y el lodo se traga cualquier cosa que caiga en la tierra. La humedad se apodera de buena parte del interior de la casa. Nada sigue su ritmo habitual. La gente se detiene. No les queda más remedio que aceptar su impotencia ante un acto tan avasallador de la naturaleza.

Los patrones permanecen bajo techo. Los capataces no tienen a quién supervisar. Los trabajadores hacen lo que les mandan, pero hay muy poco que hacer. No están acostumbrados a la inactividad, se reúnen en grupos y se preguntan cuándo parará de llover. El batey, que había sido un hormiguero efervescente de actividad, está totalmente paralizado.

* * *

Al cabo de dos semanas, la lluvia se va tan rápido como llegó. La prioridad del patrón es la caña. Luego del informe de Romero, don Tomás se retira a su biblioteca y cierra la puerta suavemente. Cuando sale al cabo de una hora, pone manos a la obra.

No es necesario que vea con sus propios ojos que el agua ha destruido los esquejes recién sembrados en los surcos. No obstante, él y sus capataces se montan en sus caballos y se dispersan por las muchas cuerdas de la finca para evaluar los daños. Entre la inundación y el lodo, el recorrido es enloquecedoramente lento.

Puesto que los demás hacendados vecinos tendrán el mismo problema, que requerirá la misma solución, don Tomás debe darse prisa. Todos los hacendados guardan esquejes de más para las emergencias. Los mejores esquejes, que provienen de la parte inferior de la caña, se siembran temprano con la esperanza de que produzcan una buena cosecha. Pero, después del desastre, sólo cuentan con los impredecibles esquejes secundarios, que provienen de los nudos superiores de la cosecha del año pasado. Incluso ésos serán difíciles de asegurar dadas las circunstancias. Don Tomás debe adquirir esos esquejes. Si no los siembra pronto, perderá la cosecha de todo el año. Ese fracaso monumental no puede ocurrir, no en Las Mercedes, no a él.

Despacha a Romero y a tres de sus capataces más experimentados, que son bien conocidos entre los hacendados de los distritos de la periferia. Galopan tan rápido y tan lejos como se lo permiten los caminos inundados. Cada uno va en una dirección distinta en busca de las fincas más lejanas que no se han visto afectadas por la lluvia. Puede que les tome semanas localizarlas y hacer los arreglos oportunos. Don Tomás tendrá que competir con los demás hacendados por los mismos esquejes. No hay tiempo que perder.

Don Tomás está de pie con el barro hasta los tobillos y mira al cielo. Consiga o no los esquejes que necesita, depende completamente de elementos que están fuera de su control. El sol tendrá que hacer su parte en la preparación de la tierra para resembrar. La tierra deberá absorber toda el agua acumulada y secarse antes de que se pueda hacer nada. Y, lo más importante, no puede llover más.

Doña Filomena tiene las manos llenas entre la casa y el creciente número de personas que dependen de ellos. Don Tomás deja a Ricardo Mejía a cargo del cañaveral y los trabajadores. Es joven y relativamente nuevo, pero es un buen hombre. La limpieza y la preparación de la tierra para la siembra lo mantendrán ocupado. Tendrá que supervisar a los trabajadores de la caña: tanto a los jíbaros y jornaleros vecinos como a los esclavizados. Sin caña, hay que asignar tareas individuales.

Los animales necesitan atención y pastoreo. Las herramientas que se guardaron después de la siembra ya empiezan a oxidarse y hay que rescatarlas y repararlas. Hay que sacar y enterrar los cadáveres de los animales antes de que atraigan sabandijas y enfermedades. Hay que recoger las frutas y vegetales que se dañaron y compostarlos.

Hay que drenar lo antes posible el agua estancada en toda la plantación. Los huevos de mosquitos que flotan en los charcos eclosionarán, y trabajar entre las nubes de insectos será una pesadilla. Los ciempiés y las salamandras, molestosos de por sí en circunstancias normales, se volverán exasperantes.

Muchos trabajadores y sus hijos están en la enfermería improvisada en Las Agujas. Dadas las condiciones actuales, a estos pacientes se les unirán muchos más. Las trabajadoras de la aguja, a quienes se les han asignado tareas de enfermería a tiempo completo, esperan lo mejor, pero se preparan para lo peor.

Don Tomás se monta en su caballo y se dirige al pueblo rezando por que pueda asegurar los fondos que necesita para salvar su plantación. Si no lo logra en el banco del pueblo, tendrá que cabalgar todo el día y la noche para llegar a la sucursal principal en San Juan, donde seguro tendrá que competir con decenas de hacendados por los recursos que tanto necesitan.

* * *

Aun antes de que cesara la lluvia, Pola se devanaba los sesos buscando la forma de ir al bosque y encontrar a Chachita. La idea de que la niña estuviera sola en el diluvio se le hace insoportable. Se aferra a la creencia de que la niña ha encontrado refugio. Después de todo, lleva años en el bosque. ¿Quién puede tener mejores destrezas para sobrevivir que ella? La niña debe conocer lugares lo suficientemente elevados como para mantenerse a salvo de las crecidas. Pero los deslizamientos de barro en las montañas al oeste muestran una imagen muy real del peligro de los lugares elevados.

A medida que pasan los días, Pola se pone más y más ansiosa. No hay forma de que pueda llegar hasta donde está la niña en estas condiciones. Doña Filo les ha pedido a todas las trabajadoras de la aguja que ayuden con los enfermos. Si bien Pola hubiera querido llevarle el remedio de Rufina a la niña mucho antes, la curandera ha tenido que atender a tantos enfermos que no le ha dado tiempo de empezar a preparar la medicina de Chachita. Con el número de pacientes en aumento, doña Filo siempre anda cerca para supervisar y reasignar tareas a las trabajadoras.

Y, aunque Pola pudiese escapar, está el problema del terreno. Con tanto lodo y agua resulta prácticamente imposible transitar las carreteras, mucho menos los senderos del bosque. Aunque supiera dónde buscarla, no le sería fácil llegar hasta allí. Se siente atrapada en su angustia. Intenta calmar los nervios que la alteran. Sin duda, después de la tormenta podrá escapar sin que nadie lo note. Ya no debe de faltar tanto. Necesitará una o dos horas, lo suficiente para asegurarse de que Chachita está bien. Piensa que las demás mujeres la encubrirán. Tía Josefa hará la vista gorda. Pastora guardará su secreto. Lo cierto es que Pola no sabe a quién acudir ni en quién confiar.

Dos días después de que han cesado las lluvias, la ansiedad de Pola se convierte en un pánico que no la deja respirar. No puede dormir ni comer. Cualquier ruido inesperado la sobresalta y está constantemente a punto de gritar. No puede esperar más.

Una noche, Pola se queda sentada hasta cerca del amanecer mirando al cielo. Sus ojos brillan en la oscuridad. No hay un alma en la plantación que no lleve días y días de trabajo arduo y tensión constante. Espera a que todos duerman profundamente.

En Las Agujas, los pacientes están adormilados a causa de los remedios de Rufina y las mujeres que los cuidan han sucumbido al agotamiento y duermen sentadas en las sillas cerca de ellos. Todo está en silencio y no hay mucho que hacer hasta que salga el sol. Pola se baja de la cama sigilosamente, busca debajo del catre y encuentra el paquete que poco antes le había dejado Rufina. Luego, sin detenerse a razonar, sale.

El batey está tranquilo y en silencio. Lo cruza a toda prisa y, al parecer, nadie la detecta. En la cocina encuentra dos grandes hojas de plátano. Mete la ropa vieja seca en una de las hojas y la amarra bien. Es probable que vuelva a mojarse, pero actúa por instinto más que siguiendo un plan. Busca entre la poca comida que hay disponible. Con tanta gente que alimentar, no hay mucho de donde escoger. Toma todo lo que puede y lo envuelve en la otra hoja de plátano. No quiere perder más tiempo, así que agarra sus paquetes y sale por la puerta trasera.

*   *   *

Avanza muy despacio en la oscuridad. Se ha amarrado los paquetes a la espalda y usa las manos para guiarse, pero los puntos de referencia han desaparecido con las lluvias y los senderos están intransitables. Ciega en la oscuridad, Pola sigue el sonido del río. No podrá cruzarlo, por supuesto, pero le ofrece consuelo y un ancla en un entorno ahora desconocido.

Su amago de voz es absorbido por los árboles caídos y las

enredaderas. Gritar es peligroso e inútil entre los sonidos amplificados de la noche. No podrá llegar a su árbol como pensaba, pero debe de haber un modo de encontrar a Chachita.

A cada paso, el lodo en el suelo saturado del bosque le succiona los pies hasta los tobillos. Tiene que hacer un esfuerzo enorme para avanzar paso a paso. El hedor de las hojas aplastadas y podridas es avasallador. Los sonidos de la noche, ensordecedores. Los mosquitos le torturan el rostro y los brazos. El aire le lastima la piel. Algo le cae de repente en el cuello y Pola brinca y le da un manotazo a sea lo que sea el animal, aunque no logra evitar la dolorosa picadura.

Pola sigue adelante, pero pronto se pierde. El sonido del río se aleja y el sol comienza a asomarse entre un manto de nubes grises. Su angustia crece al darse cuenta de que notarán su ausencia. Y, entonces, con una mezcla de desconsuelo y alivio, se encuentra de vuelta en los peñones sin haber logrado nada de lo que se había propuesto.

Tras el amparo de los peñones, ve que la gente de la plantación ha comenzado el día. Pastora se apresta a encender el fuego con la poca leña seca que queda. Las mujeres de Las Agujas van de un lado a otro atendiendo a más pacientes de los que pueden. A estas horas ya deben de haberla echado de menos. Tía sale a la puerta y mira al cielo y alrededor del batey. Rufina corre hacia Tía y ambas mujeres sostienen un intercambio agitado. Buscan con la mirada por todo el patio y, renuentes, regresan a sus puestos.

Por más que Pola quisiera regresar y continuar la búsqueda con mejor luz, sabe que debe regresar al batey, ahora. Deja los paquetes detrás de un árbol sin muchas esperanzas de que Chachita se arriesgue a acercarse demasiado. Pola aparta los pensamientos y entierra sus temores. Se escurre entre los peñones y, sigilosamente, pasa por detrás de la choza vacía de Rufina y llega a Las Agujas como si nunca hubiese salido.

Rufina la recibe en la puerta de Las Agujas. Josefa está a pocos pasos. La saludan con los ojos llenos de preguntas.

Como de costumbre, Tía Josefa se hace cargo de la situación.

—Hay un poco de agua en la esquina. Límpiate y cámbiate de ropa antes de que te vean.

Las dos viejas se miran y retoman sus tareas. Ya habrá tiempo de hablar.

Pola suspira aliviada y hace lo que le mandan. Su cuerpo regresó a salvo, pero su mente aún divaga en el bosque buscando a la niña que ocupa toda su atención.

17

Hoyos

Hacienda Las Mercedes, Carolina, Puerto Rico, julio de 1854
Una semana después de que cesan las lluvias, don Tomás llega
tarde en la noche al batey. Trae la ropa rota y manchada de fango. El caballo apenas puede galopar aun bajo la amenaza de la
fusta que don Tomás tampoco tiene fuerzas para usar. Doblado
encima de la silla del caballo, se ve demacrado. Cuando se acerca
a la entrada de la casa, le lanza las riendas al esclavo más cercano,
se desmonta del caballo y sube los escalones. Cierra la puerta
suavemente y desaparece por dos días.

Romero llega al día siguiente y, después de un día de descanso, sale a atender las operaciones del cañaveral. Los esquejes
que ha traído no son de la mejor calidad, pero son lo mejor que
pudo conseguir. Deben sembrarse lo más pronto posible para
maximizar su viabilidad. Vigila el cielo.

A la mañana siguiente, el patrón todavía no está disponible.
Romero, por su cuenta, ensilla el caballo temprano y sale a inspeccionar la labor realizada en su ausencia. Ricardo Mejía lo
sigue de cerca. El mayoral cabalga erguido y se detiene a cada
rato y le hace preguntas a su subordinado. A medida que transcurre la mañana, usa las espuelas y el fuste con más frecuencia

e intensidad. Cuando regresan al batey, las aletas de la nariz del caballo hacen juego con las de Romero. Mejía, cabizbajo, sigue en silencio a su airado superior.

Ambos entran en la casa de Romero y, al poco tiempo, la voz de trueno del mayoral resuena en todo el batey. Faltan dos negros: un hombre y su esposa. ¿Cómo es posible que Mejía permitiera algo así?

—¿Qué carajo hacías tú? ¿A dónde estabas mirando? ¡Tienes los ojos en el culo, puñeta! —Las palabras se acentúan con el sonido seco de la piel al entrar en contacto con otra piel—. ¡Hijo de la gran puta y la chocha que te parió!

Romero sale de la casa hecho una furia y la puerta da un golpe contra la pared. Se dirige a la casa grande sin recordar que el patrón está indispuesto. Tendrá que lidiar con doña Filomena. Una de las criadas lo recibe en la entrada trasera y le pide que espere.

—¿Estás loca? Voy a entrar y voy a hablar con don Tomás, ¡ahora mismo! —Dicho esto, la empuja hacia un lado y se encuentra de frente con doña Filomena. Da un paso atrás—. Señora, tengo que hablar con el patrón.

Doña Filomena le impide el paso.

—Mi esposo necesita descansar. No va a recibir a nadie hoy.

Romero apenas puede contenerse.

—Doña Filomena, yo no soy cualquiera. Tengo que…

—¿Me escuchaste? Hoy no.

—Tenemos un problema muy serio y…

—Mira, Romero, tu deber es ocuparte de la plantación. El mío es asegurarme de que mi esposo descanse. Ahora vete y a lo mejor mañana…

—Pero…

—No, y se acabó. Ven mañana por la tarde y ya veremos si puede verte.

Furioso, Romero salta del balcón y se dirige a su casa. Los esclavizados lo observan bajar la loma y atravesar el camino entre las chozas hasta llegar a la casa que está al lado opuesto de la casa grande. Sube los escalones de dos en dos, abre la puerta de un tirón y la cierra de un portazo tan fuerte que los látigos que cuelgan del techo del balcón danzan en el calor matutino.

* * *

A la mañana siguiente, un Romero más calmado toca la puerta trasera de la casa grande. Lo llevan a la biblioteca donde se reúne brevemente con don Tomás y luego ambos salen deprisa. El patrón pide su caballo y se va. Romero reúne a sus hombres y les da instrucciones en privado. Antes de que salga el sol, todos se han puesto en marcha. Mejía no aparece por ninguna parte. Todos lo negros reciben órdenes de permanecer en sus chozas y un capataz se planta en cada puerta.

Al día siguiente, al amanecer, los trabajadores se despiertan al sonido de las voces que cortan el rocío mañanero y les ordenan salir al claro entre las chozas. De pie en su balcón, Romero observa toda la actividad desde arriba. Los demás capataces supervisan a la multitud de negros, que salen de sus hogares y son dirigidos hasta el centro del patio. Los trabajadores, con los ojos aún vidriosos, tienen que formar un círculo alrededor de dos hombres que cavan un hoyo. Aunque hace fresco esta mañana y el sol aún está bajo, el pecho de los hombres descamisados brilla con el sudor. Las palas suben y bajan, las botas de los hombres empujan la hoja de la pala en la tierra blanda para cavar más y más profundo. Arrancan la capa de tierra fértil y dejan heridas abiertas en el suelo. Los montones de tierra excavada crecen, del hoyo emana un olor seductor a tierra mojada. Los únicos sonidos humanos que se escuchan son los gruñidos que acompañan cada movimiento de la pala al vaciar su contenido.

En poco tiempo, a los trabajadores de la caña —Leticia la Loca, Plácida la Mula, Flaco, Simón y todos los demás— se une la gente del batey: las criadas domésticas y Herminio, el carnicero, Pastora, la cocinera, Melchor, el carpintero, Rufina, la curandera, Celestina, el ama de llaves, y las trabajadoras de Las Agujas, entre las que se encuentra Pola. Una ola silenciosa de cuerpos negros desciende la loma para reunirse a un extremo de las chozas de los esclavos, justo debajo del balcón de Romero. El mayoral mira desde arriba la piscina de humanidad negra, escupe el puro y sonríe.

Pola tiembla al escuchar el sonido de las palas que golpean, extraen, se vacían. Ha visto a otros hombres hacer este tipo de labor antes, pero esta vez es diferente. Algo en los sonidos, junto con el llamado a la asamblea silente, crea una sensación de espectáculo macabro, que la obliga a abrazarse los codos y detenerse. Pero unas manos invisibles la obligan a avanzar. Cuando se acerca a la multitud, se le hace más fácil comprender lo que ocurre ante sus ojos. Todos los negros de la hacienda están ahí, rodeados por un cerco de hombres blancos armados y uniformados, a los que nunca ha visto. Romero se erige sobre ellos y observa desde su balcón. Detrás de él, los látigos colgantes cobran vida propia al mecerse en la brisa mañanera. A Pola le tiemblan las rodillas.

Los primeros rayos del sol encienden el cielo. La multitud permanece de pie, inmóvil, en un silencio lúgubre. Sólo el sonido rítmico de las palas inunda el aire. Pola lo asimila todo: los trabajadores de la caña, los capataces inquietos, los hombres uniformados con escopetas. Una palabra, «militares», se escucha entre susurros. Cuando su grupo se acerca, los hombres uniformados se apartan para que los recién llegados se unan al círculo y vuelven a cerrar filas tras ellos a poca distancia.

El sudor se le acumula entre los omóplatos y le chorrea por la espalda. Pola intenta controlar los temblores que se apoderan de todo su cuerpo. Apenas puede mover los pies. Una vez más, siente un empujón impaciente por detrás. Y luego se queda ahí como testigo involuntario de lo que está a punto de ocurrir.

Los hombres con las palas están metidos hasta la cintura en los hoyos; cavan la tierra con movimientos oscilantes. Sin compasión hieren y abren el suelo que debe ser fuente de vida, para convertirlo en portal de la muerte.

Los sonidos se magnifican e hipnotizan. Pola mira fijamente la cavidad oscura en el suelo. Su mente vuela y se transporta a un lugar en el que no ha pensado en años. El mundo se ladea y se vuelve borroso. El sonido se acalla, la multitud desaparece y Pola regresa a otro tiempo, frente a otro hoyo en la tierra.

* * *

Hacienda Paraíso, Piñones, Puerto Rico, 1839
Las manos de los hombres la sujetaban y la halaban forzándola a caminar hasta el lugar designado. Cuatro estacas marcaban las esquinas, y las cuerdas ya estaban atadas alrededor del hoyo. Le sangraban los pies de rozarlos contra el suelo para detener la avanzada. Le habían arrancado la ropa; la evidencia de la paliza que había sufrido en manos del cazador de esclavos se dibuja-

ba en su rostro y sus pechos. Tenía la garganta en carne viva. Había dejado de protestar hacía tiempo; para una cimarrona capturada, aunque estuviera preñada, no había compasión. Cada paso la acercaba más al hoyo oscuro. Se imaginó los escorpiones y las serpientes en el fondo; había escuchado las historias. Pero no esta vez.

Los hombres se detuvieron y la pusieron frente al mayoral, que esperaba al lado del hueco. Alzó la vista y lo miró a los ojos. Era joven, imberbe y tenía los labios rosados y blandos. A lo mejor también tenía el corazón blando. A lo mejor no había aprendido a disfrutar de esta tarea.

Pero el látigo de nueve colas que colgaba fláccido en sus manos disipó toda esperanza. Los hombres la obligaron a arrodillarse al borde del hoyo, luego la empujaron sobre el hoyo bocabajo y la amarraron de pies y manos a las estacas, de modo que el hoyo servía de bolsillo protector para la barriga. Ciega a todo lo que había a su alrededor, excepto por un palmo a cada lado de la cabeza, Pola sintió que su terror se multiplicaba y perdió el control de sus funciones corporales. El shock súbito del chorro de agua en la espalda la hizo lanzar los primeros gritos de pánico. Con el primer golpe, los gritos se convirtieron en alaridos. Después del quinto golpe perdió el conocimiento.

*   *   *

Hacienda las Mercedes, Carolina, Puerto Rico, julio de 1854
—Ya, jefe. —Los excavadores miran al mayoral y aguardan la siguiente orden. Han terminado de cavar y se apoyan en las palas.

Romero pasa revista sobre el círculo de rostros negros y señala el hoyo.

—¿Se acuerdan de esto? No lo ven desde los tiempos del viejo patrón, ¿verdad?

Silencio.

—Pues aquí está de nuevo. Por fin don Tomás ha visto la luz. Hemos sido demasiado buenos con ustedes. Jodíos negros malagradecidos. Pero yo les ayudaré a recordar.

Silencio.

—Algunos de ustedes son nuevos y no saben todavía, pero sabrán. —La sonrisa le ilumina el rostro—. Tú, Goyo, diles qué es esto.

Uno de los hombres armados le da un empujón a un viejo negro.

Goyo, de pie, baja la cabeza gris y mira fijamente al suelo.

—Habla, viejo. No me obligues a convencerte. Sabes que usaré a mi amigo. —Romero acaricia el látigo que tiene a la mano—. Explícales lo mucho que me gusta mi trabajo. —Escupe un chorro de jugo de tabaco y sonríe.

Goyo sigue sin decir palabra. Una mancha oscura le corre por la pata del pantalón. El latigazo súbito contra una de las vigas del balcón le suelta la lengua al viejo.

—Enti-ti-tierran al hombre hasta los hombros.

—Sigue —gruñe Romero.

—Le e-e-echan miel po-por encima y lo de-dejan ahí hasta que termina.

—¿Hasta que termina qué? ¡Habla! ¡No te escucho!

—Hasta que los insectos… te-terminan. —El hombre empieza a sollozar.

—¡Carajo! ¿No puedes terminar una oración? —Mira a los demás capataces y se burla de las personas a sus pies—. ¡Luego se la pasan jodiendo con que quieren su libertad! ¿Libertad para qué? ¿Para ga-ga-gaguear y ba-ba-babear?

Los capataces ríen. La gente congregada a sus pies permanece en silencio. De repente, Romero vuelve a dirigirse a la multitud.

—Y bien, ¿dónde están? ¿A dónde fueron? —La pregunta sale como una explosión.

No hay respuesta.

—¿Cuándo se fueron? —Su mirada repta sobre la multitud.

Nada.

—¿Quién los ayudó?

Silencio.

—Ese Benito y su puta china, Adela, ¿dónde están? No pueden estar muy lejos.

Nadie se mueve. Pola se encoge y respira una bocanada de aire. Recuerda la voz de Adela: *Benito y yo estamos desesperados.*

La voz de Romero irrumpe:

—Sé que alguien debe saber a dónde fueron y voy a averiguarlo a como dé lugar.

Aún ni una palabra de la multitud.

Pero las palabras de Adela resuenan en los oídos de Pola: *Estoy llegando al punto de hacer lo que sea… lo que sea.*

La voz de Romero irrumpe una vez más:

—Pues, voy a decirles algo. Hemos invertido mucho esfuerzo en todo esto. —Apunta con el látigo—. Alguien va para ese hoyo. Ustedes deciden quién.

Pola teme que se le salgan las lágrimas y cierra los ojos para disimular. La imagen le da vueltas en la cabeza: su amiga, esa mujer pequeña y dulce de sonrisa amable. Recuerda el consejo que Plácida le dio a Adela: *¡No confíes en nadie! Que Dios te acompañe, amiga.* Pola por fin comprende todo. *Y, sí* —piensa—, *que sus dioses los acompañen, amigos míos.*

El mayoral prosigue:

—Bueno, parece que necesitan un día sin trabajar. Se quedarán aquí bajo el sol hasta que me digan lo que quiero oír. Sin comida ni agua. Quédense mirando ese hoyo y piensen a quién van a mandar en lugar de ellos. —Le lanza una mirada fulminante a la multitud y escupe la orden a sus hombres—: Ya saben dónde encontrarme.

Mientras más tiempo pasa bajo el sol ardiente, Pola se va sintiendo más débil. El sol la golpea sin piedad y se pierde en alguna parte entre las imágenes de sus amigos en huida y los recuerdos indeseados. No tiene idea de cuánto tiempo pasarán ahí antes de que Romero decida soltarlos.

* * *

—¡Lárguense ya! —La voz de Romero la atraviesa.

Las palabras gritadas la devuelven al presente, donde se encuentra entre la multitud que la empuja. Un cuerpo enorme la sostiene. Gira y ve el rostro de Simón. Las imágenes de la paliza que le dieron hace tanto tiempo mezcladas con los rostros de Adela y Benito aún le dan vueltas en la cabeza mientras siente el movimiento a su alrededor. Escucha el discurso de Romero desde un lugar muy lejano. Por fin los despachan mucho después de que el sol se ha escondido tras las montañas en el oeste. A medida que los últimos trabajadores se dispersan, Pola se sacude las imágenes y se escurre de los brazos de Simón. Pero, después de tantas horas de pie, las piernas le fallan.

Simón se le acerca y la ayuda a mantenerse de pie.

—¿Estás bien?

La deja apoyada contra un árbol y se aleja un momento.

Y luego regresa, con una dita llena de agua que acerca hasta sus labios.

—¿Mejor?

Ella asiente con la cabeza y bebe unos sorbos. Aunque quiere responder, Pola no encuentra las palabras. Se aparta de él y se une al resto de la multitud que se retira.

—No hay de qué.

Pola percibe el dolor en sus palabras. Pero el día ha desatado demasiadas emociones. Se aleja tambaleándose sin agradecer la amabilidad de Simón.

* * *

Mientras los militares anden por el bosque, Pola no podrá regresar a Chachita. Ni siquiera Simón y Rufina, cuyas labores requieren visitas al bosque, podrán entrar hasta que el asunto de los cimarrones se resuelva. Un silencio mortal cubre el mundo de los negros, que se mueven en silencio dentro de sus chozas. Los niños se quedan en sus casas sin hacer ruido. Con los primeros rayos de sol, todos miran con renuencia hacia el centro del patio esperando y rogando que el hoyo siga desocupado. La amenaza de Romero de sacrificar a uno de ellos sigue en pie. Pola se pregunta cuánto tardará en perder la paciencia y buscar un sustituto.

Los capataces que dejaron a cargo de los trabajadores mientras don Tomás y Romero estaban fuera reciben un severo escarmiento por permitir que los esclavos se fugaran en su turno. Ricardo Mejía desaparece para siempre. Mientras continúa la búsqueda, los demás mayorales se vuelven especialmente brutales con los negros. Se contratan «administradores» adicionales para que vigilen el perímetro del cañaveral y se aseguren de que no haya más fugitivos. Cualquier acción súbita o inesperada de un trabajador provoca un castigo inmediato. Todo el mundo está muy atento.

Don Tomás, quien profesa detestar la violencia, le admite a Romero que hay que hacer algo y pronto. Romero se extasía en lo que interpreta como su entrada en la gracia del patrón y se deleita ante su poder restablecido. Llegan más militares, lo que añade un aire de intimidación a una situación ya de por sí tensa. Horas más tarde, todos se alegran cuando los ven montarse en sus caballos y salir al bosque. Pero ningún negro se hace ilusiones de lo que pasará cuando los cazadores capturen a los cimarrones. Mientras más tiempo transcurra, más cruel será el castigo, si los capturan.

* * *

Los militares operan con total libertad y desprecio hacia las leyes que deberían de defender, sobre todo, cuando están fuera del cuartel de San Juan. Con frecuencia, aparecen esclavizados mutilados, ahorcados o enterrados. Y nadie pregunta. Los cuerpos descuartizados se exhiben como lección indeleble para los demás. La pérdida de extremidades se convierte en algo normal.

Pola realiza sus tareas, pero sus pensamientos oscilan entre el temor por Chachita y el terror por sus amigos fugitivos. Con dos cimarrones sueltos y un ejército de cazadores y militares tras ellos, Chachita corre más peligro que nunca. Si la descubren y la agarran, la golpearán salvajemente o algo peor. Y, si no encuentran a los otros, descargarán toda su frustración y su fracaso sobre ella. Chachita nunca verá el interior de una celda.

Las noches de Pola se pueblan de pesadillas y los días se llenan de un terror que raya en el pánico. El rostro de Chachita emerge de la oscuridad, chorreando agua, inmóvil, muerto. Luego, sobre sus facciones se dibujan las de Adela con el rostro también mojado, pero el agua es color carmesí y brota de sus heridas. Las dos imágenes giran entrelazadas en una danza macabra que tortura el sueño de Pola hasta que se despierta antes del amanecer, enredada entre las sábanas y empapada en sudor.

Al despertar de ese sueño recurrente, no está alerta como de costumbre, sino que se levanta aún amodorrada. Abre los ojos todavía pesados por las imágenes del sueño para hallar dos pares de manitas sobre su cabeza. No ve el cuerpo de las dos personitas, pero siente su presencia. Un olor sutil a fresia la arrulla. Se queda recostada y deja que las manitas la guíen. Están tan cerca que puede sentir el calor que emana de sus palmitas. Y con el calor, siente que se derrite internamente. Cada mañana, el peso que le oprime el pecho al despertar disminuye, y su respiración se tranquiliza. Disfruta de esos preciosos momentos en que no la dominan el miedo o la aprensión. Escucha el mensaje a través de sus manos: *Puedes dormir sin temor. Nuestra hermana está bien. La encontrarás y la traerás de vuelta.*

Pola se hunde otra vez en el sueño y, al despertar, se siente más liviana de lo que se ha sentido en mucho tiempo. Apenas recuerda lo que soñó; el olor de las flores es un recuerdo vago. Se prepara para enfrentar el día, pero, los dos que faltan y la que imagina en el bosque no se apartan de su pensamiento.

* * *

Les toma seis días, pero por fin capturan a la pareja y la traen de regreso a Las Mercedes. Ya ocupan su lugar cuando el resto de la comunidad despierta. La pareja está rodeada por un círculo de hombres blancos bien armados, capataces y soldados que se pasan las botellas y se dan palmaditas congratulatorias en la espalda. Nadie se molesta en vigilar a los prisioneros porque están totalmente inmovilizados, hundidos hasta los hombros, frente a frente para que cada uno tenga que sufrir su propio dolor y el de su pareja.

La preocupación de Pola por Chachita se disipa ante la escena que se desarrolla frente a ella. No quiere ser testigo de lo que seguirá, pero no puede quitarle la vista a la pareja que se exhibe ante sus ojos. Benito tiene la cabeza rapada y cubierta de sangre seca. Lanza maldiciones a sus torturadores, apenas inteligibles por su voz ronca. Ya se le han formado moretones en toda la cabeza. Donde solía tener los dientes hay un hueco ensangrentado.

Adela está apenas reconocible. Le han cortado su increíble manta de pelo y tiene lamparones de sangre donde el cuchillo se acercó demasiado al cuero cabelludo. El poco pelo que le queda se asoma en parches que parecen de alambre. Sus hermosos ojos rasgados están tan hinchados que parecen incisiones apretadas. Sus labios generosos tienen el doble del tamaño habitual. Ella también está cubierta de sangre, no roja, sino del color marrón de la sangre seca que se ha dejado coagular. No emite sonido ni se mueve, como si ya se hubiese ido y no quedase más que una imitación sangrienta de la persona que fue. No hay rastros del bebé y nadie lo menciona.

A los negros los obligan a mirar cuando Romero les rocía alcohol sobre las cabezas torturadas. Benito se retuerce, sus gritos llenan el batey cuando el alcohol le quema las heridas. A Adela se le cae la cabeza; el dolor de la tortura es más de lo que puede aguantar. Un olor acre flota en el aire después que se evapora el líquido. Entonces Romero da instrucciones de que le echen agua fría por la cabeza a la pareja. Quiere asegurarse de que estén conscientes para lo que sigue. Uno de sus hombres trae un pote de miel y vierte el contenido sobre las cabezas rapadas de los cautivos. A estas alturas, ni Benito ni Adela reaccionan a nada de lo que les hacen. La piel se les crispa, nada más. La miel sin duda les ofrece un poco de alivio después de la quemazón del alcohol, pero todos miran horrorizados sabiendo lo que vendrá.

De pie en el balcón trasero de la casa grande, Don Tomás observa la escena desde arriba y se ahorra los detalles, aunque parece no poder ignorar el espectáculo que se ha montado por órdenes suyas. Sostiene una botella de ron en una mano y se pasa la otra por el pelo. Le grita a la multitud a sus pies.

—¿Por qué? ¿Por qué me obligaron? Nunca he querido esto. —Apunta al círculo—. ¿No he sido siempre justo? ¿Qué más quieren de mí? Soy un buen patrón, todos lo saben. Un buen pa… —Pero no puede terminar la frase. Las palabras se le atragantan y se da por vencido, da media vuelta y desaparece dentro de la casa. Al instante, todas las ventanas traseras de la casa se trancan ante lo que está por suceder.

Cuando comienzan con Adela, Pola ya no puede ver más. Al voltear el rostro, ve un movimiento raro con el rabillo del ojo. Es Leticia la Loca, que se aparta del espectáculo. Dos militares rompen filas y le permiten abandonar la escena. La mujer pestañea coqueta y se escurre para salirse del grupo. Mientras se dirige a la choza de las mujeres solteras, uno de los capataces le entrega un paquetito. Antes de estirar el brazo para agarrar el paquete y guardárselo en el bolsillo, mira a su alrededor y se asegura de que nadie la sigue. Está a punto de entrar en la choza, pero se detiene y se frota la nuca como quien se deshace de algo que le molesta. Una vez más examina el área y ve a Tía Josefa de pie bajo el palo de tamarindo a unos veinte pasos de ella. La mirada de la vieja está clavada en la mujer y, aun a esa distancia, el odio que despiden sus ojos es palpable. Tía Josefa se mantiene firme y se asegura de que Leticia sepa que la ha visto. Leticia mira para otra parte, corre al amparo de la choza de las mujeres y, de un portazo, cierra la puerta tras de sí.

Una vez adentro, Leticia mira a su alrededor y se asegura de que la choza esté libre de ojos curiosos antes de sacar una caja de debajo de su catre. Quita los trapos de encima y coloca sus nuevos objetos junto con los demás tesoros: jabones perfumados, motas y cepillitos. Mira su alijo y sonríe, acaricia los artículos con ternura. Demasiado tarde, escucha un ruido en la ventana. Se apresura a esconder la caja. Al no ver a nadie, respira aliviada. Aún así, siente que algo le inquieta: unos pensamientos sin definir. Se los sacude y se acuesta en su catre sonriendo y pensando en todas las posibilidades que contiene esa caja.

Tía Josefa sale de debajo de las ramas del tamarindo. Camina con pesadez hacia la multitud, que permanece cautiva en el centro del batey bajo. La pérdida de la pareja joven le pesa en el espíritu. La traición de Leticia se suma al peso que tiene que sobrellevar. Esa mujer es una víbora, un peligro para todos. Habrá que lidiar con ella y pronto, antes de que haga más daño. Tía Josefa escupe y regresa a las sombras.

*　*　*

Los cuerpos torturados de Adela y Benito permanecen ahí toda la noche mientras los insectos se alimentan de las cabezas expuestas. Los negros tienen que presenciar el horror durante horas. Y, aun después de que los mandan a dormir, pueden escuchar hasta muy entrada la noche los gritos apagados que se convierten en lamentos, los lamentos que se convierten en gemidos. En la mañana, el silencio resulta más monstruoso que los gritos de la noche anterior.

Cuando los trabajadores acuden al llamado para empezar el día, los cuerpos han desaparecido. Presumen que la pareja ha pasado por fin a un mejor lugar, pero nadie les da explicaciones. Por la tarde, cuando aún no se ha mencionado el entierro, Melchor es el elegido para hablar con Romero, que está sentado en su balcón afilando uno de sus muchos machetes. El viejo carpintero se quita la pava y se queda de pie en silencio, dándole vueltas al sombrero y esperando a que el mayoral le dirija la mirada. Después de un rato con la cabeza descubierta bajo el sol, se aclara la garganta y comienza:

—Queríamos saber si podíamos preparar a Adela y a Benito para el entierro. Hace tanto calor y…

—No es necesario. —El mayoral prosigue con su tarea sin alzar la vista o inmutarse—. Lo que queda de ellos no vale la pena enterrarlo. Vete, y díselo a los demás.

—Pero nosotros… yo…

—Se acabó. No hay más que hablar. Ahora vete a trabajar. ¿Acaso no tienes nada que hacer?

Eso significa el fin de la conversación. Melchor, un hombre que le dobla la edad a Romero, permanece de pie.

Finalmente, Romero alza la vista, molesto.

—Sólo pedimos lo que siempre nos han permitido: una despedida decente para el viaje a la otra vida. El patrón siempre…

Romero se exaspera.

—¡Coño! —Empuña el machete y lo alza amenazante sobre

la cabeza blanca del viejo—. ¡Dije que no, y punto! He terminado aquí y tú también. Regresa a trabajar antes de que cambie de opinión y te de motivos para quejarte de verdad.

Melchor se coloca la pava lentamente sin quitarle los ojos de encima a la víbora. Se retira; el ala de la pava tiembla con la brisa nocturna. Han sido muchas las heridas infligidas en los últimos días. Pero negarle a la pareja un entierro decente es un nuevo tipo de afrenta: una más que se suma a las muchas ya infligidas.

*   *   *

Hay una red de comunicación imperceptible, que es crucial para la supervivencia de una comunidad esclavizada. La profundidad y el alcance de esta red es aún más eficiente cuando la comunidad se ve amenazada. Se cierran puertas invisibles, se abren viejas heridas y una especie de estática habita en el aire. Esa noche, los rayos y truenos inundan el cielo. A los blancos les preocupa que llueva más. Pero los trabajadores reconocen que la carga que vibra en el aire es indicio de que una tormenta de otro tipo se asoma en el horizonte. La tarde siguiente, los negros se sientan a comer algo ligero antes de regresar a sus chozas. Al principio, forman un círculo y comen en silencio, tal vez perdidos en sus propios pensamientos de lo acontecido en los pasados días. Pero pronto, un disturbio irrumpe en el ambiente contemplativo de la asamblea. Un susurro pasa de boca en boca. Los susurros se convierten en murmullos, los murmullos adquieren un tono de sorpresa, incredulidad y, por último, rabia. Un labio apretado aquí, una ceja levantada allá, una mueca, un movimiento de la cabeza revientan en maldiciones en cadena. Los susurros se prolongan hasta convertirse en un murmullo en ebullición, que se va definiendo a medida que viaja alrededor del círculo. Los hombres se tensan, las mujeres resoplan, los niños observan con los ojos bien abiertos y escuchan con los oídos aún más abiertos. El grupo entero se inflama de indignación.

Al final de la comida, se retiran con un propósito común. Las familias van a sus chozas individuales y las mujeres a sus chozas colectivas. Leticia ya está en su catre. Las mujeres caminan inexpresivas, en silencio. Lita y Toña van a sus respectivos catres y le dan la espalda. Cuando Mariana le pasa por el lado, Leticia intenta agarrarle la mano. La mujer la mira con desprecio y aparta la mano como si la hubiese picado un escorpión. Leticia la Loca, la mujer de lengua viperina, se queda sin palabras. Mariana va a su catre, agarra sus cosas y muda el camastro a la esquina más apartada de la cabaña.

A la mañana siguiente, cuando los llaman a formación, las mujeres cierran filas y obligan a Leticia a colocarse al final. Pasa todo el día intentando hablarles a sus amigas, que ahora tienen que laborar en el huerto mientras la mayoría de los trabajadores desyerba el cañaveral en preparación para la siembra de los nuevos esquejes. Leticia se da por vencida con las mujeres y se encamina pavoneándose hacia los hombres. Pero ellos también le dan la espalda. Toda conversación cesa cuando Leticia se acerca.

—Lita, mira, Lita. ¡Espérate ahí! —Leticia corre para alcanzar a la joven, que apresura el paso cuando se le acerca. Lita se detiene bajo el palo de tamarindo y se agacha para recoger las hojas empapadas y meterlas en la canasta. Ignora a Leticia, que no para de hablar. Por fin, Lita se detiene y le lanza una mirada fulminante antes de retirarse. Sorprendida, Leticia observa a la muchacha alejarse y se pregunta qué mosca la habrá picado. Lita jamás se hubiese atrevido a darle la espalda. Pero Leticia no le dice nada. No le importa, después de todo, no es más que una niña.

Segura de gozar de la aprobación de Toña, Leticia espera a quedarse a solas con ella cerca del barril de agua, le da un toquecito a su amiga y le sonríe.

—Tremendo espectáculo que no' dieron, ¿verdad? —Toña no responde.

—¿Viste eso? A Adela le raparon to' ese pelo tan lindo, la dejaron calva como un bebé. ¿Y le viste la cara? —Contiene una carcajada—. Como si un panal de abeja' la hubiera...

La mirada de Toña la obliga a detenerse antes de terminar la frase. Toña se bebe el último sorbo de agua, suelta la jícara y se retira sin decir palabra ni dirigirle la mirada.

—Toña, oye, Toña, espera un momento. —Leticia está a punto de agarrarla por el brazo cuando la mujer se da vuelta. Las palabras salen de su boca como una explosión.

—¡No me toques! —El tono amenazador es casi como un golpe.

Furiosa, Leticia no intenta socializar más y se pone a trabajar. Nadie se le acerca y es demasiado orgullosa como para arriesgarse a que la vuelvan a rechazar. Ya cambiarán de opinión, piensa. No las necesita. No necesita a nadie. Se queda rabiando en silencio, pero su mente no descansa. No le toma mucho tiempo darse cuenta de lo que ha pasado. Esa jodía Tía Josefa debe de haberla visto y habló. A Leticia nunca le ha agradado esa vieja bruja con sus artimañas. Ahora el desagrado se ha convertido en odio.

Al finalizar la semana, Leticia, cansada del silencio, observa a Mariana trabajar en el huerto. Mariana es una mujer corpulenta que, en tiempos de zafra, puede cortar caña como cualquier hombre. Le han asignado la tarea de sacar los árboles caídos y la vegetación saturada.

A riesgo de incomodar al mayoral, Leticia lo intenta con la última de sus amigas. Abandona sus tareas de limpieza y se le acerca por detrás.

—Mariana, mujer, tenemo' que hablar.

Mariana se detiene un instante, le aparta la mano a Leticia y comienza a alejarse. Leticia gira la cabeza para asegurarse de que Mariana la ve y la llama con más fuerza:

—Mariana, mira, Mariana. —Luego la sigue, siseando—: ¿Qué diablo' te...?

Sin más aviso, Mariana da un golpe con el machete para seguir cortando las ramas colgantes y casi corta a Leticia con el filo.

Enfurecida por el descuido de su amiga y cansada del rechazo, Leticia ladra:

—¿Pero qué carajo te pasa a ti? Por poco me corta' el brazo.

Mariana gira, escupe en los pies de Leticia y sigue trabajando.

—¿Tú también? ¿Qué te he hecho yo a ti?

Las preguntas de Leticia quedan sin responder y la que era su amiga se aleja cada vez más.

Se oye un crujido leve y Leticia gira para ver un círculo de trabajadores recostados contra los árboles, machete en mano. La rabia les sale por los ojos; un reproche silente se dibuja en sus rostros.

Leticia se les cuadra delante:

—¿Qué le' pasa a to's ustede'?

Pero no tiene que preguntar. Todos conocen su traición. Puede verlo en la frialdad de los ojos, el silencio de las espaldas volteadas. Leticia la Loca se ha convertido en Leticia la Colaboradora. Todos la ven como la traidora, la colaboradora que es.

Leticia les lanza una mirada fulminante y reta a cualquiera que se le acerque. Todos los adultos y todos los niños que están en el huerto se dispersan entre los árboles y la dejan sola. Se ha convertido en un fantasma que ya no pertenece a su mundo.

* * *

Aunque nadie le habla a Leticia, la comunidad de trabajadores no le pierde ni pie ni pisada. Su vínculo más fuerte es la confianza y, una vez se pierde, no hay vuelta atrás. Leticia ya no ocupa un lugar entre ellos, pero saben a dónde va y con quién habla. Los ojos y oídos colectivos están por todas partes. Ahora que saben que es uno de los enemigos, no puede escapar.

Cuando Leticia no puede hablar con ninguno de los suyos, intenta congraciarse con los capataces, que apenas la soportan. Fue un instrumento una vez útil, que se ha vuelto obsoleto. Cuando habla con cualquiera de los guardias, los negros están atentos a cada palabra y, desde luego, no se les escapan sus intenciones. Desde el día en que abandonó a los cautivos torturados, no ha tenido un instante que no se haya grabado en la memoria colectiva. La rabia habita en el ambiente como el aire cargado antes de un huracán.

18

Recuperar a Chachita

Hacienda Las Mercedes, Carolina, Puerto Rico, julio de 1854
La atención de la comunidad se centra en la traición de Leticia, pero Pola no hace más que pensar en Chachita. Tan pronto como Rufina y Tía Josefa fijan la vista en La Colaboradora, Pola se les escurre y se adentra en el bosque. No es tonta y sabe que, si la agarran en ese lugar, su destino está escrito. Pero la ansiedad de ver a la niña la empuja más allá de cualquier consideración personal.

No le toma mucho encontrarla. Chachita está bajo un árbol, cubierta de tierra y lodo del bosque, acostada en posición fetal, inconsciente, pero viva.

Pola agarra a la niña y la abraza en su regazo. Mientras le limpia la mugre, observa las cejas arqueadas que le enmarcan los ojos y las pestañas apelmazadas sobre la piel. Aun en estas condiciones, la niña se ve hermosa. Apenas respira. Pola la llama, la mece, le canta, la sacude hasta que la cabeza se le mueve hacia delante y hacia atrás. Nada. La niña no está muerta, pero pronto lo estará. No hay tiempo que perder.

Pola escucha la respiración llana de Chachita, siente su piel fría mientras espera ansiosa una respuesta. Le transferiría todo su calor a la niña si pudiera. Cierra los ojos e intenta que la niña recobre el conocimiento. Nada. Lo intenta otra vez poniendo todo su empeño. Aún nada. Siente que la vida se escapa de la niña. ¿Cómo hacerla reaccionar?

Su mente grita: *¡No puedes morir! ¡No te dejaré morir!* Abrazada a la niña, Pola se deja llevar por las emociones que la han desgarrado los últimos días. Comienza a mecerse hacia adelante y hacia atrás. Se mece por lo que ha perdido, se mece por el miedo, se mece por la soledad, se mece por la tristeza, se mece por el terror. Y luego hace algo que no ha hecho en años. Suplica. *Ay, por favor, otra vez no. No puedo volver a pasar por esto.* Suplica y ora. ¿Pero a quién suplica? ¿A quién ora?

Todo se detiene. Pola deja de pensar, deja de analizar. Se frota las manos hasta que siente el calor que emana de ellas. Luego las coloca sobre el corazón de la niña. Una parte ya olvidada de su ser recupera el control e intenta hacer contacto con la niña.

Nada. Pola vuelve a intentarlo, explora y busca más allá de la superficie. Pero sólo siente que la fuerza vital de la niña se escapa. Así no es. Hace acopio de todas sus fuerzas para despegarse de Chachita y redirige sus reservas procurando desesperadamente rescatar el don al que renunció hace tanto tiempo. Se esfuerza e intenta encontrar ese lugar que abandonó y al que pensó que jamás regresaría. Al principio, sólo halla oscuridad y silencio. Entonces entiende que debe quitarse del medio para lo que acontecerá, y se rinde ante ello.

A través de sus manos conoció la maldad, la amenaza, el dolor y la crueldad, el odio frío y la brutalidad innombrable que habita en el corazón de algunos hombres. Mucho antes, había conocido el amor y el cuidado y la valentía y la compasión de un pasado remoto en el que tenía una madre y amigos y una vida en una aldea. En alguna parte hay un camino que conduce al lugar donde comenzó, el lugar que ella misma condenó a las sombras del tiempo. Pola sabe que tendrá que encontrar el camino de regreso a la Madre en el espacio entre los latidos de su corazón. Y vuelve a ver esa playa remota donde renunció a la diosa y comenzó el viaje que la trajo a este claro, a este bosque, a buscar a esta niña y se halló desamparada. Después de renunciar a Yemayá hace tantos años, se humillará ante la diosa y rogará que no sea demasiado tarde, que la Madre no se haya olvidado de ella. Pero ¿la perdonará?

Pola sigue meciéndose en un reconocimiento suplicante de sus limitaciones, sus errores, su falta de fe; intenta romper las barreras que ella misma construyó. Necesita una guía, un modo de volver a andar en el mundo. Se mece y se mece y repite las mismas palabras, expía el remordimiento y le ofrece su corazón y su espíritu a la Madre, se arrepiente de haber dudado, le ruega que la perdone y le suplica una penitencia. Siente que se mece por siglos. La garganta se le irrita y la voz se le pone ronca, habla en lenguas, las lenguas de los antepasados.

Ahora existe en un no-lugar más allá de los límites de la consciencia; flota en una nébula a la deriva, sola, helada y perdida. Y, en ese lugar de soledad, las imágenes del pasado se abalanzan sobre ella, los recuerdos más cáusticos, las experiencias más amargas. Tiene que sufrirlas de nuevo. La tortura, el horror, la brutalidad se adentran en su espíritu hasta dejarla indefensa y temblorosa ante la agonía; la muerden como si una garra se le enterrase en lo más profundo de su ser.

Se retuerce ante la devastación de su vida concentrada en ese único instante. Y aun en medio de su angustia, sigue orando por Chachita. Soporta los duros recuerdos, se abre a la compunción sincera. Si puede soportarlo todo, todo el embate y el tormento, toda la miseria comprimida en un instante y aún profesar su fe recuperada, a lo mejor, y sólo entonces, podrá salvar a la niña.

La intención de Pola se reafirma en una ola tras otra de súplicas. Los hilos de su corazón se extienden como filamentos de oración. Espera y espera y… no halla nada. No siente ningún movimiento, ningún calor, no percibe el más mínimo movimiento en la energía a su alrededor.

Por fin, se convierte en una vasija vacía. Abandona su voluntad, se abre sin condiciones a la luz de Yemayá y se prepara para llenarse de lo que le toque. Por fin, asume la total obediencia, no pide nada para sí, está dispuesta a hacer lo que sea, está dispuesta a dar su vida con tal de salvar a Chachita.

Al principio, es casi imperceptible, el olor a salitre. Se vuelve más y más fuerte hasta que le inunda las fosas nasales y le asalta al cerebro. Pola siente arcadas y le cuesta respirar el aire limpio. Cree que va a exhalar su último aliento cuando todo, por dentro y por fuera, desaparece y se queda a la deriva, sin rumbo en el vacío.

Más allá, en la oscuridad de una dimensión lejana, hay un diminuto rayo de luz. Pola percibe la tenue energía con la mente. Y luego se deja arrastrar. Siente el sonido de las olas y el olor del océano. Está allá, en el horizonte, flotando sobre la inmensidad del agua, una infinitésima ondulación en la superficie: el nacimiento de una ola, el movimiento más diminuto, crece y crece y toma forma, cobra velocidad y fuerza. Se acerca y se acerca, a su paso, rodando, un impulso cada vez más fuerte hasta que logra alcanzar toda su potencia. Y, entonces, Pola se encuentra en medio de un torbellino donde no hay arriba ni abajo, donde no hay aquí ni allá, sólo la inmensa ola azul, el remolino incesante. Siente su fuerza, se vuelve una con la corriente que la envuelve.

Y Ella emerge en una columna de agua. Al principio no es

más que una leve impresión, pero crece y se expande y sigue creciendo y se erige sobre Pola, fluye dentro y fuera de su consciencia. Sus vestiduras se disuelven en el torrente azul que La sostiene, las líneas de Su rostro se definen; es de un color marrón profundo muy parecido al de Pola. Sus ojos destellan sabiduría y brillan a través de un velo de conchas minúsculas. El pelo rizado le cae sobre los hombros, vivo en el tornasol de pececitos, caballitos de mar, estrellas marinas, tortugas y cangrejos incrustados en la red de Sus trenzas. De la masa de pelo brotan los rayos de Su corona; cada uno termina en una estrella. Su fulgor es deslumbrante.

Pola cierra los ojos y la Madre flota con, alrededor y a través de ella. Pola siente a la Madre en lo más profundo de su consciencia humana. Las palabras bailan en la corriente de agua, las palabras de la Madre.

Así que has regresado, hija mía. Perdiste el rumbo hace tiempo y ahora regresas a mí. Tú, que renunciaste a mí con tanta vehemencia, ahora vienes a suplicarme. He estado siempre aquí. Fuiste tú la que se alejó.

En su mente y su corazón, Pola asiente ante la verdad. Recuerda aquel día en la orilla remota en que perdió toda la esperanza. Recuerda la rabia, la fría oscuridad que la envolvió cuando se sintió abandonada, traicionada por la Madre.

Fuiste tú la que me abandonaste.

Pola recuerda la total desolación. Se arrastró a un agujero de desesperanza, el más oscuro que hubiera visto y en el que ha habitado durante años.

Piensa bien, hija mía. Piensa y recuerda. ¿No has encontrado tesoros en tu camino? ¿No has encontrado nada que te aligere la carga o te alivie el dolor?

Pola busca dentro de sí y, de repente, un recuerdo diferente brilla en su memoria, un nuevo conocimiento: su árbol, la libertad de ese mundo verde, la sensación de paz en esa expansión elevada, el sueño azul, el espíritu de los niños, incluso la niña; todos fueron dones que recibió y que nunca reconoció ni agradeció.

¿Cómo es posible que no reconocieras mi mano en tu vida? Y ahí están todas las personas que te ayudaron cuando caíste. ¿Crees que todo es coincidencia? Busca dentro de ti y mira todos los dones que te he prodigado, que he puesto en tu camino. Si no hubieras estado tan ciega, habrías encontrado el camino hace tiempo. Debes aprender a ver y recordar, pero, sobre todo, debes aprender que los dones no llegan como se desean, sino como se necesitan. Y tienen muy diversas apariencias.

La bondad de Simón, las manos sanadoras de Rufina, la vigilia silente de Tía Josefa, incluso las comidas maravillosas de Pastora. Pola se asombra ante todas las conexiones y alcanza un nivel más profundo de conocimiento. La embargan el remordimiento y la vergüenza.

Estuve a tu lado aun cuando me maldijiste. Me diste la espalda, le diste la espalda a todo lo que conocías. Abandonaste tu protección y tu riqueza de espíritu. En tu mente mezquina creíste conocer todas las respuestas cuando apenas empezabas a formular las preguntas. Y ahora acudes a mí para pedirme algo que quieres, algo que necesitas de mí.

El rugido del agua es ensordecedor, pero las palabras siguen fluyendo.

Me has ofendido mucho. La redención no es cosa fácil. Has empezado a ver, pero ver es sólo el comienzo.

Acudes a mí por servir a otro y, poniendo las necesidades de otro por encima de tu propia vida, suplicas encontrar el camino de nuevo.

Y ésa es tu salvación. Sí, te concederé el don de vida que buscas, pero tienes que pagar el precio.

No debes abandonarme nunca más. Recibirás, pero también darás y darás y darás. Lo harás con el corazón abierto a todo el que lo necesite. No recuperarás el don por tu bien, sino por el de otros. No lo olvides.

Pola se llena al instante de luz. Ser perdonada, recuperar la bendición del don de tocar profundamente le proporcionan una comunión, una aceptación, una misericordia. Abre el corazón y deja que su gratitud sincera se desborde. Una vez que abre la puerta, los sentimientos fluyen: alivio, amor, apreciación, gratitud. Y se vacía.

Que así sea.

Entonces le llegan palabras que emergen del largo túnel azul. Suben, suben y afloran a través del sonido del agua que vive dentro y fuera de su mente. No sabe de dónde provienen las palabras. Sólo sabe que provienen de un lugar muy profundo y remoto; comprende que son las palabras por las que esperaba. Ahora se mezclan y vuelven a cobrar vida en su mente, su corazón, su garganta y, por último, salen de su boca. Salen en la canción prístina, la canción que antecede al principio. Se deja guiar por el instinto; el instinto y el recuerdo ancestral.

El sonido del agua disminuye. El olor a salitre se disipa. Pola se encuentra de nuevo en el claro y sigue cantando y meciendo el cuerpo de Chachita. Las lágrimas atrapadas en las pestañas de Chachita comienzan a descender. Lo que a Pola le pareció una eternidad ha sucedido en el espacio entre los latidos del corazón. La niña recupera el aliento; también ella busca el camino de regreso.

Sin dejar de cantar, Pola le frota las manos en movimientos

circulares e imagina el resultado: la sonrisa de la niña, los deditos que agarran la comida, los ojos que brillan de gusto, el cuerpo rebosante de salud. Mientras canta, Pola encuentra sensaciones recordadas. El cosquilleo familiar que empieza en la palma de las manos e irradia hasta los dedos. Las pulsaciones cálidas; sus manos saben qué hacer antes de que pueda darle forma al pensamiento. Extiende el brazo, coloca una mano firme sobre el pecho de Chachita y la otra, en la frente.

El zarcillo de recuerdos que fluyen de Chachita a los dedos de Pola crece en ondas expansivas y Pola experimenta el viaje emocional de la niña: la ansiedad de buscar refugio bajo la lluvia incesante, el frío y el hambre mientras la lluvia caía a cántaros día tras día tras día; la desesperación de no encontrar nada que comer en el suelo saturado, de no encontrar un lugar seco donde acostarse. El lodo lo cubrió todo y pronto empezaron los temblores. Se cansó de luchar contra la fiebre y el cansancio que se apoderaban de ella. Luego se hizo un ovillo, se dejó arrastrar por el sueño y sucumbió al hecho de que Pola no vendría a socorrerla. Al final, se encogió sobre sí misma y perdió la voluntad de luchar.

Sentada con Chachita en su regazo, Pola recuerda a otra niña cuya vida sostuvo entre sus brazos. A ésa le falló, pero a ésta no le fallará. Mira a Chachita y reza por que esta vez ella, Pola, pueda proteger y sanar. Esta vez no le arrebatarán a la niña.

Se le adormecen los brazos y los muslos bajo el peso de la niña. Le duele la espalda y tiene las manos acalambradas. Pero no le quita la mano del corazón a Chachita, le aplica presión. La voluntad de Pola es grande y, por fin, siente que la niña se mueve. Sigue concentrada hasta que la trae de vuelta gracias a su fuerza de voluntad. Por su parte, Chachita se deja arrastrar por la energía incontenible que la saca del umbral. Se mueve y por fin abre los ojos.

Pola se acomoda para sostener a Chachita con un brazo. Con el otro, alcanza la jícara y le echa un chorrito de agua fresca en la boca. Chachita se traga el primer sorbo, se atraganta e inmediatamente abre la boca para pedir más. Pola le da uno o dos sorbos más. La niña no aparta los ojos de Pola, que busca en la canasta los artículos que ha traído consigo. Extrae el centro pulposo de una guanábana y maja la carne, de por sí blanda, antes de ponerle un poquito de fruta en la boca a Chachita. La niña la devora, el jugo le corre por el mentón. Luego Pola le empuja unos pedacitos de pan sobao entre los labios resecos y le da más agua.

—Pe-pensé que te ha-habías o-o-olvidado de mí, que no vo-volverías m-más.

—¿Cómo me iba a olvidar de ti? —Esta criatura ha logrado llegar a lugares que Pola había olvidado que tenía.

Se recuesta y observa a la niña comer y beber con gusto. Cuando se acaba toda la comida, Chachita logra sentarse por sí misma. Da pena verla temblar entre las sombras cambiantes. Pola busca en la canasta una vez más. La niña se pone la ropa seca que también le trajo.

Alimentada y seca, Chachita se acerca y se acurruca con Pola, que la rodea con sus brazos. Permanecen así hasta que Pola siente el peso de la niña cuando se relaja y comienza a respirar al ritmo del sueño. Agotada, Pola se inclina y le besa la frente húmeda a Chachita. Respira profundo. Su niña estará bien.

Por primera vez en lo que le parecen siglos, Pola está más alerta de lo que las rodea. La luna ya ha cruzado el cielo. La aurora no tardará en llegar. Observa la respiración rítmica de

Chachita. La niña ha encontrado paz después de todos estos días de incertidumbre y miedo. Va a dejarla dormir un rato antes de despertarla y regresar a Las Agujas. Pola no puede ni pensar que Chachita despierte y se vea sola y asustada de nuevo. Cuando se recuesta contra el tronco del árbol, se le cierran los ojos y el cansancio la arrastra al sueño.

* * *

Rufina y sus pacientes siguen alojados en Las Agujas. Aunque la choza de la curandera es parte del mundo del batey bajo y, por consiguiente, cae bajo la responsabilidad de los capataces, durante este tiempo de crisis, los capataces están demasiado ocupados supervisando a los trabajadores de la caña. Es lógico, entonces, que la enfermería de Rufina caiga bajo la supervisión de Tía para que los hombres puedan concentrarse exclusivamente en la restauración de la finca. Tía Josefa se aprovecha de la situación para apelar a doña Filo a fin de que les asigne a todas las trabajadoras de la aguja a Rufina, que está agobiada y necesita ayuda. Mientras más ayuda tenga Rufina, más pronto se recuperarán los pacientes para regresar a trabajar y las mujeres podrán retornar a su taller y sus labores. Doña Filo, que tiene las manos llenas con todo lo que hay que hacer en la casa grande, accede a todo lo que le pide Tía Josefa. Manda a Tía y a sus mujeres a la enfermería de La Agujas. Romero, que tenía cosas más importantes que hacer, se siente aliviado de no tener que lidiar con el trabajo de las mujeres.

Agradecida por el arreglo, Tía despierta a Rufina antes del amanecer. Lleva a la curandera aparte y señala el catre vacío. Las dos viejas sabían que, tarde o temprano, Pola volvería a sus escapadas habituales. Pero pronto saldrá el sol. Los militares continúan registrando el área en busca de más fugitivos. Las ausencias de Pola a causa de Chachita se verán como otro intento de fuga. Deben traerla de regreso antes de que alguien la eche de menos.

Tía Josefa le susurra unas palabras al oído a Rufina y ambas se ponen en marcha. La curandera se mueve hábil y silenciosamente mientras recoge lo que necesita en la oscuridad. Entretanto, Tía atraviesa el batey y araña la puerta de la cocina de Pastora. Luego de una breve conversación, la cocinera comprende la situación y ambas ponen manos a la obra. Al rato, Rufina se les une en la cocina. Le alcanza a Tía Josefa un manojo recién hecho.

El plan de Tía está casi completo. Pero necesita la ayuda de Simón y eso no es tan fácil de coordinar. Simón trabaja directamente bajo la supervisión de Romero. Debe encontrar un modo. Después enviará a Rufina y a Simón en una misión. Llevarán los manojos consigo y harán todo lo necesario para traer a Pola de regreso.

* * *

Cuando Rufina y Simón las encuentran, Pola y la niña están profundamente dormidas. Pola es la primera en despertar, sobresaltada y, cuando Chachita despierta, se pone tensa al instante y se escuda detrás de Pola para que la proteja.

—¿Qué hacen aquí? —Pola se ha puesto a la defensiva y mantiene a Rufina y Simón a raya mientras los observa con suspicacia y mira a su alrededor por si alguien los ha seguido.

—Mujer, está bien. Tía Josefa nos envió. Venimo' a ayudarte.

Pola se relaja al reconocer a los amigos que se han preocupado por ella. Pero las palabras de Rufina no calman la aprensión de Chachita, que empieza a temblar al instante. Tiene la angustia grabada en el rostro.

—No, mi'ja. No, no. Yo los conozco. Vienen a ayudarnos, no a hacernos daño. —La voz serena de Pola calma a la niña, pero aún siente la tensión en el cuerpo debilitado de Chachita. Pola empieza a mecerse de nuevo—. Cálmate. Todo va a salir bien. Shhhh. —Los ojos suplicantes de Pola buscan en silencio la aprobación de Rufina.

Rufina le extiende las manos y se apresura a calmarla.

—Claro que venimo' a ayudar. La niña necesita que la curen, necesita ropa seca y comida y...

Rufina intenta acercarse, pero Pola la aparta interponiendo las manos entre la mujer y la niña en actitud protectora.

—Le traje todo lo que necesita. Pueden regresarse. Estamos bien.

—No, no están bien —dice Rufina—. Doña Filo está distraída, pero pronto va a preguntar por ti, por todos nosotros. Quiere que regresemos a la normalidad. Rufina necesita ayuda con los enfermos y hay que volver a montar Las Agujas. Buscarán todas las manos disponibles.

—No me importa. —Señala a la niña asustada—. *Ella* me necesita. —Los dedos de Pola recuerdan haber sacado a la niña del umbral de la muerte—. No puedo dejarla aquí sola, no otra vez...

—Pola, ya hiciste to' lo que podía'. Deja que Simón y yo hagamo' el resto. No van a echarno' de menos en un rato. Tenemo' permiso pa' salir a buscar lo que sea en el bosque, pero tú no, no puede' irte así. A ti sí te van a echar de menos.

Pola abraza a la niña con más fuerza.

—Váyanse, no los necesitamos.

—Pola, no tengo que explicarte la situación. Romero no acepta que nadie supiera de la fuga. Está loco por escarmentar a alguien. Doña Filo está ansiosa por poner la casa en orden. No puede' estar aquí.·

—¡No la dejo! Nada me hará cambiar de...

La voz de Simón interrumpe la discusión. Aparta a Rufina y se acerca a Pola, ocupa todo su campo de visión.

—Óyeme, mujer. —Clava los ojos en los de ella. Su voz es profunda, fuerte y decidida—. Adela y Benito no fueron los únicos que escaparon durante las lluvias. Hay cinco cimarrones que todavía andan por ahí sueltos. Han pedido refuerzos al cuartel de San Juan. Los hacendados están furiosos por las fugas recientes y han doblado la recompensa. No hay un demonio blanco con un caballo y una soga que no esté buscando hacerse de esa fortuna y no puedes darte el lujo de estar aquí cuando eso suceda. Créeme, no...

—No me importa.

—¿Que no te importa? Si te quedas aquí te atraparán, a ti y a la niña. —Señala a Chachita—. No tengo que explicarte lo que eso significa. Captura, tortura o peor... mucho peor. —La convicción en su mirada deja a Pola sin palabras—. ¿Me comprendes?

Las imágenes irrumpen en la mente de Pola: las manos brutales, las desgarraduras en la parte baja, el placer de infligir dolor. El recuerdo le provoca una punzada que la dobla.

—¡No! —La palabra sale como un disparo. Lo recuerda todo demasiado bien y no puede poner en riesgo a Chachita.

Simón sigue hablando:

—Nadie conoce este bosque mejor que nosotros. —Mira a Rufina antes de continuar—: Lo sabes. ¿En verdad crees que puedes esconderla mejor que nosotros? Pola, piénsalo. La mejor forma de protegerla es que regreses y nos dejes hacer por ella lo que podamos. Ya has hecho tu parte. Ahora deja que nosotros hagamos la nuestra.

Pola mira a la niña cuyos ojos suplicantes están fijos sobre ella, esos ojos le desgarran el corazón. Mira a Rufina, que la cuidó tanto cuando estuvo al borde de la muerte; luego a Simón. ¿Cómo dejar a Chachita en manos de un hombre al que apenas conoce? Y, sin embargo, ¿acaso no ha estado siempre ahí cuando más ha necesitado que la ayuden? Pero luego están esos otros hombres, blancos y negros, que recorren los bosques en busca de negros que caminan solos. ¿Una joven negra, débil y hambrienta? La niña no tendrá forma de librarse.

Simón vuelve a intervenir.

—Se está haciendo tarde. Pronto saldrá el sol, no podemos quedarnos aquí. Pola, nos estás poniendo en peligro a todos. Hay demasiado que hacer y debemos actuar... ¡ahora!

Chachita se tensa al sentir su tono de voz. Se aferra a Pola, una súplica muda se dibuja claramente en su rostro: *No me dejes aquí, por favor.*

Pola vuelve a colocar la mano en el pecho de la niña y la deja ahí para hacer la conexión y enviarle el mensaje que la calmará: *Debes quedarte con ellos, hija. Debo irme, pero regresaré. Confía en ellos como confiarías en mí.*

Se desprende con dificultad de la niña y lucha por controlar el instinto de regresar a los brazos extendidos de la niña.

* * *

Rufina sabe que, si la niña estuviese lo suficientemente fuerte como para correr, jamás la atraparían. Pero en su condición, no podrá resistir mucho. Rufina le alcanza más comida.

—Come. Tienes que recuperar las fuerzas.

Chachita gira la cabeza. Pero Rufina le acerca la comida cocinada a la nariz. El aroma es más fuerte que su reticencia y pronto la niña mastica un bocado de malanga hervida en salsa de habichuelas, que baja con agua de coco.

Simón permanece a cierta distancia para vigilar y para que la niña se acostumbre a su presencia. No se mueve. Intenta calmar la ansiedad que lo consume. Cuando la niña termina de comer, vuelve a acercarse despacio.

—Debemos irnos. Es demasiado peligroso que nos quedemos aquí en el claro. —Carga a Chachita y se adentra en el denso follaje antes de que la niña pueda protestar. Rufina los sigue de cerca con la agilidad de una mujer veinte años más joven. Se mueven aprisa, por momentos corren, hasta llegar al pie de una colina. La pared de piedra se eleva casi hasta el cielo.

De camino al lugar, Simón calcula. La niña está débil y apenas puede tenerse en pie, mucho menos trepar lo necesario para llegar a su destino. Tendrá que encontrar otro camino.

Deja a las mujeres entre los arbustos y desaparece tras la vegetación circundante. El único rastro que queda de él es un movimiento leve en la maleza y, luego, silencio. Rufina abraza a Chachita para tranquilizarla, pero la tensión se ha alojado en cada uno de los músculos de la mujer. Permanecen sentadas contra la pared con los sentidos aguzados por si alguien se acerca. Esperan y esperan.

Por fin Simón aparece sin hacer ruido. Carga a la niña y toman un sendero apenas visible hacia una hendidura al pie de la colina. De este lado, la pendiente no es tan empinada.

Como si se hubiesen leído el pensamiento, Simón y Rufina se quitan los zapatos. Rufina se recoge la falda y se la amarra a la cintura.

Chachita mira la colina, luego mira a Simón y se da cuenta de lo que está a punto de suceder. Calcula la pendiente, se estremece y da un paso atrás. Una cosa es trepar árboles. Pero esto es algo muy distinto.

Rufina ve la reacción de la niña, gira hacia ella y la sujeta por los hombros.

—Mírame. Óyeme. —La curandera se asegura de que la niña preste atención a sus palabras—. Sólo hay un camino y es pa' arriba.

Chachita aún se resiste.

—No puedo…

—Sí puede'. Y debe'.

—No, yo… no puedo.

El susurro feroz de Simón no da lugar a la discusión.

—Niña, o subes con nosotros o te quedas aquí esperando a que los cazadores te capturen. No tenemos más tiempo. ¿Sí o no?

Chachita se calla, pero no se mueve.

—¿Vienes o no? —Dicho esto, Simón gira y coloca los dedos de los pies en el primer descanso.

—¡Espera!

—Confía en mí. —Ha suavizado el tono y le da instrucciones a la niña—. Relájate por completo, deja caer todo tu peso sobre mí. Yo te cargaré. —La mira—. ¿Crees que puedo cargarte?

La niña lo examina brevemente antes de asentir con la cabeza.

—Entonces, cierra los ojos y déjalos cerrados hasta que yo te diga que puedes abrirlos.

Chachita mira a Rufina, que asiente una vez con la cabeza.

—Y debes quedarte muy callada. Sobre todo, debes estarte muy quieta. Si te mueves, nos caemos los dos. ¿Puedes hacer eso?

—Sí, lo haré.

Simón se la echa sobre los hombros como un saco de habichuelas y comienzan el ascenso, sus pies descalzos se aferran y buscan los puntos de apoyo escondidos entre las hojas. Le duelen los pies y los brazos. Chachita cierra bien los ojos y se aguanta, se asegura de no mover un músculo una vez que se acomoda. Siente el olor a sudor por el esfuerzo que hace el hombre mientras suben más y más alto.

La escalada es resbalosa y se torna cada vez más peligrosa. A Simón le toma tiempo subir con el peso de otra persona sobre los hombros. Se detiene, se apoya contra la pared para recuperar el aliento y agradece que la niña sea tan menuda.

Por fin, llegan a un rellano sin marcar donde Simón aparta las enredaderas para revelar otro rellano aún más ancho. Por fin puede soltarla, se masajea los hombros y se prepara para descender. Intenta tranquilizarla:

—No te muevas. Tengo que ayudar a Rufina, pero regreso pronto. —Desaparece sin esperar a que la niña le responda.

Chachita escucha la respiración cada vez más dificultosa del hombre, como si arrastrara algo muy pesado. Poco después, Rufina se les une.

Cuando descansan, Chachita observa a Simón quitar la cortina de enredaderas que cuelgan de la pared a pocos pasos del borde. Simón arranca las enredaderas rápida y eficientemente para revelar una puerta de madera agujereada. Luego saca una pequeña navaja y extrae los años de tierra y basura que la han sellado. Entonces, con la ayuda de Rufina, empujan con todo su peso hasta que los bordes sellados ceden y la puerta se abre.

El olor a musgo los golpea desde la oscuridad cavernosa. Rufina entra aprisa. Aún quedan enredaderas en la entrada, pero Rufina ya está del otro lado. Luego enciende un fósforo y prende una vela. Mientras tanto, Simón ha cargado a Chachita dentro de la cueva y la coloca en el suelo. Después, regresa a la puerta y mira hacia afuera y hacia abajo antes de cerrarla tras de sí. A Chachita le toma un momento poder ver las sombras en el inmenso espacio.

—¡Ajá! Aquí está. —Rufina encuentra un quinqué viejo y lo enciende—. Gracia' a Dio'. —La vieja se persigna.

Ahora la niña puede apreciar las dimensiones y detalles de la cueva. Es obvio que otros la han usado antes. Hay velas a medio consumir, muebles rotos y objetos dispersos por el suelo. Contra una pared hay una estiba de catres cubiertos de polvo y contenedores viejos.

Los rescatadores de Chachita trabajan en silencio y aprisa en una coreografía bien ensayada mientras ella los observa. Rufina sacude uno de los catres viejos y le da golpes hasta quitarle casi todo el polvo, las hojas secas y los insectos que cubren todas las superficies. Extiende los pedazos de tela que ha traído y confecciona un camastro sencillo. Simón endereza y desempolva una mesa vieja y una banqueta de tres patas. Sale y regresa con un montón de ramas que transforma en una escoba con la que ataca la suciedad del suelo.

Sin decir palabra, Rufina saca una botella de agua del saco y, con un chorrito, limpia la mugre que cubre el cuerpo de Chachita. Cuando termina, le pone una muda de ropa limpia y la lleva hasta la cama recién hecha. Luego, silenciosa y eficientemente, saca los demás artículos que ha traído y los coloca debajo del catre para que estén accesibles a la nueva ocupante.

Simón trae leña y construye un gran nido. Luego trabaja por fuera recogiendo y atando ramas para reparar el camuflaje de la entrada.

—Si te da frío o te siente' mareá, masca esta' hoja' y escú-
pela'. No te la' trague'. Descansa hasta que te sienta' mejor
—prosigue Rufina—. Te traje ropa seca. No creo que te haga
falta, pero Simón te dejó leña. El humo te puede delatar, así
que úsala sólo si e' absolutamente necesario. Usa el quinqué
sólo si cubre' la puerta. La luz también te puede delatar. Esa
cortina bloquea la luz, pero ten cuidao. La' vela' son mejore',
pero sólo quedan uno' pedacito' y se van a consumir pronto.
Pronto te traemo' má'. Hay agua al fondo de la cueva.

Satisfechos de haber hecho todo lo posible por dejarla segura
y cómoda, recogen sus cosas y se preparan para salir. Rufina
regresa y abraza a la niña aún temblorosa.

Chachita sabe que se marcharán y habla por primera vez
desde que entran en la cueva:

—¿Cu-cuándo regre-gresará MaPola?

—Tan pronto como pueda, mi'ja. Tan pronto como pueda.
—Rufina le aprieta el hombro a la niña y le sonríe. Luego, se van.

19

Descubrimientos

Hacienda Las Mercedes, Carolina, Puerto Rico, julio de 1854
Cuando Simón y Rufina llegan al batey, el sol comienza a salir
por las montañas en el este. El área está tranquila. Los trabajadores ya se han ido al cañaveral. La casa grande está en silencio;
probablemente, los patrones acaban de sentarse a desayunar. La
pareja respira aliviada. Parece que nadie ha notado su ausencia.
Rufina se limpia la ropa y se arregla el pañuelo de la cabeza
antes de ir directamente a Las Agujas. La primera persona que
ve al otro lado de la habitación es Tía Josefa con las cejas alzadas
como signos de interrogación. Rufina asiente con la cabeza para
tranquilizarla y Tía regresa a sus pacientes. Pero a pocos pasos,
el rostro de Pola es todo angustia y preocupación. Apenas puede
contener su ansiedad asfixiante cuando corre hacia Rufina.

—¿Dónde…?

Rufina la detiene abriendo los ojos y lanzando una mirada
rápida alrededor de la habitación. No es el momento ni el lugar
para hablar. Este día debe parecer rutinario. Ignorando la desesperación en el rostro de Pola, la curandera prosigue con sus
tareas cotidianas, se toma su tiempo, va de un paciente a otro
a cada lado de la habitación, se detiene a tocar a éste, acaricia a

este otro, le sonríe a aquél. Cuando ha terminado con el último paciente, llama a Pola para que la ayude a enrollar vendajes.

—Está segura y to' está bien. —El susurro viaja en un suspiro de aliento tibio mientras se inclinan a realizar la tarea.

—Pero… —Pola tiene la angustia grabada en el rostro. Se aprieta las manos para mantenerlas quietas, pero está temblando.

Rufina la agarra por el codo y se la lleva al sol. Estira el cuello hacia la derecha y la izquierda y mueve los hombros.

—La niña descansa donde otro' han descansao antes.

—¿Dónde? Tengo que ir…

—No, tiene' que confiar en nosotro' por un tiempo.

—Pero va a pensar que…

—No va a pensar na'. Lo que necesita e' descansar. Le di algo pa' que duerma un buen rato. Le dejé… le dejamo' suficiente agua y comida. E' to' lo que necesita por el momento. No e' la primera ni la última que descansa ahí. —Mira a Pola fijamente—. Va a estar bien mientra' nosotro' mantengamo' la calma. ¿Me entiende'?

—Sí, pero…

—Le miré esa' oreja' de la' que me hablaste con tanto misterio. Lo he visto ante'. Llevé un bálsamo y puedo probar otro' remedio'… pero la verdad e' que no tiene cura. No creo. Pero eso no e' el fin del mundo. Polita, tu niña vivirá mucho' año'. La enfermedad le seguirá comiendo la piel y se quedará sorda, pero va a vivir. Y eso e' lo que to's queremo', ¿verdad?

Pola se pierde en sus pensamientos. Tanto que asimilar.

—Ahora ven. Necesito ayuda con lo' remedio'.

Se alejan, las cabezas muy juntas, enfrascadas en la conversación. Los labios de Rufina se mueven, las manos gesticulan. Pola se detiene un momento y mira a la mujer con incredulidad. Pero la curandera la urge a que sigan caminando lejos de los ojos y oídos inquisitivos. Cuando Rufina termina de contarle todo lo que hicieron hace apenas unas horas, el sol ya ha salido y ha transcurrido buena parte del día.

—Dale la' gracia' a Simón. Él fue el que salvó a tu niña.

—Chachita.

—Él fue quien salvó a tu Chachita. No' guio to' el camino y cargó con to' el peso. Yo no habría podido hacer nada sin él.

—¿Qué? ¿Cómo?

—Ahora no. Tenemo' que regresar. Debemo' andar con cuidao. Un error y todo habrá sido en vano. —Está a punto de alejarse cuando se detiene y mira a Pola directamente a los ojos—. Puede' darle la' gracia' má' tarde.

* * *

Esa noche, después de que el último paciente se duerme, Rufina estira y muele el cabo de su cigarro. Apaga el quinqué de camino a la puerta. Hace calor y se siente pegajosa; necesita dar un paseo antes de retirarse. Lleva todo el día de pie y tiene los músculos tensos y doloridos.

Repasa los sucesos del día y no sabe cómo pudo subir hasta Cueva Cimarrón. De hecho, había olvidado la existencia de la caverna hasta que Simón las guio y la encontró después de todos estos años. ¿Cuántas veces habrá estado ese hombre a su lado cuando lo ha necesitado? Es el hijo que nunca tuvo.

Todavía está recuperándose de la noche anterior en el bosque, se acomoda debajo del palo de mangó y estira las piernas. Tendrá que sacar el pote de manteca de ubre y sobarse la rigidez de esas piernas viejas antes de acostarse. Se inclina para masajearse la pantorrilla y ve una sombra con el rabillo del ojo.

Es una mujer que mira cautelosamente a todas partes antes de salir del promontorio oscuro de la casa de Romero y tomar el camino entre las chozas. Mira a la derecha, a la izquierda y de nuevo a la derecha, se escurre de un edificio a otro. Por la figura y el color, no cabe duda de que se trata de Celestina, que regresa a la casa. Sus visitas nocturnas a la casa de Romero no tienen nada de particular. Pero resulta sospechosa la forma en que mira una y otra vez hacia la colina y luego hacia la entrada trasera de la casa grande. ¿Qué estará ocultando la señora Más-blanca-que-las-blancas?

Rufina espera intencionalmente a que Celestina pise el primer escalón del balcón para llamarla:

—Buena' y santa' noche', Celestina. ¿Qué hace' despierta a esta' hora'?

Celestina da un salto, tropieza con el escalón y casi se cae de boca.

—¿Quién está ahí?

—Soy yo, Rufina. Cálmate, mujer. —Escupe un pedacito de tabaco—. ¿Por qué tan nerviosa, mujer?

Celestina se recupera lo suficiente como para atacar.

—Mira, Rufina, no te metas en lo que no te importa. —Saca el pecho y se cuadra frente a ella—. Podría preguntarte lo mismo.

—Ah, pero yo no soy la que regresa a escondía' de la casa del mayoral en mitad de la noche. ¡Qué curioso! ¡Lo que ven uno' ojo' viejo' en la oscuridad!

Celestina avanza un paso hacia Rufina y levanta un dedo admonitorio.

—Mira, Rufina…

—¿Sabe' qué, Celestina? Yo me siento y observo y pienso y me pregunto. ¿Por qué tanto misterio? —Rufina sonríe, pero sus palabras han dado en el clavo.

La mujer albina se detiene en seco. Le cambia la voz, ahora contesta nerviosa y evasiva:

—No voy a perder el tiempo contigo. Me voy a la cama. —El cambio en el tono y la postura de Celestina confirma las sospechas de Rufina. No conoce los detalles, pero sabe que se trae algo entre manos.

—¿No e' de ahí de donde viene' tú… de la cama? —La risa de Rufina sigue a Celestina hasta que llega a la puerta trasera de la casa. Pero a la curandera no le parece nada gracioso y su risa cesa abruptamente cuando la mujer desaparece. Rufina huele la maldad en el aire y ya ha decidido que va a averiguar lo que esa víbora se trae entre manos.

* * *

Chachita siente las manos callosas de su madre untarle el aceite de coco en toda la piel, en especial, la piel alrededor de las orejas. Esas orejas preocupan cada día más a la madre amorosa. No dice mucho, pero se esmera en mantener a su hija lo más limpia posible. Le ha enseñado a la niña a arreglarse el cabello de modo que le cubra ambos lados del rostro. Últimamente, le ha estado untando el aceite en la cara y el cuero cabelludo para evitar que los parches rojos se rieguen a otras áreas más visibles.

El hermoso rostro redondo de su madre ahora tiene arrugas profundas que le cruzan la frente. Se muerde el labio, se concentra en aplicar una capa tras otra de aceite como si pudiera quitarle las ronchas con los dedos, borrar las marcas y dejar la piel lisa de nuevo. Si por ella fuera, pasaría horas muertas haciéndolo sin protestar.

—¡Mamá, ya! ¡Me duele!

—Está bien, está bien, vírate un momentito para terminar con el pelo.

Chachita hace lo que le mandan. Las manos de su madre son fuertes y trabajan aprisa. Cuando termina, la niña gira y le da las gracias. Pero cuando mamá se inclina para besarla, la luz cambia y sus facciones pierden su aspecto familiar. La piel tersa, color caramelo se torna más oscura, adquiere otra textura. Las líneas fluidas convergen en una larga cicatriz que le atraviesa el rostro diagonalmente. De pronto, mamá tiene un nuevo rostro, uno que la hija conoce muy bien.

Chachita se despierta sobresaltada. No sueña con mamá hace mucho tiempo. Y ahora este sueño extraño la ha dejado confundida. El sentido de pérdida sigue ahí, pero también un profundo sentido de confianza.

* * *

Leticia llega tarde a la cena del domingo y va contoneándose hasta la fila. La distribución de los alimentos en el batey bajo sigue un orden. Primero comen los hombres, luego los niños y, por último, las mujeres. Leticia siempre ha logrado colarse en la fila de las mujeres y las demás mujeres, intimidadas, se lo han permitido. Ahora la fila está bien apretada y nadie cede ni un ápice para que se cuele. La han relegado al final de la fila. Pero, cuando por fin llega su turno, las cocineras se sirven su comida y se van. Leticia tiene que buscar su propia dita y raspar las habichuelas quemadas y las viandas hechas puré que se han pegado a los calderos.

* * *

Pola está frente a la ventana de la cocina mondando los ñames para la cena. Las manos mueven el cuchillo, pero tiene los ojos clavados en Simón, que está sentado en una piedra sin percatarse de que lo vigilan. *Esas manos.*

Insistió en que Rufina le contara todos los detalles y ahora los repasa mentalmente. Ve las manos del hombre cargar el cuerpo de Chachita y subirla hasta la cueva, cortar ramas y enredaderas para que la niña esté segura en su escondite. Los ve agarrar, trepar, cortar, torcer y amarrar, todo por el bien de Chachita, una niña a la que ni siquiera conoce. Pola tiene que reconocer que, en realidad, lo hizo todo por ella, por Pola. Otro rescate.

Lo observa y recuerda la sensación de las manos del hombre cuando la cargó después de la pelea. Pola aún siente el calor de su cuerpo en los brazos, en la espalda. La alzó sin esfuerzo y le sujetó las manos hasta que ella misma se agotó. No podía verlo, pero sentía los músculos del hombre trabajar para mantenerla quieta y a salvo. Incluso, cuando por fin la soltó, siguió sintiendo la presión, el calor que dejó tras de sí como un recordatorio; todo ello inquietante.

Por primera vez en muchos años, recuerda una sensación olvidada hace tiempo. Lleva meses escondiendo ese sentimiento, relegándolo al reino de la imaginación. Y ahora regresa, mucho más fuerte, innegable. Lo cierto es que ya no intenta escapar de él como antes.

Lo primero que le notó fueron las cicatrices. Una y otra vez buscaba la oportunidad de examinar disimuladamente el rostro del hombre y se maravillaba ante el diseño deliberado, la intención amorosa de esas marcas tan distintas de su propia desfiguración. ¿Cómo pudo acceder al dolor, a la horrenda, si bien hermosa en muchos sentidos, escarificación de su piel? ¿Qué significan esas cicatrices? ¿Cómo se sentirán bajo la yema de los dedos?

Se alegra de no poder verse sus propias cicatrices. Hay días en que casi no se acuerda de las que le cruzan la espalda. Pero la cicatriz que le atraviesa el rostro como una serpiente y le estira los labios en una mueca, es otra historia. Pola siente que la define, como su nombre de esclavizada. Pero, en el caso de Simón es diferente. Sus cicatrices acentúan su belleza, su piel, su sonrisa.

Se estira un poco para ver mejor y se sobresalta por el estruendo del cacharro que cae a sus pies lanzando las viandas con todo y cáscaras por el suelo de la cocina.

Cuando termina de recoger el desastre, la voz de Pastora resuena en la cocina.

—¿Pola, estás pensando en musarañas de nuevo? —Pola se sobresalta otra vez y se le cae el cacharro de nuevo—. ¿Qué mosca te ha picado últimamente? ¡Apúrate, mujer! Esos ñames son para hoy.

Pola se apresura a recoger la comida. Se muerde la lengua, pero lleva semanas preguntándose lo mismo. Cuando se aparta de la ventana para terminar su labor, se da cuenta de que Simón la mira fijamente sin siquiera intentar disimular los sentimientos que se reflejan en su rostro.

* * *

Contrario a la ropa de la familia, que la lavandera lava a diario en enormes palanganas en el batey, las negras lavan su propia ropa en sus baños semanales. Ahí comparten bromas, cuentos y chismes, y disfrutan de la intimidad de la camaradería femenina.

Hoy Leticia llega después de que todas las mujeres se han tendido sobre las rocas planas. Están relajadas, a medio vestir, rodeadas de montones de ropa recién lavada. Llevan varias semanas evitándola, pero Leticia ha escogido el día y el lugar con mucho esmero a sabiendas de que no abandonarán la ropa ni se irán a medio vestir. No, siente que esta vez ganará.

Se quita la pesada canasta de la cabeza y la deja caer al suelo con un golpe. Mira a su alrededor intencionadamente y se pasa la mano por la nuca y los hombros.

—Ay, Dio', qué semana má' difícil —dice en voz alta sin dirigirse a nadie en particular. La conversación se detiene cuando se les une en las rocas.

Aunque ha pasado un mes desde que traicionó a Adela y Benito, la tensión que genera al llegar a cualquier reunión no ha disminuido. Las mujeres de Las Agujas necesitan a Leticia tan poco como las trabajadoras del cañaveral, que tienen que compartir trabajo y vivienda con ella. En su diario vivir, Leticia habita *entre* ellas, pero no es una *de* ellas. La han borrado por completo de su mundo. Los capataces podrán obligarlas a trabajar con ella, pero, cuando no las vigilan, Leticia ha dejado de existir.

El grupo la observa en silencio. Incluso a la distancia, a Leticia le llega el sonido de la respiración pesada de Pola. Plácida la Mula está roja como un tomate y tiene las aletas de la nariz abiertas. Paquita no dice nada, pero la vena que le cruza la frente late peligrosamente. Lupe está con los brazos en jarras como retándola a un encontronazo. Rosita permanece sentada en silencio y mira a sus compañeras con los labios bien apretados. Belén se mira la blusa mojada, los ojos fijos en la tela, y se niega a reconocer la presencia de Leticia. Inés sigue lavando su ropa con tanto empeño que la fina tela acaba hecha un trapo.

—Y también ha hecho tanto calor. Yo sólo quería… quiero… quiero… —Leticia mira al grupo, no puede ignorar el muro de animosidad, la capa de peligro que se oculta bajo la superficie. Cesa su cotorreo.

Un silencio espeso se extiende en el espacio, casi se puede palpar su intensidad. No hay forma de equivocarse o ignorarlo. No pueden irse, pero tampoco la dejan entrar. La miran hasta hacerla sentir incómoda.

—Bueno, creo que voy a buscar un poco de sombra. Hace demasiao calor, incluso aquí cerca del agua.

Agarra su canasta, se la coloca encima de la cabeza y se aleja del grupo a trompicones. Mientras se aleja, escucha las voces retomar la conversación. Es como si su llegada cerrara una puerta de golpe y su partida la reabriera. No la quieren ahí.

Leticia se dice que no le importa. Tiene cosas mejores que hacer. Ésas son una partida de mulatas parejeras, mestizas, mezcla de gente mentecata que no sabe lo que es el estilo ni la belleza. No las necesita. Ésas, por el contrario, sí tienen mucho que aprender de ella. Mientras camina, se le infla el pecho de un sentido de superioridad.

—Ya le' daré una leccioncita. Ya le' enseñaré quién soy yo. No la' necesito. No necesito a nadie. Se arrepentirán. No permito que nadie… nadie… nadie…

El corazón de Simón I

Está cambiando. Los nudos de mi Pola comienzan a aflojarse. A pesar de todo, no pudieron matar su espíritu. Pero el espíritu no puede sobrevivir solo ni encerrado por demasiado tiempo sin marchitarse. No obstante, creo que la primavera se acerca y ella comienza a florecer, si bien aún indecisa. Tengo una paciencia infinita y cuanto más veo brotar sus colores, más me gusta el paisaje que prometen. A lo mejor, algún día comprenderá que puedo ser parte del paisaje de su vida. La veo: un jardín maduro en flor. Cada día me muestra algo nuevo. Y cada día me roba un pedacito del corazón. Esperaré, como siempre, hasta que esté lista.

Toda alabanza le pertenece a Alá.

Ganancias

Hacienda Las Mercedes, Carolina, Puerto Rico, agosto de 1854
Doña Filo amanece indispuesta, está demasiado enferma como para ir a misa. Regresa a la cama con la esperanza de que, a pesar de su ausencia, los esclavos aprovechen el día para dar gracias a Dios por todas sus bendiciones. Don Tomás está en un viaje de negocios prolongado, de modo que le toca al mayoral informarles a los trabajadores el cambio en la rutina.

Al oír el anuncio, los trabajadores bajan la cabeza, preocupados por la salud de la patrona. Cuando los despachan, regresan en silencio a sus chozas para, presuntamente, dedicarse a las devociones religiosas propias del domingo por la mañana. El batey permanece en silencio hasta que los capataces se montan en sus caballos y salen a disfrutar de su día de descanso. Dejan a cargo de supervisar a los trabajadores a un infeliz asociado, que aplaca su resentimiento con varios tragos generosos de cañita. Poco después se queda dormido en el establo.

Una vez Melchor da la señal, la gente empieza a salir para disfrutar de una inusual mañana de domingo en la que pueden hacer lo que deseen. Es la primera vez que recuerdan pasar el día entero haciendo lo que les da la gana o no haciendo nada.

El batey es un enjambre de actividad. En una esquina, las

niñas juegan a su juego favorito. Forman un corro alrededor de una niña y cantan: *arroz con leche se quiere casar...* En la esquina más apartada de la casa, los niños blanden ramas convertidas en espadas y se hacen los valientes, pero con cuidado de no hacer mucho ruido y despertar al guardia. En preparación para la misa del domingo, las mujeres ya han ido al arroyo a darse su baño semanal. Ahora sacan las enormes palanganas y traen un cubo tras otro de agua. Los bebés son los primeros que meten en las palanganas. Les seguirán sus hermanos mayores y, después, los hombres, todo antes de la hora de almuerzo. Las mujeres se encargan de preparar la comida. Las jóvenes ignoran discretamente a los muchachos medio desnudos a quienes les encanta mostrar su musculatura.

En medio de toda la actividad, Leticia sube la loma para unirse al grupo. Con un movimiento exagerado de las caderas, camina hasta el centro. Un silencio plomizo cae sobre el patio cuando todos —adultos y niños, trabajadores de la caña y domésticos— se detienen a mirar la aparición.

Leticia lleva un vestido de colores brillantes hecho de retazos disparejos. A diferencia de su habitual atuendo para llamar la atención, esta prenda le cuelga de tal forma que requiere que hale del corpiño constantemente para que no se le salgan los pechos. Lleva unos guantes de encaje rotos que le cubren las manos y los brazos hasta los codos.

Unos mechones largos de pelo negro le caen en direcciones extrañas sobre los hombros. Un sombrero de ala adornado con flores muertas remata el atuendo.

Pero lo que más llama la atención es su rostro. La piel color marrón oscuro está embadurnada de una pasta blanca que, al secarse, forma parches grises sobre las mejillas y la frente.

Tiene los ojos delineados con una sustancia negra. La boca es una hendidura roja como la sangre, que hace parecer que tiene los labios caídos. No se dirige a nadie, sino que continúa una conversación que aparentemente sostiene desde hace tiempo. Coqueta, se dirige al árbol más cercano.

—Ay, me encantaría, pero no puedo. Tengo un compromiso esta noche y no tengo tiempo pa' ti.

Camina hacia un hombre sorprendido y sigue conversando sin fijar la mirada en él ni en nadie.

—No sea' tan esmayao. No, no. Tiene' que esperar tu turno. Sé que te he hecho esperar, pero ¿acaso no valgo la pena? —Dicho esto, se acaricia las caderas, sin duda a modo de invitación. Levanta el rostro, sonríe ampliamente y pestañea exageradamente mientras prosigue—: Ay, no te enfogone', que hay pa' to' el mundo. No te preocupe'. Hay pa' ti también.

El grupo está demasiado sorprendido como para reaccionar.

—No es culpa mía, tú sabe'. Yo necesito, *necesito* mi' cosita'. ¿Qué quería' que hiciera? ¡Basta ya, basta ya! Vamos a pasarla bien ¿verdad que sí? Vamos a pasarla muy, pero que muy bien.

Se dirige a la mujer más cercana:

—Celestina, tráeme la capa. Y no olvide' mi' zapato' nuevo'. Ere' muy olvidadiza. Ten cuidao, no vaya a ser que tenga que buscarte una sustituta.

Se ajusta el corpiño una vez más, da media vuelta y baja la loma dejando a su paso un potente olor a flores marchitas. Pasa las chozas, pasa la casa de Romero, pasa por detrás de las letrinas y se adentra en el bosque. En los días que siguen, los capataces buscan por todas partes, pero nunca dan con la mujer enloquecida. Nadie vuelve a ver a Leticia en la plantación. Y nadie la echa de menos.

Hace semanas que dieron de alta al último paciente. Pola se sienta frente a la cabaña de la curandera separando las últimas hierbas, pero está como ausente. Bajo su aparente calma se esconde un corazón angustiado. No logra calmarse, está ansiosa por regresar a donde Chachita, tocarla, verla sonreír, verla comer. Una cosa es que le digan que Chachita está bien y otra es verla con sus propios ojos. La enfermedad de doña Filomena y la consiguiente laxitud en la vigilancia le brindan a Pola la oportunidad perfecta. Pero la cosa no es tan fácil como pensaba. Pola no tiene idea de dónde está Chachita. Rufina le ha dado algunos detalles de los alrededores, pero no le ha dicho la localización exacta. Pola no tiene forma de llegar al escondite por sí sola. Necesitará ayuda y sólo hay dos personas que pueden ayudarla.

Mira a Rufina y se da cuenta de que no puede pedirle a la vieja que regrese al lugar. La curandera por fin disfruta de un merecido descanso después de atender a otra gente durante tantas semanas. A veces se queda dormida en mitad de una tarea o permanece en la cama hasta entrada la mañana. Pola no puede imaginar cómo Rufina pudo hacer todo lo que hizo por Chachita esa primera vez. ¿Cómo pedirle que lo haga otra vez? No, no hay más remedio. Sólo Simón puede llevarla y traerla a salvo. Pero piensa en cómo lo ha tratado y se ruboriza. ¿Cómo pedirle algo ahora?

Rufina examina los gestos de Pola. Ha observado en silencio su creciente ansiedad. Ahora se inclina hacia ella.

—Toma. No se me ha olvidao. —La curandera le entrega un frasquito—. Para tu niña. Ponle mucho dentro y fuera de la' oreja'. Luego le cubre' el área con un pedazo de tela pa' mantenerla limpia. Recuerda que no la va a curar, pero la va a aliviar.

—Pero no sé cómo…

—Por favor, llevo vario' día' leyéndotelo en la cara. ¿Qué mejor momento que éste? Pensé que tú lo iba' a hacer, pero, como siempre está' enfurruñá, me toca a mí traer el tema.

—Pero cómo… jamás encontraré…

—Simón te va a mostrar el camino.

—Ay, pero… no puedo… pensé que tú podrías acompañarme, pero…

—Polita, estoy muy cansá y muy vieja pa' tanto correcorre. Confía en él. ¿Qué má' tiene que hacer el hombre pa' que te convenza' de que lo que quiere e' ayudarte?

Pola vacila.

—No sé.

Rufina le disipa las dudas.

—Mujer ¿encima de ciega, cabezona? ¿Cuándo va' a confiar en él? Simón e' tu única salida. —Pola sopesa las emociones contradictorias. No sabe qué hacer—. Solo tiene' que hacerte una pregunta: ¿Cuánta' gana' tiene' de ver a la niña?

Y de golpe, Pola sabe la respuesta, la única respuesta posible. Mira fijamente a esa vieja que parece conocerla mejor de lo que ella se conoce a sí misma. Esa tarde, deja a un lado sus sentimientos encontrados y se adentra con Simón en el bosque.

Pola sabe que no será fácil llegar hasta donde está Chachita. Aún temen a los militares por lo que se mueven lentamente y en silencio, los ojos miran a todas partes, los oídos atentos al más mínimo sonido. Simón va delante cargando un saco de yute y una cuerda gruesa alrededor del hombro y el brazo. Pola también lleva una bolsa llena de suministros. El camino es lento y tortuoso.

Por fin llegan a la pared de una colina. Simón se detiene y apunta hacia arriba. Pola se queda muda. No ve nada más que piedra y matojos. Sabe que allá arriba está la cueva, aunque, afortunadamente, no se pueda ver desde donde está. Pero cómo va a subir hasta allá es otro cantar. Treparse en su árbol es una cosa, pero esto es imposible. No puede hacerlo. ¿Cómo diablos pudieron…? ¿Cómo pudo Rufina?

—No puedo subir.

—Sí, sí puedes.

—Pero…

—¿Quieres ver a la niña o no? ¿Cuánto tiempo quieres perder discutiendo?

Pola asiente con la cabeza. No tiene alternativa.

Simón pone manos a la obra, saca lo que necesita de la bolsa y amarra a Pola con la soga por debajo de los brazos y alrededor del pecho. Cuando están listos y a punto de empezar, se detiene.

—Sé que estás asustada. Pero nunca permitiré que te pase nada. ¿Me crees?

Pola se niega a ver todo el sentido de esas palabras y se limita a asentir con la cabeza una vez más.

Con el otro extremo de la soga alrededor del hombro, Simón sube primero, un brazo después del otro, con cuidado. Parece un reptil gigantesco y se confunde con la piedra y las enredaderas. Desaparece en la cima y luego hala la soga a la que está atada Pola. Según le instruyó Simón, Pola fija la vista en la pared que tiene enfrente, usa las manos y los pies para protegerse de la roca afilada en el ascenso y confía en que él no la dejará caer. La soga tira y tira de ella.

Siente el sudor correrle por el rostro y ruega que la soga aguante. Luego escucha una voz grave que viene desde arriba y la alienta, le quita el miedo. De pronto se encuentra en un rellano al otro lado de las ramas colgantes y las enredaderas, frente a una puerta tallada. Simón empuja la puerta y ahí está

Chachita sentada en un catre con mucho mejor aspecto que la última vez que la vio. Tiene los cachetes más rellenitos y los brazos y piernas menos huesudos. Los ojos se le quieren salir. Se pone de pie, extiende los brazos y le regala a Pola una sonrisa de bienvenida.

—¡Re-regresaste! —La niña abraza a Pola, esta vez con una fuerza considerable.

—Pues, claro que regresé. ¿Acaso pensaste que no volvería?

No pueden despegarse. Hablan, se abrazan, se sientan, siguen hablando. Cuando la excitación de verse disminuye un poco, Pola saca el frasquito de Rufina.

—Chachita, te traigo algo de parte de Rufina.

—¿Un regalo? ¡Ay, qué bueno!

—Bueno, es algo para ti, para tus orejitas. Esto te va a ayudar.

Inmediatamente, Chachita baja la cabeza y se tapa las orejas con el cabello. Está a punto de alejarse cuando Pola le aparta la mano del cabello.

—No tienes de qué avergonzarte. —La niña se limita a negar con la cabeza, renuente incluso a hablar del asunto. Pola le toca el hombro—. ¿Confías en mí?

La niña asiente.

—¿Crees que sería capaz de lastimarte?

Chachita niega con la cabeza.

—¿Me dejas ver? —pregunta Pola con su voz más amorosa, bajito, casi un susurro—. Voy a hacerlo con mucho cuidado.

La niña deja que Pola se le acerque y tiembla cuando Pola le agarra la cabeza, la recuesta sobre su regazo y comienza a inspeccionarla. Las pústulas amarillas y púrpura supuran en la superficie de la piel. Donde solían estar las orejas ahora hay ampollas y zonas en carne viva. Pola se traga la repulsión y, con suavidad, le toca la piel torturada con los dedos. Las lesiones han empezado a extenderse y pronto cubrirán las hermosas facciones de la niña. Entonces no habrá pelo que pueda ocultar el daño.

Pola saca el frasquito. Al principio, Chachita está tensa, pero, a medida que Pola le habla y le acaricia el cabello, se relaja y le permite a Pola curarle ambas orejas. Le aplica una buena cantidad del bálsamo apestoso y le cubre las orejas con un pedazo de tela. Chachita se toca el vendaje suavemente, vuelve a recostar la cabeza en el regazo de Pola y se queda dormida.

*　*　*

Simón ha estado sentado en el suelo contra una de las paredes de la cueva observando a las dos mujeres. Nunca ha visto a Pola tan feliz como cuando vio a Chachita. Toda su atención se concentra en la niña, que está tan feliz como ella de volverla a ver. Para Simón, bien han valido el esfuerzo y el riesgo por poder ver más allá de la máscara tras la que esta mujer se ha escondido tan cuidadosa y afanosamente durante tanto tiempo. Se reclina un poco y disfruta observando a la Pola cálida, delicada y vulnerable que siempre ha imaginado; una mujer llena de fortaleza y propósito y, sí, de amor.

Pola mira a Chachita y sonríe. Esa alegría incontenible es una sensación que no ha experimentado en muchos años. Una vida joven que respira, duerme y confía en su protección. ¡Qué afortunada ha sido de encontrar esto otra vez! Siente que se abre como una flor de primavera que florece en todo su esplendor. ¿Cómo es que este chispo de niña puede devolverle todo lo que perdió hace tanto tiempo? Qué bendición inesperada.

Cuando levanta la vista, Pola ve que Simón la observa a sus

anchas. Sus miradas se cruzan. Pola se ruboriza, pero no desvía la mirada. En vez, sonríe agradecida. Nunca le ha dicho la palabra gracias a Simón, una palabra que se ha ganado tantas veces en todos los años que lleva en este lugar. En efecto, siente hacia él una gratitud hasta ahora reprimida, pero, desde hace un tiempo, siente algo más. Se da cuenta de que ha dudado de él, que lo ha puesto a prueba, que lo ha mantenido tan alejado como ha podido. Ha observado y juzgado y se ha anticipado. Y en todo este tiempo, él nunca le ha quitado nada, como tantos antes que él. Simplemente ha estado ahí, como el sol, como la tierra, como el agua cada vez que lo ha necesitado. ¿Por qué aún duda de permitirle acercarse a ella? ¿Por qué le cuesta tanto dejar a un lado el temor, dejar de levantar muros? ¿Será capaz de volver a confiar, a amar? ¿De dónde vienen esos sentimientos inesperados e indeseados? Debe reconocer que se ablanda ante la proximidad de este hombre. Siente su propia tibieza, siente que se abre e intenta acercarse. Todo es muy confuso porque, si bien hay atracción, aún hay cierta renuencia, una especie de incomodidad que la detiene.

Están sentados uno frente al otro, mirándose; ambos sienten mucho, pero no dicen nada.

* * *

Chachita, hecha un ovillo, la cabeza aún sobre el regazo de Pola, duerme y se despierta por momentos, pero se mantiene muy alerta al espacio que la rodea. A través de las pestañas ve a Simón mirar a Pola. Desde donde está, puede sentir la reacción de Pola, los pequeños temblores que la estremecen. Casi puede sentir los hilos de energía que fluyen entre esas dos personas y cargan el aire.

Sea lo que estén generando, fluye también sobre ella. Por primera vez en mucho, mucho tiempo, Chachita se siente segura, calientita y cómoda. Podría quedarse aquí, así, por una eternidad y sería sumamente feliz. Es un sentimiento nuevo para ella; y lo disfruta. ¿Así se siente tener una madre y un padre? Se mueve y el instante se rompe.

La voz de Pola transmite alivio y reticencia.

—Tenemos que irnos ahora. Se está haciendo tarde y nos van a echar de menos. —Se siente aliviada de haberse liberado de los pensamientos que la acosan y, sin embargo, está renuente a abandonar a Chachita otra vez.

—¡Yo voy también!

Por más que Pola deseara que esto fuera cierto, sabe que es imposible.

—Todavía estás muy débil para hacer el viaje. Tienes que quedarte aquí y ponerte fuerte y saludable de nuevo. —Ayuda a la niña a meterse en el catre.

—Es que no me gusta estar aquí sola.

Pola está a punto de consolarla, cuando Simón le responde.

—No estarás sola. Nosotros vendremos cada vez que podamos. —A Pola no se le escapa el «nosotros» en la aseveración de Simón. La ignora por el momento, e intenta apartarse de Chachita, pero la niña la abraza con fuerza.

—Te quiero, MaPola.

Pola se queda sin palabras. Se inclina, besa a la niña y salen aprisa.

* * *

Pola aspira el olor de los árboles y la alfombra esponjosa de hojas caídas mientras sigue a Simón de regreso a Las Mercedes y se permite perderse en las muchas emociones que ha experimentado a lo largo del día. La alegría de ver a Chachita, el temor a ser descubiertos, la esperanza de la cura, el tira y jala de la presencia de Simón y la innegable atracción que siente por él.

De pronto, una mano la agarra por el brazo y se halla en el suelo, inmovilizada por un gran peso. Pola lucha mientras la enorme mano le cubre la boca. Al instante regresa al pasado. Una vez más se encuentra a la merced de un hombre desconocido, unas manos que la agarran, un peso que la aplasta; la resistencia inútil. ¿Ha pasado tanto tiempo desde que tuvo que defenderse la última vez que se ha descuidado?

Pola no puede hacer nada contra la enorme fuerza que la inmoviliza y le aplasta la cara contra el suelo. Deja de luchar con la esperanza de que la suelte un poco para poder defenderse y, a lo mejor, escapar. Pero, tan pronto deja de oponer resistencia, escucha la voz familiar, un susurro feroz que la tranquiliza.

—Soy yo, Simón… No hagas ruido… —Y luego, casi sin aliento—: Militares… justo al frente.

Pola se paraliza. El pecho le quiere explotar, no por temor a un atacante único, sino a los militares que siguen peinando el bosque y llevándose por la fuerza a cualquier negro que encuentren en su camino. Su pensamiento vuela mientras calcula la situación. Furiosos y frustrados al cabo de semanas de buscar infructuosamente a los cimarrones, actuarán primero y preguntarán después.

Simón le quita la mano de la boca y relaja el cuerpo, pero no se mueve. Las emociones de Pola galopan. Más que un atacante, ve en Simón un escudo protector. Ambos sienten la vibración de las botas antes de escucharlos, y los escuchan antes de ver el destello de los uniformes. Son como media docena. Maldicen y discuten mientras avanzan. Se acercan tanto que Pola puede sentir la peste a alcohol y sudor de su ropa. Dos de ellos empinan la botella que comparten.

—¡Vámonos, coño, que así no daremos con ellos más nunca! —ruge el líder. La borrachera de los hombres retrasa la búsqueda y no puede permitirlo. Está cansado y hambriento y no está de humor para perder el tiempo. Exasperado, regresa y empuja a los rezagados, les arrebata la botella de ron y la arroja en los arbustos—. Pueden beber todo lo que quieran una vez que regresemos y cobremos la recompensa. Me están costando tiempo y dinero, carajo. ¡Muévanse!

A pocos pasos de las botas de los militares, Pola y Simón permanecen en el suelo, temblando. Aun después de que los soldados se han ido, la pareja sigue inmóvil. Cuando están seguros de que los hombres se han alejado lo suficiente, Simón se le quita de encima a Pola. Después de aclimatarse al calor y el peso de su cuerpo, Pola siente frío cuando se aparta.

—Apúrate. Tenemos que salir de aquí. Ruega que Romero no haya notado nuestra ausencia.

De pronto, Pola se detiene. ¿Y Chachita? ¿Y si...?

—Vamos. Aprisa. Pueden regresar en cualquier momento.

Tiene razón. Pero está adherida al suelo y se resiste a las manos que le extiende con urgencia.

—Pero... Cha... —Todo su ser quiere regresar y asegurarse de que la niña esté bien.

—Pola, vámonos. ¡Ahora! —Simón modula el tono, pero el sentido de urgencia reverbera entre ellos—. Sé lo que piensas. Pero no podremos ayudarla sin nos capturan. Este lugar es muy peligroso... para todos.

Pola lo mira agonizante. ¿Qué hacer? Simón le agarra la mano y la hala. No hay tiempo para hablar. Por fin, se deja llevar. Simón tiene razón. No pueden ayudar a Chachita si los capturan. Y son su única esperanza.

Al acercarse a la hacienda se separan. Los trabajadores aún están afuera, sentados, fumando, bebiendo o coqueteando. El sol comienza a ponerse tras las montañas. No quieren que su día «libre» termine.

Pola evita la multitud y se dirige a la loma que conduce a Las Agujas. Por primera vez en todo el día respira sin dificultad. Todas han estado demasiado ocupadas para notar su ausencia. Se mete en su catre para descansar poco antes de que lleguen las demás.

* * *

—¡Levántate, Pola! Rufina te necesita. ¡Ahora! —La orden de Tía la hace saltar de la cama.

—¿Qué pasa?

—Va a amanecer y hay mucho que hacer.

—Pero, Tía Josefa, ¿qué…?

—No hay tiempo que perder. Vístete y ve donde Rufina. ¡Apúrate, mujer! —Tía Josefa casi la empuja por la puerta.

Cuando Pola entra en la cabaña de la curandera, Rufina está de espaldas a la puerta arrodillada sobre un catre. La mujer le desgarra la ropa a la persona que está acostada. Pola está a punto de abrir la boca cuando Rufina la llama por encima del hombro.

—Ve, ve donde Pastora… Dile que tengo a alguien aquí con unas heridas muy graves. Después ve al huerto y tráeme abundante borra de café, sábila, bálsamo, caléndula y vinagre. ¡Corre! No tenemos todo el día.

La urgencia en la voz de Rufina la pone en marcha.

—Sí, ya voy.

Aprisa, Pola sube la loma que lleva al batey alto y se mete en la cocina. Grita las instrucciones de Rufina mientras agarra un cuchillo de cocina y una canasta vacía. Pastora no necesita que le den muchas instrucciones. No es la primera vez que hay alguien herido de gravedad en la plantación; sabe muy bien lo que tiene que hacer. Las manos de Pastora vuelan mientras recoge la borra de café, las cenizas de leña y los demás ingredientes necesarios. Luego regresará y los mezclará. Será una mañana larga y tiene mucho que hacer por sus dos amigas.

*   *   *

El sol ya ha salido y arde a través de las nubes mañaneras cuando Pola regresa con las hierbas. Entra en la cabaña de Rufina con la canasta llena y nota la rigidez en la espalda de la mujer, que aplica mucha presión a la persona que tiene delante. Luego huele la sangre, mucha sangre.

—¡Ven… ayúdame!

Cuando Pola corre al lado de Rufina, se espanta al ver a Simón, acostado inconsciente en el catre frente a ella. Por un instante, se paraliza cuando ve al hombre que yace inmóvil en el catre. De la cintura para arriba, está plácidamente dormido, el rostro tranquilo, los brazos quietos a los lados. Pero, de la cintura para abajo, la sangre le empapa los pantalones destrozados, moja el catre y chorrea hasta el suelo. Las manos de Rufina se mueven aprisa para detener la sangre, que sigue brotando de las heridas del muslo. Pola conoce bien el daño que hace el látigo y no tiene que hacer mucho esfuerzo por imaginar lo que le ha pasado. Si bien ella pudo regresar sin que la vieran, está claro que Simón no pudo.

—Pola, ¡muévete! Aquí, primero limpia la' herida' con vinagre. Luego corta la' penca' de sábila a lo largo. Ponle bastante menjunje en la' herida'. Yo estoy aquí a tu lado. —Las manos de Rufina vuelan, saca el orinal de debajo del catre y añade las cenizas y la borra de café al orín. Mezcla una pasta espesa con los dedos y regresa al catre. Saca a Pola del medio dándole un empujoncito y examina las heridas. Le arranca la ropa deshecha a Simón antes de aplicarle la pasta en la herida más profunda. Luego se sienta a observar cómo la mezcla detiene el sangrado. Satisfecha, Rufina cubre su labor con flores de bálsamo frescas y comienza a vendarla con tiras de tela limpia. Pero son demasiadas heridas y no hay tiempo que perder.

—Ayúdame. Hazle eso mismo en cada una de la' herida'. Hay suficiente menjunje en el cuenco. —Apunta al cuenco con los labios, sus manos no cesan de trabajar.

Pola, aún pasmada de ver a Simón en este estado, se queda inmóvil contemplando su cuerpo roto.

—¿Va' a dejar que se desangre? —La mirada de Rufina espabila a Pola. Las manos le tiemblan, pero hace lo que le dicen: limpia y venda las heridas una a una antes de presionar con todo su peso al tiempo que Rufina prepara más remedios.

Mientras Rufina se mueve por la cabaña, Pola mira a Simón. El hombre está medio desnudo, lo que le queda de ropa no cubre mucho. Pola desvía la mirada y se concentra en la labor que tiene entre manos. Pero los recuerdos la atacan sin piedad. ¿Cuántas veces la violaron y le forzaron unos genitales como éstos? Las gotas de sudor del rostro le caen en las manos. Siente que el corazón se le quiere salir del pecho. ¿Cuántas veces quiso huir del cuerpo de un hombre? Cierra los ojos y se siente débil. No puede hacerlo. Debe salir de ahí, sacar las manos de ahí. No ha tocado a un hombre por deseo desde que la trajeron a este lugar encadenada hace años. Los cuerpos de los hombres son dolor, peligro, humillación, lágrimas, pérdida; nunca algo bueno.

Rufina regresa. La curandera trae las ramas que Pola recogió; las ha molido hasta convertirlas en una pasta. Ahora que la curandera ha regresado, Pola agradece que la liberen. Ansía salir de ahí. Pero justo cuando se levanta para irse, las palabras de Rufina la detienen.

—¡Espera! ¿A dónde e' que tú va'? Todavía te necesita. —El tono de Rufina no deja lugar a dudas—. Ayúdame a amarrar esto. —Rufina limpia el exceso de la mezcla de borra y cenizas y aplica el nuevo emplasto—. Aguántalo ahí. —Por un instante, Rufina desaparece y regresa con tiras de tela blanca y un cuenco lleno de agua jabonosa—. Ahora levántale esta pierna. Así no. Agárrale bien el muslo y levántaselo pa' que yo pueda trabajar. Y deja esa' hoja' ahí. —Da vueltas y vueltas a las tiras hasta asegurar bien las hojas—. Aquí, córtale la ropa—. El sol ha salido y arde a través de las nubes mañaneras—. Hay que lavarlo bien.

Renuente a entrar en contacto más cercano con el cuerpo del hombre, Pola da un paso atrás.

—Pero…

Rufina pierde la paciencia.

—¡Carajo, mujer, haz lo que te digo!

Desde que se conocen, Rufina nunca le ha hablado a Pola en ese tono. Sorprendida, Pola abre la boca para objetar, pero no le salen las palabras.

Rufina le lanza una mirada fulminante y señala a Simón, que sigue inconsciente.

—¿Cuánta' vece' ha dicho presente cuando ha' necesitao su ayuda? ¿Cree' que no le debe' na'?

En el instante en que Pola se da cuenta de la naturaleza de las heridas de Simón, la piedrecita de la culpa alojada en su mente comienza a crecer. Las heridas de este hombre son el resultado directo de su necesidad de ver a Chachita. Ha recibido el castigo cuando lo justo hubiese sido que la castigasen a ella.

Sin decir más, Pola se inclina para realizar la tarea asignada. Cortan lo que le queda de ropa y le limpian la tierra y la sangre que tiene pegadas al cuerpo. Trabajan en silencio.

Pola intenta no pensar en los músculos firmes y las largas extremidades que lava. ¿Cuánto daño le habrá hecho el látigo a este cuerpo saludable? ¿Cómo podrá pagarle el sacrificio? Cuando terminan, las mujeres miran a su paciente. El catre está empapado de sangre, agua y otros fluidos.

—Hay que mantenerlo limpio. Ayúdame a moverlo.

Entre las dos traen un catre limpio y con cuidado transfieren el cuerpo; el esfuerzo las deja doloridas y sin aliento. Le cubren las heridas recién vendadas y se aseguran de que esté lo más cómodo posible. Luego se ponen a limpiar y ordenar la cabaña. Lavan los cuencos, queman los trapos empapados de sangre y guardan los remedios que sobraron en las jícaras para usarlos después. Trabajan en silencio, sacan el catre manchado de sangre y barren los residuos de las plantas. Enrollan tiras de tela limpia para hacer vendajes, que tendrán a mano cuando las necesiten. Cuando las mujeres se ñangotan para tomarse un respiro, están cubiertas de manchas de sangre, sudor y pedacitos de plantas. Su paciente, afortunadamente, sigue inconsciente.

—¿Se salvará? —El sentimiento de culpa de Pola se vuelve insoportable.

Rufina se pasa la mano por la frente, que se le mancha de rojo.

—No lo sé. Perdió mucha sangre. Lo que sí sé e' que, sin tu ayuda, se muere.

Las dos mujeres se miran por un momento. Finalmente, Pola baja la vista; sabe muy bien lo que se espera de ella. El trabajo realizado en la mañana ha dejado extenuada a Rufina, que se mueve más despacio y se arrastra entre una tarea y otra. Cuando terminan, Rufina se quita el delantal ensangrentado y se lava las manos. Examina a Simón una vez más.

—Necesito descansar y él necesita cuidao. Tú conoce' la' hierba' mejor que nadie. Te necesita, Pola. —Y luego en un tono más suave—: Yo también te necesito, mi'ja. Ha' hecho un buen trabajo hoy.

Pastora entra por la puerta con el almuerzo. Va directo a la mesa donde deja las ditas cubiertas y las jícaras con agua.

—¿Cómo sigue? —Mira el cuerpo cubierto de Simón.

—Hicimo' to' lo que pudimo'. Ahora hay que esperar. —La voz de Rufina arrastra el cansancio de todas las horas de trabajo.

—Ustedes dos parece que necesitan una buena comida. Regreso luego a llevarme estas cosas. —Se seca las manos en el delantal y se dirige a la puerta donde está Tía Josefa, el rostro arrugado de preocupación, pero contenida como de costumbre. Al salir, Pastora le da unas palmaditas en el hombro a su amiga.

—¿Se pondrá bien? —pregunta Tía Josefa desde la puerta.

Pastora la mira.

—Creo que sí. Hay que esperar y ver.

Tía Josefa asiente y se va, las llaves suenan a cada paso.

Rufina y Pola comen en silencio. Ninguna de las dos tiene fuerzas para hacer otra cosa que comer. Pero la mente de Pola vuela. Su paciente ocupa todos sus pensamientos. Simón, el guía.

Simón, el compañero paciente que rescató a la niña. Simón, el protector. Simón, el hombre. Y luego están todos esos momentos con Chachita. Chachita, la que confía. Chachita, la necesitada. Chachita, la amorosa. El corazón de Pola está a punto de estallar con tantas emociones acumuladas en un solo día.

Rufina se ha quedado dormida sentada en el suelo al lado del catre de Simón. Todavía tiene en la falda las migajas de lo último que comió. Es la primera vez que Pola ve a Rufina dormir y se admira. La curandera se ha transformado en una viejecita cansada con una admirable colección de arrugas y pellejos, que la hacen parecer veinte años más vieja cuando está en reposo que cuando está enfrascada en sus labores; nada más lejos de la mujer autoritaria y ágil que vive en continuo movimiento y al servicio de todos. Ahora la mujer duerme con la boca abierta, el cuerpo fláccido y un cansancio que la subyuga y la vuelve casi irreconocible. Mientras Rufina ronca suavemente y recupera las fuerzas para su próximo encuentro con la enfermedad o la muerte, Pola se recuesta y piensa en esa mujer que se ha vuelto tan importante en su vida.

Rufina jamás ha decepcionado a Pola. Fue capaz de ver más allá de su rabia y su amargura durante su recuperación. La curandera le sanó el cuerpo e intentó ayudarla a sanar el espíritu. Guio la entrada de Pola al nuevo mundo de Las Mercedes. Aunque Pola no la aceptaba, Rufina la aconsejaba y la apoyaba, incluso a riesgo de su propia vida. Cuando Pola estaba enloquecida de preocupación por el bienestar de Chachita, fue Rufina la que le llevó comida y ropa limpia a la niña. Ahora Pola se acomoda y la observa y piensa en las personas que han encaminado su vida por un rumbo tan diferente. Cuando llegó a este lugar, era una mujer rota y rabiosa, que no creía en nadie ni le importaba nada. Pola no sabe exactamente quién es ahora. Todavía quedan muchos aspectos de su vida por resolver. Pero sabe que no es la misma mujer que llegó. Y se lo debe a estas personas.

* * *

Mientras Rufina descansa cómodamente, Pola mira a su paciente, Simón, cuyo pecho sube y baja en un sueño tranquilo y profundo. Los paños se le han caído y lo han dejado expuesto. Observa su cuerpo desnudo y piensa en todos los cuerpos masculinos que le han traído tanto sufrimiento en la vida. Nota las piernas y brazos poderosos, el pecho ancho, los dedos largos. Las manos están quietas, abiertas, confiadas, contrario a otros días, que se la pasan en continuo movimiento doblando, partiendo, cortando con el machete, la única arma que le ha visto blandir. Los muslos, redondos y musculosos, ahora están envueltos en los vendajes que ella ayudó a ponerle. Los ojos de Pola se pasean libremente por el cuerpo de Simón y se detienen en el pene, fláccido e inerte. No ve una amenaza ahí.

Pola se maravilla. Es un hombre como cualquier otro. Y, sin embargo, no es igual. Su cuerpo no es como las armas que usaron contra ella durante tantos años. Aquí hay una vulnerabilidad que la hace pausar. En este momento, es ella quien tiene todo el poder, pero no siente deseos de lastimar o mutilar, esas acciones que ha aprendido a asociar con el control. Más que dominar, lo que siente es una necesidad interna de proteger.

Piensa en cómo Simón la protegió de Leticia la Loca en el cañaveral, cómo la sostuvo en el batey y cómo la ayudó a esconder a Chachita. Su cuerpo recuerda el peso del cuerpo de Simón cuando la tiró al suelo para protegerla de los cazadores. Su mano, delicada pero firme, cuando la sacó del bosque y la llevó a la seguridad de la hacienda.

No ha estado ciega al interés del hombre todos estos años, aunque lo ha rechazado una y otra vez. Cualquier otro hombre habría usado la fuerza para dominarla, pero no Simón. Él siempre ha sido paciente, tierno y, sí, amoroso. Este hombre ha acudido en su auxilio en tantas ocasiones sin pedir nada a cambio. Este hombre ahora yace indefenso ante ella, su vida está en sus manos.

Le examina el rostro y traza con los ojos las líneas de las cicatrices que tiene grabadas en la piel. No es la primera vez que admira la belleza de esas marcas. Vuelve a preguntarse por qué se sometería a lo que debió de ser un proceso muy doloroso. Entonces piensa en sus propias cicatrices, las que le desfiguran el rostro y la han marcado de por vida. Y luego están las otras cicatrices, las invisibles, grabadas a fuego como un carimbo en todos los años de violación y abuso repetidos. Sabe con certeza que la espina venenosa de la humillación le ha hecho mucho más daño que el látigo.

Siente una urgencia en los dedos de tocar, explorar, leer lo que esconden esas cicatrices. ¿Podrá? A lo mejor puede… Despacio, estira las manos y se las frota antes de colocarlas delicadamente en el pecho del hombre para leerlo mientras aún está inconsciente. Siente una pulsación vital, el corazón late lento, pero firme, con fuerza. Nada más. Retira las manos, temerosa de proseguir.

22

Pérdidas

Hacienda Las Mercedes, Carolina, Puerto Rico, agosto de 1854
Pola ya se ha ido cuando Rufina despierta de repente con la boca
seca, el corazón acelerado y una sospecha persistente como un
tizón. Lo analiza desde todos los ángulos posibles, con cuidado
de no quemarse. Algo no está bien. Algo amenazante, salvaje,
vivo y peligroso acecha. El pensamiento la roe por dentro. Se
queda muy quieta, pero sus ojos vuelan alrededor de la cabaña.
Está sola, excepto por su paciente.

Aún inconsciente en su catre, Simón apenas tuvo fuerzas para
llegar a la cabaña de Rufina y colapsar delante de la puerta. Lo
azotaron tan salvajemente que tenía pedazos de tela incrustados
en las heridas. El látigo le había cortado tan profundo en la carne que apenas podía mantenerse de pie.

No podrá trabajar en varias semanas, meses tal vez. Sólo
Romero pudo haberlo golpeado de esa forma tan salvaje. ¿Quién
más se atrevería a azotarle las piernas de ese modo a Simón, uno
de los mejores paleros de la hacienda? Alguien tendrá que pagar
muy caro por esto.

Don Tomás ha salido recientemente para asegurar unos
fondos muy necesarios en la capital. Ha ido a reunirse con ban-

queros y otros hacendados que están en la misma situación. Ante todo, hay que salvar la próxima cosecha. Cuando regrese de su largo viaje a la capital, querrá saber por qué han azotado a uno de sus esclavos más preciados hasta dejarlo inútil, y más vale que Romero, quien aún está pagando por la última vez que abusó de un trabajador, tenga una buena excusa. Como la mayoría de los mayorales, Romero es un abusador, pero no arriesgaría su propio pellejo enfrentándose a su patrón. ¿Qué habrá pasado? ¿Qué le haría creer que podría salvarse de ésta a tan poco tiempo de su última confrontación con don Tomás?

¿Cuántas veces no habrá ido Simón al bosque a recoger juncos, rafia, hojas de palma y otras plantas para los proyectos de la plantación? Nadie cuestiona sus movimientos. ¿Sería que el propio Romero estaba patrullando en vez de sus hombres? De ser así, ¿por qué salió esa noche en particular? ¿Por qué llevaba un látigo en vez de una escopeta, que es un arma más apropiada para patrullar? ¿Iría tras Simón o tras otra persona?

Rufina sigue analizando los pensamientos que la incomodan hasta ver la imagen clarísima: Romero está acechando a Pola; su animosidad crece por su continua presencia en Las Agujas. A Rufina le parece ver las manos del hombre convertidas en garras por la frustración. Incluso escucha la cantaleta que les da a sus hombres. A ésa la debieron enviar al cañaveral bajo su mando. Le habría dado una lección de obediencia, se habría asegurado de que esa piel negra se pusiera más negra aún bajo el sol; le habría quitado a golpes esas ínfulas de rebeldía; la habría puesto de rodillas, ¡de rodillas! Rufina sabe que no la ha tocado porque es una de las mujeres de la loma, una de las mujeres de doña Filo. Después de todos estos años, no hay nada que Romero desee más que ver a Pola en el cañaveral con los demás trabajadores donde considera que debió estar desde el principio.

Pola está sobre aviso y siempre se ha andado con mucha cautela cerca de él. Nunca le ha dado la oportunidad de pillarla en una situación comprometedora. Siempre ha evitado estar a solas en su presencia. ¿Será que Romero la estaba esperando a ella en vez de a Simón? Pero ¿por qué? ¿Por qué anoche? ¿Por qué pensaría que Pola había salido?

De inmediato, la imagen de Celestina se cristaliza en la mente de Rufina, tan clara como un estanque de agua. ¡Por supuesto! Ahora Rufina sabe por qué la albina estaba tan nerviosa al salir de la casa de Romero hace unas noches. Celestina, la serpiente blanca, y Romero, el mulato salvaje, ambos odian a Pola. Mientras más lo piensa, más claro lo ve. La mirada se le endurece como el mármol. No fue a Simón, sino a Pola a quien esperaba capturar. Con eso, habría enviado a Pola al cañaveral donde tendría más control sobre ella y menos supervisión del patrón.

Despacio, muy despacio, Rufina mueve la quijada y lanza un escupitajo al suelo. Vuelve a acostarse, pero esta vez no duerme. En vez, considera y reconsidera el mejor plan de acción. Sus ojos negros brillan en la oscuridad.

Al rayar el alba, Rufina sabe exactamente lo que hará.

La curandera agarra su canasta y sus guantes, se pone el sombrero y sale a recoger las hierbas del día. Se pone el delantal con los bolsillos más profundos y se asegura de llevar aparte un juego adicional de utensilios. Luego se dirige a una zona del bosque que muy pocos frecuentan en busca de una hierba que la mayoría de la gente evita. Camina con paso firme y decidido. El ala de su sombrero se agita mientras se adentra a trompicones en el bosque.

*   *   *

En la semana, Pola está conflictuada. La han relevado de sus tareas en Las Agujas para que ayude a Rufina a cuidar de Simón. Curarle las heridas la ha abierto a muchos pensamientos inesperados, impulsos imprevistos. Aclarar todas estas ideas es un ejercicio agotador y perturbador.

Una vez termina el trabajo de vendarlo y limpiarlo, su mente vuela en otra dirección: a la Cueva Cimarrón. Rufina le ha contado que, por décadas, la cueva ha sido un refugio temporero y seguro para los cimarrones. Habiendo estado en la cueva, Pola confía en que es poco probable que descubran a Chachita. El refugio es apenas visible, aun para quienes lo conocen, y prácticamente inaccesible. Entre lo que le dejó Rufina y lo que le llevaron Simón y Pola, la niña tiene abasto para varias semanas. Pola sabe que Chachita está recuperando sus fuerzas y espera que el remedio de Rufina esté surtiendo efecto.

Lo que más echa de menos, son las horas de intimidad que compartió en ese lugar. Aún ve la amplia sonrisa de Chachita, siente su abrazo y, luego, el calor de la niña enroscada sobre su regazo. Esos recuerdos la acompañan mientras realiza sus tareas cotidianas. La anticipación de esa intimidad tendrá que bastarle hasta que pueda regresar. Sin la ayuda de Simón, no tiene cómo hacerlo. Pasará mucho tiempo antes de que eso vuelva a ocurrir. Pola intenta alejar ese pensamiento manteniendo las manos ocupadas. Pero permanece latente en algún lugar de su cabeza.

A diario, doña Filo supervisa la restauración de Las Agujas. La hacienda aún se está recuperando de la tormenta. Ahora que los trabajadores han regresado a sus tareas habituales, la patrona ha decidido que hay que modernizar Las Agujas. A algunos hombres les han asignado la extensión del edificio. Los planes contemplan un espacio de almacenaje más amplio y seguro. Las mujeres pasan el día reorganizando el taller, llevando telas y herramientas a la cabaña. Hay que comprar telas nuevas para reemplazar la mercancía que se perdió. Hay que completar los proyectos interrumpidos. Hay que entregar las órdenes retrasadas. Hay que reemplazar las prendas que el agua arruinó. A Pola le asignan tareas que la mantienen alejada de la cabaña de Rufina buena parte del día. Se siente más tranquila respecto a Simón sabiendo que empieza a responder al tratamiento. Pero su pensamiento no se aleja nunca de Chachita.

Romero y sus hombres están en extremo vigilantes después del incidente de Simón. Las sombras de sus figuras abultadas y las largas escopetas de barril aparecen inesperadamente sobre las paredes de la cocina, detrás de Las Agujas, tras las puertas de las letrinas, frente a las chozas. En la hacienda, los guardias están nerviosos. En el bosque, merodean los ávidos militares.

Pola intenta pensar sólo en cosas positivas mientras realiza sus labores. ¿Acaso la niña no ha sobrevivido sola en el bosque todos estos años? La cueva le ofrece más protección aún. *Chachita está a salvo, está a salvo, está a salvo.* Es el canto que susurra, su refrán, su plegaria. No obstante, sabe que el bálsamo que le preparó Rufina no es una cura. Desde que se conocen, el oído de la niña se ha deteriorado notablemente. ¿Quién sabe cuánto podrá oír ahora? Los cazadores podrían estar al lado de ella y no los sentiría llegar. Mientras más piensa en todo lo que podría salir mal, más se desespera. Ansiosa, vigila a la gente en el batey y está atenta a cualquier movimiento en el bosque.

Nada escapa la atención de Tía Josefa. Más allá de su aparente calma, puede ver la ansiedad efervescente de Pola. Ella, Pastora y Rufina actúan para proteger a Pola de sus impulsos descabellados en lo que respecta a Chachita. Rufina mantiene a Pola ocupada con Simón. Le confía su cuidado con más frecuencia mientras ella se ocupa de sus otras responsabilidades. Pastora tiene aún más labores para Pola en la cocina. Pero las viejas saben que no podrán impedir que Pola vaya a ver a la niña, y pronto.

Al cabo de dos semanas, la tensión ha disminuido en Las Mercedes. Ese domingo, han guardado los animales y los capataces van por la segunda botella de cañita. La mayoría de los habitantes de la hacienda, negros y blancos, está en misa. Es una tarde calurosa y los pocos hombres que quedan en la plantación están borrachos.

Pola ha esperado más de la cuenta y está a punto de hacer una movida cuando Tía Josefa le pasa por el lado y balbucea:

—Ahora no. —Tía le lanza una mirada de advertencia y, con un gesto casi imperceptible de la cabeza, señala hacia las ramas encima de ellas. Ahí, escondidas entre las hojas del palo de mangó, se ven las piernas de un hombre y la silueta oscura de su arma.

El incidente deja a Pola conmocionada ante la inminencia del peligro. Da media vuelta y sigue a Tía Josefa hasta el amparo de Las Agujas. Su frustración y su angustia por fin explotan a través de su aparente calma. Tía la sostiene hasta que los sollozos cesan y las dos mujeres se retiran sin decir palabra tras una máscara de impasividad.

Esa tarde, Pola tiene que ayudar con la cena. El ambiente de la cocina está cargado y Pastora ha ido un momento a la casona a preguntarle algo a doña Filo. Pola aprovecha la oportunidad para salir y sentarse a tomar un poco el aire. Una vez más, su pensamiento vuela hacia Chachita. El olor del humo del tabaco de Rufina llega antes que la curandera. Luego la vieja se deja caer junto a ella.

Comienza a hablar sin preámbulos:

—Sé paciente, Polita. Sé muy bien dónde está tu corazón. Simón no está en condicione' de ayudarte, pero tan pronto como sea seguro, yo misma te llevo a la cueva.

Pola la mira fijamente como si la mujer se hubiese desquiciado. A ella tuvieron que halarla para llegar. La virtud del lugar es su inaccesibilidad. ¿Cómo piensa Rufina que subirá?

—No me mire' con eso' ojo'. Soy vieja, pero no estoy muerta todavía. ¿Cómo cree' que subí? Esa cueva ha sido un lugar de descanso y amparo durante mucho tiempo. Son mucho' lo' camino' que llevan a la libertad, aunque ninguno e' seguro. Cada cual conoce un camino según su' necesidade' y su' fuerza'. No hay do' persona' que conozcan el mismo camino. Así, si agarran a uno, no podrá entregar a nadie. Simón conoce su camino. Yo conozco el mío. Pero no será fácil.

—Pero… me pareció que dijiste que no podías… que sólo Simón…

—Por ahí viene Pastora. Tenemo' que trabajar. —Rufina se pone de pie y empieza a alejarse, luego gira—. Confía en mí. —Y desaparece.

Las preguntas se le quedan a Pola en la punta de la lengua, pero su mente vuela.

* * *

Celestina está sentada frente al espejo mirándose, espantada. Se toca los mechones pálidos, lo único que queda de su hermosa melena blanca. Lleva semanas así. Al principio, notó que se le caían algunos mechones. La semana pasada, se le empezó a caer por secciones cada vez que se peinaba. En la almohada aparecían los mechones como hierba mala arrancada. Se ha inventado una forma de disimularlo que consiste en pegar los mechones más largos al pañuelo de la cabeza. Pero pronto no bastará y la calvicie será evidente. No tiene idea de qué puede haberle causado esta pérdida de cabello.

Peor aún son los cambios en la piel. Justo la otra noche colocó el quinqué en una tablilla alta, se quitó la ropa y se quedó en enaguas. Se examinó los pechos y vio que los puntitos negros habían crecido y se habían convertido en costras. Empezaron a salirle en el pecho, luego le subieron hasta el cuello y le bajaron hasta la cintura. Crecían y se fundían entre sí tan rápidamente que parecía que la piel se le ennegrecía poco a poco. A ese paso, en unas semanas tendrá todo el cuerpo tan negro como la brea.

La mayoría de los negros llamaría a Rufina de inmediato para que les preparara un remedio. Pero Celestina es demasiado orgullosa como para mostrar su debilidad ante esa bruja. Prefiere sufrir en silencio antes que arriesgarse a las burlas de los negros y el desprecio de los blancos.

Empieza a abotonarse las blusas hasta el cuello. Los puños también se los abotona para esconder las manchas invasivas en las muñecas. Se queda dentro de la casa y da órdenes sin apenas salir de la habitación cerrada. Intenta mantenerse oculta hasta la noche, aunque, por supuesto, la patrona podría llamarla en cualquier momento. Pronto, muy pronto, tendrá que darle la cara a su señora y explicarle el cambio en su apariencia.

El momento llega antes de lo que Celestina anticipaba.

Doña Gertrudis y su hija, Dulce, llegan sin avisar una mañana, mucho antes de la hora en que la familia suele recibir invitados. Es una falta de respeto, pero estas mujeres son clientas muy apreciadas y, por su generosidad, reciben muchas órdenes. Doña Filo, molesta pero siempre elegante, recibe con una sonrisa a la esposa del general y su hija.

—Celestina. —La patrona llama a su ama de llaves para empezar con buen pie. Ninguna otra criada sirve para esta visita.

Toman asiento y doña Filo y su invitada intercambian cumplidos. Celestina no aparece.

—¿Dónde está esa mujer? ¡Celestina! —A la señora no le gusta repetirse.

—¿Señora? —contesta Celestina desde el comedor.

Doña Filo se pone colorada y se pregunta qué mosca habrá picado a la mujer. Pero no es momento de ventilar asuntos domésticos.

—Ven aquí ahora mismo. —Le irrita tener que alzar la voz para que le sirvan en su propia casa.

—Diga, Señora.

Doña Filomena alza la vista y se encuentra con el rostro fresco de Serafina, que le hace una reverencia y aguarda sus órdenes. La Señora intenta disimular su enfado con Celestina, que ha enviado a esta jovencita cuando su señora ha llamado expresamente a la mujer mayor.

Doña Filo sonríe a las invitadas y se concentra en la conversación, aunque está colérica por dentro. *Maldita mujer*. Últimamente, su ama de llaves está verdaderamente imposible. Y no es la primera vez que doña Filo se pregunta si Celestina no traerá más problemas de lo que vale. Conteniendo la ira, le da la orden a Serafina.

—Tráenos café y un poco de ese bizcocho tan rico que Pastora horneó esta mañana. Y dile a Celestina que quiero que sea *ella* la que lo sirva. —Acompaña a su invitada a donde hace sombra en el balcón y añade—: Hace calor esta tarde. Dile que tomaremos el café y el bizcocho aquí. Y dile que traiga limonada también.

La criada hace la reverencia y desaparece por la parte trasera de la casa.

Celestina llega al poco tiempo junto con Serafina. La empuja delante de ella y se asegura de mantenerse detrás del alero y lejos de la luz directa.

—Señora, el café saldrá en breve.

Doña Filo respira profundo y con toda intención cruza las manos sobre la falda.

—Celestina, dije que quería que *tú* sirvieras el café, no quiero tener que repetirlo. —La patrona ha hablado en voz baja, pero Celestina la conoce lo suficiente como para saber que luego se lo hará pagar muy caro.

Doña Gertrudis no se aguanta la lengua.

—¿Es siempre tan voluntariosa su negra principal? Yo no aguantaría algo así en mi casa. Usted debe imponer su voluntad y dejar muy claro que ésta es *su* casa. Mis negras jamás se atreverían... Pero todo está en entrenarlas bien. —Le ofrece una sonrisa perdonavidas cuya verdadera intención es darle una bofetada. Y a la patrona no se le escapa la intención.

Doña Filo se alisa los pelitos que se le han descolocado en la nuca y sonríe a su invitada.

—Estoy segura de que su casa es modelo de perfección, Gertrudis. Por eso le sobra el tiempo para hacer visitas inesperadas.

Afortunadamente, siente a Celestina acercarse.

—Ah, muy bien. Aquí estamos. Estoy segura de que le encantará el bizcocho. Pastora dirige la mejor cocina del país, como usted sabe. Porque usted *sabe* que ella llegó a nosotros de la cocina del gobernador, ¿verdad?

Celestina carga la pesada bandeja y está a punto de colocarla en la mesa cuando un rayo de sol le cae directamente en el rostro. Para evitar la luz reveladora, da un paso atrás y pierde el equilibrio. Las tres tazas de porcelana fina y la cafetera se resbalan de la bandeja y aterrizan en los pies de doña Gertrudis. Celestina se hace un lío y se apresura a limpiar el desastre, pero, en vez, tumba el plato con el bizcocho, que también aterriza en las losetas de mármol. Demasiado tarde, las señoras saltan y vuelcan las sillas. En un instante ha logrado derramar café caliente, bizcocho y nata batida en las faldas de las visitantes.

Sobre las losetas pulidas corre un río de café en el que flotan tajadas de bizcocho y pedazos de cristal. Doña Filo y sus invitadas no han podido librarse del desastre. Mientras se apresuran a limpiarse los vestidos arruinados, de sus labios se escapan maldiciones poco femeninas. Dulce se echa a llorar cuando un pedazo de porcelana inglesa se le entierra en el pie a través de la delgada suela de sus zapatillas blancas, ahora manchadas de sangre. Doña Gertrudis tiene la falda embarrada de la más fina nata batida y el café caliente le chorrea por el frente. Doña Filomena observa horrorizada cómo la apacible mañana ha terminado en una comedia de enredos. Tres mujeres enfadadas y un ama de llaves mortificada se hacen a un lado mientras media docena de criadas entra corriendo con toallas húmedas, escobas y recogedores, sumándose al caos.

Exasperadas, las invitadas buscan sus sombrillas sin aguardar explicaciones. Doña Filo intenta calmar a las damas. Incapaz de disuadirlas de irse, les extiende una invitación para más adelante en la semana, pero las mujeres se montan aprisa en su calesa sin prometer que regresarán. Doña Filomena se queda en el balcón rodeada de basura importada y confecciones arruinadas. Sabe que el incidente será la comidilla de la región por varias semanas.

Enfurecida se voltea hacia Celestina.

—¿Qué carajo te entró a ti? —Las demás criadas se concentran en limpiar, pero no se apresuran para no perderse una palabra de lo que sigue. Creen que Celestina se merece que la pongan en su lugar desde hace tiempo y hacen todo lo posible por escuchar el regaño.

Celestina mira a su alrededor buscando una ruta de escape, pero cuando intenta retirarse, su señora la agarra por el pelo. Todo se detiene. Las criadas alzan la vista, boquiabiertas, y doña Filo se queda petrificada sujetando un pañuelo y un mechón de pelo mientras Celestina, la calvicie expuesta, intenta desesperadamente cubrirse los pocos pelos que le quedan en la cabeza. Sale disparada hacia la puerta, pero su señora no se lo va a permitir.

—¡Ay, no! Ven para acá. De aquí no te mueves hasta que me des una explicación. ¿Qué carajo está pasando aquí?

—Lo siento, mi señora. Yo sólo… yo no… yo… yo…

—Ven acá. Déjame verte bien. —La patrona arrastra a Celestina hasta la baranda del balcón donde hay más luz. No puede creer lo que ven sus ojos. Celestina ha perdido algunos botones de la blusa en el forcejeo y, además de la cabeza calva, también ha quedado expuesto el cuello moteado.

—¿Pero qué carajo…? —Doña Filo se olvida por un instante de la calvicie y se queda mirando las manchas negras que le suben por el cuello a Celestina—. ¿Qué es eso?

Celestina intenta torpemente cubrirse, pero no hay forma de esconder la piel bajo la tela rasgada.

—Nada, no es nada.

—¿Nada? ¿Cómo que nada? Espérate un momentito. Voy a llegar al fondo de este asunto—. Se le acerca a Celestina, le agarra la blusa y rasga lo que queda de ella dejando expuesto todo el torso de la mujer. Tienen los pechos poblados de manchas negras y marrones que se superponen y le suben hasta el cuello y le bajan hasta la cintura.

Doña Filo da un salto como si se hubiese quemado. Ya se le ha pasado el enfado por el asunto de la porcelana rota. Ahora su rostro tiene estampada la repulsión que le provoca el aspecto de Celestina.

—Doña Filo, déjeme explicarle. —Histérica, Celestina intenta minimizar el daño.

Pero la Señora de Las Mercedes se ha quedado estupefacta, la vista clavada en el cuerpo moteado que tiene delante. Le toma un minuto asimilarlo todo antes de explotar.

—¿Qué hay que explicar? —Levanta la mano para darle una bofetada a la mujer, pero recapacita. Baja la mano asqueada—. ¡Mírate! ¿Has traído una vil enfermedad a mi casa? ¿Nos has expuesto a todos a... a... a qué? ¿Qué es eso?

—No, señora. Es un malentendido. No estoy enferma. No tengo nada... —A estas alturas, Celestina solloza y suplica que la escuchen.

—No en balde has estado actuando de forma tan extraña. Has estado escondiéndote, guardando tu secretito, ¿no es cierto? ¡Cómo te has atrevido! —Se vuelve hacia las demás criadas—. ¿Ustedes sabían algo de esto? —Apunta a Celestina, que está mortificada—. ¿O soy yo la única idiota que no sabe lo que pasa en esta casa?

Las criadas niegan vigorosamente con la cabeza y se apartan. No quieren que las asocie con Celestina y su misteriosa condición.

Por último, enfurecida, la patrona le da un empujón a Celestina que casi la saca por la baranda. Luego empuja a las demás criadas y se dirige a la puerta de entrada como un huracán.

—¡Fuera de mi vista, todas!

Una de las criadas jóvenes intenta calmarla, pero no hay forma de apaciguar a la Señora. Doña Filo retrocede y se protege con las manos.

—Aléjense de mí. ¿Quién sabe cuántas se habrán infectado con... sabe Dios qué... y lo están ocultando? —Justo antes de cerrar la puerta, se dirige a Celestina—: Y tú, te quiero fuera de aquí, fuera. No quiero volver a verte la cara. Vete a las chozas hasta que decidamos qué vamos a hacer contigo. Pero algo está clarísimo, jamás volverás a pisar esta casa. Es una barbaridad, es un crimen que nos hayas expuesto a semejante peligro. ¡Lárgate! ¡Fuera de aquí! ¡Lárgate! ¡Fuera!

Tía Josefa y Rufina están ñangotadas justo debajo de la baranda del balcón escuchando la conmoción sobre sus cabezas. Se miran y sonríen con complicidad. Las dos mujeres se alejan de la casa grande tomadas del brazo y se dan un paseíto hasta la cabaña de la curandera. Ese escorpión blanco no volverá a representar una amenaza para su Polita. No tendrán que preocuparse nunca más por Celestina.

* * *

—Óyeme bien. Por má' que quiera', no podemo' quedarno' mucho tiempo. Sólo vamo' a ver que está bien y dejarle má' comida. Lo' hombre' están en el pueblo, pero vuelven ante' de que la patrona llegue de misa. Tenemo' que estar en la plantación ante' de

317

que regresen. Todavía hay soldao' por ahí. Tenemo' que moverno' deprisa y en silencio. —Rufina sigue estableciendo las reglas—: Confío en ti como tú en mí. Sólo yo conozco este camino. Jamá' irá' sola y no le contará' a nadie de su existencia, nunca. ¿Me entiende'? Mucha' vida' dependen de esto. Tu memoria será una tumba cerrada y sellará' lo' labio' hasta la muerte. ¿De acuerdo?

· —Por supuesto —responde Pola demasiado pronto, sin reflexionar como es debido. Rufina se detiene y mira a Pola, los ojos maduros perforan los más jóvenes.

—No es una promesa fácil. E' un juramento sagrao. La' vida' de mucho' negro' dependen de tu silencio.

Pola estudia el rostro de Rufina y la mira con la misma intensidad.

—Lo juro.

* * *

No bien parte la última carreta hacia la misa del domingo, los dos capataces contrariados ensillan sus caballos y salen en otra dirección. De inmediato, Rufina y Pola entran en el bosque.

El tiempo que les toma llegar al lugar parece interminable, mucho más que cuando Pola fue con Simón. La ruta da muchas vueltas y pasa por una vegetación más densa, pero, al cabo de un rato, comienzan a subir. Sin duda, el camino no es tan empinado, pero los arbustos las obligan a ir más despacio, les cuesta más trabajo. Las faldas se les enredan en la vegetación baja y las enredaderas colgantes hacen que su avance se torne más dificultoso y peligroso. Mientras suben, tienen que detenerse varias veces para recuperar el aliento. Pola empieza a preguntarse si tendrá fuerzas para llegar hasta el final. Pero, de pronto, llegan a un claro y se encuentran a pocos pasos del rellano de piedra. Pola mira hacia abajo y se marea.

Rufina la aparta del borde.

—No hay tiempo que perder.

Como Simón había despejado la entrada, las mujeres pueden entrar rápidamente. La cueva está oscura, fría y húmeda. Pola intenta visualizar el espacio tal y como lo recordaba la última vez que estuvo ahí. Llama en voz baja. Escucha el eco de su voz. Pero nadie responde. Recuerda la mesa que estaba justo al lado del catre contra la pared a mano derecha. Deja que sus manos la guíen y se cuida de no tropezar con nada y asustar a la niña. A lo mejor está dormida. Arrastra los pies despacio y sigue la curva de la pared. A tientas, busca el catre con la esperanza de que Chachita esté acostada en él. Pero el catre está vacío. A lo mejor la niña está siendo cautelosa.

Recuerda el quinqué que estaba sobre la mesa. Intenta alcanzarlo con los dedos lastimados, palpa hasta encontrar el vidrio distintivo. Busca los fósforos. Enciende uno y luego enciende la mecha. Una luz tenue revela los detalles de la cueva. Pola pestañea hasta que los ojos se acostumbran a la luz súbita.

Los restos de la cueva que recuerda están dispersos a su alrededor. Los muebles están hechos añicos. La ropa de cama que cubría a Chachita durante la última visita de Pola está puesta a medias. Lo poco de comida que queda está aplastado en la tierra.

El suelo cuenta la historia: muchas huellas de botas en forma de luna creciente y dos surcos paralelos en la tierra, que llegan hasta la salida de la cueva. Alguien resistió con vehemencia, pero, al final, salió arrastrado a la fuerza de este lugar. Peor aún, hay una mancha de sangre adherida a los surcos cerca de la boca de la cueva.

Pola agarra y abraza la ropa de cama estrujada. No quedan restos de calor humano. Mira a su alrededor una vez más e intenta apartar la idea que ha empezado a forjarse en su mente. Aún aturdida, ve un brillo metálico a sus pies y se inclina para recogerlo. Es un real nuevo y brilloso. No ha visto muchos, pero sabe lo que es. Pola se queda mirando la moneda de plata un instante antes de comprender a cabalidad su significado en este lugar y en este momento. Y luego no le queda la menor duda: su Chachita ya no está.

La certeza de que la niña ha sido capturada provoca en Pola una agonía incontenible. En un instante, por su mente vuelan imágenes de tortura, humillación, incluso muerte, que le hieren el corazón sin misericordia. Se le aflojan las rodillas y cae al suelo. El miedo que ha mantenido a raya durante todas estas semanas ahora crece hasta convertirse en un gemido penetrante que surge de lo más profundo de su ser, sale como un disparo y rebota contra las paredes de piedra. El eco inunda la cueva en olas expansivas de angustia verbal. Son los gritos de un continente entero de mujeres que lloran por las hijas que les han arrebatado, el llanto de un mundo de mujeres con los brazos abiertos y los vientres vacíos, el *¿POR QUÉEE?* colectivo y desgarrador de todas las madres que se han quedado solas.

Rufina se arroja al suelo y abraza a la mujer devastada. Pola llora por Chachita y por esa otra hija que hace muchos años le arrancaron del pecho, llora por todos sus bebés desaparecidos. Llora por la vida que pudo haber tenido, por otra oportunidad arrebatada, por el fin de todas las posibilidades que aún no ha podido disfrutar y que, sin embargo, añora. Su miseria se magnifica en el eco de la cueva y crea un mundo de desgracias entre sus frías paredes. Y sigue llorando. Llora por la niña, por lo que sabe que le espera. Piensa en todos los años de tortura, en su propia vida agonizante de brutalidad. Sus alaridos reverberan contra las paredes, crecen y crecen hasta ocupar todo el espacio y salen disparados por la boca de la cueva hacia los árboles. Asustados, los pájaros vuelan de sus nidos y desaparecen en el cielo.

Rufina la mece sabiendo que no hay nada que pueda decir o hacer para aliviar el dolor de Pola. En silencio, cada cual derrama sus propias lágrimas: Rufina llora por Pola como Pola llora por Chachita; ambas madres lloran y sufren por sus hijas. Al final, es el ardor de la garganta lo que reduce el llanto a sollozos, los sollozos a gemidos y los gemidos a un silencio extenuado.

Cuando por fin salen de la cueva, Rufina guía a la inconsolable Pola de regreso a Las Agujas. Pola no habla. Se limita a poner un pie delante de otro. Apenas tiene energías para impulsarse, mucho menos, resistir. Además, ya no queda nada ahí que la retenga.

Las carretas están llegando de la misa donde los creyentes se reponen y se recuperan. Los habitantes de la plantación están tan atareados con sus propios asuntos que no se fijan en las dos mujeres que caminan pesadamente hacia la cabaña. Descienden en grupos y comienzan sus actividades del domingo por la tarde. Hablan y ríen y discuten y juegan y se quejan y se cuentan chismes y disfrutan de esos momentos al máximo. Pero a Pola nada le aliviará el peso de lo que ha perdido. Rufina la acuesta en su catre y Pola se queda indiferente a la vida que la rodea.

* * *

En la casa grande, doña Filomena está decidida cuando se enfrenta a Celestina.

—Lo he pensado bien y no hay vuelta atrás.

Celestina cae de rodillas suplicando.

—No, por favor, Señora. Por favor. He trabajado aquí casi toda la vida. Tenga compasión.

—Te vas para Puerta de Tierra hoy mismo.

—No, por favor. —El temor y el pánico se apoderan de Celestina, que se lanza a los pies de su señora.

Doña Filo da un salto atrás.

—¡No me toques! ¿Cuántas veces te he dicho que no me toques, que no toques a nadie? Es por esto, precisamente, por lo que tienes que irte. Ya se han hecho los arreglos y te están esperando.

Celestina se aparta inmediatamente.

—Lo siento, lo siento. —Hace un esfuerzo por controlarse—. Pero, Señora, ¿el leprocomio? Le digo que no estoy enferma. ¿Cómo podré demostrarle...?

—No te molestes. Ya lo he decidido. No vas allá como paciente, sino como enfermera. Ayudarás a las monjas que atienden a los enfermos allá.

—Pero esto es una sentencia de muerte. Jamás saldré de ahí. Y, aunque salga, nadie se me acercará.

—Debiste pensarlo antes.

—Pero...

—¡Ya! ¡Basta de tonterías! Irás a donde se te ordene. Trabajarás en ese lugar por el resto de tu vida. Algunos le habrían buscado otra solución a una esclava enferma y, posiblemente, contagiosa. Considérate afortunada de que soy una buena cristiana. Pero mi fe no me exige que mantenga a un leproso bajo mi propio techo. —Da media vuelta y sale diciendo por encima del hombro—: Que alguien recoja sus cosas. No quiero que quede nada aquí. Y asegúrense de que la monten en la próxima carreta que vaya al pueblo.

—Sí, señora.

La amarran para evitar que salte de la carreta y se parta el cuello. Celestina se sienta mirando hacia atrás, los brazos encadenados a ambos lados de la carreta. Se le ha caído el sombrero; el rostro moteado y la cabeza calva se cuecen y se llenan de manchones rojos bajo el sol del mediodía.

Celestina, la mujer que se regodeaba en su propia arrogancia, ahora está amarrada y aúlla como un animal al ver que el mundo que conoció toda la vida se desmorona. Sus alaridos inundan el batey. La carreta, que hace cuarenta años la trajo encadenada de niña, ahora se la lleva por el mismo camino.

23

Revelaciones

Hacienda Las Mercedes, Carolina, Puerto Rico, septiembre de 1854
Pola sólo recuerda fragmentos de cómo y cuándo regresó a Las
Agujas. Mujeres que gritan, aúllan… no… una mujer… una voz…
su voz… áspera, profunda… una y otra vez… alguien hala…
rostros pequeños … la piedra fría le raspa las manos… el sol…
las palmillas le azotan el rostro… los pelitos rojos… las frondas
de helechos le lastiman el cuerpo… una alfombra de flores de
maga rojas, las lágrimas sobre sus pies… un ceño fruncido… toc,
toc, toc, los troncos de los bambúes al chochar entre sí, puntiagudos, perforan el cielo… o quizás le apuñalan el pecho… la piel
cobriza, tersa… alguien hala, hala, hala, la hala… voces de mujeres otra vez, no la suya, cantan, cantan… los brazos la rodean,
cuerpos calientes… pum, pum, pum, el latido de los corazones.

Ahora baja la vista y se ve las cortaduras y golpes en los
brazos. Se ve las uñas partidas, los pies manchados de rojo e
inflamados. Lo ve todo. Pero ya no siente nada de este mundo.

* * *

Cuando Rufina y ella regresan de la cueva, Pola construye un
mundo de silencio y arrastra a Chachita con ella a ese mundo.

En el nuevo mundo de Pola, no tiene que hablar ni desear otra cosa que la presencia de la niña. Se niega a perder a otra niñita. Así que no lo hace. El mundo exterior gira sin que ella pueda controlar nada, pero aquí, en este mundo, sólo están su niñita y su amor. En este mundo, a Chachita se le han curado las orejas, es ágil, está saludable. Puede correr y reír y ha dejado de tartamudear. No, algo no está bien. En este mundo, Chachita está sentada, quietecita, sin decir ni hacer nada. Simplemente, está presente. Y a Pola le basta con eso.

* * *

Pola tiene un recuerdo vago de Tía Josefa sentada al lado de su catre. La vieja habla como si llevaran mucho tiempo conversando.

—Recuerdo cuando te metiste en mi dolor y no me permitiste hundirme en él. Ahora me toca a mí devolverte el favor. Estaré aquí cuando me necesites, cuando puedas abrirme un espacio y dejarme entrar. —Dicho esto, regresa al silencio de la oscuridad y la luz redonda de su pipa es la única evidencia de que acompaña a Pola en su dolor.

* * *

La oscuridad se apodera de la habitación y los niñitos, a los que nadie más ve, vuelven a ella. Uno se sienta junto a su cabeza y el otro, a sus pies. Están inmóviles, la miran con los ojos humedecidos y pestañean para contener las lágrimas. Ella sabe que no se irán. Cierra los ojos sabiendo que la velarán mientras duerme. Su presencia la tranquiliza.

* * *

Rufina hace un esfuerzo para subir la loma y visitarla. Le trae té de tilo y manzanilla para ayudarla a dormir mejor. Pola disfruta del silencio en que habita con Chachita, pero acepta con desgano lo que le ofrecen porque es más fácil que resistirse.

La curandera se sienta al borde del catre y espera a que Pola se termine el desayuno. Recoge las ditas vacías y está a punto de salir por la puerta cuando se detiene y vuelve a entrar en la habitación. Suelta las cosas y sujeta a Pola entre sus brazos. Pola se pone rígida, pero Rufina no ceja en su movimiento rítmico. Pola se sorprende de permitir el movimiento. Cierra los ojos y se deja mecer un rato. Hace tanto tiempo que no se deja, simplemente, llevar.

Permanecen así hasta que Pola encuentra las fuerzas para sentarse por sí sola. Rufina le sonríe y se seca la humedad de las mejillas arrugadas. Antes de marcharse, la vieja le da a Pola el único consejo que puede ofrecerle.

—Te ayudaremo' a sobrellevar este enorme peso. Sólo tiene' que dejarnos entrar. Una vez te curé el cuerpo, pero ahora tú tiene' que curarte el espíritu. Te ayudaremo', pero todo comienza y termina contigo. —Rufina se inclina para besarle la frente a Pola y sellar el momento. Pola no recuerda la última vez que alguien la besó—. Que Dio' te bendiga. —Y con esa bendición, Rufina sale de la habitación.

* * *

Los labios de Tía Josefa se mueven, el cuerpo se inclina en reverencias cortas mientras susurra plegarias al viento. Las letanías que Rufina y Pastora balbucean se unen a las palabras de Tía Josefa. Se entretejen en un llamado ancestral, son testigos y esperan a que Pola las deje entrar. Pero Pola no parece tener consuelo. Rezan en lenguas hace tiempo olvidadas, provenientes de un lugar que llevan en el cuerpo, cuando no en la memoria. No conocen su significado, sólo la intención de las palabras. Lo hacen por horas. Las voces se vuelven roncas y ásperas, pero al cabo de un rato, su ensalmo es lo suficientemente tranquilizador y sedante como para dar paso al sueño. Pola se acuesta, cierra los ojos y se desconecta del mundo.

El trío de mujeres para de cantar. Han visto las muchas caras del dolor y las respetan todas, así que le permiten a Pola encontrar el modo de sufrir a su manera. Pasará tiempo antes de que pueda mirar al dolor de frente. Mientras tanto, observan a Pola y la sostienen. No pueden hacer nada más por el momento. Las sombras se mueven alrededor del catre cuando se llevan el quinqué y dejan a Pola dormir.

*　*　*

En la duermevela del crepúsculo, la esperan los espíritus de los niñitos. Se había acostumbrado a que aparecieran de forma súbita y pasajera en su vida, pero ahora llegan y se quedan. A veces se enroscan a los pies de su catre. A veces se le acuestan a ambos lados y la acunan entre sus cuerpecitos. A veces se cuelgan de la ventana o se asoman desde el gabinete. Pero sus enormes ojos están siempre fijos en ella, la observan, esperan. No le piden nada, se limitan a honrar el mundo de silencio que ha escogido. Ella no tiene nada que decirles, pero agradece la compañía. Ellos tampoco tienen nada que decir. Y eso es un consuelo en sí mismo.

*　*　*

Según transcurren los días y el mundo exterior se va entrometiendo, Chachita se vuelve más y más pequeña y Pola está más y más sola en su mundo de silencio. Al principio, apenas lo nota. La silla que ocupa parece crecer a su alrededor. Las facciones están menos definidas y la piel se vuelve etérea. Empieza a desvanecerse, a perder el color. Y un buen día Chachita ha desaparecido. Pola la busca por todas partes, pero no la encuentra. Y entonces sabe que la niña ha muerto de verdad.

Pola deja que las mujeres hagan lo que quieran con su cuerpo. Está demasiado cansada para luchar. Justo cuando empezaba a creer que la vida le ofrecía una nueva oportunidad, ha perdido a otra niña. El hueco que solía ocupar su corazón se ha vuelto familiar. Intenta encaramarse en ese vacío para escapar del dolor.

* * *

Todas las personas esclavizadas conocen el dolor y la pérdida, pero no importa cuán grande sea ese dolor, no se les dan tiempo para el luto. Tía Josefa observa a Pola y piensa que, en este caso, la callosidad es algo bueno. A lo mejor mantenerle las manos ocupadas evite que se aleje del todo. Las mujeres de Las Agujas se dan cuenta de que Pola está destruida, pero no saben por qué. Aun viviendo en un espacio tan íntimo, cada mujer tiene un lugar en el corazón donde guarda secretos demasiado delicados para compartir. Así, pues, le dan su espacio, caminan de puntillas alrededor de su dolor y honran su tristeza cuando tiene que moverse entre ellas.

Por su parte, Pola pierde la noción del tiempo. Realiza sus labores en Las Agujas. Levanta, carga y entrega las telas donde se lo piden. Contesta cuando le hablan, responde a las órdenes y pasa los días como de costumbre. En apariencia, se comporta como siempre, pero nada puede penetrar su coraza exterior. Se retira para sus adentros cuando hay un descanso o cuando puede librarse de alguna actividad. Funciona en el mundo de su cuerpo, pero en el mundo de su mente y su corazón vive una especie de existencia suspendida y atemporal donde procesa y reprocesa sus emociones como quien desenreda una enorme maraña de hilos. A veces hala, tuerce y amarra; otras, suelta y desamarra para encontrarle algún sentido a un mundo que no comprende. Los malos recuerdos la rodean. En su imaginación construye escenas de tortura y muerte. Es todo lo que puede hacer para no gritar.

* * *

Un día Pola no se presenta a la mesa de trabajo. Las mujeres esperan por los materiales que necesitan para trabajar. Pola no aparece por ninguna parte. Tía Josefa no lo puede permitir. Si la deja faltar un día, puede que nunca logre hacerla regresar. La vieja se dirige al catre de Pola. Lo sacude.

—Sé que estás despierta y no me importa que quieras que te dejen sola. Puedes engañar a cualquiera menos a mí. No permitiré que te encierres en el dolor. La pena no da tregua. Te comerá por dentro y sólo quedará una carcasa que no le servirá a nadie, ni siquiera a ti misma. La he conocido más de una vez, y por eso lo sé: te seducirá, te arrastrará hacia la oscuridad y se alimentará de tu espíritu hasta que no quede nada.

—Me quedé dormida. Lo siento. Estaré lista en un momento. —Pola pronuncia las palabras, pero la verdad es que no sabe si podrá afrontar otro día. Arrastra las piernas hasta el borde del catre y comienza a levantarse.

Tía Josefa la detiene y se baja a la altura del catre.

—Hoy trabajarás con Pastora. Espera. No he terminado. Lo veo, veo tu dolor. Todas lo vemos. Todas hemos sentido ese dolor, o algo muy parecido, alguna vez en la vida. Llega cuando estás más vulnerable, cuando no te quedan fuerzas para luchar. Rendirse es fácil. Es más fácil no hacer nada, dejar que se apodere de ti. Escucha lo que te dice una vieja que a lo mejor ha vivido demasiado. Llórala abiertamente. Sólo cuando dejes salir el dolor evitarás que te mate. Deja correr las lágrimas y deja que el dolor te salga por la boca como un cañón. Grita, hálate los pelos si es necesario. Maldice a los cielos. Expulsa todo lo que quieras. De lo contrario, jamás empezarás a sanar, y si no sanas, le habrás entregado tu vida.

»Recuerda el tiempo antes del dolor porque ahí reside la sanación. Encuentra la alegría del antes y recuerda que puedes encontrarla otra vez. No será lo mismo. La niña se ha ido y eso siempre te dolerá. Pero tienes un gran corazón y son muchos los caminos que conducen a la sanación.

Pola alza la vista hacia la vieja. Las palabras salen de su boca serenas y muy deliberadas.

—¿Y si no quiero sanarme?

—Entonces, mi'ja, te has metido en la tumba con ella y ya estás muerta.

* * *

Pastora siempre ha sido una mujer de pocas palabras, así que se guarda los consejos. Sufre la presencia silente de Pola. A medida que pasan las semanas, observa el volumen del cuerpo de la mujer reducirse; las mejillas hundidas, los brazos delgados.

Pastora no entiende mucho de los asuntos del espíritu, pero sí sabe alimentar los cuerpos. En más de una ocasión, la cocinera coloca un bocadito especial en la dita de Pola. Le dobla las raciones cuando ve que las curvas de Pola empiezan a desaparecer. Pero la comida que antes disfrutaba ahora no le produce ningún placer. Ha perdido el sentido del gusto. La gandinga bien condimentada le sabe igual que el arroz blanco. La que gana es Pepa, la cabra que se come las exquisiteces que Pastora pone con tanto amor en el plato de Pola. Pola acepta la buena comida de Pastora y, tan pronto como la cocinera le da la espalda, se la echa en el plato a Pepa. En cuanto a Pola, la cocina la libra de la compañía no deseada. Cuando termina sus labores, se sienta en la parte de atrás desde donde mira al bosque y donde nadie puede verla perdida en sus pensamientos.

* * *

La calesa familiar, seguida de dos carretas llenas de trabajadores de la plantación, parte hacia la misa dominical. A Pola la han excusado de tantas misas durante tantos meses que ya nadie nota su ausencia. No obstante, se asegura de mantenerse escondida hasta que todos se han marchado y el batey ha quedado desierto. Sentada en un banco detrás de la cocina, está tan absorta en sus pensamientos que no se da cuenta de lo que sucede a su alrededor hasta que ve que una sombra le cruza la falda, luego escucha una voz profunda:

—Así que estás aquí.

Temiendo que Romero o alguno de los capataces haya descubierto su refugio, Pola da un salto. Pero no. Ahí, a menos de tres pasos, Simón está apoyado en unas muletas. Las gotas de sudor y la mueca en el rostro denotan el esfuerzo que ha hecho para subir la loma desde la cabaña de Rufina. Tiene las piernas vendadas aún y es obvio que mantenerse de pie requiere mucha determinación de su parte.

En su desasosiego, Pola ha olvidado por completo a su paciente.

—Simón, ¿qué haces aquí? ¿Por qué estás…?

—Me dicen que no estás bien. Quise venir a ver por mí mismo. —Pola se mira las manos y no contesta—. Pensé que ya habíamos superado el silencio. —Pero Pola tiene la boca pegada por la emoción—. Tú cuidaste de mi cuerpo cuando estaba roto. Ahora tal vez pueda pagártelo. Me dicen que es tu corazón el que necesita sanar.

Intenta acercársele, pero una de las muletas se le enreda en unas raíces expuestas y sale disparado de boca. Suelta un grito al perder el equilibrio.

Instintivamente, Pola se levanta para detener la caída sosteniéndolo por el torso. Simón intenta protegerse de la caída con los brazos y aliviarle un poco el peso a Pola. Pero termina en el suelo hecho un enredo con las muletas rotas y una extremidad extrañamente doblada. Por un instante ambos se quedan inmóviles en el suelo, lo inesperado de la caída los ha tomado por sorpresa.

Cuando se recupera, Simón intenta enderezarse, pero, al primer movimiento, aprieta los dientes y se traga un gemido. Se le aguan los ojos por el esfuerzo de aguantar el dolor.

Pola, aplastada bajo el peso de Simón, se muerde el labio inferior y analiza la situación.

—No te preocupes. Se me ocurre algo. Pero voy a tener que moverte un poquito. Lo siento, sé que te duele, pero tengo que ponerme de pie para ayudarte con la pierna.

Simón asiente con la cabeza y aprieta los dientes para lo que viene. Después de la sorpresa inicial, está más tranquilo y tiene suficientes fuerzas como para apoyarse en el banco mientras Pola se escurre de debajo de su cuerpo. El más mínimo movimiento le dispara el dolor por toda la pierna; el dolor se refleja en su rostro.

Una vez liberada de su peso, Pola le endereza las piernas con suma delicadeza y evita mirarle el rostro donde el dolor que le provoca cada uno de sus movimientos es claramente visible. Por fin lo ayuda a sentarse con la espalda recostada contra el banco. Pola espera a que Simón recupere el aliento. ¿Cómo pudo llegar hasta aquí en ese estado? ¿Cómo lo llevará de regreso sin ayuda? No quiere ni pensar en lo que pasaría si Romero los encuentra aquí. Una vez que se asegura de que Simón está lo más cómodo posible, empieza a sacar las muletas del medio para examinar el daño. La pierna derecha no está tan mal, pero la izquierda está inflamándose y el hueso está en un ángulo que no es natural. Se le han manchado los vendajes de sangre. Lo mejor sería ir a la cabaña de Rufina y traer uno de los bálsamos fuertes para el dolor, pero la curandera se ha ido con los demás y Pola no quiere exponerse. Al menos aquí no los ve nadie y tienen acceso a la cocina, que está vacía. Nadie entra en el reino de Pastora sin permiso. Ahí estarán a salvo. Tendrá que improvisar. A Pastora no le estará mal que su cocina se convierta en una enfermería improvisada por unas horas.

Pola corre hasta la casa sabiendo que no hay nadie y regresa con una botella de ron y algunos utensilios de cocina. Luego vuelve a la casa y regresa con un tablón grueso que coloca desde el suelo hasta el último escalón en un ángulo no muy empinado.

Pola le alcanza la botella.

—Tómate esto. Te ayudará. —Observa la mueca de dolor en el rostro de Simón mientras se baja un buen trago.

Simón se pone tenso del dolor, pero asiente con la cabeza a sabiendas de lo que el descubrimiento puede acarrearles. El dolor lo ha dejado sin palabras, así que se echa para atrás y la deja actuar.

Pola le palpa la pierna y le hace algunos ajustes rápidos sin mirar la agonía que le inflige al buen hombre. Luego coloca cuatro cucharones alrededor de la pierna rota y las amarra bien con unas tiras hechas de un mantel y un cordón fuerte. Simón tiene el rostro cubierto de gotas de sudor. Se muerde los labios hasta que sangran del esfuerzo que hace para contener el dolor. Pola le coloca un palo recubierto de tela en la boca.

Pola se seca el sudor de la frente y se endereza para asegurarse de que nadie los ha detectado.

—Bueno, ahora tenemos que meterte en la cabaña. Estamos demasiado expuestos aquí. Hay dos escalones, luego el piso está despejado y liso. Una vez adentro, podré arrastrarte. Ésa será la peor parte. Una vez que empecemos, no podemos detenernos.

Simón asiente otra vez.

Maniobrar para entrarlo será agotador para él. Pero no tienen alternativa. Pola se coloca detrás de él y le pasa las manos por debajo de los brazos. Simón usa sus poderosos brazos para agarrarse del borde del tablón. Con todas sus fuerzas, Pola lo hala hasta el suelo de la cocina. Simón ayuda todo lo que puede, pero el dolor es demasiado intenso y se desmaya a mitad de camino. *Tal vez sea mejor así.* Pola termina de halar el peso muerto. Siente que los brazos se le van a descoyuntar, pero logra meterlo en la cocina y cerrar la puerta. Improvisa una almohada con uno de los manteles de doña Filomena y se la coloca debajo de la cabeza a Simón.

Al terminar, Pola se bebe un trago generoso de ron. Se lava

el rostro y las manos, se sienta junto a Simón y le examina la pierna. Sabe que ha hecho un buen trabajo, pero necesitará a Rufina lo antes posible.

Simón sigue inconsciente, pero su respiración es fuerte y rítmica. Pola sabe que pronto le dará un poco de fiebre, pero, por ahora, ha hecho todo lo que puede. Cierra los ojos y deja que el ron surta su efecto. Se le relajan los músculos y siente el calor y la tensión salir de su cuerpo. Toda ella sucumbe a una expansión. Por primera vez en semanas, siente que se afloja.

Cuando vuelve a abrir los ojos, los niños están ahí, esperando. Se ñangotan de espaldas a Simón mirando hacia la puerta trasera con las manos cruzadas sobre el pecho. Vigilan. Cuando Pola se mueve, el del pelo rojo se vuelve y la mira. *Hombre bueno. No te preocupes. Hombre fuerte.* Se vuelve otra vez y reanuda la vigilancia, pero su hermano se levanta, da unos pasos alrededor de ella y se sienta a su lado. *Buena mujer, tú.* Adormilada, Pola asiente. Las idas y venidas de estos niñitos se han convertido en parte del ritmo natural de su vida. Suspira aliviada y deja que los ojos se le vuelvan a cerrar.

Dos horas más tarde, cuando las carretas regresan del servicio dominical, Pastora encuentra a Simón en el suelo de su cocina y a Pola acurrucada junto a él. Echa un vistazo al entablillado provisional y al uso que le han dado a uno de los manteles finos de la patrona, y corre donde Tía Josefa. Luego va a buscar a Rufina. Esta noche tendrán que mantener la boca cerrada y la cabeza fría. Y necesitarán unos brazos fuertes.

* * *

Pola está a punto de tocar a la puerta de Rufina muy temprano en la mañana cuando la curandera sale a toda prisa.

—Hay que lavarlo y cambiarle lo' vendaje'. Vengo ya. Empieza sin mí. Le di un remedio fuerte pa' el dolor. Dormirá una' hora'. —Rufina desaparece antes de que Pola pueda decir palabra.

Pola no lo ha visto desde que lo sacaron de la cocina. Los hombres llegaron al amparo de la noche y lo cargaron cuesta abajo hasta la cabaña de Rufina. Tía Josefa se llevó a Pola a Las Agujas e insistió en que se bebiera lo que quedaba de ron. La mujer, agotada, se quedó dormida casi al instante. Cuando despertó temprano en la mañana, en lo primero que pensó Pola fue en Simón. Tía Josefa le informó que estaba descansando en la cabaña de Rufina.

Ahora, sentada frente a su catre, Pola observa el pecho de Simón subir y bajar en un sueño rítmico. Rufina ha dejado cerca la tinaja con agua jabonosa. Pola se arremanga, respira profundo y se prepara para comenzar. Los músculos de los brazos de Simón se definen bajo la piel tersa expuesta sobre la sábana. La fina tela que le cubre la parte inferior del cuerpo revela el contorno de la pierna recién vendada y deja muy poco a la imaginación.

De pronto, siente que la habitación se vuelve caliente y sofocante. Pola se limpia la humedad que le cubre el rostro. Le tiemblan las manos. Mira a su alrededor y ve que a la habitación no le vendría mal un poco de orden. Luego mira a su paciente y decide que necesita dormir. El baño de esponja puede esperar. Cuando se levanta para ponerse a trabajar, le da un golpe a la tinaja y toda el agua se le derrama sobre la falda. Suelta una maldición entre dientes y se seca el agua lo mejor que puede. Luego le echa una ojeada a Simón para asegurarse de que no lo ha despertado.

Comienza a limpiar el área con la esperanza de que Rufina regrese pronto y sea ella quien se ocupe del baño de esponja.

Mientras tanto, lava y ventila la ropa de cama. Organiza y tritura hierbas y se asegura de atar y colgar cada manojo con sumo cuidado. Rufina le ha enseñado bien. Organiza y reorganiza la mesa de trabajo. Desempolva y guarda los catres que no están en uso. Después de cada tarea, se asoma para ver si la curandera ya viene de camino. Y cada vez que se da vuelta, encuentra otro detalle que requiere su atención. Llena varias palanganas de agua limpia, cambia las flores del altar de Rufina y barre la habitación. Luego dobla, desdobla y vuelve a doblar los vendajes hasta que, por fin, no le quedan más excusas para hacerse cargo de su único paciente. Pola endereza los hombros y respira profundo antes de ir donde Simón. Hala una silla y se sienta. De repente, toda la inquietud de la mañana se disipa, dando paso a una calma silenciosa. Es como si Simón la hubiese estado atrayendo hacia él todo este tiempo.

Le pone la mano en la frente para ver si tiene fiebre, pero la siente fresca y tersa. Cuando se inclina para comenzar la tarea, la curandera aún no ha dado señales de vida. Moja el paño en la palangana de agua recién recogida y está a punto de pasárselo por el rostro, pero se detiene.

Recuerda su confusión cuando lo mordió incluso antes de conocerlo. Piensa en todas las veces que ha alzado la vista y lo ha pillado mirándola abiertamente mientras ella realiza sus labores. Recuerda la forma en que la miraba cuando abrazó a Chachita por última vez. ¡*Chachita*! Casi puede escuchar las palabras de Rufina. Chachita se ha ido y Simón está aquí, vivo. Tal vez la mujer tenga razón. Echa a un lado los pensamientos de pérdida y abre la puerta a las posibilidades.

Pola olvida el paño y vuelve a admirar los contornos de su rostro, el diseño grabado en sus mejillas. Instintivamente le toca la piel y pasa los dedos con mucha delicadeza sobre las cicatrices levantadas; lentamente, examina las gruesas líneas que le proporcionan simetría y belleza a ese rostro y acentúan sus pómulos y sus labios gruesos. Esas líneas enmarcan su rostro y resaltan los detalles de sus facciones.

Siempre ha confiado más es su tacto que en su vista. Cierra los ojos e intenta leer el rostro de Simón como un mapa. Se pregunta dónde ha vivido, quién era su gente, qué sentía; todo esto mientras lee las cicatrices que le corren sobre la piel tersa.

Siente un cambio de energía bajo los dedos y, cuando abre los ojos, lo encuentra mirándola fijamente. Lleva examinándola el tiempo que ella lo ha estado explorando. Antes de que pueda apartar las manos, Simón le agarra los dedos con una agilidad sorprendente. Sus manos tibias y delicadas la agarran con firmeza, pero sin lastimarla. Los dedos de Pola tiemblan como aves asustadas. Simón siente su incomodidad, afloja los dedos y le permite retirar la mano.

Pola siente la urgencia de llenar el silencio.

—Lo siento… yo… yo estaba… sólo… yo sólo estaba… Rufina me encargó… —Por fin se da por vencida. Se agarra los dedos sobre la falda y baja la vista para evadir la mirada inquisitiva de Simón.

—Agua, por favor. —La petición sale de unos labios resecos.

—Sí, enseguida. —Se alegra de tener algo que hacer, algo que la aparte de esos ojos escrutiñadores. Cuando regresa con el agua fresca, él está recostado sobre los codos. La sábana enroscada entre sus piernas no ayuda a calmarla. Le extiende la jícara de la que él sorbe varios tragos largos antes de acostarse otra vez.

—Rufina regresará pronto. Estará tan…

—No necesito a Rufina en este momento. ¿Y tú? —Los ojos de Simón vuelven a posarse sobre Pola con insistencia. Pola le lanza una mirada furtiva, pero aún evita mirarlo a los ojos.

—Pola, mírame, por favor. —Espera y sigue mirándola hasta que ella le devuelve la mirada—. Sobre Chachita…

No. Pola no quiere volver a esos pensamientos que la han consumido durante tantas semanas; no delante de él, ni de nadie.

—Mejor yo… —Pola intenta ponerse de pie.

—No te vayas. —Simón le extiende la mano, pero Pola ya se ha levantado y corre hacia la puerta. Simón se acuesta y cierra los ojos. Su rostro terso oculta la frustración que se esconde en un rincón de su corazón.

El corazón de Simón II

Mi pobre Pola. ¿Cuántos hombres te habrán lastimado que no puedes ver al que no lo hará? ¿Cuántas heridas habrás soportado? Pronto tendrás que dejarme entrar. He logrado atravesar tus muros y ver un destello de tu interior. Un instante fugaz. Aunque intentes seguir ocultando esa parte tierna de tu ser, ya es tarde. Puedo sentirla. Mi corazón, ¿cuándo te darás cuenta de que la única forma de sobrellevar las cargas es compartiéndolas? Deseo ayudarte. Y ese deseo se llama amor.

Empiezo a sentir que las enredaderas que te atan se aflojan y caen. Veo tus muchos rostros: el del corazón de la Niña Herida, envuelto en la coraza de la Guerrera, oculto en el espíritu de la Sobreviviente, que crece y se transforma en la Madre, la Luchadora, la Mujer Indómita y, espero que algún día, la Amante Esposa. Puedo ver a todas esas Polas con los ojos y examinarlas en la mente y atesorarlas en el corazón. Pienso que tú también empiezas a verme de ese modo.

Nuevos caminos

Hacienda Las Mercedes, Carolina, Puerto Rico, noviembre de 1854
—Pola, ¿podemos hablar del otro día? —Están solos otra vez—.
Sentí cómo me tocabas el rostro.

Silencio.

Simón prosigue:

—Me cuentan que ése es tu don, el tacto profundo. ¿Puedo tocarte?

No dice que sí, pero tampoco se aparta. Simón extiende la mano y le toca el mentón, le levanta el rostro hacia la luz.

Pola hace acopio de todas sus fuerzas para mantenerse inmóvil y darle más acceso del que nadie ha tenido, para calmar su deseo innato de huir. Los dedos de Simón recorren la larga cicatriz que le atraviesa el rostro. Nadie ha tocado esa cicatriz. Nadie se atrevería. Y, sin embargo, ahí está ella permitiéndole a un hombre, *un hombre*, acercarse lo suficiente como para tocar sus heridas. Se aguanta, se niega a huir otra vez. Está tan cansada de correr. Lo deja explorar, pendiente de cada movimiento, del más mínimo cambio de energía. No percibe ninguna intención maliciosa, Simón no la juzga, así que cierra los ojos y se deja llevar por el momento.

Las caricias se vuelven más largas, más intencionadas, más intensamente cálidas. Esto es algo extraño para Pola, extraño y aterrador. Siente los dedos de Simón, no sólo en el rostro, sino con todo su cuerpo. Abre los ojos y le da un manotazo.

Simón se aparta, se coloca las manos en los muslos con las palmas hacia arriba.

—¿Acaso te resulto tan desagradable?

Ella ve el dolor en sus ojos

—No es eso. No estoy... es que no... no puedo... —Intenta huir, pero la voz de Simón la detiene.

—Estate quieta, mujer. —No es una amenaza ni una orden, es más bien una súplica delicada—. ¿Ha pasado tanto tiempo que no puedes reconocer el amor y la compasión?

Unas lágrimas no deseadas se acumulan en las pestañas de Pola y le corren por las mejillas. Él las seca y ella lo deja. Simón se acerca más y ella niega con la cabeza. Necesita apartarse de él. No puede pensar en su presencia. Está a punto de irse, pero otra vez la voz suplicante la detiene.

—Por favor. ¿Alguna vez te he lastimado? Dime. Por favor, no me alejes. No más.

Pola sondea la profundidad de los ojos de Simón. Él le sostiene la mirada, persistente, desnudo, honesto. Pola vuelve a sentarse y cierra los ojos.

Simón comienza donde se quedó, le toca el rostro con los dedos. La mueca de Pola lo detiene un instante. Simón espera a que se relaje antes de proseguir. Sus dedos tibios se mueven despacio, le acarician la frente, luego las cejas, recorren las pestañas y dibujan las líneas de los labios. Se mueven despacio, con ternura, con tanta suavidad que parecen pétalos. Por último, dibujan el camino de la cicatriz en las mejillas hasta llegar al cabello. Los dedos se quedan ahí masajeando, apaciguando la tensión y el miedo.

Pola se queda inmóvil. De su cuerpo brotan sentimientos nuevos que le nublan el pensamiento. Siente la proximidad de Simón en cada tramo de la piel. Todo su cuerpo está muy alerta a las manos y al resto del cuerpo de Simón, que permanece sentado cerca de ella. Pola puede sentir su calor, aunque sólo la toque con las manos. Se le estremece el vientre, teme perder el control sobre el resto de su cuerpo. Se le agarrota el abdomen por el esfuerzo de contener los sentimientos desconocidos. Pestañea suavemente. No recuerda haber sentido nada así, nunca. La calidez trémula se convierte en calor, se siente atraída hacia él, quiere más. Suspira y se aparta nuevamente.

—Espera. Lo siento, Pola. No quise asustarte.

—No. No es… es que…

—Está bien, está bien. Mira. Voy a quedarme aquí. No te tocaré más. Pensé que nosotros…

—No es culpa tuya, de verdad. No has hecho nada… yo…

—No, creo que sí hice algo. Debo de haber hecho algo. Estás temblando todavía.

—Simón, no entiendes.

—Está bien, escucho. Por favor, mírame.

—Nunca… en la vida… —Pola no puede encontrar las palabras.

—Debes saber que nunca te haré daño.

—No creo que…

—¿Acaso soy yo? ¿He hecho o dicho algo que…?

—No, no. Ojalá pudiera explicarlo.

—Pola. Soy un hombre paciente. He esperado todos estos años. Esperaré hasta que estés preparada.

—No sé si lograré…

—Dije que esperaré.

—Pero…

—Cuando estés lista, Pola. Sólo cuando estés lista. Y lo sabré porque serás *tú* la que vendrá a *mí*.

* * *

—¿Pero cómo se te ocurre tal cosa?

Don Tomás, que acaba de regresar de un viaje de varias semanas, se mantiene detrás del escritorio porque no sabe de qué es capaz si se le acerca al mayoral. Pero sus palabras retumban contra las paredes de la biblioteca. Apenas puede contener la furia que siente contra ese hombre que nunca le ha caído bien y que ahora le ha costado en esclavo valioso.

—¡Coño! ¡Qué cojones! ¿Qué carajo estabas pensando? ¿Tienes idea de lo que vale ese hombre? No sólo lo que vale en el mercado. Lo he vestido y alimentado durante años. Es un palero. ¡El mejor palero del país! Sólo sus botas valen más que tú. Rufina dice que está arruinado, que no podrá regresar al cañaveral en un buen tiempo. ¿Y de qué me sirve ahora? Y todo por tus sospechas infundadas.

—Pero, patrón, yo sólo velaba por sus intereses. Pensé que…

La furia de don Tomás crece hasta volverse incontenible. Sale de detrás del escritorio a zancadas y se pasea de un lado a otro de la habitación; de vez en cuando se detiene para enfatizar.

—*Ése* es tu problema. A ti no se te paga para que pienses. *Yo* pienso y *tú* sigues mis órdenes.

—Pero, patrón…

Don Tomás levanta los puños temblorosos por el esfuerzo de

controlarse. Retrocede un paso y se recuesta contra el escritorio, los puños aún le tiemblan.

—Mira, Romero, ¡mejor cállate ya! ¡Qué mierda! —Se pasa los dedos por el cabello, respira profundo y adopta un tono más modulado—. Cállate y escucha. Me dan ganas de despedirte, pero no, me debes. Trabajarás por medio sueldo hasta que me pagues por la inversión perdida. La mitad de tu sueldo por dos años, eso es lo que me debes. Tienes suerte de que no te despida de una vez.

»Y ni se te ocurra irte antes de pagar la deuda. Tu estupidez y tu reputación te precederán. Todos los hacendados conocen tu historia y ninguno, *ninguno* se arriesgará a contratarte. No serás mayoral en ninguna otra parte, a no ser, por supuesto, que te vayas de la isla. Estás bien jodío. Ahora vete. ¡Lárgate!

* * *

Es domingo. Atardece. Silencio. Simón y Pola están sentados frente a frente bajo el limonero.

Simón comienza:

—Mi nombre era y es Dawud y pertenezco a los hombres azules del norte. Había completado mis estudios y me dirigía al sur con mi esposa para darle a su gente la noticia del niño que venía de camino. —Se detiene, respira profundo y prosigue—: Sabíamos de los intrusos, así que nos unimos a una caravana para ir acompañados y protegernos. Al principio, todo iba bien. A menudo, nos quedábamos despiertos conversando y planificando hasta tarde, aun después de que los demás se hubiesen retirado. Una noche, estábamos solos, excepto por los guardias y las brasas que se extinguían en la fogata. Esa noche nos quedamos dormidos fuera de la tienda mirando las estrellas y soñando con el futuro. —Vuelve a respirar profundo y prosigue—: Salieron de la oscuridad y atacaron a los guardias. Primero los mataron a ellos. Luego atacaron las tiendas. Imposible escapar. Estábamos al aire libre, pero no había hacia dónde correr en la inmensidad del desierto. Así que resistimos.

»Nos colocamos espalda contra espalda, sacamos las dagas y nos preparamos para pelear. Mi hermosa Amina, con nuestro hijo en su vientre, se convirtió en la guerrera más feroz que jamás hubiera visto. Parecía una fiera bajo la luz tenue del campamento; sólo contaba con un cuchillo inservible para defenderse, pero seguía siendo una guerrera. Fue inútil, claro. No pudimos resistir el embate. Encadenaron mi cuerpo golpeado y me obligaron a mirar mientras rompían a mi Amina y, con ella, a nuestro bebé.

»Los grilletes me mordían la carne. No pude hacer nada para ayudar a mi amada. Los maldije, elevé mis maldiciones al cielo y rogué por nuestra única escapatoria: la muerte. Perdí la voz y no pude más que enviarle mis suplicas silentes a Alá, el Todopoderoso, el Omnisciente.

»Le cayeron encima como bestias. Al final, sólo le pedía a Alá que fuese misericordioso y nos llevara a los dos. Pero el ataque vicioso no tenía fin y, en la miseria en que me hallaba, renuncié a mi fe. No me importaba lo que le hiciesen a mi cuerpo, yo ya estaba perdido para siempre, era una vasija vacía. Luego vino el maldito viaje en barco, las incontables manos, el trueque humillante. Pero desarrollé una coraza. Nada me importaba.

»En mi cautiverio, me aislé de cualquier bondad que se me ofreciera. Olvidé cómo ser humano. Por razones que aún no comprendo, seguí respirando y caminando en el mundo. Con el tiempo, regresé a una suerte de vida. Rufina es un regalo que me llegó sin pedirlo. Ignoró mis desaires y fue inmisericorde en su amor. Se negó a dejarme encerrado en mí mismo. Es lo más cercano a una madre que tendré.

»Mi cuerpo se recuperó, pero no le mostré a nadie mi verdadero ser. Era un hombre, pero no el hombre que había sido. Con el tiempo, recordé la vida. Admití a uno o dos amigos y, la verdad es que no sentí ningún deseo ni hubo ninguna mujer, en muchos años.

»Sin embargo, soy hombre, así que no puedo decir que me he mantenido casto todo este tiempo. Las mujeres han entrado y salido de mi vida como gotas de lluvia sobre una piedra. Deben de tener un nombre y una vida, pero la verdad es que no las recuerdo. Nunca lograron pasar de la superficie. Aprendí que la vida era más tolerable si no esperaba nada de ella. Así que dejé de esperar.

»Y luego llegaste tú, con tus cicatrices y una rabia muy parecida a la mía y te *reconocí*. Me mordiste la mano y pensé: *¡Ay! He encontrado a otra mujer guerrera.*

Pola permanece muy quieta y escucha. Reflexiona un rato antes de comenzar:

—Mi nombre era y es Keera. Pertenezco al pueblo yoruba. Yemayá era mi Madre y mi escudo. Entonces, llegaron los barcos y las bestias de dos patas me hicieron una yegua paridora. Fueron tantos, tantas manos, tantos cuerpos, tantas golpizas y violaciones a mi cuerpo que me convertí en un simple recipiente. Yo también aprendí a ocultar a la Keera que llevo dentro. Tuve que aprender a esconderme donde no pudiesen tocarme. A mí también me destruyeron cuando me arrebataron a mis bebés, uno tras otro. Me aferré a mi fe en Yemayá por muchos años, pero cuando se llevaron a mi única hija, supe que La Madre me había abandonado a la merced de los hombres-bestia. Si no era capaz de proteger a una de las suyas, a la más indefensa e inocente de sus hijas, ¿qué clase de madre era? Y si yo no podía hacer lo mismo, ¿qué clase de madre era yo? Caminaba, hablaba y comía, pero me mataron cuando se llevaron a mi bebita. Durante mucho tiempo creí que no me quedaba nada que dar. Después, esa criaturita salvaje, esa Chachita se me metió en el corazón y trajo un rayo de luz a mi vida otra vez. —Se detiene y lo mira; las lágrimas se le enredan en las pestañas.

Simón sigue por ella:

—Y entonces Chachita desapareció y perdiste a otra hija. —Su voz la tranquiliza—. Mi corazón lloró por ti. No hacía más que pensar en cómo pasabas los días perdida y sola. Estaba atado a esa maldita cama. Rufina me traía noticias tuyas todos los días. Sabía que tan pronto pudiera moverme, iría a ver con mis propios ojos.

»Y ahora veo, y me alegra tanto ver que en el pozo de tus ojos aún brilla un destello de luz. No es más que una chispa que podría extinguirse fácilmente. Pero no. No permitas que muera y te deje en la oscuridad otra vez. Ambos conocemos la oscuridad demasiado bien como para permitirle triunfar después de todos estos años.

Pola asiente con la cabeza. Lleva semanas luchando contra un montón de emociones encontradas. ¿Podrá confiar en unos sentimientos tan nuevos y desconocidos para ella? Tantas partes de su ser llevan tanto tiempo muertas. ¿Será esto lo que se siente al renacer?

* * *

Está al borde del bosque mirando la maraña verde que tantas veces la ha llamado. Pola piensa en su árbol sanador y añora sus poderes curativos. Recuerda cuando apenas podía esperar para escaparse de la plantación y vivir otra vida ahí fuera. Le tomó tanto tiempo aprender a trepar hasta la copa del árbol. ¡Cuántas recompensas encontró ahí! La sábana de follaje verde que se extendía ante ella, la inmensidad de la piel azul del cielo, el destello de luz en el agua sobre el horizonte, todo conspiraba para sugerirle una libertad que nunca había conocido. Esas salidas eran un juego peligroso, un medio para escapar por un momento, un lugar provisional de protección donde podía respirar libremente y soñar. Entonces vino el regalo de la niña.

Pola mira hacia lo profundo del bosque sabiendo que nunca regresará a su árbol. Sería demasiado doloroso no encontrar a Chachita esperando por ella. En su mente, la niña se ha convertido en el bosque y el bosque, en la niña. Ese lugar que le ofreció tanta libertad y amparo ahora sólo alberga malos recuerdos. Ahora sólo el dolor habita en él.

Una vez que Chachita desapareció, Pola pensó que lo había perdido todo otra vez. Pensó que nada podría llenar el vacío insaciable que la partida de la niña había dejado en su vida. Así que sucumbió a él. Pero ahora descubre que, después de todo, no está muerta. La vida ha dado un giro inimaginable. En los pasado meses, el hueco que dejó Chachita sigue ahí, pero ya no la consume.

En ese estado contemplativo, piensa en otras cosas, ideas inesperadas. Al igual que el bosque, su corazón se regenera y se abre a otros sentimientos. Le parece que Simón, que siempre ha estado ahí, empieza a llenar ese vacío y aporta una luz a esa oscuridad en la que ha habitado todos estos meses. Sólo tiene que darle un poco de espacio para que pueda entrar y crecer.

Sorprendida ante las maravillas de su vida, Pola da la vuelta y emprende el regreso a Las Agujas. Está tan absorta en sus pensamientos que no lo oye hasta que está justo detrás de ella.

—Ni te creas que vas a salirte con la tuya.

Gira y reconoce el olor acre de Romero al tiempo que escucha el siseo de sus palabras. ¿Cómo pudo ser tan descuidada? Se encoje y Romero continúa su discurso escupiendo las palabras.

—Sé lo que ustedes dos se traen entre manos. Han estado planeando, confabulando y susurrando. Pero a mí no me cogen de pendejo. Dale. Trata de huir. A lo mejor te dejo. Porque me encantaría cazarte para que el jodío patroncito me crea; para que aprenda a apreciar lo que valgo. Dame la oportunidad. Dale, huye. Mira, jodía negra sucia, no te atrevas a ignorarme o...

Romero levanta el puño por encima de la cabeza.

En un instante, toda una serie de imágenes cruza por la mente de Pola: pedazos de tela rasgada y sangrienta incrustadas en la carne abierta y ensangrentada; lo ve tendido, inmóvil e indefenso; siente el olor a la sangre seca que se endurece y se vuelve marrón; Simón tendido en el suelo, retorciéndose de dolor, el hueso roto en un ángulo imposible; la mueca de dolor que desfigura el hermoso rostro.

Alza la vista y ve a Romero destilar veneno. No quiere herir ni castigar, no quiere siquiera mutilar. Este hombre lo que quiere es matar; matarlos a ella y a Simón. Todas esas imágenes se agrandan hasta convertirse en una explosión súbita y monstruosa de munición emocional.

—¿Que tú qué? —Pola parece crecer mientras levanta la frente y se acerca desafiante a Romero hasta quedar cara a cara ante a él—. ¿Qué? ¿Me vas a azotar como azotaste a Simón? ¿Peor? ¿Y qué va a decir doña Filomena? Todos sabemos lo que piensa de ti.

Los puños de Romero se congelan en el aire.

Ahora que ha encontrado su talón de Aquiles, se aprovecha de la ventaja.

—Otros hombres más fuertes y peores que tú han intentado quebrarme y no han podido. ¿Qué vas a hacerme? ¿Qué crees que *puedes* hacerme?

Pola está poseída. No duda, no se encoje, no cae presa del pánico. Algo temerario y peligroso se ha desatado dentro de ella. Romero no entiende qué pasa, pero puede sentir el cambio en la energía.

Pola se mantiene firme, deja a un lado toda precaución y se golpea el pecho.

—¿Esto es lo que quieres? Quieres matarme, quieres matarnos a los dos. Te tomará mucho tiempo pagar por lo que le hiciste a Simón. Imagínate lo que te espera si te atreves a más. Por lo que he oído, ya eres el hazmerreír de la región. Se te viró la tortilla. A lo mejor a don Tomás le da por azotarte como el perro que eres antes de ponerte de patitas en la calle a mendigar.

Romero observa a Pola como si se hubiese vuelto loca, baja los puños aún cerrados, retrocede unos pasos y se conforma con lanzarle maldiciones vacías:

—Malparíos. De'graciaos. Hijo'e puta. Ya me vengaré de ustedes. No te apures. No será hoy ni mañana, pero no les quitaré el ojo de encima, el momento llegará. Y la próxima vez, olvídate de que esa bruja de Rufina los remiende. Cuando acabe con ustedes no los va a salvar ni el médico chino.

—Buenas tardes. —Ni Pola ni Romero sienten llegar a don Tomás. Está sentado en su corcel. Observa la escena a sus pies y examina detenidamente a Romero antes de dirigirse a Pola—. Tú, tu señora te procura. Muévete. —Mientras tanto, no le quita los ojos de encima al mayoral.

Pola le pasa por el lado al patrón de Las Mercedes. Agradece cualquier excusa para quitarse de encima a ese mayoral asqueroso. Se pregunta de dónde le habrá salido la valentía para enfrentarse a ese hombre tan peligroso. Todavía le tiemblan las rodillas mientras se dirige a Las Agujas.

Don Tomás sigue montado en su caballo. Pola llega al otro lado del batey y se detiene en el palo de mangó para espiar a los dos hombres; el patrón se yergue como una torre sobre el mayoral, que, en comparación se ve pequeño e insignificante.

Está demasiado lejos como para escuchar la conversación, pero puede ver a Romero encogerse bajo el peso de las palabras del amo. Debe advertir a Simón sobre el encuentro lo antes posible. Ese enemigo común es un lazo que los une aún más.

* * *

Don Tomás y su esposa llevan tiempo discutiendo el futuro de la plantación. Se han tomado decisiones y se avecinan cambios. Esta mañana, don Tomás ha llamado a Simón a la biblioteca. Doña Filo está sentada en un rincón pintando.

El patrón ve a Simón entrar cojeando en la biblioteca con unas muletas pesadas. Se recupera lentamente, tiene la pierna derecha rígida y en un ángulo un poco extraño. No hay duda de que el hombre no podrá regresar al cañaveral. El patrón mira hacia otra parte mientras su antiguo palero espera de pie sus instrucciones.

—Buenos días, Simón. Sé lo que pasó. Lo siento mucho. Eras un gran hombre en el cañaveral.

Silencio.

Al no recibir respuesta, don Tomás vuelve a dirigirse a su esclavo.

—¿Escuchaste lo que dije?

Simón está erguido y mira fijamente a su señor.

—Sí, lo escuché. Pero no me ha preguntado nada.

A don Tomás se le ocurre que, aunque este hombre ha sido propiedad suya durante años, lo cierto es que nunca lo ha *visto*. La compostura de Simón cuando responde le concede una pausa. Se da cuenta de que las pocas veces que ha interactuado con él, Simón nunca ha sido insolente, pero tampoco servil. Ahora está de pie mirando a su patrón a los ojos mientras espera pacientemente.

Cualquier otro hacendado le habría dado una paliza a ese negro para bajarle las ínfulas. Pero don Tomás lo examina sin disimular. Ese hombre, que camina sobre una delgada línea entre su baja condición y su ecuanimidad, le inspira respeto, una palabra que casi ningún patrón usaría para referirse a una propiedad.

—Tienes razón. No pregunté nada.

Simón asiente. Se entienden.

—Me han dicho que eres bueno con las manos.

Silencio.

—¿Es cierto?

—Sí. Sé hacer algunas cosas.

—¿Cómo qué?

—Hago nudos y trabajo con el mimbre. Cualquier cosa que requiera manipular fibras.

En todo el tiempo que Simón lleva trabajando para él, Don Tomás nunca ha conversado con él. Ahora mira a Simón con otros ojos.

—Te expresas muy bien.

—Era un hombre de estudios antes de que usted pagara por mi cuerpo en aquella subasta.

Don Tomás clava la vista en su esclavo y se sienta lentamente en su silla. Apunta a una silla que está cerca del escritorio y Simón tiene que hacer un gran esfuerzo por meter su enorme cuerpo en la silla fina que tiene delante. Coloca la pierna tiesa hacia el frente, las muletas en el suelo al lado de la silla. Y espera.

Ha calculado bien la gravedad de sus lesiones y teme lo que, de seguro, vendrá después. Sus días de palero han terminado. Sus días de corte también han terminado. No le sirve de nada al hombre que está sentado frente a él. Justo cuando su vida personal prometía, teme que lo venderán sin pensarlo. Sin embargo, algo se cuece tras la mirada azul de don Tomás.

—Entiendo que sabes leer y escribir.

—En varios idiomas.

Don Tomás arquea las cejas.

—Veo. —Le ha sorprendido la respuesta, pero no duda de sus palabras. Mira a su esposa, que levanta la vista y asiente con la cabeza antes de volver a su labor. Don Tomás se aclara la garganta y prosigue—: He estado pensando qué hacer contigo ahora que no puedes trabajar en el cañaveral.

Silencio.

—Creo que podemos acomodar otro taller en la propiedad. Las Agujas nos ha hecho famosos por el trabajo de aguja que producimos. Creo que podríamos añadir una fábrica de muebles. Los muebles rústicos de buena calidad se han puesto muy de moda. El trabajo de ebanistería de Melchor se valora desde hace mucho tiempo, pero creo que ahora iremos más allá. Mi esposa me dice que… Es decir, he visto el trabajo de restauración que has hecho en algunas de nuestras propias piezas, así que conozco tu nivel de destreza.

»He decidido que Melchor y tú trabajarán juntos creando

piezas para vender. Él hará el trabajo en madera y tú trabajarás la fibra, el mimbre, la rafia, lo que sea necesario para las
piezas. Eso sí, deben ser de la más alta calidad si han de llevar
nuestro nombre. Tenemos todo lo necesario aquí en el bosque.
¿Qué te parece?

Simón encoje los hombros.

—¿Acaso importa mi opinión? Usted ha dicho que lo ha
decidido.

—Te he hecho una pregunta.

—Creo que trabajar con la fibra es más fácil que trabajar en
el cañaveral.

A doña Filo se le cae la brocha. Cuando se inclina para reco-
gerla, mira a su esposo y le lanza una sonrisita. Don Tomás
también sonríe confiado en que ha tomado la decisión correcta.

Simón gira en su asiento.

—¿Es todo?

El dueño de Las Mercedes asiente con la cabeza.

—Sí. Puedes retirarte.

Simón suspira aliviado para sus adentros, se endereza y se
dirige con dificultad hacia la puerta.

—Buenas tardes, Simón.

Simón se vuelve hacia el patrón.

—Buenas tardes, don Tomás. —Luego mira al rincón y hace
un gesto deliberado con la cabeza—. Señora.

Doña Filo reconoce su gratitud tácita.

* * *

La esposa de don Tomás había hablado con su esposo mucho
antes de que él hablara con Simón. Llevaban tiempo considerado

abrir un taller de ebanistería. Además, no querían deshacerse de un buen trabajador. A un mes de la apertura del taller, ya tenían varias órdenes de las haciendas vecinas.

Ahora Melchor, feliz de trabajar con su amigo, ha terminado los dibujos de los muebles de exterior que adornarán los jardines de tres familias. Los clientes los han aprobado y ya están listos para cortar la madera.

Melchor tiene sus años y a Simón todavía le cuesta doblarse y arrodillarse, por lo que les asignan a dos jóvenes fornidos que los ayuden a cortar los árboles y obtener la materia prima vegetal para la selección de las fibras. Los dos artesanos trabajan bien en equipo haciendo lo que les gusta.

Ahora que su futuro está decidido, Simón disfruta mucho de hacer nudos. No extraña el trabajo en el cañaveral, que lo definía en el pasado, y esta nueva asignación viene con unas ventajas que nunca soñó. Claro que le gusta trabajar con su amigo Melchor. La cabaña del viejo también está justo al lado de la de Rufina, de modo que Simón pasa la mayor parte el día mucho más cerca del batey alto y de Pola. Además, la proximidad a Las Agujas les da a Simón y a Pola más tiempo para compartir en las noches serenas.

Se escurren como ladrones y buscan dónde sentarse a conversar. Pero, temerosos de la venganza de Romero, esos encuentros son breves y nunca bajan la guardia. El domingo es el único día en que pueden verse abiertamente, cuando la semana de trabajo ha llegado a su fin y los ojos y pensamientos de los demás están ocupados en sus propios asuntos. Los demás días, ansían la compañía y el cuerpo del otro, aunque no hablan de ello. Durante el tiempo que están juntos, tan importante es lo que se dicen como lo que no.

Un domingo al atardecer, se sientan detrás de la cabaña de las trabajadoras de la aguja. Simón habla primero.

—Pola, mírame. —Se abre la camisa—. Quiero que uses las manos. Podría decírtelo con palabras, pero quiero que me conozcas por ti misma.

Pola trata de apartarse.

—No es necesario.

—Pero quiero que lo hagas. Quiero que me conozcas con los ojos, las orejas y, sí, las manos. Y quiero que conozcas mi olor y mi voz, y que sientas mis manos callosas. Quiero que me conozcas con todo tu cuerpo y también con el corazón. Y quisiera conocerte del mismo modo.

Pola duda, se estruja las manos sobre la falda. ¿Por qué duda tanto? ¿Acaso Simón ha hecho algo para provocar su desconfianza? ¿Cuántas veces la habrá rescatado? Aun a costa de ponerse a sí mismo en peligro. *Recuerda abrir tu corazón. Aprende a reconocer los dones que se te ofrecen en el viaje.* Las palabras de Yemayá nadan en su mente y Pola echa a un lado la incertidumbre.

Se frota las manos lentamente y concentra toda su atención en sus dedos mientras se calientan. Cuando está lista, los coloca sobre el pecho de Simón y cierra los ojos. Un torrente de energía blanca le sube de inmediato desde los dedos hasta los brazos, una pulsación fuerte y rítmica que se fortalece y se fortalece hasta ocupar toda su visión. Comienza a girar. Siente una calidez pulsante en la cabeza que le recorre todo el cuerpo. La baña, la aprisiona. Luego, la energía blanca se pinta de colores pastel, el tono más sutil se disuelve en el siguiente; todos la nutren y le dan la bienvenida. Pola se permite flotar y disfrutar de esa experiencia que nunca ha vivido con nadie. La llena una sensación de infinita bondad, amor y pertenencia.

Y los colores se intensifican al igual que la tibieza. Los tonos la bañan y pronto la tibieza se convierte en calor; un calor placentero y seductor que la incita a confiar. La imagen de una flor temprana con la garganta abierta al sol ocupa toda su mente. Parece flotar ahí desde siempre.

Cuando vuelve a abrir los ojos, Pola aún está tocando el pecho de Simón. Ahora sus dedos se mueven inconscientemente. Siente los latidos. Explora abiertamente, quita la tela de en medio para exponer el torso del hombre. Se familiariza con las concavidades y curvas de ese torso. Aprecia que Simón le permita tomarse su tiempo.

Simón permanece inmóvil, la observa y la deja hacer todo lo que quiera, por el tiempo que quiera. Ansía tocarla, pero teme que se retraiga. Cumplirá su promesa. Espera. La invitación a seguir debe venir de ella.

Pola se inclina hacia él y le huele el cuello, explora con la lengua el sabor de su piel. Recuesta la cabeza sobre su hombro y deja que el olor embriagador a salitre disipe todas sus dudas.

Simón le toma la mano y se la lleva a los labios. Le besa los dedos uno a uno, luego la palma de las manos. Lo hace con delicadeza, despacio, como si el tiempo que pasaran juntos se extendiera hasta el pasado y fluyera hacia el futuro. Sus labios buscan los de ella en la oscuridad. La siente estremecerse en la calidez del aire nocturno.

—¿Quieres que pare?

—No. No quiero que pares.

Y no lo hace.

* * *

El sonido la despierta. Proviene de lo más profundo de la garganta de Simón, que la sostiene en sus brazos. Al principio, Pola recuerda cuando la madre de hace mucho tiempo la despertaba dulcemente acariciándola con flores y tarareando. Pero esto es diferente. Pola recuesta la cabeza sobre el pecho de Simón, el pecho de un hombre, se acurruca en su suavidad y escucha el latido constante. Simón le acaricia la espalda con movimientos largos, que disipan las dudas que aún pueda albergar. Pola se ha acostado con un hombre por su propia voluntad. No siente miedo, ni dolor, ni preocupaciones; es un momento milagroso. Pola se hunde en los brazos de Simón y se deja llevar por el momento.

* * *

Ahora no se cansa de mirarlo, se lo bebe abiertamente como un elixir. Observa sus manos trabajar con las diferentes fibras, torcerlas, doblarlas, estirar el material hasta que se amolda y queda firme. Lo observa enseñar a los niños que se amontonan a su alrededor, sus enormes manos se cierran sobre las más pequeñas, las guían con paciencia. Lo observa comer, escucha su voz profunda y, algo reciente, su risa estruendosa. Le gusta recostar la cabeza sobre su pecho y escuchar la canción de vida de su corazón.

Hacen muchos descubrimientos. Se ríen y se admiran cuando Simón despierta alguna parte inexplorada de Pola, quien por fin se ha permitido desear por completo. Lo mira una y otra vez, se sorprende del hambre insaciable que siente de él. Hacen el amor en el bosque, en el huerto, bajo los arbustos, tras la porqueriza, donde quiera que puedan robarle unos momentos al día para estar solos.

Es algo tan diferente de lo que Pola jamás pudo imaginar o esperar. Apenas se reconoce a sí misma; tal es la intensidad con que acoge este nuevo aspecto de su vida. Desea explorar a

Simón de todas las formas posibles. Están descubriéndose uno al otro y Pola disfruta de este nuevo y siempre ingenioso Simón.

Hacía mucho tiempo que Simón no sentía la alegría de satisfacer a una mujer y que ella lo satisficiera. Le encanta el hecho de que pueda brindarle tanto placer a la mujer que siempre había permanecido tan distante y cerrada. Se siente afortunado de que Pola reviva partes de él que llevaban demasiado tiempo dormidas.

Pola se parece tanto a él: un ser marginado que perdió y recuperó la fe, una guerrera cautiva, una prisionera de este mundo lleno de odio, una persona marcada, que lleva su dolor a la vista de todos. Pola ha luchado contra su dolor tanto como él contra el suyo, y esa lucha los ha unido.

Es un milagro que se encontraran en este lugar, en este momento. Cuando Simón contempla este giro fenomenal del destino, la felicidad empieza a bullir en su pecho, sube a borbotones y sale al mundo estrepitosamente feliz. Los demás se preguntan por qué de pronto estalla en carcajadas sin razón aparente. Él sonríe; no tiene que dar explicaciones.

26

Celebración

Hacienda Las Mercedes, Carolina, Puerto Rico, 1 de enero de 1855
A la muy católica y apostólica de doña Filomena no se le ocurriría asignarle una choza a una pareja hasta que el padre Bartolomeo la haya bendecido con el santísimo sacramento del matrimonio. Los negros están particularmente alegres esta mañana soleada del sábado en que todos han sido excusados del trabajo para asistir a la boda de Simón y Pola. Se les permite dormir por la mañana este sábado inusualmente relajado, que culminará en una noche de celebración.

Simón y Pola se han abierto uno al otro en cuerpo y corazón; no necesitan la aprobación de los blancos para sellar su compromiso. Pero están cansados de buscar escondites y robar tiempo para estar solos y a salvo del látigo de Romero. No necesitan la aprobación de nadie, pero quieren vivir tan abiertamente como puedan. Y la mejor forma de hacerlo es bajo el manto de la validación de doña Filo. Si someterse a la ceremonia de la patrona es el único modo de lograrlo, pues que así sea.

La noche antes de la ceremonia, Pola recibe tres visitas. Primero llega Rufina con una bolsita llena de hierbas, que Pola deberá llevar cerca del corazón durante treinta días.

—En esto' mese' veo que cada día la luz de la alegría brilla má' y má' en su' rostro'. Esto aviva la llama del amor y aleja el frío dedo de la envidia.

Pastora llega después. La cocinera trae un pequeño bizcocho confeccionado a base de capas y capas de la más ligera textura con un pozo de miel tibia en el centro.

—Haz un altar cerca de tu cama y colócale esta ofrenda a Ochún para que en tu hogar siempre hay dulzura y alimento.

Por último, llega Tía Josefa.

—Te traigo mi hombro para que te apoyes cuando las cosas se pongan difíciles. Te ofrezco mis brazos abiertos cuando la vida te ponga a prueba y necesites el apoyo de otra mujer. Te ofrezco mis oídos en los que podrás depositar tus quejas y mis labios sellados para asegurar que no salgan de ahí.

A la mañana siguiente, Paquita le ofrece peines y flores y tiempo para arreglarle el cabello. Con los ojos llenos de lágrimas, Pola acepta el regalo y recuerda que su madre fue la última persona que la peinó. Pola se regocija en ese recuerdo como un regalo de su vida anterior, de cuando era Keera. Hoy Paquita se levanta temprano y comienza su propio ritual. Los dedos diestros de Paquita separan el grueso pelo de Pola, le untan aceite y lo trenzan en un elaborado diseño. Lupe se sienta cerca de ellas y observa sonriente. Paquita y ella intercambian miradas. Nunca verán que su amor se celebre abiertamente, pero se sienten felices por Pola.

Cuando llegan las demás, Pola tiene la cabeza llena de trencitas adornadas de capullos de fresia y cintas blancas. Al no tener un espejo, Pola se palpa la creación con las manos. Las demás mujeres exclaman lo bella que luce. Pola se siente muy halagada, aunque «bella» no sea una palabra con la que se identifique. No está acostumbrada a tantas atenciones, así que les da las gracias a todas, recoge sus cosas aprisa y sale de la cabaña.

Pola quiere vestirse sola y Tía ha conseguido el permiso insólito de doña Filo para que use el vestidor. Al mediodía, Tía acompaña a Pola a subir las escaleras traseras de la casa grande. Pola mira la habitación en la que sólo las mujeres blancas y ricas se han desvestido y han disfrutado del lujo de que unas manos negras las vistan. Mira los espejos dispuestos alrededor de la habitación. Siempre ha evitado ver su reflejo, pero hoy mira más allá de la cicatriz y admira el elaborado peinado que la corona.

Tía Josefa cierra la puerta sin hacer ruido y le quita el vestido de las manos a Pola.

—Espero que no estés pensando casarte vestida con estos harapos.

Pola ha lavado y planchado cuidadosamente su mejor vestido de domingo, piensa ponérselo para la ceremonia. Pero Tía señala hacia la mesa. Todo está ahí, muy bien colocado, esperando por ella. La ropa que Pola pensaba que las mujeres de Las Agujas hacían para las clientas ahora aguarda por ella.

Boquiabierta, Pola mira a Tía para asegurarse de que ha entendido bien. La vieja asiente con la cabeza.

—Vamos, hay que vestir a alguien por aquí.

Los dedos le tiemblan cuando toma el vestido. Es tan delicado que parece una exquisita bata de dormir. Reconoce cada una de las manos. La tela del vestido tiene el intricado bordado de Rosita. En el cuello ve el delicado encaje de Paquita y en las mangas, el mundillo de Lupe. Lo remata una hilera de botoncitos forrados que van del cuello a la cintura.

Los accesorios no son menos elaborados: la ropa interior tiene unos plisados diminutos; las sandalias blancas de suela fina son como las que usan las señoritas. ¿De dónde las habrán sacado? Al lado del vestido hay un cinturón bordado y un buqué de gardenias blancas. Pola observa todos los regalos que las mujeres —sus amigas, sí, sus amigas— le han dejado en la habitación. Baja la cabeza humildemente y se abraza a sí misma. No sabe qué hacer con todos los sentimientos que la embargan.

Tía la ayuda a quitarse la ropa y Pola respira profundo antes de mirarse en los grandes espejos. Se pasa la mano por el torso. No tiene el cuerpo de una mujer joven, no tiene el vientre firme ni los pechos levantados. Se toca las cicatrices. Se pasa la lengua por las mellas. Tiene su historia escrita en la piel, lo sabe. Le hubiera gustado obsequiarle a Simón todas las cosas que perdió hace tanto tiempo: la belleza, los bebés y la promesa de muchos años de descubrimiento a su lado. Por más que Simón la mueva, por más que su sola presencia la haga arder, por más que la haya ayudado a descubrir las partes más profundas y hasta salvajes de su ser, por más que sueñe con darle todos los regalos de que pueda disponer, no puede escapar al hecho de que las pruebas a las que la ha sometido la vida le han pasado factura a su cuerpo y a su espíritu. Aparta la vista del espejo.

Tía espera para ayudarla a vestirse. Pola nunca ha tenido tanta ropa como para necesitar que alguien la ayude a vestirse. No hay más tiempo para divagaciones. Aprisa, se quita la ropa interior y comprende por qué las mujeres blancas necesitan ayuda para ponerse y quitarse los ajuares finos. ¡Tantos broches y ajustes! Por primera vez, Pola se siente cuidada y mimada. No en balde esas mujeres blancas aprecian tanto su labor.

Por último, Tía la ayuda a ponerse el vestido. La tela susurra y le acaricia la piel mientras le cae hasta los tobillos. Ha trabajado con este material durante tantos años y, sin embargo, por primera vez entiende la seducción pura que puede ejercer. Y son tantas capas, tantas piezas.

—¡Apúrate, Pola!

Se pone el cinturón y agarra el buqué, luego se mira en el espejo por última vez. Una mujer negra la mira desde el espejo, no es joven, pero tampoco es vieja. Los pliegues de la falda acentúan su cintura pequeña y sus caderas redondeadas, pero también sus músculos bien definidos y sus cicatrices rabiosas, resultado de años de trabajo fuerte y un espíritu indómito. Sus pechos se asoman y forman un escote impresionante. Las flores y las cintas que lleva en la cabeza suavizan la cicatriz del rostro. Se examina una vez más y no se siente insatisfecha. Y justo entonces, ve algo que no ha visto en años: una sonrisa sincera que se dibuja en su rostro.

* * *

Simón ha arrastrado la enorme palangana que le pidió prestada a la lavandera hasta el batey bajo donde él también se prepara para su boda. Después de darse un baño de limón y leche, se restriega para quitarse el olor del trabajo. Luego, desnudo bajo el palo de guayaba, se aplica con esmero una capa de aceite de almendras por todo el cuerpo hasta que su piel de ébano reluce. Se frota una mezcla de lavanda y aceite de corojo en el pelo. Por último, el aceite de coco que se aplica en el rostro le acentúa las cicatrices faciales.

Las mujeres de Las Agujas también le han confeccionado su atuendo de boda. Durante semanas siguieron sus instrucciones al pie de la letra y guardaron metros y metros de algodón blanqueado para su túnica. Se maravillaron ante el trabajo realizado, aunque nunca habían visto una prenda así.

Simón luce orgulloso su *dishdasha* blanca con el cuello bordado con hilos azules. Alrededor de la cintura lleva un cinturón que lleva semanas confeccionando: una soga finamente anudada con cuentecillas de metal en cada extremo. Piensa que también debería llevar una daga, pero descarta la idea. Es algo que pertenece a un pasado muy remoto. Jamás pensó que volvería a ponerse estas ropas, pero tampoco imaginó la vida que estaba a punto de comenzar. Sobre la *dishdasha* lleva un *besht* largo y una *kufiyya* a juego. El tocado de la cabeza, hecho de un algodón pesado, le cae sobre los hombros y está amarrado con un *agal*, las tiras de soga que se usan para fijar la *kufiyya* justo sobre las cejas. Sólo el rostro y los brazos, como destellos de ébano, están visibles entre los metros y metros de ropa blanca. Al terminar, se echa en la boca unas hojas de perejil. No es un hombre vanidoso, pero hace un repaso mental de sí mismo y sonríe. Ya está listo para presentarse ante su novia.

* * *

La ceremonia religiosa en sí misma no tiene mucha importancia para la pareja. Pero cuando mira a Pola, Simón ve la manifestación física de la belleza que siempre vio en su espíritu. Pola está relajada y sonriente, algo que rara vez ha experimentado. El pelo trenzado de Pola le recuerda a Simón la niña de la que tanto le ha hablado, la niña que se sentaba entre las piernas de su madre y disfrutaba de lucir su belleza. Esta valiosa mujer, que ha sufrido tanta humillación en esta tierra, ahora viste unas galas dignas de una gran señorita. Pola camina erguida, más confiada, con paso firme. Su aspecto exterior no es su esencia, pero es un reconocimiento a su feminidad atesorada. Y Simón lo asimila todo.

En lo que a Pola respecta, el hombre que tiene ante sí es Dawud. En él ve la extensión del desierto y el calor de las arenas bruñidas. En su rostro ve al estudioso, al artista y al hombre de letras, desconocido para los que sólo valoran los brazos y piernas con los que sirve a otros. En su sonrisa ve las muchas noches que han compartido y los muchos secretos que se han revelado. El recuerdo de lo que le hicieron los cuerpos de otros hombres la ha torturado siempre. Pero la paciencia y delicadeza de Simón han relegado las imágenes de esas violaciones a un rincón oscuro y remoto de su mente. Ahora Pola le da la bienvenida a ese cuerpo lastimado y lleno de cicatrices, pero también de amor, envuelto entre los pliegues de su vestimenta.

El padre Bartolomeo preside la ceremonia bajo el palo de mangó, como lo pidieron los novios. Para Pola, Las Agujas ha sido su único hogar desde que abandonó su Hogar. Reunidas a su alrededor están las personas, los negros, la comunidad que los ha acogido y le ha provisto a Pola el amor y el apoyo que le faltaba en tantas otras facetas de su vida en este lugar.

La pareja está bajo las ramas del árbol frente al señor gordo vestido de negro. Las palabras del padre Bartolomeo caen como piedrecitas a su alrededor, pero no los tocan. Ninguno de los dos ha aceptado la figura medio desnuda, demacrada y torturada a la que los blancos le rezan todos los domingos. Por suerte, no tienen que decir mucho. Los novios permanecen en silencio durante la ceremonia, ansiosos por que termine.

Don Tomás y doña Filomena están sentados en primera fila y sonríen satisfechos mientras observan el casamiento. Entonan sus oraciones con devoción. Para la comunidad negra que los rodea, esos rezos no tienen vida ni ritmo, son una repetición vacía. Sin embargo, permanecen en un silencio respetuoso y también esperan ansiosos a que la ceremonia termine.

En lo que sí piensa la pareja es en el suculento lechón, que lleva todo el día asándose a la varita, y en el ron añejo, que suele reservarse sólo para los amos. Pero para beber en serio, los negros tienen su propio pitorro y su cañita. Las señoras beben coquito. Las cocineras llevan toda la mañana probándolo mientras sazonan, pican y atienden los fogones donde se produce el banquete.

Después de la ceremonia, la familia y el cura se retiran a sus juegos de mesa y los negros comienzan la celebración en el batey bajo. Los hombres han construido una plataforma hecha de tablones a modo de pista de baile. Entonces aparecen las maracas, las claves y las panderetas. Manolo trae su guitarra vieja, Hernán está güiro en mano y Jaime trae el cuatro que lleva puliendo varios meses. Los músicos más respetados del grupo, los tamboreros, se sientan frente a sus tambores y congas y comienzan a tocar tan pronto como el padre pronuncia las últimas palabras. Toda la comunidad celebra y sigue el ritmo en la pista de baile, donde los músicos se han colocado en un semicírculo dejando suficiente espacio para los bailadores. Los cantos de llamado y respuesta comienzan.

Los bailadores se convierten en una masa vibrante de colores y caderas en movimiento. Los hombres se dejan puestos sus sombreros de paja para bailar; sólo se los quitan cuando se inclinan hacia delante y extienden la mano derecha para pedir el siguiente baile. Las mujeres, que llevan flores en el cabello y lucen vestidos de colores, faldas de volantes y los hombros desnudos, se quitan los zapatos y se abandonan al ritmo. Los jóvenes, que ya no tienen que contener la energía reprimida, se llegan hasta los árboles y, entre las sombras de las cabañas, cuchichean y ríen nerviosos. Luego se unen a los bailadores y vuelven a retirarse a sus puestos lejos de los ojos vigilantes de los viejos.

Pastora, vestida en sus mejores galas, ha terminado su trabajo y ahora supervisa a sus ayudantes, que vigilan las ollas repletas y los calderos hirvientes. Rufina y ella se sientan como madres orgullosas de la novia. Las demás madres se sientan cómodamente a observar la celebración. Los padres disfrutan del ron añejo. Los niños juegan cerca de los padres. La tarde transcurre como la vida, entre juegos, coqueteos, celos y discusiones.

Simón y Pola disfrutan de la fiesta, pero ansían estar solos. Pola mira a Simón, el paciente, Simón, el amante, Simón, el constante, su Simón, y sonríe. Es el regalo más inesperado, pero más necesario y deseado del mundo. Su esposo.

Horas más tarde, después de cenar, cuando el sol desciende hacia las montañas lejanas, los hombres están mareados de tanto beber, los jóvenes vuelven a desaparecer entre las sombras crecientes y las mujeres encienden los quinqués que bordean la pista de baile para iluminar a los parranderos nocturnos.

Simón y Pola aguardan a que la pista de baile se llene con un sensual guaguancó. Se levantan y huyen tomados de la mano hacia su recién asignada choza. Justo antes de entrar, Pola divisa a Romero, que observa la fiesta desde su balcón. Puede sentir el hedor del puro que aprieta entre los dientes. Luego cambian las luces y se queda en la penumbra; el humo del cigarro es lo único que denota su presencia. Siempre ha sido una sombra en su vida y siempre lo será. Pero, por lo pronto, Pola no dejará que le reste felicidad a su día.

En la loma opuesta, bajo el palo de mangó y justo afuera de Las Agujas, Tía Josefa está fumando su pipa donde siempre, en su dominio, sola, observando a su comunidad. Está de pie como un centinela, silente y tan resiliente como los árboles que extienden sus ramas protectoras sobre la gente que celebra en el batey alto. Ella también permanecerá ahí, si los *orichas* lo permiten, por mucho tiempo.

Al entrar en la choza, Pola echa un último vistazo a la comunidad que celebra. Más allá de la multitud, están los dos niñitos, desnudos, mirándola. Se da cuenta de que en los años que llevan en su vida no han crecido ni han cambiado en absoluto. La miran con sus ojos enormes, arrugaditos de felicidad.

Ya hemos terminado aquí y ahora debemos irnos.

Pola nunca les ha escuchado la voz. Siempre se han comunicado con el pensamiento. Ahora echan la cabeza hacia atrás y ríen a carcajadas, sus dientecitos relucen en la luz tenue del crepúsculo. Aún ríen cuando dan media vuelta, se abrazan y caminan alegremente hacia el bosque.

Pola los reconoce como lo que son. *Adiós, mis hijos.* Sus hijitos nunca se fueron. Estuvieron con ella todo este tiempo. Y hay algo más que sabe en lo más profundo de su ser. Su hijita tampoco la ha abandonado. Vivía en la sonrisa de Chachita, en la confianza reflejada en su mirada y en el sonido de su voz cuando la llamaba MaPola. Pola piensa en Rufina, en Pastora y en Tía Josefa. Piensa en las mujeres de Las Agujas. Luego mira a Simón y le sonríe. Y juntos entran en su nuevo hogar.

* * *

Ya casi amanece. La gente se ha ido a dormir. El silencio y la tranquilidad arropan el batey. Pola yace despierta. Simón, acostado bocabajo con el brazo sobre el pecho de Pola, ronca suavemente. Agotados después de horas de exploración sin disimulos, de hacer el amor sin prisa, se quedan dormidos. Y, ahora, en la duermevela del crepúsculo, Pola sueña.

Flota en el océano y deja que el agua acaricie su cuerpo desnudo. Oye las gaviotas volar sobre su cabeza y se relaja con su canto. El cielo está salpicado de estrellas y la luna cuelga enorme y pesada sobre el horizonte. Entonces, un movimiento en el agua empieza a ejecutar una danza circular. Comienza despacio, luego se extiende y atrae cada vez más agua hasta que adquiere altura y volumen. De repente una torre de agua se erige sobre ella. Pola permanece muy quieta y observa cómo el líquido toma forma. Pronto reconoce a la Madre Yemayá que emerge en toda su majestad. El vestido azul fluye, las trenzas flotan en el aire, los aretes, los brazaletes y el collar relucen. Está vestida de fiesta, resplandeciente bajo la luz de la luna. Flota sobre Pola, le sonríe y le habla en la lengua fluida de su mundo azul: *Ahora puedes descansar, hija mía. Ya estás en casa y has encontrado a tu familia.*

Como siempre, la Madre tenía razón. De pie en el umbral de su vida Pola ve la imagen completa. Nunca ha estado sola. Ha sido un viaje muy largo y esta gente, su nueva familia, le ha enseñado la lección más grande de todas: a resistir.

Fin

Agradecimientos

Este libro ha tenido muchas madrinas y dulas a lo largo de su viaje.

Agradezco a mis madrinas literarias contemporáneas, Connie May Fowler, Cristina García, Carolina de Robertis y Dolen Perkins Valdez. Sus palabras me inspiran y me instan a superarme. Gracias a Mat Johnson por enseñarme a identificar las lagunas e ir al grano. La contención es tan importante como la exuberancia. Un millón de gracias a Toni Morrison e Isabel Allende cuyo trabajo siempre me ha exhortado a contar mis propias historias, a mi modo, sin excusas. Camino sobre las huellas que ellas me han provisto.

Las siguientes instituciones me han sostenido y nutrido un sin número de veces, en un sin número de niveles. The Bronx Council for the Arts, Hedgebrook, The Hotel Writing Conference, The Hurston/Wright Writing Workshops, Kimbilio, Las Dos Brujas Writing Workshops, The St. Augustine Writing Workshop, The Vermont College of Fine Arts, The Yucatán Writer's Workshop y VONA (Voices of Our Nations Arts Foundation).

Mil gracias a mis amigos y colegas de la isla, que han compartido su saber, su profesionalismo y sus invaluables archivos y colecciones: La Biblioteca Nacional de Puerto Rico y el Instituto de Cultura Puertorriqueña. También, mi aprecio especial a Carmelo Dávila, nuestro guía a través de la Comunidad Aguirre, y a Andy Rivera de la Puerto Rico Historic Buildings Drawings

Society. A la Hacienda Esperanza (Manatí), Hacienda Buena Vista (Ponce) y el Castillo Serrallés (Ponce), El Museo de las Américas y los ahora desparecidos Museo de Nuestra Herencia Africana y Casa de la Familia Puertorriqueña (ambos en San Juan) por proveer un espacio para nuestro patrimonio.

Gracias a Tracy North, especialista de la sección de Referencia de la Hispanic Collection de la Biblioteca del Congreso en Washington, D.C.

Debo reconocer a mis colegas artistas, Fabiola Jean Louis, Samuel Lind y Dudley Vaccianna, cuyas imágenes siempre me inspiran y me llevan por caminos que necesitan exploración; y a Yolanda Arroyo Pizarro, Mayra Santos-Febres e Yvonne Denis-Rosario, mis hermanas literarias y compañeras cronistas de nuestra herencia afroboricua, porque recorremos los mismos caminos histórico-culturales y porque nos negamos a guardar silencio. No habría llegado hasta aquí sin mis beta-lectoras Vivian Monserrate Cotte, Nydia Lassalle Davis y Linda Molier, quienes leyeron y releyeron cada palabra.

Mi aprecio infinito a mi familia: Ruth y Bert Lessuck, quienes me brindaron su apoyo constante y siempre estarán conmigo. Mis Damas, mi familia escogida, que siempre me han brindado apoyo cuando más lo he necesitado. Ustedes saben quiénes son. Mi enorme agradecimiento a Héctor R. Llanos-Figueroa, nuestro historiador y genealogista familiar, por proveerme material cultural, horticultural e histórico y por ser custodio de mi corazón; a la Dra. Marti Zlachin, a Ajani Schuster Hoffert, a Ana Morel y a Sonia Fuentes por brindarme sus opiniones y el estímulo tan necesario.

A la Dra. Milagros Denis-Rosario y a los muchos profesores que les han enseñado mi obra a sus estudiantes. Ustedes son los mejores.

Agradecimientos

Mi especial agradecimiento a mi agente, Marie Dutton Brown, y a Vivian Monserrate Cotte, mi gerente de publicidad por excelencia; a mis colegas y amigas por ser pacientes, sabias y profesionales, y porque *creyeron* en mi visión artística. Gracias al Caribbean Cultural Center African Diaspora Institute (CCCADI) por su apoyo a través de los años.

Mis equipos de HarperCollins Amistad y HarperCollins Español han sido increíblemente respetuosos y han apoyado mi trabajo y mi estética literaria a lo largo de esta trayectoria. Todas las autoras deberían tener tanta buena suerte. Gracias a Judith Curr, Tracy Sherrod, Patrik Bass y Francesca Walker. Y mis más expresivas gracias a Edward Benítez y a mis compañeras literarias en Puerto Rico, Aurora Lauzardo Ugarte y Ariana Rosado Fernández.

Un súper agradecimiento a mi esposo, Jonathan Lessuck, educador, activista y fotógrafo, por ser un indispensable sostén en mi vida, y por acompañarme en mi curiosidad global; mi compañero en el mejor sentido de la palabra.

Un fuerte abrazo a cada uno.